U0939550

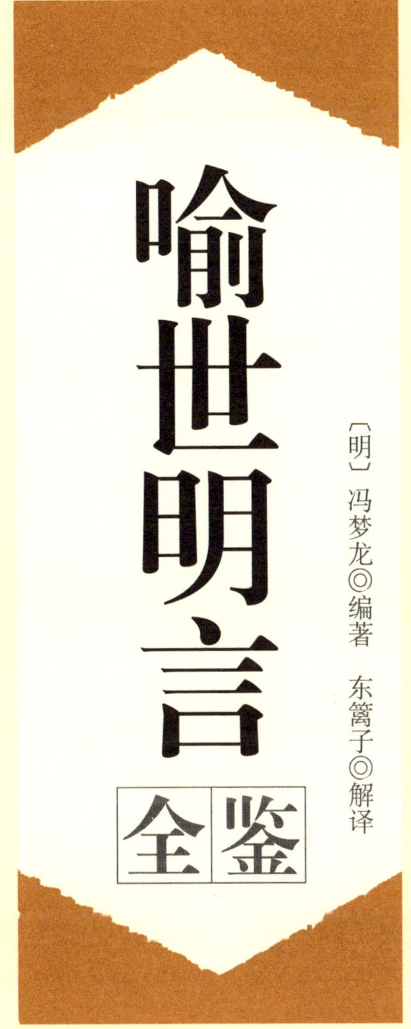

中国纺织出版社有限公司
国家一级出版社
全国百佳图书出版单位

内 容 提 要

《喻世明言》原名《古今小说》，又称《全像古今小说》，是一部明代刊行的短篇白话小说集，与《警世通言》《醒世恒言》合称“三言”，为明末冯梦龙所编著。书中不少篇目是根据宋元旧篇改编而成，题裁内容广泛，涵盖婚姻、爱情、孝义、友情、灵怪、神仙等，反映了明代商业社会的繁荣景象及中小商人的精神面貌，是中国古代小说宝库中一份宝贵的遗产。《喻世明言全鉴：珍藏版》一书装帧精美，并在原典基础上进行了精准的注释，便于广大读者轻松阅读。

图书在版编目（CIP）数据

喻世明言全鉴：珍藏版 /（明）冯梦龙编著；东篱子解译．—北京：中国纺织出版社有限公司，2019.11

ISBN 978-7-5180-6724-4

Ⅰ．①喻… Ⅱ．①明… ②东… Ⅲ．①话本小说—小说集—中国—明代②《喻世明言》—译文③《喻世明言》—注释 Ⅳ．①I242.3

中国版本图书馆 CIP 数据核字（2019）第 208566 号

策划编辑：陈希尔　　特约编辑：金　彤
责任校对：韩雪丽　　责任印制：储志伟

中国纺织出版社有限公司出版发行
地址：北京市朝阳区百子湾东里 A407 号楼　邮政编码：100124
销售电话：010—67004422　传真：010—87155801
http://www.c-textilep.com
中国纺织出版社天猫旗舰店
官方微博 http://weibo.com/2119887771
北京华联印刷有限公司印刷　各地新华书店经销
2019 年 11 月第 1 版第 1 次印刷
开本：710×1000　1/16　印张：20
字数：238 千字　定价：68.00 元

前言

《喻世明言》是明末文学家、戏曲家冯梦龙编著的白话短篇小说集，初刻用名《古今小说》，又称《全像古今小说》，与冯梦龙稍后刊行的《警世通言》《醒世恒言》合称“三言”，是中国短篇白话小说发展史上重要的里程碑。“三言”通常亦与凌濛初的“二拍”，即《初刻拍案惊奇》《二刻拍案惊奇》并称，称为“三言二拍”。

冯梦龙（1574—1646 年），长洲（今苏州）人，字犹龙，又字子犹、耳犹，别号龙子犹、墨憨斋主人、顾曲散人、茂苑野史、绿天馆主人、无碍居士、可一居士等。冯梦龙出身士大夫家庭，从小受到良好的教育，才华横溢，与兄梦桂、弟梦熊并有文名，世称“吴下三冯”。他长期参加科举考试，但屡试不中，后一度游宦他乡。崇祯三年（1630 年）以贡生任丹徒县训导，崇祯七年（1634 年）任福建寿宁知县，四年后任职期满回到苏州。清兵南下时，参加过反清复明运动。顺治三年（1646 年）去世。

冯梦龙一生致力于搜集、整理和创作民间文学，包括小说、笔记、戏曲、民歌、笑话、方志、曲谱等，作品内容与数量之宏富，为明代文学家之冠。其中，成就最高、影响最大的还是“三言”。

《喻世明言》是“三言”中的第一部，全书四十卷，每卷一篇，共计四十篇。书中涉及题材广泛，涵盖爱情、婚姻、友情及灵怪、神仙、妖术等，广泛描写了宋、元、明时代的社会生活，真实地反映了当时民众，特别是城市市民生活的真实面貌，体现了市民阶层的思想感情、生活愿望和道德标准。其中《蒋兴哥重会珍珠衫》《滕大尹鬼断家私》《金玉奴棒打薄情郎》《沈小霞相会出师表》等，都是久负盛名的优秀作品，无论在思想内容还是艺术技巧上，都达到了相当高的水平，中国古代白话短篇小说的代表作。

《喻世明言》中的小说多取材于现实生活，其中婚姻、爱情是社会生活的主要组成部分，也是本书着力表现的重要内容。书中第一卷《蒋兴哥重会珍珠衫》描写了蒋兴哥对失身妻子王三巧旧情难忘而破镜重圆的婚姻、情感经历；《金玉奴棒打薄情郎》揭示了负心汉莫稽的形象，谴责了他对爱情的不忠；《新桥市韩五卖春情》《闲云庵阮三偿冤债》等篇也从不同角度表现了青年男女的婚姻、恋爱生活。书中还有一些有特色的公案小说，如《陈御史巧勘金钗钿》写陈御史巧勘金钗钿，昭雪冤案；《滕大尹鬼断家私》描写家庭中的遗产纠纷，揭示了滕大尹这个所谓“清官”的多元化性格。书中还有一些表现忠贞、孝义、友情的作品，如《葛令公生遣弄珠儿》《羊角哀舍命全交》《吴保安弃家赎友》《裴晋公义还原配》《范巨卿鸡黍死生交》《沈小霞相会出师表》等。还有一些触及异族入侵、权臣误国等现实政治题材，如《杨八老越国奇逢》。《张道陵七试赵升》《陈希夷四辞朝命》等则是宣扬宗教的小说，这里不再一一赘述。

因为篇幅的限制，本书参考权威底本，选取了其中具有代表性的经典篇目进行了解译，在每篇故事前都做了简短的精要简介，对小说情节中难解的词句进行了注释，力求文字精准、流畅、易懂，以帮助读者更好地理解故事，领悟其主旨。由于译注者水平所限，书中或有错误及不当之处，恳请读者批评指正。

本书平装本自出版以来，广受读者欢迎和喜爱。为满足大家的收藏、馈赠需要，现特以精装形式推出，敬请品鉴。

解译者

2019 年 4 月

目录

绪

史统散而小说兴。始乎周季，盛于唐，而浸淫于宋。韩非、列御寇诸人，小说之祖也。《吴越春秋》等书，虽出炎汉，然秦火之后，著述犹希。迨开元以降，而文人之笔横矣。若通俗演义，不知何昉。按南宋供奉局，有说话人，如今说书之流。其文必通俗，其作者莫可考。泥马倦勤，以太上享天下之养；仁寿清暇，喜阅话本，命内珰日进一帙，当意，则以金钱厚酬。于是内珰辈广求先代奇迹及闾里新闻，倩人敷演进御，以怡天颜。然一览辄置，卒多浮沉内庭，其传布民间者，什不一二耳。然如《玩江楼》、《双鱼坠记》等类，又皆鄙俚浅薄，齿牙弗馨焉。暨施、罗两公，鼓吹胡元，而《三国志》、《水浒》、《平妖》诸传，遂成巨观。要以韫玉违时，销熔岁月，非龙见之日所暇也。

皇明文治既郁，靡流不波；即演义一斑，往往有远过宋人者，而或以为恨乏唐人风致，谬矣。食桃者不费杏，絺縠毳锦，惟时所适。以唐说律宋，将有以汉说律唐，以春秋战国说律汉，不至于尽扫羲圣之一画不止！可若何？大抵唐人选言，入于文心；宋人通俗，谐于里耳。天下之文心少而里耳多，则小说之资于选言者少，而资于通俗者多。试今说话人当场描写，可喜可愕，可悲可涕，可歌可舞；再欲捉刀，再欲下拜，再欲决脰，再欲捐金；怯者勇，淫者贞，薄者敦，顽钝者汗下。虽小诵《孝经》、《论语》，其感人未必如是之捷且深也。噫，不通俗而能之乎？茂苑野史氏，家藏古今通俗小说甚富，因贾人之请，抽其可以嘉惠里耳者，凡四十种，畀为一刻。余顾而乐之，因索笔而弁其首。

绿天馆主人题

一　蒋兴哥重会珍珠衫

【精要简介】

本篇叙述襄阳府枣阳县商人蒋兴哥出外经商，其妻王三巧受骗失身于陈商。后蒋兴哥见陈商身穿自家传家宝珍珠衫而发觉奸情，乃将三巧休回娘家。三巧改嫁县令吴杰为续弦，在合浦县任所，闻悉前夫遭遇人命官司，乃假称蒋兴哥为自己胞兄向知县求情。蒋兴哥被开脱获释，在内室与三巧重逢，知县始知三巧遭遇，遂判蒋兴哥与三巧夫妻团圆。故事曲折、感人，人物生动，结尾富有传奇色彩。

【原文鉴赏】

仕至千钟[①]非贵，年过七十常稀，浮名身后有谁知？万事空花游戏。

休逞少年狂荡，莫贪花酒便宜。脱离烦恼是和非，随分安闲得意。

①千钟：优厚的俸禄，这里借指高官。钟，古代容量单位。

这首词名为《西江月》，是劝人安分守己，随缘作乐，莫为酒、色、财、气四字，损却精神，亏了行止。求快活时非快活，得便宜处失便宜。说起那四字中，总到不得那“色”字利害。眼是情媒，心为欲种，起手时，牵肠挂肚；过后去，丧魄销魂。假如墙花路柳，偶然适兴，无损于事。若是生心设计，败俗伤风，只图自己一时欢乐，却不顾他人的百年恩义，假如你有娇妻爱妾，别人调戏上了，你心下如何？古人有四句道得好：

人心或可昧，天道不差移。

我不淫人妇，人不淫我妻。

看官，则今日听我说《珍珠衫》这套词话，可见果报不爽，好教少年子弟做个榜样。

话中单表一人，姓蒋，名德，小字兴哥，乃湖广襄阳府枣阳县人氏。

父亲叫做蒋世泽，从小走熟广东，做客买卖。因为丧了妻房罗氏，止遗下这兴哥，年方九岁，别无男女。这蒋世泽割舍不下，又绝不得广东的衣食道路，千思百计，无可奈何，只得带那九岁的孩子同行作伴，就教他学些乖巧。这孩子虽则年小，生得：

眉清目秀，齿白唇红。行步端庄，言辞敏捷。聪明赛过读书家，伶俐不输长大汉。人人唤做粉孩儿，个个羡他无价宝。

蒋世泽怕人妒忌，一路上不说是嫡亲儿子，只说是内侄罗小官人。原来罗家也是走广东的，蒋家只走得一代，罗家到走过三代了。那边客店牙行[②]，都与罗家世代相识，如自己亲善一般。这蒋世泽做客，起头也还是丈人罗公领他走起的。因罗家近来屡次遭了屈官司，家道消乏，好几年不曾走动。这些客店牙行见了蒋世泽，那一遍不动问罗家消息，好生牵挂。今番见蒋世泽带个孩子到来，问知是罗家小官人，且是生得十分清秀，应对聪明，想着他祖父三辈交情，如今又是第四辈了，那一个不欢喜！

②牙行（háng）：指专为买卖

双方说合或代客买卖而从中收取佣金的商号或个人。

闲话休题。却说蒋兴哥跟随父亲做客，走了几遍，学得伶俐乖巧，生意行中，百般都会，父亲也喜不自胜。何期到一十七岁上，父亲一病身亡，且喜刚在家中，还不做客途之鬼。兴哥哭了一场，免不得揩干泪眼，整理大事。殡殓之外，做些功德超度，自不必说。七七四十九日内，内外宗亲，都来吊孝。本县有个王公，正是兴哥的新岳丈，也来上门祭奠，少不得蒋门亲戚陪侍叙话。中间说起兴哥少年老成，这般大事，亏他独力支持，因话随话间，就有人撺掇道："王老亲翁，如今令爱也长成了，何不乘凶完配，教他夫妇作伴，也好过日。"王公未肯应承，当日相别去了。众亲戚等安葬事毕，又去撺掇兴哥。兴哥初时也不肯，却被撺掇了几番，自想孤身无伴，只得应允。央原媒人往王家去说，王公只是推辞，说道："我家也要备些薄薄妆奁，一时如何来得？况且孝未期年，于礼有碍，便要成亲，且待小祥之后再议。"媒人回话，兴哥见他说得正理，也不相强。

光阴如箭，不觉周年已到。兴哥祭过了父亲灵位，换去粗麻衣服，再央媒人王家去说，方才依允。不隔几日，六礼完备，娶了新妇进门。有《西江月》为证：

孝幕翻成红幕，色衣换去麻衣。画楼结彩烛光辉，和卺[3]花筵齐备。

那羡妆奁富盛，难求丽色娇妻。今宵云雨足欢娱，来日人称恭喜。

③和卺（jǐn）：古代婚礼的一种仪式。将一个瓠剖为两个瓢，新婚夫妇各执一瓢，饮酒成礼。后以和卺代指成婚。

说这新妇是王公最幼之女，小名唤做三大儿，因他是七月七日生的，又唤做三巧儿。王公先前嫁过的两个女儿，都是出色标致的，枣阳县中，人人称羡，造出四句口号，道是：

天下妇人多，王家美色寡。

有人娶着他，胜似为附马。

常言道："做买卖不着，只一时；讨老婆不着，是一世。"若干官宦大

户人家，单拣门户相当，或是贪他嫁资丰厚，不分皂白，定了亲事。后来娶下一房奇丑的媳妇，十亲九眷面前，出来相见，做公婆的好没意思，又且丈夫心下不喜，未免私房走野。偏是丑妇极会管老公，若是一般见识的，便要反目；若使顾惜体面，让他一两遍，他就做大起来。有此数般不妙，所以蒋世泽闻知王公惯生得好女儿，从小便送过财礼，定下他幼女与儿子为婚。今日娶过门来，果然娇资艳质，说起来，比他两个姐儿加倍标致。正是：

吴宫西子不如，楚国南威难赛。

若比水月观音，一样烧香礼拜。

蒋兴哥人才本自齐整，又娶得这房美色的浑家，分明是一对玉人，良工琢就，男欢女爱，比别个夫妻更胜十分。三朝之后，依先换了些浅色衣服，只推制中，不与外事，专在楼上与浑家成双捉对，朝暮取乐。真个行坐不离，梦魂作伴。自古苦日难熬，欢时易过。暑往寒来，早已孝服完满，起灵除孝，不在话下。

兴哥一日间想起父亲存日广东生理，如今担阁三年有余了，那边还放下许多客帐，不曾取得。夜间，与浑家商议，欲要去走一道。浑家初时也答应道该去，后来说到许多路程，恩爱夫妻，何忍分离？不觉两泪交流。兴哥也自割舍不得，两下凄惨一场，又丢开了。如此已非一次。

光阴荏苒，不觉又捱过了二年。那时兴哥决意要行，瞒过了浑家，在外面暗暗收拾行李。拣了个上吉的日期，五日前方对浑家说知，道："常言'坐吃山空'。我夫妻两口，也要成家立业，终不然抛了这行衣食道路？如今这二月天气不寒不暖，不上路更待何时？"浑家料是留他不住了，只得问道："丈夫此去几时可回？"兴哥道："我这番出外，甚不得已，好歹一年便回，宁可第二遍多去几时罢了。"浑家指着楼前一棵椿树道："明年此树发芽，便盼着官人回也。"说罢，泪下如雨。兴哥把衣袖替他揩拭，不觉自己眼泪也挂下来。两下里怨离惜别，分外恩情，一言难尽。

到第五日，夫妇两个啼啼哭哭，说了一夜的说话，索性不睡了。五更时分，兴哥便起身收拾，将祖遗下的珍珠细软，都交付与浑家收管。自己只带得本钱银两、帐目底本及随身衣服、铺陈之类，又有预备下送礼的人事[④]，都装叠得停当。原有两房家人，只带一个后生些的去，留一个老成的在家，听浑家使唤，买办日用。两个婆娘，专管厨下。又有两个丫头，一个叫晴云，一个叫暖雪，专在楼中伏侍，不许远离。分付停当了，对浑家说道："娘子耐心度日。地方轻薄子弟不少，你又生得美貌，莫在门前窥瞰，招风揽火。"浑家道："官人放心，早去早回。"两下掩泪而别。正是：

世上万般哀苦事，无非死别与生离。

④人事：礼物。

兴哥上路，心中只想着浑家，整日的不瞅不睬。不一日，到了广东地方，下了客店。这伙旧时相识都来会面，兴哥送了些人事。排家的治酒接风，一连半月二十日，不得空闲。兴哥在家时，原是淘虚了身子，一路受些劳碌，到此未免饮食不节，得了个疟疾，一夏不好，秋间转成水痢。每日请医切脉，服药调治，直延到秋尽，方得安痊。把买卖都担阁了，眼见得一年回去不成。正是：

只为蝇头微利，抛却鸳被良缘。

兴哥虽然想家，到得日久，索性把念头放慢了。

不题兴哥做客之事。且说这里浑家王三巧儿，自从那日丈夫分付了，果然数月之内，目不窥户，足不下楼。光阴似箭，不觉残年将尽，家家户户，闹轰轰的暖火盆，放爆竹，吃合家欢耍子。三巧儿触景伤情，思想丈夫，这一夜好生凄楚！正合古人的四句诗，道是：

腊尽愁难尽，春归人未归。

朝来嗔寂寞，不肯试新衣。

明日正月初一日，是个岁朝。晴云、暖雪两个丫头，一力劝主母在前楼去看看街坊景象。原来蒋家住宅前后通连的两带楼房，第一带临着大街，第二带方做卧室，三巧儿闲常只在第二带中坐卧。这一日被丫头们撺

掇不过，只得从边厢里走过前楼，分付推开窗子，把帘儿放下，三口儿在帘内观看。这日街坊上好不闹杂！三巧儿道："多少东行西走的人，偏没个卖卦先生在内！若有时，唤他来卜问官人消息也好。"晴云道："今日是岁朝，人人要闲耍的，那个出来卖卦？"暖雪叫道："娘！限在我两个身上，五日内包唤一个来占卦便了。"

到初四日早饭过后，暖雪下楼小解，忽听得街上当当的敲响。响的这件东西，唤做"报君知"，是瞎子卖卦的行头。暖雪等不及解完，慌忙检了裤腰，跑出门外，叫住了瞎先生。拨转脚头，一口气跑上楼来，报知主母。三巧儿分付："唤在楼下坐启内坐着，讨他课钱。"通陈过了，走下楼梯，听他剖断。那瞎先生占成一卦，问是何用。那时厨下两个婆娘，听得热闹，也都跑将来了，替主母传语道："这卦是问行人的。"瞎先生道："可是妻问夫么？"婆娘道："正是。"先生道："青龙治世，财爻发动。若是妻问夫，行人在半途，金帛千箱有，风波一点无。青龙属木，木旺于春，立春前后，已动身了。月尽月初，必然回家，更兼十分财采。"三巧儿叫买办的，把三分银子打发他去，欢天喜地，上楼去了。真所谓"望梅止渴""画饼充饥"。

大凡人不做指望，到也不在心上；一做指望，便痴心妄想，时刻难过。三巧儿只为信了卖卦先生之语，一心只想丈夫回来，从此时常走向前楼，在帘内东张西望。直到二月初旬，椿树抽芽，不见些儿动静。三巧儿思想丈夫临行之约，愈加心慌，一日几遍，向外探望。也是合当有事，遇着这个俊俏后生。正是：

有缘千里能相会，无缘对面不相逢。

这个俊俏后生是谁？原来不是本地，是徽州新安县人氏，姓陈，名商，小名叫做大喜哥，后来改口呼为大郎。年方二十四岁，且是生得一表人物，虽胜不得宋玉、潘安，也不在两人之下。这大郎也是父母双亡，凑了二三千金本钱，来走襄阳贩籴些米豆之类，每年常走一遍。他下处自在城外，偶然这日进城来，要到大市街汪朝奉典铺中问个家信。那典铺正在蒋家对门，因此经过。你道怎生打扮？头上带一项苏样的百柱鬃帽，身上穿一件鱼肚白的湖纱道袍，又恰好与蒋兴哥平昔穿着相像。三巧儿远远瞧见，只道是他丈夫回了，揭开帘子，定睛而看。陈大郎抬头，望见楼上一个年少的美妇人，目不转睛的，只道心上欢喜了他，也对着楼上丢个眼色。谁知两个都错认了。三巧儿见不是丈夫，羞得两颊通红，忙忙把窗儿拽转，跑在后楼，靠着床沿上坐地，兀自心头突突的跳一个不住。谁知陈大郎的一片精魂，早被妇人眼光儿摄上去了。回到下处，心心念念的放他不下，肚里想道："家中妻子，虽是有些颜色，怎比得妇人一半！欲待通个情款，争奈无门可入。若得谋他一宿，就消花这些本钱，也不枉为人在世。"叹了几口气，忽然想起大市街东巷，有个卖珠子的薛婆，曾与他做过交易。这婆子能言快语，况且日逐串街走巷，那一家不认得？须是与他商议，定有道理。

这一夜番来覆去，勉强过了。次日起个清早，只推有事，讨些凉水梳洗，取了一百两银子，两大锭金子，急急的跑进城来。这叫做：

欲求生受用，须下死工夫。

陈大郎进城，一径来到大市街东巷，去敲那薛婆的门。薛婆蓬着头，正在天井里拣珠子，听得敲门，一头收过珠包，一头问道："是谁？"才

听说出“徽州陈”三字，慌忙开门请进，道：“老身未曾梳洗，不敢为礼了。大官人起得好早！有何贵干？”陈大郎道：“特特而来，若迟时，怕不相遇。”薛婆道：“可是作成老身出脱些珍珠首饰么？”陈大郎道：“珠子也要买，还有大买卖作成你。”薛婆道：“老身除了这一行货，其余都不熟惯。”陈大郎道：“这里可说得话么？”薛婆便把大门关上，请他到小阁儿坐着，问道：“大官人有何分付？”大郎见四下无人，便向衣袖里摸出银子，解开布包，摊在桌上，道：“这一百两白银，干娘收过了，方才敢说。”婆子不知高低，那里肯受。大郎道：“莫非嫌少？”慌忙又取出黄灿灿的两锭金子，也放在桌上，道：“这十两金子，一并奉纳。若干娘再不收时，便是故意推调了。今日是我来寻你，非是你来求我。只为这桩大买卖，不是老娘成不得，所以特地相求。便说做不成时，这金银你只管受用。终不然我又来取讨，日后再没相会的时节了？我陈商不是恁般小样的人！”看官，你说从来做牙婆的那个不贪钱钞？见了这般黄白之物，如何不动火？薛婆当时满脸堆下笑来，便道：“大官人休得错怪，老身一生不曾要别人一厘一毫不明不白的钱财。今日既承大官人分付，老身权且留下。若是不能效劳，依旧奉纳。”说罢，将金锭放银包内，一齐包起，叫声：“老身大胆了。”拿向卧房中藏过，忙趄[⑤]出来，道：“大官人，老身且不敢称谢，你且说甚么买卖，用着老身之处？”大郎道：“急切要寻一件救命之宝，是处都兀，只大市街上一家人家方有，特央干娘去借借。”婆子笑将起来道：“又是作怪！老身在这条巷中住过二十多年，不曾闻大市街有甚救命之宝。大官人你说，有宝的还是谁家？”大郎道：“敝乡里汪三朝奉典铺对门高楼子内是何人之宅？”婆子想了一回，道：“这是本地蒋兴哥家里，他男子出外做客，一年多了，止有女眷在家。”大郎道：“我这救命之宝，正要问他女眷借借。”便把椅儿掇近了婆子身边，向他诉出心腹，如此如此。婆子听罢，连忙摇首道：“此事太难！蒋兴哥新娶这房娘子，不上四年，夫妻两个如鱼似水，寸步不离。如今没奈何出去了，这小娘子足不下楼，甚是贞节。因兴哥做人有些古怪，容易嗔嫌。老身辈从不曾上他的阶头。连这小娘子面长面短，老身还不认得，如何应承得此事？方才所赐，是老身薄福，受用不成了。”陈大郎听说，慌忙双膝跪下。婆子去扯他时，被他两手拿住衣袖，紧紧按定在椅上，动掸不得。口里说：“我陈商这条性命，都在干娘身上。你是必思量个妙计，作成我入马[⑥]，救我残生。事成之日，再有白金百两相酬。若是推阻，即今便是个死。”慌得婆子没理会处，连声应道：“是，是！莫要折杀老身，大官人请起，老身有话讲。”陈大郎方才起身，拱手道：“有何妙策，作速见教。”薛婆道：“此事须从容图之，只要成就，莫论岁月。若是限时限日，老身决难奉命。”陈大郎道：“若果然成就，便迟几日何妨。只是计将安出？”薛婆道：“明日不可太早，不可太迟，早饭后，相约在汪三朝奉典铺中相会。大官人可多带银两，只说与老身做买卖，其间自有道理。若是老身这两只脚跨进得蒋家门时，便是大官人的造化。大官人便可急回下处，莫在他门首盘桓，被人识破，误了大事。讨得三分机会，老身自来回复。”陈大郎道：“谨依尊命。”唱了个肥喏[⑦]，欣然开门而去。正是：

未曾灭项兴刘，先见筑坛拜将。

⑤踅（xué）：转折、来回走动。这里是走回来的意思。

⑥入马：马，是妇女的意思。入马，即和女人勾搭上。

⑦唱肥喏（rě）：一面拱手行礼，一面口里喊喏，叫唱喏，是古代男子所行之礼。元明之间，往往也称作揖为唱喏。唱肥喏，就是深深作一个揖，也叫唱大喏。

当日无话。到次日，陈大郎穿了一身齐整衣服，取上三四百两银子，放在个大皮匣内，唤小郎背着，跟随到大市街汪家典铺来。瞧见对门楼窗紧闭，料是妇人不在，便与管典的拱了手，讨个木凳儿坐在门前，向东而望。不多时，只见薛婆抱着一个篾丝箱儿来了。陈大郎唤住，问道：“箱内何物？”薛婆道：“珠宝首饰，大官人可用么？”大郎道：“我正要买。”薛婆进了典铺，与管典的相见了，叫声咶噪，便把箱儿打开。内中有十来包珠子，又有几个小匣儿，都盛着新样簇花点翠的首饰，奇巧动人，光灿

夺目。陈大郎拣几吊极粗极白的珠子，和那些簪珥之类，做一堆儿放着，道："这些我都要了。"婆子便把眼儿瞅着，说道："大官人要用时尽用，只怕不肯出这样大价钱。"陈大郎已自会意，开了皮匣，把这些银两白华华的，摊做一台，高声的叫道："有这些银子，难道买你的货不起。"此时邻舍闲汉已自走过七八个人，在铺前站着看了。婆子道："老身取笑，岂敢小觑大官人。这银两须要仔细，请收过了，只要还得价钱公道便好。"两下一边的讨价多，一边的还钱少，差得天高地远。那讨价的一口不移，这里陈大郎拿着东西，又不放手，又不增添，故意走出屋檐，件件的翻覆认看，言真道假、弹斤估两的在日光中烜耀。惹得一市人都来观看，不住声的有人喝采。婆子乱嚷道："买便买，不买便罢，只管担阁人则甚[8]！"陈大郎道："怎么不买？"两个又论了一番价。正是：

只因酬价争钱口，惊动如花似玉人。

⑧则甚：作什么，干什么。

王三巧儿听得对门喧嚷，不觉移步前楼，推窗偷看。只见珠光闪烁，宝色辉煌，甚是可爱。又见婆子与客人争价不定，便分付丫鬟去唤那婆子，借他东西看看。晴云领命，走过街去，把薛婆衣袂一扯，道："我家娘请你。"婆子故意问道："是谁家?"晴云道："对门蒋家。"婆子把珍珠之类，劈手夺将过来，忙忙的包了，道："老身没有许多空闲与你歪缠!"陈大郎道："再添些卖了罢。"婆子道："不卖，不卖！像你这样价钱，老身卖去多时了。"一头说，一头放入箱儿里，依先关锁了，抱着便走。晴云道："我替你老人家拿罢。"婆子道："不消。"头也不回，径到对门去了。陈大郎心中暗喜，也收拾银两，别了管典的，自回下处。正是：

眼望捷旌旗，耳听好消息。

晴云引薛婆上楼，与三巧儿相见了。婆子看那妇人，心下想道："真天人也！怪不得陈大郎心迷，若我做男子，也要浑了[9]。"当下说道："老身久闻大娘贤慧，但恨无缘拜识。"三巧儿问道："你老人家尊姓?"婆子道："老身姓薛，只在这里东巷住，与大娘也是个邻里。"三巧儿道："你方才这些东西，如何不卖?"婆子笑道："若不卖时，老身又拿出来怎的?只笑那下路[10]客人，空自一表人才，不识货物。"说罢便去开了箱儿，取出几件簪珥，递与那妇人看，叫道："大娘，你道这样首饰，便工钱也费多少！他们还得忒不像样，教老身在主人家面前，如何告得许多消乏?"又把几串珠子提将起来道："这般头号的货，他们还做梦哩。"三巧儿问了他讨价、还价，便道："真个亏你些儿。"婆子道："还是大家宝眷，见多识广，比男子汉眼力到胜十倍。"三巧儿唤丫唤看茶，婆子道："不扰茶了。老身有件要紧的事，欲往西街走走，遇着这个客人，缠了多时，正是：'买卖不成，担误工程。'这箱儿连锁放在这里，权烦大娘收拾。老身暂去，少停就来。"说罢便走。三巧儿叫晴云送他下楼，出门向西去了。

⑨浑了：头脑不清，糊涂，这里有着迷的意思。

⑩下路：指长江下游一带。从前住在长江上游的人称下游来的人为"下路人"。

三巧儿心上爱了这几件东西，专等婆子到来酬价，一连五日不至。到第六日午后，忽然下一场大雨。雨声未绝，砰砰的敲门声响。三巧儿唤丫

鬟开看，只见薛婆衣衫半湿，提个破伞进来，口儿道："晴干不肯走，直待雨淋头。"把伞儿放在楼梯边，走上楼来万福道："大娘，前晚失信了。"三巧儿慌忙答礼道："这几日在那里去了？"婆子道："小女托赖，新添了个外甥[11]。老身去看看，留住了几日，今早方回。半路上下起雨来，在一个相识人家借得把伞，又是破的，却不是晦气！"三巧儿道："你老人家几个儿女？"婆子道："只一个儿子，完婚过了。女儿到有四个，这是我第四个了，嫁与徽州朱八朝奉做偏房，就在这北门外开盐店的。"三巧儿道："你老人家女儿多，不把来当事了。本乡本土少什么一夫一妇的，怎舍得与异乡人做小？"婆子道："大娘不知，到是异乡人有情怀。虽则偏房，他大娘子只在家里，小女自在店中，呼奴使婢，一般受用。老身每遍去时，他当个尊长看待，更不怠慢。如今养了个儿子，愈加好了。"三巧儿道："也是你老人家造化，嫁得着。"

⑪外甥：这里指外孙，某些方言中外孙也叫"外甥"。

说罢，恰好晴云讨茶上来，两个吃了。婆子道："今日雨天没事，老身大胆，敢求大娘的首饰一看，看些巧样儿在肚里也好。"三巧儿道："也只是平常生活，你老人家莫笑话。"就取一把钥匙，开了箱笼，陆续搬出许多钗、钿、缨络之类。薛婆看了，夸美不尽，道："大娘有恁般珍异，把老身这几件东西，看不在眼了。"三巧儿道："好说，我正要与你老人家请个实价。"婆子道："娘子是识货的，何消老身费嘴。"三巧儿把东西检过，取出薛婆的篾丝箱儿来，放在桌上，将钥匙递与婆子道："你老人家开了，检看个明白。"婆子道："大娘忒精细了。"当下开了箱儿，把东西逐件搬出。三巧儿品评价钱，都不甚远。婆子并不争论，欢欢喜喜的道："恁地，便不枉了人。老身就少赚几贯钱，也是快活的。"三巧儿道："只是一件，目下凑不起价钱，只好现奉一半。等待我家官人回来，一并清楚，他也只在这几日回了。"婆子道："便迟几日，也不妨事。只是价钱上相让多了，银水要足纹[12]的。"三巧儿道："这也小事。"便把心爱的几件首饰及珠子收起，唤晴云取杯见成[13]酒来，与老人家坐坐。婆子道："造次如何好搅扰？”三巧儿道：“时常清闲，难得你老人家到此，作伴扳话。你老人家若不嫌怠慢，时常过来走走。”婆子道：“多谢大娘错爱，老身家里当不过嘈杂，像宅上又忒清闲了。”三巧儿道：“你家儿子做甚生意？”婆子道：“也只是接些珠宝客人，每日的讨酒讨浆，刮[14]的人不耐烦。老身亏杀各宅们走动，在家时少，还好。若只在六尺地上转，怕不燥死了人。”三巧儿道：“我家与你相近，不耐烦时，就过来闲话。”婆子道：“只不敢频频打搅。”三巧儿道：“老人家说那里话。”

⑫足纹：成色好的银子，称为纹银。

⑬见成：现成。见，同“现”。

⑭刮：同“聒”，吵闹，喧闹。

只见两个丫鬟轮番的走动，摆了两副杯箸，两碗腊鸡，两碗腊肉，两碗鲜鱼，连果碟素菜，共一十六个碗。婆子道：“如何盛设！”三巧儿道：“见成的，休怪怠慢。”说罢，斟酒递与婆子，婆子将杯回敬，两下对坐而饮。原来三巧儿酒量尽去得，那婆子又是酒壶酒瓮，吃起酒来，一发相投了，只恨会面之晚。那日直吃到傍晚，刚刚雨止，婆子作谢要回。三巧儿又取出大银钟来，劝了几钟，又陪他吃了晚饭。说道：“你老人家再宽坐一时，我将这一半价钱付你去。”婆子道：“天晚了。大娘请自在，不争这一夜儿，明日却来领罢。连这篾丝箱儿，老身也不拿去了，省得路上泥滑滑的不好走。”三巧儿道：“明日专专望你。”婆子作别下楼，取了破伞，出门去了。正是：

世间只有虔婆嘴[15]，哄动多多少少人。

⑮虔婆嘴：不正派的老婆子，往往专用以称老鸨。

却说陈大郎在下处呆等了几日，并无音信。见这日天雨，料是婆子在家，拖泥带水的进城来问个消息，又不相值。自家在酒肆中吃了三杯，用了些点心，又到薛婆门首打听，只是未回。看看天晚，却待转身，只见婆子一脸春色，脚略斜的走入巷来。陈大郎迎着他，作了揖，问道：“所言如何？”婆子摇手道：“尚早。如今方下种，还没有发芽哩。再隔五六年，

开花结果，才到得你口。你莫在此探头探脑，老娘不是管闲事的。”陈大郎见他醉了，只得转去。

次日，婆子买了些时新果子，鲜鸡、鱼、肉之类，唤个厨子安排停当，装做两个盒子，又买一瓮上好的酽酒，央间壁小二挑了，来到蒋家门首。三巧儿这日不见婆子到来，正教晴云开门出来探望，恰好相遇。婆子教小二挑在楼下，先打发他去了。晴云已自报知主母。三巧儿把婆子当个贵客一般，直到楼梯一边迎他上去。婆子千恩万谢的福了一回，便道：“今日老身偶有一杯水酒，将来与大娘消遣。”三巧儿道：“到要你老人家赔钞，不当受了。”婆子央两个丫鬟搬将上来，摆做一桌子。三巧儿道：“你老人家忒迂阔了，恁般大弄起来。”婆子笑道：“小户人家，备不出甚么好东西，只当一茶奉献。”晴云便去取杯箸，暖雪便吹起水火炉[16]来。霎时酒暖，婆子道：“今日是老身薄意，还请大娘转坐客位。”三巧儿道：“虽然相扰，在寒舍岂有此理？”两下谦让多时，薛婆只得坐了客席。这是第三次相聚，更觉熟分了。

⑯水火炉：一种便于移动携带的烧炭的铜制或银制的小炉，主要用于暖酒热水。

饮酒中间，婆子问道："官人出外好多时了还不回，亏他撇得大娘下。"三巧儿道："便是，说过一年就转，不知怎地担阁了？"婆子道："依老身说，放下了恁般如花似玉的娘子，便博个堆金积玉也不为罕。"婆子又道："大凡走江湖的人，把客当家，把家当客。比如我第四个女婿宋八朝奉，有了小女，朝欢暮乐，那里想家？或三年四年，才回一遍。住不上一两个月，又来了。家中大娘子替他担孤受寡，那晓得他外边之事？"三巧儿道："我家官人到不是这样人。"婆子道："老身只当闲话讲，怎敢将天比地？"当日两个猜谜掷色，吃得酩酊而别。

第三日，同小二来取家火[17]，就领这一半价钱。三巧又留他吃点心。

⑰家火：家伙、用具、器械。

从此以后，把那一半赊钱为由，只做问兴哥的消息，不时行走。这婆子俐齿伶牙，能言快语，又半痴不颠的，惯与丫鬟们打诨，所以上下都欢喜他。三巧儿一日不见他来，便觉寂寞，叫老家人认了薛婆家里，早晚常去请他，所以一发来得勤了。世间有四种人惹他不得，引起了头，再不好绝他。是那四种？

游方僧道、乞丐、闲汉、牙婆。

上三种人犹可，只有牙婆是穿房入户的，女眷们怕冷静时，十个九个到要扳他来往。今日薛婆本是个不善之人，一般甜言软语，三巧儿遂与他成了至交，时刻少他不得。正是：

画虎画皮难画骨，知人知面不知心。

陈大郎几遍讨个消息，薛婆只回言尚早。其时五月中旬，天渐炎热。婆子在三巧儿面前，偶说起家中蜗窄[18]，又是朝西房子，夏月最不相宜，不比这楼上高厂风凉。三巧儿道："你老人家若撇得家下，到此过夜也好。"婆子道："好是好，只怕官人回来。"三巧儿道："他就回，料道不

是半夜三更。”婆子道：“大娘不嫌蒿恼[19]，老身惯是掗相知[20]的，只今晚就取铺陈过来，与大娘作伴，何如?”三巧儿道：“铺陈尽有，也不须拿得。你老人家回覆家里一声，索性在此过了一夏家去不好?”婆子真个对家里儿子媳妇说了，只带个梳匣儿过来。三巧儿道：“你老人家多事，难道我家油梳子也缺了，你又带来怎地?”婆子道：“老身一生怕的是同汤洗脸，合具梳头。大娘怕没有精致的梳具，老身如何敢用？其他娘儿们的，老身也怕用得，还是自家带了便当。只是大娘分付在那一门房安歇?”三巧儿指着床前一个小小藤榻儿，道：“我预先排下你的卧处了，我两个亲近些，夜间睡不着好讲些闲话。”说罢，检出一项青纱帐来，教婆子自家挂了，又同吃了一会酒，方才歇息。两个丫鬟原在床前打铺相伴，因有了婆子，打发他在间壁房里去睡。

⑱蜗窄：形容住房窄小。

⑲蒿恼：打扰，骚扰。蒿，也写作“薅”。

⑳掗（yà）相知：硬拉关系，强行结交，这里指与不熟悉的人套近乎。掗，强行使人接受。

从此为始，婆子日间出去串街做买卖，黑夜便到蒋家歇宿。时常携壶挈榼[21]的殷勤热闹，不一而足。床榻是丁字样铺下的，虽隔着帐子，却像是一头同睡。夜间絮絮叨叨，你问我答，凡街坊秽亵之谈，无所不至。这婆子或时装醉诈风起来，到说起自家少年时偷汉的许多情事，去勾动那妇人的春心。害得那妇人娇滴滴一副嫩脸，红了又白，白了又红。婆子也知妇人心话，只是那话儿不好启齿。

㉑榼（kē）：古时盛酒或贮水的器具，也泛指盒类容器。

光阴迅速，又到七月初七日了，正是三巧儿的生日。婆子清早备下两盒礼，与他做生。三巧儿称谢了，留他吃面。婆子道：“老身今日有些穷忙，晚上来陪大娘，看牛郎织女做亲。”说罢自去了。

下得阶头不几步，正遇着陈大郎。路上不好讲话，随到个僻静巷里。陈大郎攒着两眉，埋怨婆子道：“干娘，你好慢心肠！春去夏来，如今又立过秋了。你今日也说尚早，明日也说尚早，却不知我度日如年。再延捱几日，他丈夫回来，此事便付东流，却不活活的害死我也！阴司去少不得与你索命。"婆子道："你且莫喉急[22]，老身正要相请，来得恰好。事成不成，只在今晚，须是依我而行。如此如此，这般这般。全要轻轻悄悄，莫带累人。"陈大郎点头道："好计，好计！事成之后，定当厚报。"说罢，欣然而去。正是：

排成窃玉偷香阵，费尽携云握雨心。

㉒喉急：窘迫而发急。

却说薛婆约定陈大郎这晚成事。午后细雨微茫，到晚却没有星月。婆子黑暗里引着陈大郎埋伏在左近，自己却去敲门。暗云点个纸灯儿，开门出来。婆子故意把衣袖一摸，说道："失落了一条临清汗巾儿。姐姐，劳你大家寻一寻。"哄得晴云便把灯向街上照去。这里婆子捉个空，招着陈大郎一溜溜进门来，先引他在楼梯背后空处伏着。婆子便叫道："有了，不要寻了。"晴云道："恰好火也没了，我再去点个来照你。"婆子道："走熟的路，不消用火。"两个黑暗里关了门，摸上楼来。三巧儿问道："你没了什么东西？"婆子袖里扯出个小帕儿来，道："就是这个冤家，虽然不值甚钱，是一个北京客人送我的，却不道'礼轻人意重'。"三巧儿取笑道："莫非是你老相交送的表记。"婆子笑道："也差不多。"当夜两个耍笑饮酒。婆子道："酒肴尽多，何不把些赏厨下男女？也教他闹轰轰，像个节夜。"三巧儿真个把四碗菜，两壶酒，分付丫鬟，拿下楼去。那两个婆娘，一个汉子，吃了一回，各去歇息不题。

再说婆子饮酒中间问道："官人如何还不回家？"三巧儿道："便是算来一年半了。"婆子道："牛郎织女，也是一年一会，你比他到多隔了半年。常言道一品官、二品客。做客的那一处没有风花雪月？只苦了家中娘子。"三巧儿叹了口气，低头不语。婆子道："是老身多嘴了。今夜牛女佳期，只该饮酒作乐，不该说伤情话儿。"说罢，便斟酒去劝那妇人。

约莫半酣，婆子又把酒去劝两个丫鬟，说道："这是牛郎织女的喜酒，

劝你多吃几杯，后日嫁个恩爱的老公，寸步不离。”两个丫鬟被缠不过，勉强吃了，各不胜酒力，东倒西歪。三巧儿分付关了楼门，发放他先睡。他两个自在吃酒。

婆子一头吃，口里不住的说罗说皂道：“大娘几岁上嫁的?”三巧儿道：“十七岁。”婆子道：“破得身迟，还不吃亏。我是十三岁上就破了身。”三巧儿道：“嫁得恁般早?”婆子道：“论起嫁，到是十八岁了。不瞒大娘说，因是在间壁人家学针指，被他家小官人调诱，一时间贪他生得俊俏，就应承与他偷了。初时好不疼痛，两三遍后，就晓得快活。大娘你可也是这般么?”三巧儿只是笑。婆子又道：“那话儿到是不晓得滋味的到好，尝过的便丢不下，心坎里时时发痒。日里还好，夜间好难过哩。”三巧儿道：“想你在娘家时阅人多矣，亏你怎生充得黄花女儿嫁去?”婆子道：“我的老娘也晓得些影像[23]，生怕出丑，教我一个童女方，用石榴皮、生矾两味，煎汤洗过，那东西就揪紧了。我只做张做势的叫疼，就遮过了。”三巧儿道：“你做女儿时，夜间也少不得独睡。”婆子道：“还记得在娘家时节，哥哥出外，我与嫂嫂一头同睡，两下轮番在肚子上学男子汉的行事。”三巧儿道：“两个女人做对，有甚好处?”婆子走过三巧儿那边，挨肩坐了，说道：“大娘，你不知，只要大家知音，一般有趣，也撒得火。”三巧儿举手把婆子肩胛上打一下，说道："我不信，你说谎。"婆了见他欲心已动，有心去挑拨他，又道："老身今年五十二岁了，夜间常痴性发作，打熬不过，亏得你少年老成。"三巧儿道："你老人家打熬不过，终不然还去打汉子？"婆子道："败花枯柳，如今那个要我了？不瞒大娘说，我也有个自取其乐，救急的法儿。"三巧儿道："你说谎，又是甚么法儿？"婆子道："少停到床上睡了，与你细讲。"

㉓影像：踪迹，迹象，指很不清楚的记忆或印象。

说罢，只见一个飞蛾在灯上旋转，婆子便把扇来一扑，故意扑灭了灯，叫声："阿呀！老身自去点灯来。"便去开楼门。陈大郎已自走上楼梯，伏在门边多时了。——都是婆子预先设下的圈套。婆子道："忘带个取灯儿[24]去了。"又走转来，便引着陈大郎到自己榻上伏着。婆子下楼去了一回，复上来道："夜深了，厨下火种都熄了，怎么处？"三巧儿道："我点灯睡惯了，黑魆魆地，好不怕人！"婆道："老身伴你一床睡，何如？"三巧儿正要问他救急的法儿，应道："甚好。"婆子道："大娘，你先上床，我关了门就来。"三巧儿先脱了衣服，床上去了，叫道："你老人家快睡罢。"婆子应道："就来了。"却在榻上拖陈大郎上来，赤条条的扨[25]在三巧儿床上去。三巧儿摸着身子，道："你老人家许多年纪，身上恁般光滑！"那人并不回言，钻进被里，就捧着妇人做嘴，妇人还认是婆子，双手相抱。那人蓦地腾身而上，就干起事来。那妇人一则多了杯酒，醉眼朦胧；二则被婆子挑拨，春心飘荡，到此不暇致详，凭他轻薄：

㉔取灯儿：发烛，削松木为小薄片，一端涂有硫磺，用以点火，类似今之火柴。

㉕扨（sǒng）：扨身，纵身（跳）。

一个是闺中怀春的少妇，一个是客邸慕色的才郎。一个打熬许久，如文君初遇相如；一个盼望多时，如必正初谐陈女[26]。分明久旱逢甘雨，胜似他乡遇故知。

㉖必正初谐陈女：指潘必正与陈妙常。传说宋代书生潘必正与道姑陈

妙常恋爱，最后结成夫妇。

陈大郎是走过风月场的人，颠鸾倒凤，曲尽其趣，弄得妇人魂不附体。云雨毕后，三巧儿方问道："你是谁?"陈大郎把楼下相逢，如此相慕，如此苦央薛婆用计，细细说了："今番得遂平生，便死瞑目。"婆子走到床间，说道："不是老身大胆，一来可怜大娘青春独宿，二来要救陈郎性命。你两个也是宿世姻缘，非干老身之事。"三巧儿道："事已如此，万一我丈夫知觉，怎么好?"婆子道："此事你知我知，只买定了晴云、暖雪两个丫头，不许他多嘴，再有谁人漏泄？在老身身上，管成你夜夜欢娱，一些事也没有。只是日后不要忘记了老身。"三巧儿到此，也顾不得许多了，两个又狂荡起来，直到五更鼓绝，天色将明，两个兀自不舍。婆子催促陈大郎起身，送他出门去了。

自此无夜不会，或是婆子同来，或是汉子自来。两个丫鬟被婆子甜话儿偎他，又把利害话儿吓他，又教主母赏他几件衣服，汉子到时，不时把些零碎银子赏他们买果儿吃，骗得欢欢喜喜，已自做了一路。夜来明去，一出一入，都是两个丫鬟迎送，全无阻隔。真个是你贪我爱，如胶似漆，胜如夫妇一般。陈大郎有心要结识这妇人，不时地制办好衣服、好首饰送他，又替他还了欠下婆子的一半价钱，又将一百两银子谢了婆子。往来半年有余，这汉子约有千金之费。三巧儿也有三十多两银子的东西，送那婆子。婆子只为图这些不义之财，所以肯做牵头[27]。这都不在话下。

㉗牵头：指不正当男女关系的拉拢人。

古人云："天下无不散的筵席。"才过十五元宵夜，又是清明三月天。陈大郎思想蹉跎了多时生意，要得还乡。夜来与妇人说知，两下恩深义重，各不相舍。妇人到情愿收拾了些细软，跟随汉子逃走，去做长久夫妻。陈大郎道："使不得。我们相交始末，都在薛婆肚里。就是主人家吕公，见我每夜进城，难道没有些疑惑？况客船上人多，瞒得那个？两个丫鬟又带去不得。你丈夫回来，跟究出情由，怎肯干休？娘子权且耐心，到明年此时，我到此觅个僻静下处，悄悄通个信儿与你，那时两口儿同走，神鬼不觉，却不安稳？”妇人道：“万一你明年不来，如何？”陈大郎就设起誓来。妇人道：“既然你有真心，奴家也决不相负。你若到了家乡，倘有便人，托他捎个书信到薛婆处，也教奴家放意。”陈大郎道：“我自用心，不消分付。”

又过几日，陈大郎雇下船只，装载粮食完备，又来与妇人作别。这一夜倍加眷恋，两下说一会，哭一会，又狂荡一会，整整的一夜不曾合眼。到五更起身，妇人便去开箱，取出一件宝贝，叫做“珍珠衫”，递与陈大郎道：“这件衫儿，是蒋门祖传之物，暑天若穿了他，清凉透骨。此去天道渐热，正用得着。奴家把与你做个记念，穿了此衫，就如奴家贴体一般。”陈大郎哭得出声不得，软做一堆。妇人就把衫儿亲手与汉子穿下，叫丫鬟开了门户，亲自送他出门。再三珍重而别。诗曰：

昔年含泪别夫郎，今日悲啼送所欢。

堪恨妇人多水性，招来野鸟胜文鸾。

话分两头。却说陈大郎有了这珍珠衫儿，每日贴体穿着，便夜间脱下，也放在被窝中同睡，寸步不离。一路遇了顺风，不两月行到苏州府枫桥地面。那枫桥是柴米牙行聚处，少不得投个主家脱货，不在话下。

忽一日，赴个同乡人的酒席。席上遇个襄阳客人，生得风流标致。那人非别，正是蒋兴哥。原来兴哥在广东贩了些珍珠、玳瑁、苏木、沉香之类，搭伴起身。那伙同伴商量，都要到苏州发卖。兴哥久闻得“上说天堂，下说苏杭”，好个大马头[28]所在，有心要去走一遍，做这一回买卖，方才回去。还是去年十月中到苏州的。因是隐姓为商，都称为罗小官人，所以陈大郎更不疑惑。他两个萍水相逢，年相若，貌相似，谈吐应对之间，彼此敬慕。即席间问了下处，互相拜望，两下遂成知己，不时会面。

㉘马头：同“码头”。

兴哥讨完了客帐，欲待起身，走到陈大郎寓所作别。大郎置酒相待，促膝谈心，甚是款洽。此时五月下旬，天气炎热。两个解衣饮酒，陈大郎露出珍珠衫来。兴哥心中骇异，又不好认他的，只夸奖此衫之美。陈大郎

恃了相知，便问道："贵县大市街有个蒋兴哥家，罗兄可认得否?"兴哥到也乖巧，回道："在下出外日多，里中虽晓得有这个人，并不相认，陈兄为何问他?"陈大郎道："不瞒兄长说，小弟与他有些瓜葛。"便把三巧儿相好之情，告诉了一遍。扯着衫儿看了，眼泪汪汪道："此衫是他所赠。兄长此去，小弟有封书信，奉烦一寄，明日侵早㉙送到贵寓。"兴哥口里答应道："当得，当得。"心下沉吟："有这等异事！现在珍珠衫为证，不是个虚话了。"当下如针刺肚，推放不饮，急急起身别去。回到下处，想了又恼，恼了又想，恨不得学个缩地法儿，顷刻到家。连夜收拾，次早便上船要行。

㉙侵早：侵晨，天刚亮。

只见岸上一个人气吁吁的赶来，却是陈大郎。亲把书信一大包，递与兴哥，叮嘱千万寄去。气得兴哥面如土色，说不得，话不得，死不得，活不得。只等陈大郎去后，把书看时，面上写道："此书烦寄大市街东巷薛妈妈家。"兴哥性起，一手扯开，却是八尺多长一条桃红绉纱汗巾。又有个纸糊长匣儿，内羊脂玉凤头簪一根。书上写道："微物二件，烦干娘转寄心爱娘子三巧儿亲收，聊表记念。相会之期，准在来春。珍重，珍重。"兴哥大怒，把书扯得粉碎，撇在河中，提起玉簪在船板上一掼，折做两段。一念想起道："我好糊涂！何不留此做个证见也好。"便捡起簪儿和汗巾，做一包收拾，催促开船。急急的赶到家乡，望见了自家门首，不觉堕下泪来。想起："当初夫妻何等恩爱，只为我贪着蝇头微利，撇他少年守寡，弄出这场丑来，如今悔之何及!"在路上性急，巴不得赶回。及至到了，心中又苦又恨，行一步，懒一步。进得自家门里，少不得忍住了气，勉强相见。兴哥并无言语，三巧儿自己心虚，觉得满脸惭愧，不敢殷勤上前扳话。兴哥搬完了行李，只说去看看丈人丈母，依旧到船上住了一晚。

次早回家，向三巧儿说道："你的爹娘同时害病，势甚危笃。昨晚我只得住下，看了他一夜。他心中只牵挂着你，欲见一面。我已雇下轿子在门首，你可作速回去，我也随后就来。"三巧儿见丈夫一夜不回，心里正在疑虑。闻说爹娘有病，却认真了，如何不慌？慌忙把箱笼上匙钥递与丈夫，唤个婆娘跟了，上轿而去。兴哥叫住了婆娘，向袖中摸出一封书来，分付他送与王公："送过书，你便随轿回来。"

却说三巧儿回家，见爹娘双双无恙，吃了一惊。王公见女儿不接而回，也自骇然。在婆子手中接书，拆开看时，却是休书一纸。上写道：

立休书人蒋德，系襄阳府枣阳县人。从幼凭媒聘定王氏为妻。岂期过门之后，本妇多有过失，正合七出之条[30]。因念夫妻之情，不忍明言，情愿退还本宗，听凭改嫁，并无异言，休书是实。

成化二年　月　日　手掌为记[31]。

㉚七出之条：七出，又称七去，七弃。古代社会认为妻子犯了七种"过失"中的一种，丈夫即可将她遗弃。这七种"过失"是：无子、淫佚、不事舅姑（即公婆）、口舌、盗窃、妒忌、恶疾。

㉛手掌为记：指盖手印。

书中又包着一条桃红汗巾，一枝打折的羊脂玉凤头簪。王公看了大惊，叫过女儿问其缘故。三巧儿听说丈夫把他休了，一言不发，啼哭起来。王公气忿忿的一径跟到女婿家来，蒋兴哥连忙上前作揖。王公回礼，便问道："贤婿，我女儿是清清白白嫁到你家的，如今有何过失，你便把

他休了？须还我个明白。”蒋兴哥道：“小婿不好说得，但问令爱便知。”王公道：“他只是啼哭，不肯开口，教我肚里好闷！小女从幼聪慧，料不到得犯了淫盗。若是小小过失，你可也看老汉薄面，恕了他罢。你两个是七八岁上定下的夫妻，完婚后并不曾争论一遍两遍，且是和顺。你如今做客才回，又不曾住过三朝五日，有什么破绽落在你眼里？你直如此狠毒，也被人笑话，说你无情无义。”蒋兴哥道：“丈人在上，小婿也不敢多讲。家下有祖遗下珍珠衫一件，是令爱收藏，只问他如今在否。若在时，半字休题；若不在，只索休怪了。”王公忙转身回家，问女儿道：“你丈夫只问你讨什么珍珠衫，你端的拿与何人去了？”那妇人听得说着了他紧要的关目[32]，羞得满脸通红，开不得口，一发号陶大哭起来，慌得王公没做理会处。王婆劝道：“你不要只管啼哭，实实的说个真情与爹妈知道，也好与你分剖。”妇人那里肯说，悲悲咽咽，哭一个不住。王公只得把休书和汗巾、簪子，都付与王婆，教他慢慢的偎着女儿，问他个明白。

㉜关目：剧本或故事的情节，这里指紧要或秘密之事。

王公心中纳闷，走到邻家闲话去了。王婆见女儿哭得两眼赤肿，生怕苦坏了他，安慰了几句言语，走往厨房下去暖酒，要与女儿消愁。三巧儿在房中独坐，想着珍珠衫泄漏的缘故，好生难解！这汗巾簪子，又不知那里来的。沉吟了半晌道：“我晓得了。这折簪是镜破钗分之意，这条汗巾，分明教我悬梁自尽。他念夫妻之情，不忍明言，是要全我的廉耻。可怜四年恩爱，一旦决绝，是我做的不是，负了丈夫恩情。便活在人间，料没有个好日，不如缢死，到得干净。”说罢，又哭了一回，把个坐兀子[33]填高，将汗巾兜在梁上，正欲自缢。也是寿数未绝，不曾关上房门。险好王婆暖得一壶好酒走进房来，见女儿安排这事，急得他手忙脚乱，不放酒壶，便上前去拖拽。不期一脚踢番坐兀子，娘儿两个跌做一团，酒壶都泼翻了。王婆爬起来，扶起女儿，说道：“你好短见！二十多岁的人，一朵花还没有开足，怎做这没下梢的事？莫说你丈夫还有回心转意的日子，便真个休了，恁般容貌，怕没人要你？少不得别选良姻，图个下半世受用。你且放心过日子去，休得愁闷。”王公回家，知道女儿寻死，也劝了他一番，又嘱付王婆用心提防。过了数日，三巧儿没奈何，也放下了念头。正是：

夫妻本是同林鸟，大限来时各自飞。

㉝坐兀子：小凳子。兀子，同“杌子”。

再说蒋兴哥把两条索子，将晴云、暖雪捆缚起来，拷问情由。那丫头初时抵赖，吃打不过，只得从头至尾，细细招将出来。已知都是薛婆勾引，不干他人之事。到明朝，兴哥领了一伙人，赶到薛婆家里，打得他雪片相似，只饶他拆了房子。薛婆情知自己不是，躲过一边，并没一人敢出头说话。兴哥见他如此，也出了这口气。回去唤个牙婆，将两个丫头都卖了。楼上细软箱笼，大小共十六只，写三十二条封皮，打叉封了，更不开动。这是甚意儿？只因兴哥夫妇，本是十二分相爱的。虽则一时休了，心中好生痛切。见物思人，何忍开看？

话分两头说。却说南京有个吴杰进士，除授广东潮阳县知县。水路上任，打从襄阳经过。不曾带家小，有心要择一美妾。一路看了多少女子，并不中意。闻得枣阳县王公之女，大有颜色，一县闻名。出五十金财礼，央媒议亲。王公到也乐从，只怕前婿有言，亲到蒋家，与兴哥说知。兴哥并不阻当。临嫁之夜，兴哥顾了人夫，将楼上十六个箱笼，原封不动，连匙钥送到吴知县船上，交割与三巧儿，当个赔嫁。妇人心上到过意不去。旁人晓得这事，也有夸兴哥做人忠厚的，也有笑他痴骇的，还有骂他没志气的，正是人心不同。

闲话休题。再说陈大郎在苏州脱货完了，回到新安，一心只想着三巧儿。朝暮看了这件珍珠衫，长吁短叹。老婆平氏心知这衫儿来得蹊跷，等丈夫睡着，悄悄的偷去，藏在天花板上。陈大郎早起要穿时，不见了衫儿，与老婆取讨。平氏那里肯认。急得陈大郎性发，倾箱倒箧的寻个遍，只是不见，便破口骂老婆起来。惹得老婆啼啼哭哭，与他争嚷，闹吵了两三日。陈大郎情怀撩乱，忙忙的收拾银两，带个小郎，再望襄阳旧路而进。

将近枣阳，不期遇了一伙大盗，将本钱尽皆劫去，小郎也被他杀了。陈商眼快，走向船梢舵上伏着，幸免残生。思想还乡不得，且到旧寓住下，待会了三巧儿，与他借些东西，再图恢复。叹了一口气，只得离船上岸。

走到枣阳城外主人吕公家，告诉其事，又道：“如今要央卖珠子的薛婆，与一个相识人家借些本钱营运。”吕公道：“大郎不知，那婆子为勾引蒋兴哥的浑家，做了些丑事。去年兴哥回来，问浑家讨什么‘珍珠衫’。原来浑家赠与情人去了，无言回答。兴哥当时休了浑家回去，如今转嫁与南京吴进士做第二房夫人了。那婆子被蒋家打得个片瓦不留，婆子安身不牢，也搬在隔县去了。”

陈大郎听得这话，好似一桶冷水没头淋下。这一惊非小，当夜发寒发热，害起病来。这病又是郁症，又是相思症，也带些怯症，又有些惊症，床上卧了两个多月，翻翻覆覆只是不愈。连累主人家小厮，伏待得不耐烦。陈大郎心上不安，打熬起精神，写成家书一封。请主人来商议，要觅个便人梢信往家中，取些盘缠，就要个亲人来看觑[34]同回。这几句正中了主人之意。恰好有个相识的承差，奉上司公文要往徽宁一路。水陆驿递，极是快的。吕公接了陈大郎书札，又替他应出五钱银子，送与承差，央他乘便寄去。果然的“自行由得我，官差急如火”，不勾几日，到了新安县。问到陈商家里，送了家书，那承差飞马去了。正是：

只为千金书信，又成一段姻缘。

㉞看觑：照顾，看望。

话说平氏拆开家信，果是丈夫笔迹，写道：

“陈商再拜，贤妻平氏见字：别后襄阳遇盗，劫资杀仆。某受惊患病，见卧旧寓吕家，两月不愈。字到可央一的当[35]亲人，多带盘缠，速来看视。伏枕草草。”

㉟的当：可靠，合适。

平氏看了，半信半疑，想道：“前番回家，亏折了千金资本。据这件珍珠衫，一定是邪路上来的。今番又推被盗，多讨盘缠，怕是假话。”又想道：“他要个的当亲人，速来看视，必然病势利害。这话是真，也未可知。如今央谁人去好？”左思右想，放心不下。与父亲平老朝奉商议。收拾起细软家私，带了陈旺夫妇，就请父亲作伴，雇个船只，亲往襄阳看丈夫去。到得京口，平老朝奉痰火病发，央人送回去了。平氏引着男女，上水前进。

不一日，来到枣阳城外，问着了旧主人吕家。原来十日前，陈大郎已故了。吕公赔些钱钞，将就入殓。平氏哭倒在地，良久方醒。慌忙换了孝服，再三向吕公说，欲待开棺一见，另买副好棺材，重新殓过。吕公执意不肯。平氏没奈何，只得买木做个外棺包裹，请僧做法事超度，多焚冥资。吕公已自索了他二十两银子谢仪，随他闹炒，并不言语。

过了一月有余，平氏要选个好日子，扶柩而回。吕公见这妇人年少姿色，料是守寡不终，又且囊中有物。思想儿子吕二还没有亲事，何不留住了他，完其好事，可不两便？吕公买酒请了陈旺，央他老婆委曲进言，许以厚谢。陈旺的老婆是个蠢货，那晓得什么委曲？不顾高低，一直的对主母说了。平氏大怒，把他骂了一顿，连打几个耳光子，连主人家也数落了几句。吕公一场没趣，敢怒而不敢言。正是：

羊肉馒头没的吃，空教惹得一身骚。

吕公便去撺掇陈旺逃走。陈旺也思量没甚好处了，与老婆商议，教他做脚[36]，里应外合，把银两首饰，偷得罄尽，两口儿连夜走了。吕公明知其情，反埋怨平氏道：不该带这样歹人出来，幸而偷了自家主母的东西，若偷了别家的，可不连累人！又嫌这灵柩碍他生理，教他快些抬去。又道后生寡妇，在此住居不便，催促他起身。平氏被逼不过，只得别赁下一间房子住了。顾人把灵柩移来，安顿在内。这凄凉景象，自不必说。

㊱做脚：指做眼线，做内应。

间壁有个张七嫂，为人甚是活动。听得平氏啼哭，时常走来劝解。平氏又时常央他典卖几件衣服用度，极感其意。不勾几月，衣服都典尽了。从小学得一手好针线，思量要到个大户人家，教习女红度日，再作区处[37]。正与张七嫂商量这话，张七嫂道："老身不好说得，这大户人家，不是你少年人走动的。死的没福自死了，活的还要做人，你后面日子正长哩。终不然做针线娘了得你下半世？况且名声不好，被人看得轻了。还有一件，这个灵柩如何处置，也是你身上一件大事。便出赁房钱，终久是不了之局。"平氏道："奴家也都虑到，只是无计可施了。"张七嫂道："老身到有一策，娘子莫怪我说。你千里离乡，一身孤寡，手中又无半钱，想要搬这灵柩回去，多是虚了。莫说你衣食不周，到底难守；便多守得几时，亦有何益？依老身愚见，莫若趁此青年美貌，寻个好对头[38]，一夫一妇的随了他去。得些财礼，就买块土来葬了丈夫，你的终身又有所托，可不生死无憾？"平氏见他说得近理，沉吟了一会，叹口气道："罢，罢，奴家卖身葬夫，旁人也笑我不得。”张七嫂道：“娘子若定了主意时，老身现有个主儿在此。年纪与娘子相近，人物齐整，又是大富之家。”平氏道：“他既是富家，怕不要二婚的。”张七嫂道：“他也是续弦了，原对老身说：不拘头婚二婚，只要人才出众。似娘子这般丰姿，怕不中意?”原来张七嫂曾受蒋兴哥之托，央他访一头好亲。因是前妻三巧儿出色标致，所以如今只要访个美貌的。那平氏容貌，虽不及得三巧儿，论起手脚伶俐，胸中泾渭，又胜似他。张七嫂次日就进城，与蒋兴哥说了。兴哥闻得是下路人，愈加欢喜。这里平氏分文财礼不要，只要买块好地殡葬丈夫要紧。张七嫂往来回复了几次，两相依允。

㊲区处：安排，打算。

㊳对头：这里指对象、配偶。

话休烦絮。却说平氏送了丈夫灵柩入土，祭奠毕了，大哭一场，免不得起灵除孝。临期，蒋家送衣饰过来，又将他典下的衣服都赎回了。成亲之夜，一般大吹大擂，洞房花烛。正是：

规矩熟闲虽旧事，恩情美满胜新婚。

蒋兴哥见平氏举止端庄，甚相敬重。一日，从外而来，平氏正在打叠衣箱，内有珍珠衫一件。兴哥认得了，大惊问道：“此衫从何而来?”平氏道：“这衫儿来得跷蹊。”便把前夫如此张致，夫妻如此争嚷，如此赌气分别，述了一遍。又道：“前日艰难时，几番欲把他典卖。只愁来历不明，怕惹出是非，不敢露人眼目。连奴家至今，不知这物事那里来的。”兴哥道：“你前夫陈大郎名字，可叫做陈商?可是白净面皮，没有须，左手长指甲的么?”平氏道：“正是。”蒋兴哥把舌头一伸，合掌对天道：“如此说来，天理昭彰，好怕人也!”平氏问其缘故，蒋兴哥道：“这件珍珠衫，原是我家旧物。你丈夫奸骗了我的妻子，得此衫为表记。我在苏州相会，见了此衫，始知其情，回来把王氏休了。谁知你丈夫客死。我今续弦，但闻是徽州陈客之妻，谁知就是陈商！却不是一报还一报!”平氏听罢，毛骨悚然。从此恩情愈笃。这才是《蒋兴哥重会珍珠衫》的正话。诗曰：

天理昭昭不可欺，两妻交易孰便宜？

分明欠债偿他利，百岁姻缘暂换时。

再说兴哥有了管家娘子，一年之后，又往广东做买卖。也是合当有事。一日到合浦县贩珠，价都讲定。主人家老儿只拣一粒绝大的偷过了，再不承认。兴哥不忿，一把扯他袖子要搜。何期去得势重，将老儿拖翻在地，跌下便不做声。忙去扶时，气已断了。儿女亲邻，哭的哭，叫的叫，一阵的簇拥将来，把兴哥捉住。不由分说，痛打一顿，关在空房里。连夜写了状词，只等天明，县主早堂，连人进状。县主准了，因这日有公事，分付把凶身锁押，次日候审。

你道这县主是谁？姓吴名杰，南畿[39]进士，正是三巧儿的晚老公。初选原在潮阳，上司因见他清廉，调在这合浦县采珠的

所在做官。是夜，吴杰在灯下将准过的状词细阅。三巧儿正在旁边闲看，偶见宋福所告人命一词，凶身罗德，枣阳县客人，不是蒋兴哥是谁？想起旧日恩情，不觉痛酸，哭告丈夫道："这罗德是贱妾的亲哥，出嗣在母舅罗家的。不期客边，犯此大辟[40]。官人可看妾之面，救他一命还乡。"县主道："且看临审如何。若人命果真，教我也难宽宥。"三巧儿两眼噙泪，跪下苦苦哀求。县主道："你且莫忙，我自有道理。"明早出堂，三巧儿又扯住县主衣袖哭道："若哥哥无救，贱妾亦当自尽，不能相见了。"

㊴南畿：南都，明代指南京。

㊵大辟：死刑。

当日，县主升堂，第一就问这起。只见宋福、宋寿弟兄两个，哭啼啼的与父亲执命，禀道："因争珠怀恨，登时打闷，仆地身死。望爷爷做主。"县主问众干证口词，也有说打倒的，也有说推跌的。蒋兴哥辨道："他父亲偷了小人的珠子，小人不忿，与他争论。他因年老脚跸[41]，自家跌死，不干小人之事。"县主问宋福道："你父亲几岁了？"宋福道："六十七岁了。"县主道："老年人容易昏绝，未必是打。"宋福、宋寿坚执是打死的。县主道："有伤无伤，须凭检验。既说打死，将尸发在漏泽园[42]去，俟晚堂听检。"原来宋家也是个大户，有体面的。老儿曾当过里长，儿子怎肯把父亲在尸场剔骨？两个双双叩头道："父亲死状，众目共见，只求爷爷到小人家里相验，不愿发检。"县主道："若不见贴骨伤痕，凶身怎肯伏罪？没有尸格[43]，如何申得上司过？"弟兄两个只是求告。县主发怒道："你既不愿检，我也难问。"慌的他弟兄两个连连叩头道："但凭爷爷明断。"县主送："望七之人，死是本等。倘或不因打死，屈害了一个平人，反增死者罪过。就是你做儿子的，巴得父亲到许多年纪，又把个不得善终的恶名与他，心中何忍？但打死是假，推仆是真，若不重罚罗德，也难出你的气。我如今教他披麻戴孝，与亲儿一般行礼，一应殡殓之费，都要他支持。你可服么？"弟兄两个道："爷爷分付，小人敢不遵依。"兴哥见县主不用刑罚，断得干净，喜出望外。当下原、被告都叩头称谢。县主道：

“我也不写审单，着差人押出，待事完回话，把原词与你销讫便了。”正是：

公堂造业真容易，要积阴功亦不难。

试看今朝吴大尹，解冤释罪两家欢。

㊶脚蹉（cuò）：失脚，脚下疏忽。蹉，疏忽，闪失。

㊷漏泽园：官府辟设的专门收埋死尸的场所。

㊸尸格：验尸的表格。

却说三巧儿自丈夫出堂之后，如坐针毡，一闻得退衙，便迎住问个消息。县主道：“我如此如此断了，看你之面，一板也不曾责他。”三巧儿千恩万谢，又道：“妾与哥哥久别，渴思一会，问取爹娘消息。官人如何做个方便，使妾兄妹相见，此恩不小。”县主道：“这也容易。”看官们，你道三巧儿被蒋兴哥休了，恩断义绝，如何恁地用情？他夫妇原是十分恩爱的，因三巧儿做下不是，兴哥不得已而休之，心中兀自不忍，所以改嫁之夜，把十六只箱笼，完完全全的赠他。只这一件，三巧儿的心肠，也不容不软了。今日他身处富贵，见兴哥落难，如何不救？这叫做知恩报恩。

再说蒋兴哥遵了县主所断，着实小心尽礼，更不惜费，宋家弟兄都没话了。丧葬事毕，差人押到县中回复。县主唤进私衙赐坐，说道：“尊舅这场官司，若非令妹再三哀恳，下官几乎得罪了。”兴哥不解其故，回答不出。少停茶罢，县主请入内书房，教小夫人出来相见。你道这番意外相逢，不像个梦景么？他两个也不行礼，也不讲话，紧紧的你我相抱，放声大哭。就是哭爹哭娘，从没见这般哀惨，连县主在旁，好生不忍，便道：“你两人且莫悲伤，我看你不像哥妹，快说真情，下官有处。”两个哭得半休不休的，那个肯说？却被县主盘问不过，三巧儿只得跪下，说道：“贱妾罪当万死，此人乃妾之前夫也。”蒋兴哥料瞒不得，也跪下来，将从前恩爱，及休妻再嫁之事，一一诉知。说罢，两人又哭做一团，连吴知县也堕泪不止，道：“你两人如此相恋，下官何忍拆开。幸然在此三年，不曾生育，即刻领去完聚。”两个插烛也似拜谢。

县主即忙讨个小轿，送三巧儿出衙；又唤集人夫，把原来赔嫁的十六个箱笼抬去，都教兴哥收领；又差典吏一员，护送他夫妇出境。此乃吴知县之厚德。正是：

珠还合浦[44]重生采，剑合丰城[45]倍有神。

堪羡吴公存厚道，贪财好色竟何人！

此人向来艰子[46]，后行取到吏部，在北京纳宠，连生三子，科第不绝，人都说阴德之报，这是后话。

再说蒋兴哥带了三巧儿回家，与平氏相见。论起初婚，王氏在前，只因休了一番，这平氏到是明媒正娶，又且平氏年长一岁，让平氏为正房，王氏反做偏房，两个姊妹相称。从此一夫二妇，团圆到老。有诗为证：

恩爱夫妻虽到头，妻还作妾亦堪羞。

殃祥果报[47]无虚谬，咫尺青天莫远求。

㊹珠还合浦：东汉时传说合浦郡海中产珍珠，因历任太守都贪求无厌，所以珍珠渐渐转移到

别处去了。后孟尝为太守，革除前弊，珍珠又回来。后用来比喻失而复得或去而复还。

㊺剑合丰城：晋代传说，相传张华望见丰城有剑气，乃以雷焕为丰城令，雷焕掘得双剑，一口送给张华，一口自佩。张华、雷焕二人死后，双剑入延平津复合，化为二龙。

㊻艰子：不生儿子。

㊼殃祥：祸福。果报：因果报应。

二　陈御史巧勘金钗钿

【精要简介】

本篇讲的是江西赣州府石城县有个顾佥事，欺贫重富，“见女婿穷得不像样，遂有悔亲之意”，逼迫女婿鲁学曾退婚，结果被奸人梁尚宾利用，害得亲生女儿顾阿秀因奸骗屈死，女婿下了冤狱。后来幸遇陈御史巡按江西，重审案情，巧勘金钗钿，才平了这桩冤案。故事情节波澜曲折，人物形象生动鲜明。

【原文鉴赏】

世事番腾似转轮，眼前凶吉未为真。

请看久久分明应，天道何曾负善人。

闻得老郎们相传的说话[①]，不记得何州甚县，单说有一人，姓金，名孝，年长未娶。家中只有个老母，自家卖油为生。一日挑了油担出门，中途因里急，走上茅厕大解，拾得一个布裹肚[②]，内有一包银子，约莫有三十两。金孝不胜欢喜，便转担回家，对老娘说道：“我今日造化，拾得许多银子。”老娘看见，到吃了一惊道：“你莫非做下歹事偷来的么?”金孝道：“我几曾偷惯了别人的东西？却恁般说。早是[③]邻舍不曾听得哩。这裹肚，其实不知什么人遗失在茅坑旁边，喜得我先看见了，拾取回来。我们做穷经纪的人，容易得这主大财？明日烧个利市，把来做贩油的本钱，不强似赊别人的油卖?”老娘道：“我儿，常言道‘贫富皆由命’。你若命该享用，不生在挑油担的人家来了。依我看来，这银子虽非是你设心谋得来的，也不是你辛苦挣来的，只怕无功受禄，反受其殃。这银子，不知是本地人的，远方客人的？又不知是自家的，或是借贷来的？一时间失脱了，抓寻不见，这一场烦恼非小，连性命都失图了，也不可知。曾闻古人裴度

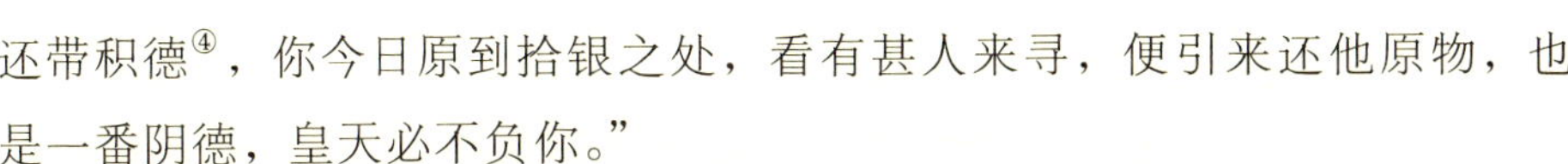

还带积德[④]，你今日原到拾银之处，看有甚人来寻，便引来还他原物，也是一番阴德，皇天必不负你。”

①老郎：这里是艺人们对本行中的前辈的称呼。说话：话本，说话人讲说的故事。

②裹肚：兜肚，这里指围在腰间的带子，上面有口袋可装钱物。

③早是：幸而，幸亏。

④裴度还带积德：唐代人裴度未发迹时，有一天游香山寺，拾到了两条玉带和一条犀带，这三条带是一个妇人从别人处求来营救她陷在狱中的父亲的。裴度在问明后，把带还给失主。据迷信的说法他因为这事积了德，所以后来仕途顺利，一直做到宰相。

金孝是个本分的人，被老娘教训了一场，连声应道：“说得是，说得是！”放下银包裹肚，跑到那茅厕边去。只见闹嚷嚷的一丛人围着一个汉子，那汉子气忿忿的叫天叫地。金孝上前问其缘故。原来那汉子是他方客人，因登东[⑤]，解脱了裹肚，失了银子，找寻不见。只道卸下茅坑，唤几个泼皮来，正要下去淘摸。街上人都拥着闲看。金孝便问客人道：“你银子有多少？”客人胡乱应道：“有四五十两。”金孝老实，便道：“可有个白布裹肚么？”客人一把扯住金孝，道：“正是，正是！是你拾着？还了我，情愿出赏钱！”众人中有快嘴的便道：“依着道理，平半分也是该的。”金孝道：“真个是我拾得，放在家里，你只随我去便有。”众人都想道：“拾得钱财，巴不得瞒过了人。那曾见这个人到去寻主儿还他？也是异事。”金孝和客人动身时，这伙人一哄都跟了去。

⑤登东：上厕所。

金孝到了家中，双手儿捧出裹肚，交还客人。客人检出银包看时，晓得原物不动。只怕金孝要他出赏钱，又怕众人乔主张[⑥]他平分，反使欺心，赖着金孝，道：“我的银子，原说有四五十两，如今只剩得这些，你匿过一半了，可将来还我！”金孝道：“我才拾得回来，就被老娘逼我出门，寻访原主还他，何曾动你分毫？”那客人赖定短少了他的银两。金孝负屈忿

恨，一个头肘子撞去，那客人力大，把金孝一把头发提起，像只小鸡一般，放番在地，捻着拳头便要打。引得金孝七十岁的老娘，也奔出门前叫屈。众人都有些不平，似杀阵般嚷将起来。恰好县尹相公在这街上过去，听得喧嚷，歇了轿，分付做公的拿来审问。众人怕事的，四散走开去了；也有几个大胆的，站在傍边看县尹相公怎生断这公事。

⑥乔主张：乔，虚伪、滑稽、矫饰，这里又含有僭妄的意思。乔主张指不与相干的局外人不经当事人的同意而来出头做主，乱出主意。

却说做公的将客人和金孝母子拿到县尹面前，当街跪下，各诉其情。一边道："他拾了小人的银子，藏过一半不还。"一边道："小人听了母亲言语，好意还他，他反来图赖小人。"县尹问众人："谁做证见？"众人都上前禀道："那客人脱了银子，正在茅厕边抓寻不着，却是金孝自走来承认了，引他回去还他。这是小人们众目共睹。只银子数目多少，小人不知。"县令道："你两下不须争嚷，我自有道理。"教做公的带那一干人到县来。县尹升堂，众人跪在下面。县尹教取裹肚和银

子上来，分付库吏，把银子兑准回复。库吏复道："有三十两。"县主又问客人道："你银子是许多？"客人道："五十两。"县主道："你看见他拾取的，还是他自家承认的？"客人道："实是他亲口承认的。"县主道："他若要赖你的银子，何不全包都拿了？却止藏一半，又自家招认出来？他不招认，你如何晓得？可见他没有赖银之情了。你失的银子是五十两，他拾的是三十两，这银子不是你的，必然另是一个人失落的。"客人道："这银子实是小人的，小人情愿只领这三十两去罢。"县尹道："数目不同，如何冒认得去？这银两合断与金孝领去，奉养母亲；你的五十两，自去抓寻。"金孝得了银子，千恩万谢的扶着老娘去了。那客人已经官断，如何敢争？只得含羞噙泪而去。众人无不称快。这叫做：

欲图他人，翻失自己。自己羞惭，他人欢喜。

看官，今日听我说"金钗钿"这桩奇事。有老婆的翻没了老婆，没老婆的翻得了老婆。只如金孝和客人两个，图银子的翻失了银子，不要银子的翻得了银子。事迹虽异，天理则同。

却说江西赣州府石城县，有个鲁廉宪[⑦]，一生为官清介，并不要钱，人都称为"鲁白水"。那鲁廉宪与同县顾佥事累世通家[⑧]。鲁家一子，双名学曾，顾家一女，小名阿秀，两下面约为婚。来往间亲家相呼，非止一日。因鲁奶奶病故，廉宪携着孩儿在于任所，一向迁延，不曾行得大礼。谁知廉宪在任，一病身亡。学曾扶柩回家，守制三年，家事愈加消乏，止存下几间破房子，连口食都不周了。顾佥事见女婿穷得不像样，遂有悔亲之意，与夫人孟氏商议道："鲁家一贫如洗，眼见得六礼难备，婚娶无期。不若别求良姻，庶不误女儿终身之托。"孟夫人道："鲁家虽然穷了，从幼许下的亲事，将何辞以绝之？"顾佥事道："如今只差人去说男长女大，催他行礼。两边都是宦家，各有体面，说不得'没有'两个字，也要出得他的门，入的我的户。那穷鬼自知无力，必然情愿退亲。我就要了他休书，却不一刀两断？"孟夫人道："我家阿秀性子有些古怪，只怕他到不肯。"顾佥事道："在家从父，这也由不得他，你只慢慢的劝他便了。"当下孟夫人走到女儿房中，说知此情。阿秀道："妇人之义，从一而终；婚姻论财，夷虏之道。爹爹如此欺贫重富，全没人伦，决难从命。”孟夫人道：“如今爹去催鲁家行礼，他若行不起礼，倒愿退亲，你只索罢休。”阿秀道：“说那里话！若鲁家贫不能聘，孩儿情愿守志终身，决不改适。当初钱玉莲投江全节[⑨]，留名万古。爹爹若是见逼，孩儿就拼却一命，亦有何难！”孟夫人见女执性，又苦[⑩]他，又怜他，心生一计：除非瞒过佥事，密地唤鲁公子来，助他些东西，教他作速行聘，方成其美。

⑦廉宪：廉访使的俗称。廉访使是宋、元时期的官名。宋代全称廉访使者，元代全称肃政廉访使，主管监察事务。

⑧佥事：官名，元代廉访使、明代监察使之下设有佥事，明代都督府等也设佥事。通家：世交，世代有交谊之家。

⑨钱玉莲投江全节：传说宋代钱玉莲违背继母孙氏之意，许嫁王十朋。后王十朋贬官在外，孙氏设计逼其改嫁自己的侄子孙汝权，玉莲不从，抱石投江。

⑩苦：恨，嫌，不满。

忽一日，顾佥事往东庄收租，有好几日担阁。孟夫人与女儿商量停当了，唤园公老欧到来。夫人当面分付，教他去请鲁公子后门相会，如此如此，“不可泄漏，我自有重赏。”老园公领命，来到鲁家。但见：

门如败寺，屋似破窑。窗槅离披[⑪]，一任风声开闭；厨房冷落，绝无烟气蒸腾。颓墙漏瓦权栖足，只怕雨来；旧椅破床便当柴，也少火力。尽说宦家门户倒，谁怜清吏子孙贫？

说不尽鲁家穷处。

⑪离披：形容散乱的样子。

却说鲁学曾有个姑娘[⑫]，嫁在梁家，离城将有十里之地。姑夫已死，止存一子梁尚宾，新娶得一房好娘子，三口儿一处过活，家道粗足。这一日，鲁公子恰好到他家借米去了，只有个烧火的白发婆婆在家。老管家只得传了夫人之命，教他作速寄信去请公子回来：“此是夫人美情，趁这几日老爷不在家中，专等专等，不可失信。”嘱罢自去了。这里老婆子想道：

此事不可迟缓，也不好转托他人传话。当初奶奶存日，曾跟到姑娘家去，有些影像在肚里。当下嘱付邻人看门，一步一跌的问到梁家。梁妈妈正留着侄儿在房中吃饭。婆子向前相见，把老园公言语细细述了。姑娘道："此是美事!"撺掇侄儿快去。

⑫姑娘：姑母。

鲁公子心中不胜欢喜，只是身上蓝缕，不好见得岳母，要与表兄梁尚宾借件衣服遮丑。原来梁尚宾是个不守本分的歹人，早打下欺心草稿，便答应道："衣服自有，只是今日进城，天色已晚了。宦家门墙，不知深浅，令岳母夫人虽然有话，众人未必尽知，去时也须仔细。凭着愚见，还屈贤弟在此草榻，明日只可早往，不可晚行。"鲁公子道："哥哥说得是。"梁尚宾道："愚兄还要到东村一个人家，商量一件小事，回来再得奉陪。"又嘱付梁妈妈道："婆子走路辛苦，一发留他过宿，明日去罢。"妈妈也只道孩儿是个好意，真个把两人都留住了。谁知他是个奸计，只怕婆子回去时，那边老园公又来相请，露出鲁公子不曾回家的消息，自己不好去打脱冒[13]了。正是：

欺天行当人难识，立地机关鬼不知。

梁尚宾背却公子，换了一套新衣，悄地出门，径投城中顾佥事家来。

⑬打脱冒：冒充，假冒。

却说孟夫人是晚教老园公开了园门伺候。看看日落西山，黑影里只见一个后生，身上穿得齐齐整整，脚儿走得慌慌张张，望着园门欲进不进的。老园公问道："郎君可是鲁公子么?"梁尚宾连忙鞠个躬应道："在下正是。因老夫人见召，特地到此，望乞通报。"老园公慌忙请到亭子中暂住，急急的进去报与夫人。孟夫人就差个管家婆出来传话："请公子到内室相见。"才下得亭子，又有两个丫鬟，提着两碗纱灯来接。弯弯曲曲行过多少房子，忽见朱楼画阁，方是内室。孟夫人揭起朱帘，秉烛而待。那梁尚宾一来是个小家出身，不曾见恁般富贵样子；二来是个村郎，不通文墨；三来自知假货，终是怀着个鬼胎，意气不甚舒展。上前相见时，跪拜应答，眼见得礼貌粗疏，语言涩滞。孟夫人心下想道："好怪！全不像宦家子弟。"一念又想道："常言'人贫智短'，他恁地贫困，如何怪得他失张失智？"转了第二个念头，心下愈加可怜起来。

茶罢，夫人分付忙排夜饭，就请小姐出来相见。阿秀初时不肯，被母亲逼了两三次，想着："父亲有赖婚之意，万一如此，今宵便是永诀。若得见亲夫一面，死亦甘心。"当下离了绣阁，含羞而出。孟夫人道："我儿过来见了公子，只行小礼罢。"假公子朝上连作两个揖，阿秀也福了两福，便要回步。夫人道："既是夫妻，何妨同坐？"便教他在自己肩下坐了。假公子两眼只瞧那小姐，见他生得端丽，骨髓里都发痒起来。这里阿秀只道见了真丈夫，低头无语，满腹恓惶，只饶得哭下一场。正是：真假不同，心肠各别。少顷，饮馔已到，夫人教排做两桌，上面一桌请公子坐，打横一桌娘儿两个同坐。夫人道："今日仓卒奉邀，只欲周旋公子姻事，殊不成礼，休怪休怪！"假公子刚刚谢得个"打搅"二字，面皮都

急得通红了。席间，夫人把女儿守志一事，略叙一叙。假公子应了一句，缩了半句。夫人也只认他害羞，全不为怪。那假公子在席上自觉局促，本是能饮的，只推量窄，夫人也不强他。又坐了一回，夫人分付收拾铺陈在东厢下，留公子过夜。假公子也假意作别要行。夫人道："彼此至亲，何拘形迹？我母子还有至言相告。"假公子心中暗喜。只见丫鬟来禀："东厢内铺设已完，请公子安置。"假公子作揖谢酒，丫鬟掌灯送到东厢去了。

夫人唤女儿进房，赶去侍婢，开了箱笼，取出私房银子八十两，又银杯二对，金首饰一十六件，约值百金，一手交付女儿，说道："做娘的手中只有这些，你可亲去交与公子，助他行聘完婚之费。"阿秀道："羞答答如何好去？"夫人道："我儿，礼有经权[14]，事有缓急。如今尴尬之际，不是你亲去嘱咐，把夫妻之情打动他，他如何肯上紧？穷孩子不知世事，倘或与外人商量，被人哄诱，把东西一时花了，不枉了做娘的一片用心？那时悔之何及！这东西也要你袖里藏去，不可露人眼目。"阿秀听了这一班道理，只得依允，便道："娘，我怎好自去？"夫人道："我教管家婆跟你去。"当下唤管家婆来到，分付他只等夜深，密地送小姐到东厢，与公子叙话。又附耳道："送到时，你只在门外等候，省得两下碍眼，不好交谈。"管家婆已会其意了。

⑭经权：经指常规，权指权宜、变通。

再说假公子独坐在东厢，明知有个跷蹊缘故，只是不睡。果然，一更之后，管家婆捱门而进，报道："小姐自来相会。"假公子慌忙迎接，重新叙礼。有这等事，那假公子在夫人前一个字也讲不出，及至见了小姐，偏会温存絮话！这里小姐起初害羞，遮遮掩掩，今番背却夫人，一般也老落[15]起来。两个你问我答，叙了半晌。阿秀话出衷肠，不觉两泪交流。那假公子也装出捶胸叹气，揩眼泪缩鼻涕，许多丑态。又假意解劝小姐，抱持绰趣[16]，尽他受用。管家婆在房门外听见两下悲泣，连累他也恓惶，堕下几点泪来。谁知一边是真，一边是假。阿秀在袖中摸出银两首饰，递与假公子，再三嘱付，自不必说。假公子收过了，便一手抱住小姐把灯儿吹灭，苦要求欢。阿秀怕声张起来，被丫鬟们听见了，坏了大事，只得勉从。有人作《如梦令》词云：

可惜名花一朵，绣幕深闺藏护。不遇探花郎，抖被狂蜂残破。错误，错误！怨杀东风分付。

⑮老落：老练。

⑯绰趣：取乐。

常言："事不三思，终有后悔。"孟夫人要私赠公子，玉成亲事，这是锦片的一团美意，也是天大的一桩事情，如何不教老园公亲见公子一面？及至假公子到来，只合当面嘱付一番，把东西赠他，再教老园公送他回去，看个下落，万无一失。千不合，万不合，教女儿出来相见，又教女儿自往东厢叙话。这分明放一条方便路，如何不做出事来？莫说是假的，就是真的，也使不得，枉做了一世牵扳的话柄。这也算做姑息之爱，反害了女儿的终身。

闲话休题。且说假公子得了便宜，放松那小姐去了。五鼓时，夫人教丫鬟催促起身梳洗，用些茶汤点心之类。又嘱付道："拙夫不久便回，贤婿早做准备，休得怠慢。"假公子别了夫人，出了后花园门，一头走一头想道："我白白里骗了一个宦家闺女，又得了许多财帛，不曾露出马脚，万分侥幸。只是今日鲁家又来，不为全美。听得说顾佥事不久便回，我如今再担阁他一日，待明日才放他去。若得顾佥事回来，他便不敢去了，这事就十分干净了。"计较已定，走到个酒店上自饮三杯，吃饱了肚里，直延捱到午后，方才回家。

鲁公子正等得不耐烦，只为没有衣服，转身不得。姑娘也焦燥起来，教庄家往东村寻取儿子，并无踪迹。走向媳妇田氏房前问道："儿子衣服有么？"田氏道："他自己检在箱里，不曾留得钥匙。"原来田氏是东村田贡元的女儿，到有十分颜色，又且通书达礼。田贡元原是石城县中有名的一个豪杰，只为一个有司官与他做对头，要下手害他，却是梁尚宾的父亲与他舅子鲁廉宪说了，廉宪也素闻其名，替他极口分辨，得免其祸。因感

激梁家之恩，把这女儿许他为媳。那田氏象了父亲，也带三分侠气，见丈夫是个蠢货，又且不干好事，心下每每不悦，开口只叫做“村郎”。以此夫妇两不和顺，连衣服之类，都是那“村郎”自家收拾，老婆不去管他。

却说姑侄两个正在心焦，只见梁尚宾满脸春色回家。老娘便骂道：“兄弟在此专等你的衣服，你却在那里噇[17]酒，整夜不归？又没寻你去处！”梁尚宾不回娘话，一径到自己房中，把袖里东西都藏过了，才出来对鲁公子道：“偶为小事缠住身子，担阁了表弟一日，休怪休怪！今日天色又晚了，明日回宅罢。”老娘骂道：“你只顾把件衣服借与做兄弟的，等他自己干正务，管他今日明日！”鲁公子道：“不但衣服，连鞋袜都要告借。”梁尚宾道：“有一双青段子鞋在间壁皮匠家㫰底[18]，今晚催来，明日早奉穿去。”鲁公子没奈何，只得又住了一宿。

⑰噇（chuáng）：毫无节制地吃喝。

⑱㫰（zhǎng）底：上鞋底。

到明朝，梁尚宾只推头疼，又睡个日高三丈，早饭都吃过了，方才起身。把道袍、鞋、袜慢慢的逐件搬将出来，无非要延捱时刻，误其美事。鲁公子不敢就穿，又借个包袱儿包好，付与老婆子拿了。姑娘收拾一包白米和些瓜菜之类，唤个庄客送公子回去，又嘱付道：“若亲事就绪，可来回复我一声，省得我牵挂。”鲁公子作揖转身，梁尚宾相送一步，又说道：“兄弟，你此去须是仔细，不知他意儿好歹，真假何如。依我说，不如只往前门硬挺着身子进去，怕不是他亲女婿，赶你出来？又且他家差老园公请你，有凭有据，须不是你自轻自贱。他有好意，自然相请；若是翻转脸来，你拚得与他诉落一场，也教街坊上人晓得。倘到后园旷野之地，被他暗算，你却没有个退步。”鲁公子又道：“哥哥说得是。”正是：

背后害他当面好，有心人对没心人。

鲁公子回到家里，将衣服鞋袜装扮起来。只有头巾分寸不对，不曾借得。把旧的脱将下来，用清水摆净，教婆子在邻舍家借个熨斗，吹些火来熨得直直的，有些磨坏的去处，再把些饭儿粘得硬硬的，墨儿涂得黑黑的。只是这顶

巾，也弄了一个多时辰，左带右带，只怕不正。教婆子看得件件停当了，方才移步径投顾佥事家来。门公认是生客，回道：“老爷东庄去了。”鲁公子终是宦家子弟，不慌不忙的说道：“可通报老夫人，说道鲁某在此。”门公方知是鲁公子，却不晓得来情，便道：“老爷不在家，小人不敢乱传。”鲁公子道：“老夫人有命，唤我到来，你去通报自知，须不连累你们。”门公传话进去，禀说：“鲁公子在外要见，还是留他进来，还是辞他?”

孟夫人听说，吃了一惊，想：“他前日去得，如何又来？且请到正厅坐下。”先教管家婆出去，问他有何话说。管家婆出来瞧了一瞧，慌忙转身进去，对老夫人道：“这公子是假的，不是前夜的脸儿。前夜是胖胖儿的，黑黑儿的；如今是白白儿的，瘦瘦儿的。”夫人不信道：“有这等事!”亲到后堂，从帘内

张看，果然不是了。孟夫人心上委决不下，教管家婆出去，细细把家事盘问，他答来一字无差。孟夫人初见假公子之时，心中原有些疑惑；今番的人才清秀，语言文雅，倒像真公子样子。再问他今日为何而来，答道："前蒙老园公传语呼唤，因鲁某羁滞乡间，今早才回，特来参谒，望恕迟误之罪。"夫人道："这是真情无疑了。只不知前夜打脱冒的冤家，又是那里来的？"慌忙转身进房，与女儿说其缘故，又道："这都是做爹的不存天理，害你如此悔之不及！幸而没人知道，往事不须题起了。如今女婿在外，是我特地请来的，无物相赠，如之奈何？"正是：

只因一着错，满盘都是空。

阿秀听罢，呆了半晌。那时一肚子情怀，好难描写：说慌又不是慌，说羞又不是羞，说恼又不是恼，说苦又不是苦，分明似乱针刺体，痛痒难言。喜得他志气过人，早有了三分主意，便道："母亲且与他相见，我自有道理。"

孟夫人依了女儿言语，出厅来相见公子。公子掇一把校椅朝上放下："请岳母大人上坐，待小婿鲁某拜见。"孟夫人谦让了一回，从旁站立，受了两拜，便教管家婆扶起看坐。公子道："鲁某只为家贫，有缺礼数。蒙岳母大人不弃，此恩生死不忘。"夫人自觉惶愧，无言可答。忙教管家婆把厅门掩上，请小姐出来相见。阿秀站住帘内，如何肯移步！只教管家婆传语道："公子不该担阁乡间，负了我母子一片美意。"公子推故道："某因患病乡间，有失奔趋。今方践约，如何便说相负？"阿秀在帘内回道："三日以前，此身是公子之身，今迟了一日，不堪伏侍巾栉[19]，有玷清门。便是金帛之类，亦不能相助了。所存金钗二股，金钿一对，聊表寸意。公子宜别选良姻，休得以妾为念。"管家婆将两般首饰递与公子，公子还疑是悔亲的说话，那里肯收。阿秀又道："公子但留下，不久自有分晓。公子请快转身，留此无益！"说罢，只听得哽哽咽咽的哭了进去。鲁学曾愈加疑惑，向夫人发作道："小婿虽贫，非为这两件首饰而来。今日小姐似有决绝之意，老夫人如何不出一语？既如此相待，又呼唤鲁某则甚？"夫人道："我母子并无异心。只为公子来迟，不将姻事为重，所以小女心中愤怨，公子休得多疑。”鲁学曾只是不信，叙起父亲存日许多情分，“如今一死一生，一贫一富，就忍得改变了？鲁某只靠得岳母一人做主，如何三日后，也生退悔之心了？”劳劳叨叨的说个不休。

⑲巾栉（zhì）：洗沐用具，巾用以拭手，栉用以梳发。古时以侍巾栉为作妻子的谦词。

孟夫人有口难辨，倒被他缠住身子，不好动身。忽听得里面乱将起来，丫鬟气喘喘的奔来报道：“奶奶，不好了！快来救小姐！”吓得孟夫人一身冷汗，巴不得再添两只脚在肚下，管家婆扶着左腋，跑到绣阁，只见女儿将罗帕一幅，缢死在床上。急急解救时，气已绝了，叫唤不醒，满房人都哭起来。鲁公子听小姐缢死，还道是做成的圈套，撵他出门，兀自在厅中嚷刮[20]。孟夫人忍着疼痛，传话请公子进来。公子来到绣阁，只见牙床锦被上，直挺挺躺着个死小姐。夫人哭道：“贤婿，你今番认一认妻子。”公子当下如万箭攒心，放声大哭。夫人道：“贤婿，此处非你久停之所，怕惹出是非，贻累不小，快请回罢。”教管家婆将两般首饰，纳在公子袖中，送他出去。鲁公子无可奈何，只得揾泪出门去了。

⑳嚷刮：吵嚷，喊叫。

这里孟夫人一面安排入殓，一面东庄去报顾佥事回来。只说女儿不愿停婚，自缢身死。顾佥事懊悔不迭，哭了一场，安排成丧出殡不题。后人有诗赞阿秀云：

死生一诺重千金，谁料奸谋祸阱深？

三尺红罗报夫主，始知污体不污心。

却说鲁公子回家看了金钗钿，哭一回，叹一回，疑一回，又解一回，正不知什么缘故，也只是自家命薄所致耳。过了一晚，次日把借来的衣服鞋袜，依旧包好，亲到姑娘家去送还。梁尚宾晓得公子到来，到躲了出去。公子见了姑娘，说起小姐缢死一事，梁妈妈连声感叹，留公子酒饭去了。

梁尚宾回来，问道：“方才表弟在此，说曾到顾家去不曾？”梁妈妈

道："昨日去的。不知什么缘故，那小姐嗔怪他来迟三日，自缢而死。"梁尚宾不觉失口叫声："呵呀，可惜好个标致小姐！"梁妈妈道："你那里见来？"梁尚宾遮掩不来，只得把自己打脱冒事，述了一遍。梁妈妈大惊，骂道："没天理的禽兽，做出这样勾当！你这房亲事还亏母舅作成你的。你今日恩将仇报，反去破坏了做兄弟的姻缘，又害了顾小姐一命，汝心何安？"千禽兽，万禽兽，骂得梁尚宾开口不得。走到自己房中，田氏闭了房门，在里面骂道："你这样不义之人，不久自有天报，休想善终！从今你自你，我自我，休得来连累人！"梁尚宾一肚气，正没出处，又被老婆诉说。一脚跌开房门，揪了老婆头发便打。又是梁妈妈走来，喝了儿子出去。田氏捶胸大哭，要死要活。梁妈妈劝他不住，唤个小轿抬回娘家去了。

梁妈妈又气又苦，又受了惊，又愁事迹败露。当晚一夜不睡，发寒发热，病了七日，呜呼哀哉。田氏闻得婆婆死了，转来奔丧带孝。梁尚宾旧愤不息，便骂道："贼泼妇！只道你住在娘家一世，如何又有回家的日子？"两下又争闹起来。田氏道："你干了亏心的事，气死了老娘，又来消遣[21]我！我今日若不是婆死，永不见你'村郎'之面！"梁尚宾道："怕断了老婆种？要你这泼妇见我！只今日便休了你去，再莫上门！"田氏道："我宁可终身守寡，也不愿随你这样不义之徒。若是休了到得干净，回去烧个利市。"梁尚宾一向夫妻无缘，到此说了尽头话，憋一口气，真个就写了离书手印，付与田氏。田氏拜别婆婆灵位，哭了一场。出门而去。正是：

有心去调他人妇，无福难招自己妻。
可惜田家贤慧大，一场相骂便分离。

㉑消遣：捉弄，摆布。

话分两头。再说孟夫人追思女儿，无日不哭。想道："信是老欧寄去的，那黑胖汉子，又是老欧引来的，若不是通同作弊，也必然漏泄他人了。"等丈夫出门拜客，唤老欧到中堂，再三讯问。却说老欧传命之时，

其实不曾泄漏，是鲁学曾自家不合借衣，惹出来的奸计。当夜来的是假公子，三日后来的是真公子。孟夫人肚里明明晓得有两个人，那老欧肚里还自认做一个人。随他分辨，如何得明白？夫人大怒，喝教手下把他拖番在地，重责三十板子，打得皮开血喷。

顾佥事一日偶到园中，叫老园公扫地，听说被夫人打坏，动掸不得。教人扶来，问其缘故。老欧将夫人差去约鲁公子来家，及夜间房中相会之事，一一说了。顾佥事大怒道："原来如此!"便叫打轿，亲到县中，与知县诉知其事。要将鲁学曾抵偿女儿之命。知县教补了状词，差人拿鲁学曾到来，当堂审问。鲁公子是老实人，就把实情细细说了："见有金钗钿两般，是他所赠，其后园私会之事，其实没有。"知县就唤园公老欧对证。这老人家两眼模糊，前番黑夜里认假公子的面庞不真，又且今日家主分付了说话，一口咬定鲁公子，再不松放。知县又徇了顾佥事人情，着实用刑拷打。鲁公子吃苦不过，只得招道："顾奶奶好意相唤，将金钗钿助为聘资。偶见阿秀美貌，不合辄起淫心，强逼行奸。到第三日，不合又往，致阿秀羞愤自缢。"知县录了口词，审得鲁学

曾与阿秀空言议婚，尚未行聘过门，难以夫妻而论。既因奸致死，合依威逼律问绞。一面发在死囚牢里，一面备文书申详上司。孟夫人闻知此信大惊，又访得他家只有一个老婆子，也吓得病倒，无人送饭。想起：“这事与鲁公子全没相干，到是我害了他。”私下处些银两，分付管家婆央人替他牢中使用，又屡次劝丈夫保全公子性命。顾佥事愈加忿怒。石城县把这件事当做新闻沿街传说。正是：

好事不出门，恶事行千里。

顾佥事为这声名不好，必欲置鲁学曾于死地。

再说有个陈濂御史，湖广籍贯，父亲与顾佥事是同榜进士，以此顾佥事叫他是年侄㉒。此人少年聪察，专好辨冤析枉。其时正奉差巡按江西。未入境时，顾佥事先去嘱托此事。陈御史口虽领命，心下不以为然。莅任三日，便发牌㉓按临赣州，吓得那一府官吏尿流屁滚。审录日期，各县将犯人解进。陈御史审到鲁学曾一起，阅了招词，又把金钗钿看了，叫鲁学曾问道：“这金钗钿是初次与你的么？”鲁学曾道：“小人只去得一次，并无二次。”御史道：“招上说三日后又去，是怎么说？”鲁学曾口称冤枉，诉道：“小人的父亲存日，定下顾家亲事。因父亲是个清官，死后家道消乏，小人无力行聘。岳父顾佥事欲要悔亲，是岳母不肯，私下差老园公来唤小人去，许赠金帛。小人羁身在乡，三日后方去。那日只见得岳母，并不曾见小姐之面，这奸情是屈招的。”御史道：“既不曾见小姐，这金钗钿何人赠你？”鲁学曾道：“小姐立在帘内，只责备小人来迟误事，莫说婚姻，连金帛也不能相赠了，这金钗钿权留个忆念。小人还只认做悔亲的话，与岳母争辨。不期小姐房中缢死，小人至今不知其故。”御史道：“恁般说，当夜你不曾到后园去了。”鲁学曾道：“实不曾去。”

㉒年侄：科举时代对同年登科者之子的称谓。

㉓发牌：官员上路，必先发牌先行，宋时称为先牌，明清之间叫作起马牌。按临：巡视，巡行。

御史想了一回：“若特地唤去，岂止赠他钗钿二物？详阿秀抱怨口气，必然先有人冒去东西，连奸骗都是有的，以致羞愤而死。”便叫老欧问道：“你到鲁家时，可曾见鲁学曾么？”老欧道：“小人不曾面见。”御史道：“既不曾面见，夜间来的你如何就认得是他？”老欧道：“他自称鲁公子，特来赴约，小人奉主母之命，引他进见的，怎赖得没有？”御史道：“相见后，几时去的？”老欧道：“闻得里面夫人留酒，又赠他许多东西，五更时去的。”鲁学曾又叫屈起来，御史喝住了。又问老欧：“那鲁学曾第二遍来，可是你引进的？”老欧道：“他第二遍是前门来的，小人并不知。”御史道：“他第一次如何不到前门，却到后园来寻你？”老欧道：“我家奶奶着小人寄信，原教他在后园来的。”御史唤鲁学曾问道：“你岳母原教你到后园来，你却如何往前门去？”鲁学曾道：“他虽然相唤，小人不知意儿真假，只怕园中旷野之处，被他暗算；所以径奔前门，不曾到后园去。”御史想来，鲁学曾与园公分明是两样说话，其中必有情弊。御史又指着鲁学曾问老欧道：“那后园来的，可是这个嘴脸，你可认得真么？不要胡乱答应。”老欧道：“昏黑中小人认得不十分真，像是这个脸儿。”御史道：“鲁学曾既不在家，你的信却寄与何人的？”老欧道：“他家只有个老婆婆，小人对他说的，并无闲人在旁。”御史道：“毕竟还对何人说来？”老欧道：“并没第二个人知觉。”

御史沉吟半晌，想道：“不究出根由，如何定罪？怎好回复老年伯？”又问鲁学曾道：“你说在乡，离城多少？家中几时寄到的信？”鲁学曾道：“离北门外只十里，是本日得信的。”御史拍案叫道：“鲁学曾，你说三日后方到顾家，是虚情了。既知此信，有恁般好事，路又不远，怎么迟延三日？理上也说不去！”鲁学曾道：“爷爷息怒，小人细禀。小人因家贫，往乡间姑娘家借米。闻得此信，便欲进城。怎奈衣衫蓝缕，与表兄借件遮丑，已蒙许下。怎奈这日他有事出去，直到明晚方归。小人专等衣服，所以迟了两日。”御史道：“你表兄晓得你借衣服的缘故不？”鲁学曾道：“晓得的。”御史道：“你表兄何等人？叫甚名字？”鲁学曾道：“名唤梁尚宾，庄户人家。”御史听罢，喝散众人：“明日再审。”正是：

如山巨笔难轻判，似佛慈心待细参。

公案见成翻者少，覆盆何处不冤含？

次日，察院[24]小开门，挂一面宪牌[25]出来。牌上写到："本院偶染微疾，各官一应公务，俱候另示施行。本月日。"府县官朝暮问安，自不必说。

㉔察院：督察院的简称，这里指巡按御史驻节的官署。

㉕宪牌：官府的告示牌或逮捕人的票牌，这里指告示牌。

话分两头。再说梁尚宾自闻鲁公子问成死罪，心下到宽了八分。一日，听得门前喧嚷，在壁缝张看时，只见一个卖布的客人，头上带一顶新孝头巾，身穿旧白布道袍，口内打江西乡谈，说是南昌府人，在此贩布买卖，闻得家中老子身故，星夜要赶回，存下几百匹布，不曾发脱，急切要投个主儿，情愿让些价钱。众人中有要买一匹的，有要两匹三匹的，客人都不肯，道："恁地零星卖时，再几时还不得动身。那个财主家一总脱去，便多让他些也罢。"梁尚宾听了多时，便走出门来问道："你那客人存下多少布？值多少本钱？"客人道："有四百余匹，本钱二百两。"梁尚宾道："一时间那得个主儿？须是肯折些，方有人贪你。"客人道："便折十来两，也说不得。只要快当，轻松了身子好走路。"梁尚宾看了布样，又到布船上去翻复细看，口里只夸："好布，好布！"客人道："你又不做个要买的，只管翻乱了我的布包，担阁人的生意。"梁尚宾道："怎见得我不象个买的？"客人道："你要买时，借银子来看。"梁尚宾道："你若加二肯折，我将八十两银子，替你出脱了一半。"客人道："你也是呆话！做经纪的，那里折得起加二？况且只用一半，这一半我又去投谁？一般样担阁了。我说不像要买的！"又冷笑道："这北门外许多人家，就没个财主，四百匹布便买不起！罢，罢，摇到东门寻主儿去。"

梁尚宾听说，心中不忿；又见价钱相因[26]，有些出息，放他不下，便道："你这客人好欺负人！我偏要都买了你的，看如何？"客人道："你真个都买我的？我便让你二十两。"梁尚宾定要折四十两，客人不肯。众人道："客人，你要紧脱货；这位梁大官，又是贪便宜的。依我们说，从中

酌处，一百七十两，成了交易罢。”客人初时也不肯，被众人劝不过，道：“罢！这十两银子，奉承列位面上。快些把银子兑过，我还要连夜赶路。”梁尚宾道：“银子凑不来许多，有几件首饰，可用得着么?”客人道：“首饰也就是银子，只要公道作价。”梁尚宾邀入客坐，将银子和两对银钟，共兑准了一百两；又金首饰尽数搬来，众人公同估价，勾了七十两之数。与客收讫，交割了布匹。梁尚宾看这场交易尽有便宜，欢喜无限。正是：

贪痴无底蛇吞象，祸福难明螳捕蝉。

㉖相因：便宜。

原来这贩布的客人，正是陈御史装的。他托病关门，密密分付中军官聂千户[27]，安排下这些布匹，先雇下小船，在石城县伺候。他悄地带个门子私行到此，聂千户就扮做小郎跟随，门子只做看船的小厮，并无人识破，这是做官的妙用。

㉗中军官：掌兵权者手下的首领官，小说、戏曲中多指侍从

武官或传令官。千户：金、元、明时代的武官名，率兵一千人，又称千夫长，为世袭军职。

却说陈御史下了小船，取出见成写就的宪牌填上梁尚宾名字，就着聂千户密拿。又写书一封，请顾佥事到府中相会。比及御史回到察院，说病好开门，梁尚宾已解到了，顾佥事也来了。御史忙教摆酒后堂，留顾佥事小饭。坐间，顾佥事又提起鲁学曾一事。御史笑道："今日奉屈老年伯到此，正为这场公案，要剖个明白。"便教门子开了护书匣㉘，取出银钟二对，及许多首饰，送与顾佥事看。顾佥事认得是家中之物，大惊问道："那里来的？"御史道："令爱小姐致死之由，只在这几件东西上。老年伯请宽坐，容小侄出堂，问这起数与老年伯看，释此不决之疑。"

㉘护书匣：放书札柬帖的小匣、拜匣。

御史分付开门，仍唤鲁学曾一起复审。御史且教带在一边，唤梁尚宾当面㉙，御史喝道："梁尚宾，你在顾佥事家干得好事！"梁尚宾听得这句，好似青天里闻了个霹雳，正要硬着嘴分辨。只见御史教门子把银钟、首饰与他认赃，问道："这些东西那里来的？"梁尚宾抬头一望，那御史正是买布的客人，唬得顿口无言，只叫："小人该死。"御史道："我也不动夹棍，你只将实情写供状来。"梁尚宾料赖不过，只得招称了。你说招词怎么写来？有词名《锁南枝》一只为证：

写供状，梁尚宾。只因表弟鲁学曾，岳母念他贫，约他助行聘。为借衣服知此情，不合使欺心，缓他行。

乘昏黑，假学曾，园公引入内室门，见了孟夫人，把金银厚相赠。因留宿，有了奸骗情。一日后学曾来，将小姐送一命。

㉙当面：这里指过堂、见官。

御史取了招词，唤园工老欧上来："你仔细认一认，那夜间园上假装公子的，可是这个人？"老欧睁开两眼看了，道："爷爷，正是他。"御史喝教皂隶，把梁尚宾重责八十；将鲁学曾枷杻打开，就套在梁尚宾身上。

合依强奸论斩，发本县监候处决。布四百匹，追出，仍给铺户取价还库。其银两、首饰，给与老欧领回。金钗、金钿，断还鲁学曾。俱释放宁家[30]。鲁学曾拜谢活命之恩。正是：

奸细明镜照，恩喜覆盆开。

生死俱无憾，神明御史台。

㉚宁家：元明时官府审判用语，指将案犯或与案子有关的人员发放或保释回家。

却说顾佥事在后堂，听了这番审录，惊骇不已。候御史退堂，再三称谢道："若非老公祖[31]神明烛照，小女之冤，几无所伸矣。但不知银两、首饰，老公祖何由取到？"御史附耳道："小侄如此如此。"顾佥事道："妙哉！只是一件，梁尚宾妻子，必知其情，寒家首饰，定然还有几件在彼。再望老公祖一并逮问。"御史道："容易。"便行文书，仰[32]石城县提梁尚宾妻严审，仍追余赃回报。顾佥事别了御史自回。却说石城县知县见了察院文书，监中取出梁尚宾问道："你妻子姓甚？这一事曾否知情？"梁尚宾正怀恨老婆，答应道："妻田氏，因贪财物，其实同谋的。"知县当时佥稟[33]差人提田氏到官。

㉛老公祖：官场中对长官的尊称。

㉜仰：旧时公文用语，对下时表示命令。

㉝佥稟：当时"佥票"之误。佥，同"签"。签票：旧时官府交给差役捕人的凭证，相当于现在的逮捕证。这里指签发捕人的凭证。

话分两头。却说田氏父母双亡，只在哥嫂身边，针指度日。这一日，哥哥田重文正在县前，闻知此信，慌忙奔回，报与田氏知道。田氏道："哥哥休慌，妹子自有道理。"当时带了休书上轿，径抬到顾佥事家，来见孟夫人。夫人发一个眼花，分明看见女儿阿秀进来。及至近前，却是个蓦生[34]标致妇人，吃了一惊，问道："是谁？"田氏拜倒在地，说道："妾乃梁尚宾之妻田氏。因恶夫所为不义，只恐连累，预先离异了。贵宅老爷不知，求夫人救命。"说罢，就取出休书呈上。

㉞蓦生：同“陌生”。

夫人正在观看，田氏忽然扯住夫人衫袖，大哭道：“母亲，俺爹害得我好苦也!”夫人听得是阿秀的声音，也哭起来。便叫道：“我儿，有甚话说?”只见田氏双眸紧闭，哀哀的哭道：“孩儿一时错误，失身匪人，羞见公子之面，自缢身亡，以完贞性。何期爹爹不行细访，险些反害了公子性命。幸得暴白了，只是他无家无室，终是我母子担误了他。母亲若念孩儿，替爹爹说声，周全其事，休绝了一脉姻亲。孩儿在九泉之下，亦无所恨矣。”说罢，跌倒在地。夫人也哭昏。管家婆和丫鬟、养娘都团聚将来，一齐唤醒。那田氏还呆呆的坐地，问他时全然不省。夫人看了田氏，想起女儿，重复哭起，众丫鬟劝住了。夫人悲伤不已，问田氏：“可有爹娘?”田氏回说：“没有。”夫人道：“我举眼无亲，见了你，如见我女儿一般，你做我义女肯么?”田氏拜道：“若得伏侍夫人，贱妾有幸。”夫人欢喜，就留在身边了。顾佥事回家，闻说田氏先期离异，与他无干，写了一封书帖，和休书送与县官，求他免提，转回察院。又见田氏贤而有智，好生敬重，依了夫人收为义女。夫人又说起女儿阿秀负魂[35]一事，他千叮万嘱，休绝了鲁家一脉姻亲。如今田氏少艾[36]，何不就招鲁公子为婿，以续前姻?顾佥事见鲁学曾无辜受害，甚是懊悔。今番夫人说话有理，如何不依？只怕鲁公子生疑，亲到其家，谢罪过了，又说续亲一事。鲁公子再三推辞不过，只得允从。就把金钗钿为聘，择日过门成亲。

㉟负魂：指死人的魂魄附在活人身上，使活人代死人说话和行动，这是古人的一种迷信。

㊱少艾：年轻美丽。

原来顾佥事在鲁公子面前，只说过继的远房侄女。孟夫人在田氏面前，也只说赘个秀才，并不说真名真姓。到完婚以后，田氏方才晓得就是鲁公子，公子方才晓得就是梁尚宾的前妻田氏。自此夫妻两口和睦，且是十分孝顺。顾佥事无子，鲁公子承受了他的家私，发愤攻书。顾佥事见他三场通透[37]，送入国子监[38]，连科及第[39]。所生二子，一姓鲁，一姓顾，以奉两家宗祀。梁尚宾子孙遂绝。诗曰：

一夜欢娱害自身，百年姻眷属他人。

世间用计行奸者，请看当时梁尚宾。

㊲三场通透：科举时代的某些考试，要考初场、二场、三场，每场所考科目不同。三场通透，意思是对于科举考试所要求的各种文章已经熟习、精通，可以应试了。

㊳国子监：中国古代教育体系中的最高学府，又称国子学或国子寺。国子监的学生叫监生。

㊴连科及第：指连续考中几次不同等级的科举考试。

三　新桥市韩五卖春情

【精要简介】

本篇讲的是临安府富户吴防御的儿子吴山，生性秉直，偶然结识了暗娼韩金奴，也就是韩五，未能抵制住韩五的美色诱惑，色欲过度，但在生命垂危之际，及时顿悟，将事情缘由和盘托出，靠和尚托梦化解冤鬼缠身，并在事后真心悔过的故事。旨在教人不可贪恋女色、沉迷色欲，侧面说明了做错事真心悔改的重要性。

【原文鉴赏】

情宠娇多不自由，骊山举火戏诸侯。

只知一笑倾人国，不觉胡尘满玉楼。

这四句诗，是胡曾[①]《咏史诗》。专道着昔日周幽王宠一个妃子，名曰褒姒，千方百计的媚他。因要取褒姒一笑，向骊山之上，把与诸侯为号的烽火烧起来。诸侯只道幽王有难，都举兵来救。及到幽王殿下，寂然无事。褒姒呵呵大笑。后来犬戎起兵来攻，诸侯皆不来救，犬戎遂杀幽王于骊山之下。又春秋时，有个陈灵公，私通于夏徵舒之母夏姬[②]。与其臣孔宁、仪行父日夜往其家，饮酒作乐。徵舒心怀愧恨，射杀灵公。后来六朝时，陈后主宠爱张丽华、孔贵嫔，自制《后庭花》曲，姱美[③]其色，沉湎淫逸，不理国事。被隋兵所追，无处躲藏，遂同二妃投入井中，为隋将韩擒虎所获，遂亡其国。诗云：

欢娱夏厩忽兴戈[④]，眢井犹闻《玉树》歌[⑤]。

试看二陈同一律，从来亡国女戎多。

①胡曾：唐代诗人，懿宗、僖宗时代，曾任西川节度使幕府官，著有《咏史诗》等一百五十首，常为后世小说所引用。

②夏姬：郑穆公之女，嫁给陈国司马夏御叔为妻，因而称为夏姬。御叔早死，与夏姬有一子夏徵舒。

③姱美：夸耀赞美。

④夏厩（jiù）：春秋时，陈灵公与孔宁、仪行父私通夏徵舒之母夏姬，夏徵舒在马厩中伏设弓弩等灵公出来，射而杀之。

⑤眢（yuān）井：枯井。隋灭陈时，陈后主与张、孔二妃躲在景阳宫的枯井中，最终被捉住。

当时，隋炀帝也宠萧妃之色。要看扬州景，用麻叔度为帅，起天下民夫百万，开汴河一千余里，役死人夫无数；造凤舰龙舟，使宫女牵之，两岸乐声闻于百里。后被宇文化及造反江都，斩炀帝于吴公台下，其国亦倾。有诗为证：

千里长河一旦开，亡隋波浪九天来。

锦帆未落干戈起，惆怅龙舟更不回。

至于唐明皇宠爱杨贵妃之色，春纵春游，夜专夜宠。谁想杨妃与安禄山私通，却抱禄山做孩儿。一日，云雨方罢，杨妃钗横鬓乱，被明皇撞见，支吾过了。明皇从此疑心，将禄山除出在渔阳地面做节度使。那禄山思恋杨妃，举兵反叛。正是：

渔阳鼙鼓动地来，惊破《霓裳羽衣》曲。

那明皇无计奈何，只得带取百官逃难。马嵬山下兵变，逼死了杨妃，明皇直走到西蜀。亏了郭令公⑥血战数年，才恢复得两京⑦。

⑥郭令公：指郭子仪。

⑦两京：唐代的长安为西京，洛阳为东京。

且如说这几个官家，都只为贪爱女色，致于亡国捐躯。如今愚民小子，怎生不把色欲警戒！说话的⑧，你说那戒色欲则甚？自家今日说一个青年子弟，只因不把色欲警戒，去恋着一个妇人，险些儿坏了堂堂六尺之躯，丢了泼天⑨的家计，惊动新桥市上，变成一本风流说话。正是：

好将前事错，传与后人知。

说这宋朝临安府，去城十里，地名湖墅；出城五里，地名新桥。那市上有个富户吴防御[10]，妈妈[11]潘氏，止生一子，名唤吴山，娶妻余氏，生得四岁一个孩儿。防御门首开个丝绵铺，家中放债积谷。果然是金银满箧，米谷成仓。去新桥五里，地名灰桥市上，新造一所房屋，令子吴山，再拨主管[12]帮扶，也好开一个铺。家中收下的丝绵，发到铺中卖与在城机户[13]。吴山生来聪俊，粗知礼义；干事朴实，不好花哄[14]。因此防御不虑他在外边闲理会[15]。

⑧说话的：宋元时代，民间艺人讲说故事，叫做“说话”。说话的，就是说书人。

⑨泼天：表极甚之辞，形容极大、极多等。

⑩防御：本来是唐、宋时官名，叫防御使，后渐成为一般的称呼，与员外、朝奉相似。

⑪妈妈：指妻子，老伴。

⑫主管：家中的管事仆人或店铺中的掌事伙计。

⑬机户：织户。

⑭花哄：瞎起哄，胡闹。

⑮闲理会：无事生非、惹事。

且说吴山每日蚤晨到铺中卖货，天晚回家。这铺中房屋，只占得门面，里头房屋都是空的。忽一日，吴山在家有事。至晌午才到铺中。走进看时，只见屋后河边泊着两只剥船[16]，船上许多箱笼、桌、凳、家伙，四五个人尽搬入空屋里来。船上走起三个妇人：一个中年胖妇人、一个老婆子，一个小妇人，尽走入屋里来。只因这妇人入屋，有分[17]教吴山：

身如五鼓衔山月，命似三更油尽灯。

吴山问主管道："甚么人不问事由，擅自搬入我屋来？"主管道："在城人家。为因里役，一时间无处寻屋，央此间邻居范老来说，暂住两三日便去。正欲报知，恰好官人自来。"吴山正欲发怒，见那小娘子敛袂向前深深的道个万福："告官人息怒，非干主管之事，是奴家大胆，一时事急，出于无奈，不及先来宅上禀知，望乞恕罪。容住三四日，寻了屋就搬去。房金依例拜纳。"吴山便放下脸来道："既如此，便多住些时也不妨，请自稳便。"妇人说罢，就去搬箱运笼。吴山看得心痒，也替他搬了几件家伙。

⑯剥船：同"驳船"，载货船。

⑰有分：有缘分、有机会、有可能。

说话的，你说吴山平生鲠直，不好花哄。因何见了这个妇人，回嗔作喜，又替他搬家伙？你不知道，吴山在家时，被父母拘管得紧，不容他闲走。他是个聪明俊俏的人，干事活动，又不是一个木头的老实。况且青春年少，正是他的时节。父母又不在面前，浮铺[18]中见了这个美貌的妇人，如何不动心？那胖妇人与小妇人都道："不劳官人用力。"吴山道："在此间住，就是自家一般，何必见外？"彼此俱各欢喜。天晚，吴山回家，分付主管与里面新搬来的说，"写纸房契来与我。"主管答应了，不在话下。

⑱浮铺：这里指店面，铺面。

且说吴山回到家中，并不把搬来一事说与父母知觉。当夜心心念念，

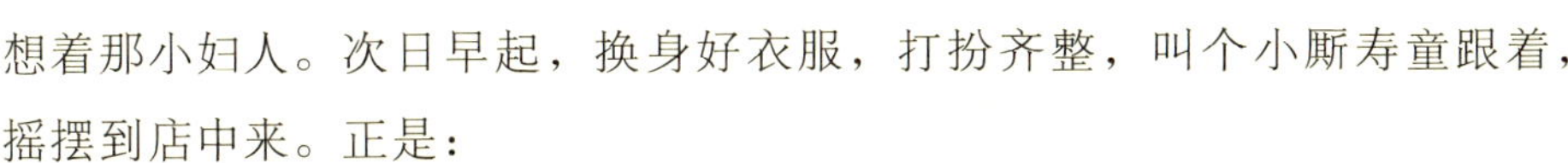

想着那小妇人。次日早起，换身好衣服，打扮齐整，叫个小厮寿童跟着，摇摆到店中来。正是：

没兴[19]店中赊得酒，命衰撞着有情人。

⑲没兴：倒霉、晦气，没有兴致。

吴山来到铺中，卖了一回货。里面走动的八老[20]来接吃茶，要纳房状[21]。吴山心下正要进去。恰好得八老来接，便起身入去。只见那小妇人笑容可掬，接将出来万福："官人请里面坐。"吴山到中间轩子内坐下。那老婆子和胖妇人都来相见陪坐，坐间止有三个妇人。吴山动问道："娘子高姓？怎么你家男儿汉不见一个？"胖妇道："拙夫姓韩，与小儿在衙门跟官。蚤去晚回，官身[22]不得相会。"坐了一回，吴山低着头睃那小妇人。这小妇人一双俊俏眼觑着吴山道："敢问官人青春多少？"吴山道："虚度二十四岁。拜问娘子青春？"小妇人道："与官人一缘一会[23]，奴家也是二十四岁。城中搬下来，偶辏遇官人，又是同岁，正是有缘千里能相会。"那老妇人和胖妇人看见关目，推个事故起身去了，止有二人对坐。小妇人到把些风流话儿挑引吴山。吴山初然只道好人家，容他住，不过砑光[24]而已。谁想见面，到来刮涎[25]，才晓得是不停当[26]的。欲待转身出去，那小妇人又走过来，挨在身边坐定，作娇作痴，说道："官人，你将头上金簪子来借我看一看。"吴山除下帽子，正欲拔时，被小妇人一手按住吴山头髻，一手拔了金簪，就便起身道："官人，我和你去楼上说句话。"一头说，径走上楼去了。吴山随后跟上楼来讨簪子。正是：

由你奸似鬼，也吃洗脚水。

吴山走上楼来，叫道："娘子！还我簪子。家中有事，就要回去。"妇人道："我与你是宿世姻缘，你不要装假，愿谐枕席之欢。"吴山道："行不得！倘被人知觉，却不好看，况此间耳目较近。"待要下搂，怎奈那妇人放出那万种妖娆，搂住吴山，倒在怀中，将尖尖玉手，扯下吴山裙裤，情兴如火擦捺不住。携手上床，成其云雨。霎时云收雨散，两个起来偎倚而坐。吴山且惊且喜，问道："姐姐，你叫做甚么名字？"妇人道："奴家排行第五，小字赛金。长大，父母顺口叫道金奴。敢问官人排行第几？宅上做甚行业？”吴山道：“父母止生得我一身，家中收丝放债，新桥市上出名的财主。此间门前铺子，是我自家开的。”金奴暗喜道：“今番缠得这个有钱的男儿，也不枉了。”

⑳八老：娼妓的仆役，也写作孛老。

㉑房状：房契。

㉒官身：有公事或官差在身的人。

㉓一缘一会：指天缘凑合，有缘分。

㉔砑（yà）光：调情。

㉕刮涎：勾引，挑逗。

㉖不停当：不稳当、妥帖。

原来这人家是隐名的娼妓，又叫做“私窠子”，是不当官吃衣饭[27]的。家中别无生意，只靠这一本帐。那老妇人是胖妇人的娘，金奴是胖妇人的女儿。在先，胖妇人也是好人家出来的。因为丈夫无用，阐阖[28]不得已干这般勾当。金奴自小生得标致，又识几个字，当时已自嫁与人去了。只因在夫家不跴叠[29]，做出来，发回娘家。事有凑巧，物有偶然，此时胖妇人年纪约近五旬，孤老[30]来得少了，恰好得女儿来接代，也不当断这样行业，索性大做了。原在城中住，只为这样事被人告发，慌了，搬下来躲避。却恨吴山偶然撞在他手里，圈套都安排停当，漏[31]将入来，不由你不落水。怎地男儿汉不见一个？但看有人来，父子们都回避过了，做成的规矩。这个妇人，但贪他的，便着他的手，不止陷了一个汉子。

㉗吃衣饭：营生、做买卖。

㉘阐阖（zhèng chuài）：挣扎，用力争取。

㉙不跴（cuò）叠：不安分。

㉚孤老：女子所私之人，包括嫖客、姘夫。

㉛漏：这里是引诱、诱骗的意思。

当时金奴道：“一时慌促搬来，缺少盘费。告官人，有银子乞借应五两，不可推故。”吴山应允了。起身整了衣冠，金奴依先还了金簪。两个下楼，依旧坐在轩子内。吴山自思道：“我在此耽阁了半晌，虑恐邻舍们谈论。”又吃了一杯茶。金奴留吃午饭，吴山道：“我耽阁长久，不吃饭了。少间就送盘缠来与你。”金奴道：“午后特备一杯菜酒，官人不要见却。”说罢，吴山自出铺中。

原来外边近邻见吴山进去。那房屋却是两间六椽的楼屋，金奴只占得一间做房，这边一间就是丝铺，上面却是空的。有好事哥哥，见吴山半晌不出来，伏在这间空楼壁边。入马之时，都张见明白。比及吴山出来，坐在铺中，只见几个邻人都来和哄道：“吴小官人，恭喜恭喜！”吴山初时已自心疑他们知觉，次后见众人来取笑，他通红了脸皮，说道：“好没来由！有甚么喜贺！”内中有原张见的，是对门开杂货铺的沈二郎，叫道：“你兀自赖哩，拔了金簪子，走上楼去做甚么？”吴山被他一句说着了，顿口无言，推个事故，起身要走。众人拦住道：“我们斗[32]分银子，与你作贺。”

㉜斗：这里是拼、凑的意思。

吴山也不顾众说，使性子往西走了。去到娘舅潘家，讨午饭吃了。踱到门前，向一个店家借过等子，将身边买丝银子称了二两，放在袖中。又闲坐了一回，捱到半晚，复到铺中来。主管道："里面住的正在此请官人吃酒。"恰好八老出来道："官人，你那里闲耍？教老子[33]没处寻。家中特备菜酒，止请主管相陪，再无他客。"吴山就同主管走到轩子下。已安排齐整，无非鱼、肉、酒、果之类。吴山正席，金奴对坐，主管在旁。三人坐定，八老筛酒。吃过几杯，主管会意，只推要收铺中，脱身出来。吴山平日酒量浅，主管去了，开怀与金奴吃了十数杯，便觉有些醉来。将袖中银子送与金奴，便起身挽了金奴手道："我有一句话和你说：这桩事，却有些不谐当。邻舍们都知了，来打和哄。倘或传到我家去，父母知道，怎生是好？此间人眼又紧，口嘴又歹，容不得人。倘有人不惬气[34]，在此飞砖掷瓦，安身不稳。姐姐，依着我口，寻个僻静所在去住，我自常来看顾你。"金奴道："说得是！奴家就与母亲商议。"说罢，那老子又将两杯茶来。吃罢，免不得又做些干生活[35]。吴山辞别动身，嘱付道："我此去未来[36]哩，省得众人口舌。待你寻得所在，八老来说知，我来送你起身。"说罢，吴山出来铺中，分付主管说话，一径自回，不在话下。

㉝老子：老头子、老人家，这里是老年男子的自称。

㉞不惬气：不服气，不满。

㉟干生活：指男女之事。

㊱未来：不来。

且说金奴送吴山去后，天色已晚。上楼卸了浓妆，下楼来吃了晚饭，将吴山所言移屋一节，备细说与父母知道。当夜各自安歇。次早起来，胖妇人分付八老悄地打听邻舍消息。八老到门前站了一回，踅[37]到间壁粜米张大郎门前，闲坐了一回。只听得这几家邻舍指指搠搠，只说这事。八老回家，对这胖妇人说道："街坊上嘴舌不是养人的去处。"胖妇人道："因为在城中被人打搅，无奈搬来，指望寻个好处安身，久远居住，谁想又撞

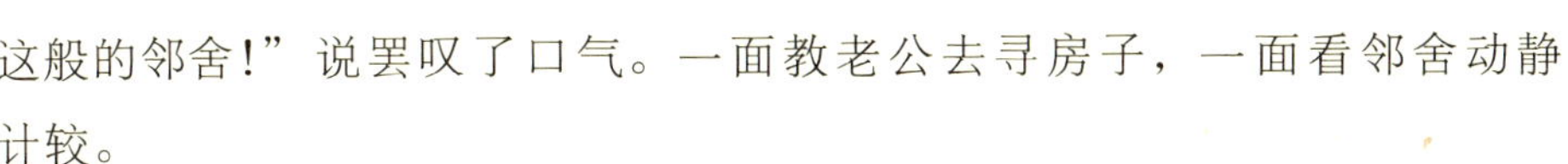

这般的邻舍!”说罢叹了口气。一面教老公去寻房子，一面看邻舍动静计较。

㊲趱（zàn）：往，去，同“趲”。

却说吴山自那日回家，怕人嘴舌，瞒着父母，只推身子不快，一向[38]不到店中来。主管自行卖货。金奴在家清闲不惯，八老又去招引旧时主顾，一般来走动。那几家邻舍初然只晓得吴山行踏[39]，次后见往来不绝，方晓得是个大做的。内中有生事的道：“我这里都是好人家，如何容得这等鏖糟[40]在此住？常言道：‘近奸近杀’。倘若争锋起来，致伤人命，也要带累邻舍。”说罢，却早那八老听得，进去说，今日邻舍们又如此如此说。胖妇人听得八老说了，没出气处，碾那老婆子道：“你七老八老，怕兀谁？不出去门前叫骂这短命多嘴的鸭黄儿[41]!”婆子听了，果然就起身走到门前叫骂道：“那个多嘴贼鸭黄儿，在这里学放屁！若还敢来应我的，做这条老性命结识他。那个人家没亲眷来往？”邻舍们听得，道：“这个贼做大的出精老狗，不说自家干这般没理的事，到来欺邻骂舍!”开杂货店沈二郎正要应那婆子，中间又有守本分的劝道：“且由他！不要与这半死的争好歹，赶他起身便了。”婆子骂了几声，见无人来睬他，也自入去。

㊳向：许久，近来。

㊴行踏：走动，往来。

㊵鏖糟（áo zāo）：也写作“鏖糟”，即肮脏，不干净。

㊶鸭黄儿：宋代浙江人称妻子有外遇的丈夫为“鸭”，鸭的含义，相当于乌龟。骂人作鸭黄儿，相当于骂人王八蛋。

却说众邻舍都来与主管说：“是你没分晓，容这等不明不白的人在这里住。不说自家理短，反教老婆子叫骂邻舍。你耳内须听得。我们都到你主家说与防御知道，你身上也不好看。”主管道：“列位高邻息怒，不必说得，早晚就着他搬去。”众人说罢，自去了。主管当时到里面对胖妇人说道：“你们可快快寻个所在搬去，不要带累我。看这般模样，住也不秀气[42]。”胖妇人道：“不劳分付，拙夫已寻屋在城，只在旦晚就搬。”说罢，主管出来。

㊷不秀气：做事不漂亮、不聪明。

胖妇人与金奴说道："我们明早搬入城。今日可着八老悄地与吴小官说知，只莫教他父母知觉。"八老领语，走到新桥市上吴防御丝绵大铺，不敢径进。只得站在对门人家檐下踅去，一眼只看着铺里。不多时，只见吴山踱将出来，看见八老，慌忙走过来，引那老子离了自家门首，借一个织熟绢人家坐下，问道："八老有甚话说？"八老道："家中五姐领官人尊命，明日搬入城去居住，特着老汉来与官人说知。"吴山道："如此最好，不知搬在城中何处？"八老道："搬在游奕营[43]羊毛寨南横桥街上。"吴山就身边取出一块银子，约有二钱，送与八老道："你自将去买杯酒吃。明日晌午，我自来送你家起身。"八老收了银子，作谢了，一径自回。

㊸游奕营：宋代临安（杭州）地名，为殿前司禁旅游奕军军寨所在。下文"营里军家"，即指游奕军。

且说吴山到次日巳牌时分，唤寿童跟随出门，走到归锦桥[44]边南货店里，买了两包干果，与小厮拿着，来到灰桥市上铺里。主管相叫[45]罢，将日逐卖丝的银子帐来算了一回。吴山起身，入到里面与金奴母子叙了寒温，将寿童手中果子，身边取出一封银子，说道："这两包粗果，送与姐姐泡茶[46]；银子三两，权助搬屋之费。待你家过屋后，再来看你。"金奴接了果子并银两，母子两个起身谢道："重蒙见惠，何以克当！"吴山道："不必谢，日后正要往来哩。"说罢，起身看时，箱笼家伙已自都搬下船了。金奴道："官人，去后几时来看我？"吴山道："只在三五日间便来相望。"金奴一家别了吴山，当日搬入城去了。正是：

此处不留人，自有留人处。

㊹归锦桥：在临安城北门外，俗称"卖鱼桥"，自此桥至左家桥、夹城巷一带，皆称"湖墅"。

㊺相叫：相见行礼，打招呼。

㊻泡茶：宋、元、明的人喝茶，往往把干果、蜜饯等和茶叶沏在一

起，称为泡茶。

且说吴山原有害夏[47]的病，每过炎天时节，身体便觉疲倦，形容清减。此时正值六月初旬，因此请个针灸医人，背后灸了几穴火，在家调养，不到店内。心下常常思念金奴，争奈灸疮疼，出门不得。

㊼害夏：苦夏、疰（zhù）夏。

却说金奴从五月十七搬移在横桥街上居住。那条街上俱是营里军家，不好此事，路又僻拗，一向没人走动。胖妇人向金奴道："那日吴小官许下我们三五日间就来，到今一月，缘何不见来走一遍？若是他来，必然也看觑我们。"金奴道："可着八老去灰桥市上铺中探望他。"

当时八老去，就出艮山门到灰桥市上丝铺里见主管。八老相见罢，主管道："阿公来有甚事？"八老道："特来望吴小官。"主管道："官人灸火在家未痊，向不到此。"八老道："主管若是回宅，烦寄个信，说老汉到此不遇。"八老也不担阁，辞了主管便回家中，回覆了金奴。金奴道：

“可知不来，原来灸火在家。”

当日金奴与母亲商议，教八老买两个猪肚磨净，把糯米莲肉灌在里面，安排烂熟。次早，金奴在房中磨墨挥笔，拂开鸯笺，写封简道：

“贱妾赛金再拜，谨启情郎吴小官人：自别尊颜，思慕之心，未尝少怠，悬悬不忘于心。向蒙期约，妾倚门凝望，不见降临。昨遣八老探拜，不遇而回。妾移居在此，甚是荒凉。听闻贵恙灸火疼痛，使妾坐卧不安。空怀思忆，不能代替。谨具猪肚二枚，少申问安之意，幸希笑纳。情照不宣。仲夏二十一日，贱妾赛金再拜。”

写罢，折成简子，将纸封了。猪肚装在盒里，又用帕子包了，都交付八老，叮嘱道：“你到他家，寻见吴小官，须索与他亲收。”

八老提了盒子，怀中揣着简帖，出门径往大街。走出武林门，直到新桥市上，吴防御门首，坐在街檐石上。只见小厮寿童走出，看见叫道：“阿公，你那里来，坐在这里？”八老扯寿童到人静去处说：“我特来见你官人说话。我只在此等，你可与我报与官人知道。”寿童随即转身，去不多时，只见吴山踱将出来。八老慌忙作揖：“官人，且喜贵体康安！”吴山道：“好，阿公，你盒子里什么东西？”八老道：“五姐记挂官人灸火，没甚好物，只安排得两个猪肚，送来与官人吃。”吴山遂引那老子到个酒店楼上坐定，问道：“你家搬在那里好么？”八老道：“甚是消索。”怀中将柬帖子递与吴山，吴山接柬在手，拆开看毕，依先折了藏在袖中。揭开盒子拿一个肚子，教酒博士[48]切做一盘，分付荡[49]两壶酒来。吴山道：“阿公，你自在这里吃，我家去写回字与你。”八老道：“官人请稳便。”吴山来到家里卧房中，悄悄的写了回简，又秤五两白银，复到酒店楼上，又陪八老吃了几杯酒。八老道：“多谢官人好酒，老汉吃不得了。”起身回去，吴山遂取银子并回柬说道：“这五两银子，送与你家盘缠。多多拜覆五姐：过三两日，定来相望。”八老收了银简，起身下楼，吴山送出酒店。

㊽酒博士：酒保，酒店的伙计。宋元时代所谓博士是对具有某种技艺或专门从事某种职业的人的尊称，如茶博士、油博士等。

㊾荡：同“烫”，暖酒。

却说八老走到家中，天晚入门，将银简都付与金奴收了。将简拆开灯下看时，写道：

“山顿首，字覆爱卿韩五娘妆次：向前会间，多蒙厚款。又且云情雨意，枕席钟情，无时少忘。所期正欲趋会，生因贱躯灸火，有失卿之盼望。又蒙遣人垂顾，兼惠可口佳肴，不胜感感。二三日间，容当面会。白金五两，权表微情，伏乞收入。吴山再拜。”

看简毕，金奴母子得了五两银子，千欢万喜，不在话下。

且说吴山在酒店里，捱到天晚，拿了一个猪肚，悄地里到自卧房，对浑家说：“难得一个识熟机户，闻我灸火，今日送两个熟肚与我。在外和朋友吃了一个，拿一个回来与你吃。”浑家道：“你明日也用作谢他。”当晚吴山将肚子与妻在房吃了，全不教父母知觉。

过了两日，第三日，是六月二十四日。吴山起早，告父母道：“孩儿一向不到铺中，喜得今日好了，去走一遭。况在城神堂巷有几家机户赊账要讨，入城便回。”防御道：“你去不可劳碌。”吴山辞父，讨一乘兜轿[50]抬了，小厮寿童打伞跟随。只因吴山要进城，有分教金奴险送他性命。正是：

二八佳人体似酥，腰间仗剑斩愚夫。

虽然不见人头落，暗里教君骨髓枯。

㊿兜轿：只有坐位而没有轿厢的便轿，也叫作兜子、兜笼。

吴山上轿，不觉早到灰桥市上。下轿进铺，主管相见。吴山一心只在金奴身上，少坐，便起身分付主管：“我入城收拾机户赊账，回来算你日逐卖账。”主管明知到此处去，只不敢阻，但劝：“官人贵体新痊，不可别处闲走，空受疼痛。”吴山不听，上轿预先分付轿夫，径进艮山门。迤逦到羊毛寨南横桥，寻问湖市搬来韩家。旁人指说：药铺间壁就是。吴山来到门首下轿，寿童敲门。里面八老出来开门，见了吴山，慌入去说知。吴山进门，金奴母子两个堆下笑来迎接，说道：“贵人难见面。今日甚风吹得到此？”吴山与金奴母子相唤[51]罢，到里面坐定吃茶。金奴道：“官人认认奴家房里。”吴山同金奴到楼上房中。正所谓：

合意友来情不厌，知心人至话相投。

⑸相唤：相叫，就是见礼。

金奴与吴山在楼上，如鱼得水，似漆投胶，两个无非说些深情蜜意的话。少不得安排酒殽，八老搬上楼来，掇过镜架，就摆在梳妆桌上。八老下来，金奴讨酒，才敢上去。两个并坐，金奴筛酒一杯，双手敬与吴山道：“官人灸火，妾心无时不念。”吴山接酒在手道：“小生为因灸火，有失期约。”酒尽，也筛一杯回敬与金奴。吃过十数杯，二人情兴如火，免不得再把旧情一叙。交欢之际，无限恩情。事毕起来，洗手更酌。又饮数杯，醉眼朦胧，馀兴未尽。吴山因灸火在家，一月不曾行事。见了金奴，如何这一次便罢？吴山合当死，魂灵都被金奴引散乱了，情兴复发，又弄一火。正是：

爽口物多终作疾，快心事过必为殃。

吴山重复自觉神思散乱，身体困倦，打熬不过，饭也不吃，倒身在床上睡了。金奴见吴山睡着，走下楼到外边，说与轿夫道：“官人吃了几杯酒，睡在楼上。二位太保[52]宽坐等一等，不要催促。”轿夫道：“小人不敢来催。”金奴分付毕，走上楼来，也睡在吴山身边。

[52]太保：这里是对仆役的尊称。太保本是官名，与太师、太傅合称三公。宋元时也用作对巫师、武士以及仆役等的称呼。

且说吴山在床上方合眼，只听得有人叫：“吴小官好睡！”连叫数声。吴山醉眼看见一个胖大和尚，身披一领旧褊衫[53]，赤脚穿双僧鞋，腰系着一条黄丝绦，对着吴山打个问讯。吴山跳起来还礼道：“师父上刹何处？因甚唤我？”和尚道：“贫僧是桑菜园水月寺住持[54]，因为死了徒弟，特来劝化官人。贫僧看官人相貌，生得福薄，无缘受享荣华，只好受些清淡，弃俗出家，与我做个徒弟。”吴山道：“和尚好没分晓！我父母半百之年，止生得我一人，成家接代，创立门风，如何出家？”和尚道：“你只好出家，若还贪享荣华，即当命夭。依贫僧口，跟我去罢。”吴山道：“乱话！

此间是妇人卧房，你是出家人，到此何干？”那和尚睁着两眼，叫道：“你跟我去也不？”吴山道：“你这秃驴，好没道理！只顾来缠我做甚？”和尚大怒，扯了吴山便走，到楼梯边，吴山叫起屈来，被和尚尽力一推，望楼梯下面倒撞下来。撒然[55]惊觉，一身冷汗。开眼时，金奴还睡未醒，原来做一场梦。觉得有些恍惚，爬起坐在床上，呆了半晌。金奴也醒来，道：“官人好睡。难得你来，且歇了，明早去罢。”吴山道：“家中父母记挂，我要回去，别日再来望你。”金奴起身，分付安排点心。吴山道：“我身子不快，不要点心。”金奴见吴山脸色不好，不敢强留。吴山整了衣冠，下楼辞了金奴母子，急急上轿。

㊳褊衫：偏衫。一种僧侣的外衣，像袈裟之类的法衣。

㊴住持：寺庵中担任主管职务的僧人，也称“方丈”

“长老”。

55撒然：形容梦中突然惊醒的样子。撒，也写作“洒”“飒”。

天色已晚，吴山在轿思量：白日里做场梦，甚是作怪。又惊又忧，肚里渐觉疼起来。在轿过活不得，巴不得到家，分付轿夫快走。捱到自家门首，肚疼不可忍，跳下轿来，走入里面，径奔楼上。坐在马桶上，疼一阵，撒一阵，撒出来都是血水。半晌方上床。头眩眼花，倒在床上，四肢倦怠，百骨酸疼，大底是本身元气微薄，况又色欲过度。

防御见吴山面青失色，奔上楼来，吃了一惊道：“孩儿因甚这般模样？”吴山应道：“因在机户人家多吃了几杯酒，就在他家睡。一觉醒来热渴，又吃了一碗冷水，身体便觉拘急[56]，如今作起泻来。”说未了，咬牙寒噤，浑身冷汗如雨，身如炭火一般。防御慌急下楼，请医来看，道：“脉气将绝，此病难医。”再三哀恳太医，乞用心救取。医人道：“此病非干泄泻之事，乃是色欲过度，耗散元气，为脱阳之症，多是不好。我用一帖药，与他扶助元气。若是服药后，热退脉起，则有生意。”医人撮了药自去。父母再三盘问，吴山但摇头不语。

56拘急：使身体痉挛、抽搐。

将及初更，吴山服了药，伏枕而卧。忽见日间和尚又来，立在床边，叫道：“吴山，你强熬做甚？不如早随我去。”吴山道：“你快去，休来缠我！”那和尚不由分说，将身上黄丝绦缚在吴山项上，扯了便走。吴山攀住床棂，大叫一声，惊醒，又是一梦。开眼看时，父母浑家皆在面前。父母问道：“我儿因甚惊觉？”吴山自觉神思散乱，料捱不过，只得将金奴之事，并梦见和尚，都说与父母知道。说罢，哽哽咽咽哭将起来。父母浑家，尽皆泪下。防御见吴山病势危笃，不敢埋怨他，但把言语来宽解。

吴山与父母说罢，昏晕数次。复苏，泣谓浑家道：“你可善侍公姑，好看幼子。丝行资本，尽彀[57]盘费。”浑家哭道：“且宽心调理，不要多虑。”吴山叹了气一口，唤丫鬟扶起，对父母说道：“孩儿不能复生矣，爹娘空养了我这个忤逆子，也是年灾命厄，逢着这个冤家。今日虽悔，噬脐

何及！传与少年子弟，不要学我干这等非为的事，害了自己性命。男子六尺之躯，实是难得，要贪花恋色的，将我来做个样。孩儿死后，将身尸丢在水中，方可谢抛妻弃子不养父母之罪。”言讫，方才合眼，和尚又在面前。吴山哀告：“我师，我与你有甚冤仇，不肯放舍我？”和尚道：“贫僧只因犯了色戒，死在彼处，久滞幽真，不得脱离鬼道。向日偶见官人，白昼交欢，贫僧一时心动，欲要官人做个阴魂之伴。”言罢而去。

㊼彀（gòu）：同“够”。

吴山醒来，将这话对父母说知。吴防御道：“原来被冤魂来缠。”慌忙在门外街上，焚香点烛，摆列羹饭，望空拜告：“慈悲放舍我儿生命，亲到彼处设醮追拔。”祝毕，烧化纸钱。

防御回到楼上，天晚，只见吴山朝着里床睡着。猛然番身坐将起来，睁着眼道：“防御，我犯如来色戒，在羊毛寨里寻了自尽。你儿子也来那里淫欲，不免把我前日的事，陡然想起，要你儿子做个替头，不然求他超度。适才承你羹饭纸钱，许我荐拔，我放舍了你的儿子，不在此作祟。我还去羊毛寨里等你超拔，若得脱生，永不来了。”说话方毕，吴山双手合掌作礼，洒然而觉，颜色复旧。浑家摸他身上，已住了热。起身下床解手，又不泻了。一家欢喜。复请原日医者来看，说道：“六脉已复，有可救生路。”撮下了药，调理数日，渐渐好了。

防御请了几众僧人，在金奴家做了一昼夜道场。只见金奴一家做梦，见个胖和尚拿了一条拄杖去了。

吴山将息半年，依旧在新桥市上生理。一日，与主管说起旧事，不觉追悔道：“人生在世，切莫为昧己勾当。真个明有人非，幽有鬼责，险些儿丢了一条性命。”从此改过前非，再不在金奴家去。亲邻有知道的，无不钦敬。正是：

痴心做处人人爱，冷眼观时个个嫌。

觑破关头邪念息，一生出处自安恬。

四　闲云庵阮三偿冤债

【精要简介】

本篇讲的是西京河南府梧桐街兔演巷陈太常的女儿陈玉兰，花容月貌，知书达理，大方得体，与阮三情投意合，后为与阮三前世的情缘而终身守寡，并将其共同的孩子培养成人的故事，赞颂了陈玉兰的贞洁贤惠，教导人们不能贪恋女色。同时通过陈玉兰获得当朝政府所立贞节牌坊这一情节的描写，从侧面说明了钱、权在封建社会中的重要性，从根本上对封建社会进行了批判。

【原文鉴赏】

好姻缘是恶姻缘，莫怨他人莫怨天。

但愿向平[①]婚嫁早，安然无事度余年。

这四句，奉劝做人家的，早些毕了儿女之债。常言道："男大须婚，女大须嫁；不婚不嫁，弄出丑吒。"多少有女儿的人家，只管要拣门择户，扳高嫌低，担误了婚姻日子。情窦开了，谁熬得住？男子便去偷情嫖院[②]，女儿家拿不定定盘星[③]，也要走差了道儿，那时悔之何及！

①向平：东汉人向长，字子平，隐居不仕，子女婚嫁完毕后，便遨游五岳名山，后来不知所终。后称子女婚嫁事为"向平之愿"，子女婚事毕为"向平愿了"。

②嫖（piáo）院：嫖妓。嫖，同"嫖"。

③定盘星：秤杆上标识零位的星，秤锤悬在这一点上，即和秤盘平衡；所以常用以比喻处理事务的正确方针或主意。

则今日说个大大官府，家住西京河南府[④]梧桐街兔演巷，姓陈，名太常。自是小小出身，累官至殿前太尉[5]之职。年将半百，娶妾无子，止生一女，叫名玉兰。那女孩儿生于贵室，长在深闺，青春二八，真有如花之容，似月之貌；况描绣针线，件件精通；琴棋书画，无所不晓。那陈太常常与夫人说，我位至大臣，家私万贯，止生得这个女儿，况有才貌，若不寻个名目[6]相称的对头，枉居朝中大臣之位。便唤官媒婆分付道："我家小姐年长，要选良姻。须是三般全的方可来说：一要当朝将相之子，二要才貌相当，三要名登黄甲[7]。有此三者，立赘为婿；如少一件，枉自劳力。"因此往往选择，或有登科及第的，又是小可出身；或门当户对，又无科第；及至两事俱全，年貌又不相称了，以此蹉跎下去。光阴似箭，玉兰小姐不觉一十九岁了，尚没人家。

④西京河南府：宋代以河南府洛阳为西京。

⑤殿前太尉：殿前都指挥使，殿前司的统兵官。宋时禁军三司（殿前司及侍卫亲军马军、步军两司）都指挥使，习俗都称

为太尉。

⑥名目：这里指名声，名位。

⑦名登黄甲：指考中进士。进士名册，用黄纸书写，称为黄甲。甲，宋代科举考试自一等至五等称为“五甲”。

时值正和二年上元令节，国家有旨庆赏元宵。五凤楼前架起鳌山[8]一座，满地华灯，喧天锣鼓。自正月初五日起，至二十日止，禁城不闭，国家与民同乐。怎见得？有只词儿，名《瑞鹤仙》，单道着上元佳景：

⑧五凤楼：宋代西京（洛阳）宫城南三门的中门城楼，创建于梁太祖朱全忠时。鳌山：宋时于元宵节夜，为燃放花灯搭的彩山，也叫“山棚”“灯山”。

瑞烟浮禁苑，正绛阙春回，新正方半，冰轮桂华满。溢花衢歌市，芙蓉开遍。龙楼两观，见银烛星球[9]灿烂。卷珠帘，尽日笙歌，盛集宝钗金钏。

堪羡！绮罗丛里，兰麝香中，正宜游玩。风柔夜暖，花影乱，笑声喧。闹蛾儿[10]满地，成团打块，簇着冠儿斗转。喜皇都，旧日风光，太平再见。

只为这元宵佳节，处处观灯，家家取乐，引出一段风流的事来。

⑨星球：球形的灯笼。宋代每逢元宵，京城中诸营、班、院，用长竹竿挂球形的圆灯笼于半空中，远近高低，有似飞星，所以称为星球。

⑩闹蛾儿：宋时元宵节妇女插戴的一种头饰，用乌金纸剪成飞蛾，点染朱粉，再以小铜丝缠缀针上而成。

话说这兔演巷内，有个年少才郎，姓阮名华，排行第三，唤做阮三郎。他哥哥阮大，与父亲专在两京商贩。阮二专一管家。那阮三年方二九，一貌非俗，诗词歌赋，般般皆晓，笃好吹箫；结交几个豪家子弟，每日向歌馆娼楼，留连风月。时遇上元灯夜，知会几个弟兄来家，笙箫弹唱，歌笑赏灯。这伙子弟在阮三家，吹唱到三更方散。阮三送出门，见行

人稀少，静夜月明如昼，向众人说道："恁般良夜，何忍便睡？再举一曲何如？"众人依允，就在阶沿石上向月而坐，取出笙、萧、象板，口吐清音，呜呜咽咽的又吹唱起来。正是：

隔墙须有耳，窗外岂无人？

那阮三家，正与陈太尉对衙。衙内小姐玉兰，欢耍赏灯，将次要去歇息。忽听得街上乐声缥缈，响彻云际。料得夜深，众人都睡了，忙唤梅香，轻移莲步，直至大门边。听了一回，情不能已。有个心腹的梅香⑪，名曰碧云，小姐低低分付道："你替我去街上看甚人吹唱。"梅香巴不得趋承小姐，听得使唤这事，轻轻地走到街边，认得是对邻子弟，忙转身入内，回复小姐道："对邻阮三官与几个相识，在他门首吹唱。"那小姐半晌之间，口中不道，心下思量："数日前，我爹曾说阮三点报朝中驸马，因使用⑫不到，退回家中。想就是此人了，才貌必然出众。"又听了一个更次，各人分头散去。小姐回转香房，一夜不曾合眼，心心念念，只想着阮三："我若嫁得恁般风流子弟，也不枉一生夫妇。怎生得会他一面也好？"正是：

邻女乍萌窥玉⑬意，文君早乱听琴心。

⑪梅香：丫鬟、婢女。

⑫使用：这里指送礼、贿赂。

⑬窥玉：玉，指宋玉。宋玉的赋中说：东家有一个美女登墙窥看他，一直窥看了三年之久。

且说次日天晓，阮三同几个子弟到永福寺中游玩，见烧香的士女佳人，来往不绝，自觉心性荡漾。到晚回家，仍集昨夜子弟，吹唱消遣。每夜如此，迤逦至二十日。这一夜，众子弟们各有事故，不到阮三家里。阮三独坐无聊，偶在门侧临街小轩内，拿壁间紫玉鸾箫⑭，手中按着宫、商、角、徵、羽，将时样新词曲调，清清地吹起。吹不了半只曲儿，忽见个侍女推门而入，深深地向前道个万福。阮三停箫问道："你是谁家的姐姐？"丫鬟道："贱妾⑮碧云，是对邻陈衙小姐贴身伏侍的。小姐私慕官人，特地着奴请官人一见。”那阮三心下思量道：“他是个官宦人家，守阍[16]耳目不少；进去易，出来难。被人瞧见盘问时，将何回答？却不枉受凌辱？”当下回言道：“多多上复小姐，怕出入不便，不好进来。”碧云转身回复小姐。小姐想起夜来音韵标格[17]，一时间春心摇动，便将手指上一个金镶宝石戒指儿，褪将下来，付与碧云，分付道：“你替我将这件物事，寄与阮三郎，将带他来见我一见，万不妨事。”碧云接得在手，一心忙似箭，两脚走如飞，慌忙来到小轩。阮三官还在那里。碧云手儿内托出这个物来，致了小姐之意。阮三口中不道，心下思量：“我有此物为证，又有梅香引路，何怕他人？”随即与碧云前后而行。到二门[18]外，小姐先在门旁守候，觑着阮三目不转睛，阮三看得女子也十分仔细。正欲交言，门外吆喝道：“太尉回衙！”小姐慌忙回避归房，阮三郎火速回家。

⑭紫玉鸾箫：紫玉箫，一种用紫竹制成的箫。

⑮贱妾：古代妇女自称的谦词。

⑯守阍（hūn）：守门。

⑰音韵标格：指人的气韵风度。标格，风度，风范。

⑱二门：仪门，官衙、官府的旁门。

自此，把那戒指儿紧紧的戴在左手指上，想那小姐的容貌，一时难舍。只恨闺阁深沉，难通音信。或在家，或出外，但是看那戒指儿，心中十分惨切。无由再见，追忆不已。那阮三虽不比宦家子弟，亦是富室伶俐的才郎。因是相思日久，渐觉四肢羸瘦，以至废寝忘餐。忽经两月有余，恹恹成病。父母再三严问，并不肯说。正是：

口含黄柏味，有苦自家知。

却说有一个与阮三一般的豪家子弟，姓张，名远，素与阮三交厚。闻得阮三有病月余，心中悬挂。一日早，到阮三家内询问起居。阮三在卧榻上听得堂中有似张远的声音，唤仆邀入房内。张远看着阮三面黄肌瘦，咳嗽吐痰，心中好生不忍，嗟叹不已！坐向榻床上去问道：“阿哥，数日不见，怎么染着这般晦气？你害的是甚么病？”阮三只摇头不语。张远道：

“阿哥，借你手我看看脉息。”阮三一时失于计较，便将左手抬起，与张远察脉。张远按着寸关尺[⑲]，正看脉司，一眼瞧见那阮三手指上戴着个金嵌宝石的戒指。张远口中不说，心下思量：“他这等害病，还戴着这个东西，况又不是男子之物，必定是妇人的表记。料得这病根从此而起。”也不讲脉理，便道：“阿哥，你手上戒指从何而来？恁般病症，不是当耍。我与你相交数年，重承不弃，日常心腹，各不相瞒。我知你心，你知我意，你可实对我说。”阮三见张远参到八九分的地步，况兼是心腹朋友，只得将来历因依[⑳]，尽行说了。张远道：“阿哥，他虽是个宦家的小姐，若无这个表记，便对面相逢，未知他肯与不肯；既有这物事，心下已允。待阿哥将息贵体，稍健旺时，在小弟身上，想个计策，与你成就此事。”阮三道：“贱恙只为那事而起，若要我病好，只求早图良策。”枕边取出两锭银子，付与张远道：“倘有使用，莫惜小费。”张远接了银子道：“容小弟从容计较，有些好音，却来奉报。你可宽心保重。”

⑲寸关尺：中医学上两手经脉部位的名称，即寸口、关上、尺中。

⑳因依：原委、缘由。

张远作别出门，到陈太尉衙前站了两个时辰。内外出入人多，并无相识，张远闷闷而回。次日，又来观望，绝无机会。心下想道：“这事难以启齿，除非得他梅香碧云出来，才可通信。”看看到晚，只见一个人捧着两个磁瓮，从衙里出来，叫唤道：“门上那个走差的闲在那里？奶奶着你将这两瓮小菜送与闲云庵王师父去。”张远听得了，便想道：“这闲云庵王尼姑，我平昔相认的。奶奶送他小菜，一定与陈衙内往来情熟。他这般人，出入内里，极好传消递息，何不去寻他商议？”又过了一夜。到次早，取了两锭银子，径投闲云庵来。这庵儿虽小，其实幽雅。怎见得？有诗为证：

短短横墙小小亭，半檐疏玉[21]响玲玲。

尘飞不到人长静，一篆炉烟两卷经。

㉑疏玉：疏竹。

庵内尼姑，姓王，名守长，他原是个收心的弟子[22]。因师弃世日近，不曾接得徒弟，止有两个烧香、上灶烧火的丫头。专一向富贵人家布施。佛殿后新塑下观音、文殊、普贤三尊法像，中间观音一尊，亏了陈太尉夫人发心喜舍，妆金完了，缺那两尊未有施主。这日正出庵门，恰好遇着张远，尼姑道：“张大官何往？”张远答道：“特来。”尼姑回身请进，邀入庵堂中坐定。茶罢，张远问道：“适间师父要往那里去？”尼姑道：“多蒙陈太尉家奶奶布施，完了观音圣像，不曾去回复他。昨日又承他差人送些小菜来看我，作意备些薄礼，来日到他府中作谢，后来那两尊，还要他大出手[23]哩。因家中少替力的人，买几件小东西，也只得自身奔走。”张远心下想道：“又好个机会。”便向尼姑道：“师父，我有个心腹朋友，是个富家。这二尊圣像，就要他独造也是容易，只要烦师父干一件事。”张远在袖儿里摸出两锭银子，放在香桌上道：“这银子权当开手[24]，事若成就，盖庵盖殿，随师父的意。”那尼姑贪财，见了这两锭细丝白银，眉花眼笑道：“大官人，你相识是谁？委我干甚事来？”张远道：“师父，这事是件机密事，除是你干得，况是顺便。可与你到密室说知。”说罢，就把二锭银子，纳入尼姑袖里，尼姑半推不推收了。二人进一个小轩内竹榻前坐下，张远道：“师父，我那心腹朋友阮三官，于今岁正月间，蒙陈太尉小姐使梅香寄个表记来与他，至今无由相会。明日师父到陈府中去见奶奶，乘这个便，倘到小姐房中，善用一言，约到庵中与他一见，便是师父用心之处。”

尼姑沉吟半晌，便道："此事未敢轻许！待会见小姐，看其动静，再作计较。你且说甚么表记？"张远道："是个嵌宝金戒指。"尼姑道："借过这戒指儿来，暂时自有计较。"张远见尼姑收了银子，又不推辞，心中大喜。当时作别，便到阮三家来，要了他的金戒指，连夜送到尼姑处了。

㉒收心：改邪归正的意思。弟子：宋元时称妓女为弟子。

㉓大出手；大量出钱、大量施舍。

㉔开手：开始。

却说尼姑在床上想了半夜，次日天晓起来，梳洗毕，将戒指戴在左手上，收拾礼盒，着女童挑了，迤逦来到陈衙，直至后堂歇了。夫人一见，便道："出家人如何烦你坏钞？"尼姑稽首道："向蒙奶奶布施，今观音圣像已完，山门有幸。贫僧正要来回覆奶奶。昨日又蒙厚赐，感谢不尽。"夫人道："我见你说没有好小菜吃粥，恰好江南一位官人，送得这几瓮瓜菜来，我分两瓮与你。这些小东西，也谢什么！"尼姑合掌道："阿弥陀佛！滴水难消。虽是我僧家口吃十方，难说是应该的。"夫人道："这圣像完了中间一尊，也就好看了。那两尊以次而来，少不得还要助些工费。"尼姑道："全仗奶奶做个大功德，今生恁般富贵，也是前世布施上修来的。如今再修去时，那一世还你荣华受用。"夫人教丫鬟收了礼盒，就分付厨下办斋，留尼姑过午。少间，夫人与尼姑吃斋，小姐也坐在侧边相陪。斋罢，尼姑开言道："贫僧斗胆，还有句话相告：小庵圣像新完，涓选㉕四月初八日，我佛诞辰，启建道场，开佛光明㉖。特请奶奶、小姐，光降随喜，光辉山门则个㉗。"夫人道："老身定来拜佛，只是小姐怎么来得？"那尼姑眉头一蹙，计上心来，道："前日坏腹，至今未好，借解一解。"那小姐因为牵挂阮三，心中正闷，无处可解情怀。忽闻尼姑相请，喜不自胜。正要行动，仍听夫人有阻，巴不得与那尼姑私下计较。因见尼姑要解手，便道："奴家陪你进房。"两个直至闺室。正是：

背地商量无好话，私房计较有奸情。

㉕涓选：选取吉日。涓，选择的意思。

㉖开佛光明：塑画佛像、神像，最后点眼睛，称为开光明，又叫开眼光。

㉗则个：句末语气词，表祈使。

尼姑坐在触桶[28]上道："小姐，你到初八日同奶奶到我小庵觑一觑，若何？"小姐道："我巴不得来，只怕爹妈不肯。"尼姑道："若是小姐坚意要去，奶奶也难固执。奶奶若肯时，不怕太尉不容。"尼姑一头说话，一头去拿粗纸，故意露出手指上那个宝石嵌的金戒指来。小姐见了大惊，便问道："这个戒指那里来的？"尼姑道："两月前，有个俊雅的小官人进庵，看妆观音圣像，手中褪下这个戒指儿来，带在菩萨手指上，祷祝道：'今生不遂来生愿，愿得来生逢这人。'半日间对着那圣像，潸然挥泪。被我再四严问，他道：'只要你替我访这戒指的对儿，我自有话说。'"小姐见说了意中之事，满面通红。停了一会，忍不住又问道："那小官人姓甚？常到你庵中么？"尼姑回道："那官人姓阮，不时来庵闲观游玩。"小姐道："奴家有个戒指，与他到是一对。"说罢，连忙开了妆盒，取出个嵌宝戒指，递与尼姑。尼姑将两个戒指比看，果然无异，笑将起来。小姐道："你笑什么？"尼姑道："我笑这个小官人，痴痴的只要寻这戒指的对儿；如今对到寻着了，不知有何话说？"小姐道："师父，我要……"说了半句，又住了口。尼姑道："我们出家人，第一口紧。小姐有话，不妨分付。"小姐道："师父，我要会那官人一面，不知可见得么？"尼姑道："那官人求神祷佛，一定也是为着小姐了。要见不难，只在四月初八这一日，管你相会。"小姐道："便是爹妈容奴去时，母亲在前，怎得方便？"尼姑附耳低言道："到那日来我庵中，倘斋罢闲坐，便可推睡，此事就谐了。"小姐点头会意，便将自己的戒指都舍与尼姑。尼姑道："这金子好把做妆佛用，保小姐百事称心。"说罢，两个走出房来。夫人接着，问道："你两个在房里多时，说甚么样话？"惊得那尼姑心头一跳，忙答道："小姐因问我浴佛[29]的故事，以此讲说这一晌[30]。"又道："小姐也要瞻礼佛像，奶奶对太尉老爷说声，至期专望同临。"夫人送出厅前，尼姑深深作谢而去。正是：

惯使牢笼计，安排年少人。

㉘触桶：便桶。

㉙浴佛：佛教以四月八日为释迦牟尼的生日，寺院多于此日用香汤灌洗佛像，叫浴佛。

㉚一晌：一段时间。既可指很短时间，也可指较长时间，这里指后者。

再说尼姑出了太尉衙门，将了小姐舍的金戒指儿，一直径到张远家来。张远在门首伺候多时了，远远地望见尼姑，口中不道，心下思量：“家下耳目众多，怎么言得此事？”提起脚儿，慌忙迎上一步道：“烦师父回庵去，随即就到。”尼姑回身转巷，张远穿径寻庵，与尼姑相见。邀入松轩，从头细话，将一对戒指儿度与张远。张远看见道：“若非师父，其实难成，阮三官还有重重相谢。”张远转身就去回复阮三。阮三又收了一个戒指，双手带着，欢喜自不必说。

至四月初七日，尼姑又自到陈衙邀请，说道：“因夫人小姐光临，各位施主人家，贫僧都预先回了。明日更无别人，千万早降。”夫人已自被小姐朝暮聒絮的要去拜佛，只得允了。那晚，张远先去期约阮三。到黄昏人静，悄悄地用一乘女轿抬到庵里。尼姑接人，寻个窝窝凹凹[31]的房儿，将阮三安顿了。分明正是：

猪羊送屠户之家，一脚脚来寻死路。

㉛窝窝凹凹：形容地方幽深偏僻。

尼姑睡到五更时分，唤女童起来，佛前烧香点烛，厨下准备斋供。天明便去催那采画匠来，与圣像开了光明，早斋就打发去了。少时陈太尉女眷到来，怕不稳便，单留同辈女僧，在殿上做功德诵经。将次到巳牌时分，夫人与小姐两个轿儿来了。尼姑忙出迎接，邀入方丈[32]。茶罢，去殿前、殿后拈香礼拜。夫人见旁无杂人，心下欢喜。尼姑请到小轩中宽坐，那伙随从的男女各有个坐处。尼姑支分完了，来陪夫人小姐前后行走，观看了一回，才回到轩中吃斋。斋罢，夫人见小姐饭食稀少，洋洋瞑目作睡。夫人道："孩儿，你今日想是起得早了些。"尼姑慌忙道："告奶奶，我庵中绝无闲杂之辈，便是志诚老实的女娘们，也不许他进我的房内。小姐去我房中，拴上房门睡一睡，自取个稳便，等奶奶闲步一步。你们几年何月来走得一遭！"夫人道："孩儿，你这般困倦，不如在师父房内睡睡。"

㉜方丈：一丈四方之室，指寺院中僧尼长老、主持的居室或客殿堂。

小姐依了母命，走进房内，刚拴上门，只见阮三从床背后走出来，看了小姐，深深的作揖道："姐姐，候之久矣。"小姐慌忙摇手，低低道："莫要则声[33]！"阮三倒退几步，候小姐近前，两手相挽，转过床背后，开了侧门，又到一个去处，小巧漆桌藤床，隔断了外人耳目。两人搂做一团，说了几句情话，双双解带，好似渴龙见水。这场云雨，其实畅快。有《西江月》为证：

一个想着吹箫风韵，一个想着戒指恩情。相思半载欠安宁，此际相逢侥幸。

一个难辞病体，一个敢惜童身；枕边吁喘不停声，还嫌道欢娱俄顷。

㉝则声：作声、出声。

原来阮三是个病久的人，因为这女子，七情所伤，身子虚弱。这一时相逢，情兴酷浓，不顾了性命。那女子想起日前要会不能，今日得见，倒身奉承，尽情取乐。不料乐极悲生，为好成歉[34]。一阳失去，片时气断丹田；七魄分飞，顷刻魂归阴府。

正所谓：

天有不测风云，人有旦夕祸福。

小姐见阮三伏在身上，寂然不动。用双手儿搂定郎腰，吐出丁香[35]，送郎口中。只见牙关紧咬难开，摸着遍身冰冷，惊慌了云雨娇娘，顶门上不见了三魂，脚底下荡散了七魄，番身推在里床，起来忙穿襟袄，带转了侧门，走出前房，喘息未定。怕娘来唤，战战兢兢，向妆台重整花钿，对鸾镜再匀粉黛。恰才整理完备，早听得房外夫人声唤，小姐慌忙开门，夫人道："孩儿，殿上功德也散了，你睡才醒？"小姐道："我睡了半晌，在这里整头面[36]，正要出来和你回衙去。"夫人道："轿夫伺候多时了。"小姐与夫人谢了尼姑，上轿回衙去不题。

㉞为好成歉：做好事反而造成不利于己的后果。歉，歹，坏。

㉟丁香：借喻女人的舌头。

㊱头面：首饰。

且说尼姑王守长送了夫人起身，回到庵中，厨房里洗了盘碗器皿，佛殿上收了香火供食，一应都收拾已毕。只见那张远同阮二哥进庵，与尼姑相见了，称谢不已，问道："我家三官今在那里？"尼姑道："还在我里头房里睡着。"尼姑便引阮二与张远开了侧房门，来卧床边叫道："三哥，你恁的好睡，还未醒！"连叫数次不应，阮二用手摇也不动，口鼻全无气息。仔细看时，呜呼哀哉了。阮二吃了一惊，便道："师父，怎地把我兄弟坏了性命？这事不得干净[37]！"尼姑慌道："小姐吃了午斋便推要睡，就入房内，约有两个时辰。殿上功德完了，老夫人叫醒来，恰才去得不多时。我只道睡着，岂知有此事。"阮二道："说便是这般说，却是怎了？"尼姑道："阮二官，今日幸得张大官在此，向蒙张大官分付，实望你家做檀越施主，因此用心，终不成要害你兄弟性命？张大官，今日之事，却是你来寻我，非是我来寻你。告到官司，你也不好，我也不好。向日蒙施银二锭，一锭我用去了，止存一锭不敢留用，将来与三官人凑买棺木盛殓。只说在庵养病，不料死了。”说罢，将出这锭银子，放在桌上道：“你二位，凭你怎么处置。”

㊲干净：这里是了结的意思。

张远与阮二默默无言，呆了半晌。阮二道：“且去买了棺木来再议。”张远收了银子，与阮二同出庵门，迤逦路上行着。张远道：“二哥，这个事本不干尼姑事。三哥是个病弱的人，想是与女子交会，用过了力气，阳气一脱，就是死的。我也只为令弟面上情分好，况令弟前日，在床前再四叮咛，央浼[38]不过，只得替他干这件事。”阮二回言道：“我论此事，人心天理，也不干着那尼姑事，亦不干你事。只是我这小官人年命如此，神作祸作，作出这场事来。我心里也道罢了，只愁大哥与老官人回来埋怨，怎的了？”连晚与张远买了一口棺木，抬进庵里，盛殓了，就放在西廊下，只等阮员外、大哥回来定夺。正是：

酒到散筵欢趣少，人逢失意叹声多。

㊳央浼（měi）：央求。浼，同“浼”。

忽一日，阮员外同大官人商贩回家，与院君[39]相见，合家欢喜。员外动问三儿病症，阮二只得将前后事情，细细诉说了一遍。老员外听得说三郎死了，放声大哭了一场，要写起词状，与陈太尉女儿索命：“你家贱人来惹我的儿子！”阮大、阮二再四劝道：“爹爹，这个事想论来，都是兄弟作出来的事，以致送了性命。今日爹爹与陈家讨命，一则势力不敌，二则非干太尉之事。”勉劝老员外选个日子，就庵内修建佛事，送出郊外安厝了。

㊴院君：为县君的讹音。县君，本是妇人的一种封号。宋元时代，一般富户的妻子，都称院君。

却说陈小姐自从闲云庵归后，过了月余，常常恶心气闷，心内思酸，一连三个月经脉不举。医者用行经顺气之药，如何得应[40]？夫人暗地问道："孩儿，你莫是与那个成这等事么？可对我实说。"小姐晓得事露了，没奈何，只得与夫人实说。夫人听得呆了，道："你爹爹只要寻个有名目的才郎，靠你养老送终。今日弄出这丑事，如何是好？只怕你爹爹得知这事，怎生奈何？"小姐道："母亲，事已如此，孩儿只是一死，别无计较。"夫人心内又恼又闷。看看天晚，陈太尉回衙，见夫人面带忧容，问道："夫人，今日何故不乐？"夫人回道："我有一件事恼心。"太尉便问："有甚么事恼心？"夫人见问不过，只得将情一一诉出。太尉不听说万事俱休，听得说了，怒从心上起，道："你做母的不能看管孩儿，要你做甚？"急得夫人阁泪[41]汪汪，不敢回对。太尉左思右想，一夜无寐。

⑩应：应验，效验。

⑪阁泪：含泪，强忍住泪水不使垂下来。

天晓出外理事，回衙与夫人计议："我今日用得买实做[42]了：如官府去，我女孩儿又出丑，我府门又不好看，只得与女孩儿商量作何理会。"女儿扑簌簌吊下泪来，低头不语。半晌间，扯母亲于背静处，说道："当初原是儿的不是，坑了阮三郎的性命。欲要寻个死，又有三个月遗腹在身，若不寻死，又恐人笑。"一头哭着，一头说："莫若等待十个月满足，生得一男半女，也不绝了阮三后代，也是当日相爱情分。妇人从一而终，虽是一时苟合，亦是一日夫妻，我断然再不嫁人。若天可怜见，生得一个男子，守他长大，送还阮家，完了夫妻之情。那时寻个自尽，以赎玷辱父母之罪。”夫人将此话说与太尉知道，太尉只叹了一口气，也无奈何。暗暗着人请阮员外来家计议，说道：“当初是我闺门不谨，以致小女背后做出天大事来，害了你儿子性命，如今也休题了。但我女儿已有三个月遗腹，如何出活[43]？如今只说我女曾许嫁你儿子，后来在闲云庵相遇，为想我女，成病几死，因而彼此私情。庶[44]他日生得一男半女，犹有许嫁情由，还好看相[45]。”阮员外依允，从此就与太尉两家来往。

㊷买实做：意思不详，大意是指找一个稳妥的办法，而不向外声张。

㊸出活：出脱，开脱。

㊹庶：但愿，幸而。

㊺好看相：面子上好看，体面。

十月满足，阮员外一般道礼催生，果然生个孩儿。到了三岁，小姐对母亲说，欲待领了孩儿，到阮家拜见公婆，就去看看阮三坟墓。夫人对太尉说知，俱依允了。拣个好日，小姐备礼过门，拜见了阮员外夫妇。次日，到阮三墓上哭奠了一回。又取出银两，请高行真僧，广设水陆道场[46]，追荐亡夫阮三郎。其夜梦见阮三到来，说道：“小姐，你晓得夙因[47]么？前世你是个扬州名妓，我是金陵人，到彼访亲，与你相处情厚，许定一年之后再来，必然娶你为妻，及至归家，惧怕父亲，不敢禀知，别成姻眷。害你终朝悬望，郁郁而死。因是夙缘未断，今生乍会之时，两情牵恋。闲云庵相会，是你来索冤债；我登时身死，偿了你前生之命。多感你诚心追荐，今已得往好处托生。你前世抱志节而亡，今世合享荣华。所生孩儿，他日必大贵，烦你好好抚养教训。从今你休怀忆念。”玉兰小姐梦中一把扯住阮三，正要问他托生何处，被阮三用手一推，惊醒将来，嗟叹不已。方知生死恩情，都是前缘夙债。

㊻水陆道场：佛教法会的一种。僧尼设坛诵经，礼佛拜忏，遍施饮食，以超度水陆一切亡灵。

㊼夙因：前世的因缘。

从此小姐放下情怀，一心看觑孩儿。光阴似箭，不觉长成六岁，生得清奇，与阮三一般标致，又且资性聪明。陈太尉爱惜真如掌上之珠，用自己姓，取名陈宗阮，请个先生教他读书。到一十六岁，果然学富五车，书通二酉[48]。十九岁上，连科及第，中了头甲状元，奉旨归娶。陈、阮二家争先迎接回家，宾朋满堂，轮流做庆贺筵席。当初陈家生子时，街坊上晓得些风声来历的，免不得点点搠搠，背后讥消。到陈宗阮一举成名，翻夸奖玉兰小姐贞节贤慧，教子成名，许多好处。世情以成败论人，大率如此！后来陈宗阮做到吏部尚书留守官[49]，将他母亲十九岁上守寡，一生不嫁，教子成名等事，表奏朝廷，启建贤节牌坊。正所谓：贫家百事百难做，富家差得鬼推磨。虽然如此，也亏陈小姐后来守志，一床锦被遮盖[50]了，至今河南府传作佳话。有诗为证，诗曰：

兔演巷中担病害，闲云庵里偿冤债。

周全末路仗贞娘，一床锦被相遮盖。

㊽书通二酉（yǒu）：形容读书多。二酉，指大酉山、小酉山，在今湖南沅陵西北。相传唐时两山山洞中藏有书籍千卷。后人因以“二酉”来比喻读书读得多。

㊾留守官：皇帝出巡或亲征时，以亲王或大臣镇守京师，称“京城留守”。

㊿一床锦被遮盖：宋元时的俗语，意思是把过失、破绽等掩盖起来，也用来比喻请求别人通融。

五　穷马周遭际卖䭔媪

【精要简介】

本篇叙述历史上唐太宗名臣马周，本是一个有志向、有学问，但怀才不遇的穷书生，后经客店店主王公资助、卖䭔媪王媪推荐，同时凭借自己的才学得到了皇帝的赏识，最终做了吏部尚书，娶寡妇王媪为妻，相伴终老的故事。篇中对马周知恩图报、不计前嫌的做法给予了充分的肯定和赞扬。

【原文鉴赏】

前程暗漆本难知，秋月春花各有时。

静听天公分付去，何须昏夜苦奔驰？

话说大唐贞观改元，太宗皇帝仁明有道，信用贤臣。文有十八学士[①]，武有十八路总管[②]。真个是鸳班济济，鹭序彬彬[③]。凡天下有才有智之人，无不举荐在位，尽其抱负。所以天下太平，万民安乐。

就中单表一人，姓马，名周，表字宾王，博州茌平[④]人氏。父母双亡，一贫如洗；年过三旬，尚未娶妻，单单只剩一身。自幼精通书史，广有学问；志气谋略，件件过人。只为孤贫无援，没有人荐拔他。分明是一条神龙困于泥淖之中，飞腾不得。眼见别人才学万倍不如他的，一个个出身通显，享用爵禄，偏则自家怀才不遇。每日郁郁自叹道："时也，运也，命也。"一生挣得一副好酒量，闷来时只是饮酒，尽醉方休。日常饭食，有一顿，没一顿，都不计较，单少不得杯中之物。若自己没钱买时，打听邻家有酒，便去噇吃。却又大模大样，不谨慎，酒后又要狂言乱叫、发风骂坐。这伙三邻四舍被他聒噪的不耐烦，没一个不厌他。背后唤他做"穷马周"，又唤他是"酒鬼"。那马周晓得了，也全不在心上。正是：

未逢龙虎会，一任马牛呼。

①十八学士：唐太宗李世民在长安城开设文学馆，以杜如晦、房玄龄等十八人为学士。

②十八路：宋代的行政区划。总管：指地方的最高军事长官。所谓“十八路总管”是泛指有众多的高级将领。

③鸳班济济，鹭序彬彬：形容朝官像鸳鸯一样济济一堂，百官班次像鹭鸶一样有序齐整。

④博州：今山东聊城。茌（chí）平：今属山东聊城。

且说博州刺史姓达，名奚，素闻马周明经[5]有学，聘他为本州助教[6]之职。到任之日，众秀才携酒称贺，不觉吃得大醉。次日，刺史亲到学宫请教。马周兀自中酒，爬身不起。刺史大怒而去。马周醒后，晓得刺史曾到，特往州衙谢罪，被刺史责备了许多说话。马周口中唯唯，只是不能悛改。每遇门生执经问难，便留住他同饮。支得俸钱，都付与酒家。兀自不敷，依旧在门生家噇酒。一日，吃醉了，两个门生左右扶住，一路歌咏而回。恰好遇着刺史前导[7]，喝他回避，马周那里肯退步？瞋着双眼到骂人起来，又被刺史当街发作了一场。马周当时酒醉不知，次日醒后，门生又来劝马周，在刺史处告罪。马周叹口气道："我只为孤贫无援，欲图个进身之阶，所以屈志于人。今因酒过，屡被刺史责辱，何面目又去鞠躬取怜？古人不为五斗米折腰，这个助教官儿也不是我终身养老之事。"便把公服交付门生，教他缴还刺史，仰天大笑，出门而去。正是：

此去好凭三寸舌，再来不值一文钱。

自古道："水不激不跃，人不激不奋。"马周只为吃酒上受刺史责辱不过，叹口气出门，到一个去处，遇了一个人提携，直做到吏部尚书地位。此是后话。

⑤明经：通晓经学。

⑥助教：古代学官名，位次于博士。

⑦前导：古代官吏出行时前面的仪仗队。

且说如今到那里去？他想着："冲州撞府[8]，没甚大遭际[9]，则除是长安帝都，公侯卿相中，有个能举荐的萧相国[10]，识贤才的魏无知[11]，讨个出头日子，方遂平生之愿。"望西迤逦而行。不一日，来到新丰。

原来那新丰城是汉高皇所筑。高皇生于丰里，后来起兵，诛秦灭项，做了大汉天子，尊其父为太上皇。太上皇在长安城中，思想故乡风景。高皇命巧匠照依故丰，建造此城，迁丰人来居住。凡街市、屋宇，与丰里制度一般无二。把张家鸡儿、李家犬儿，纵放在街上，那鸡犬也都认得自家门首，各自归家。太上皇大喜，赐名新丰。今日大唐仍建都于长安，这新丰总是关内之地，市井稠密，好不热闹！只这招商旅店，也不知多少。

⑧冲州撞府：跑马头、闯江湖，这里指在京师以外的各地奔走。

⑨遭际：际会、发迹，多指被人赏识、得到提拔的意思。

⑩萧相国：汉丞相萧何，曾向刘邦举荐韩信。

⑪魏无知：汉代人，曾向刘邦举荐陈平。

马周来到新丰市上，天色已晚，只拣个大大客店，踱将进去。但见红

尘滚滚，车马纷纷，许多商贩客人，驮着货物，挨三顶五[12]的进店安歇。店主王公迎接了，慌忙指派房头[13]，堆放行旅。众客人寻行逐队，各据坐头[14]，讨浆索酒。小二哥搬运不迭，忙得似走马灯一般。马周独自个冷清清地坐在一边，并没半个人睬他。马周心中不忿，拍案大叫道："主人家，你好欺负人！偏俺不是客，你就不来照顾，是何道理？"王公听得发作，便来收科[15]道："客官不须发怒。那边人众，只得先安放他；你只一位，却容易答应。但是用酒用饭，只管分付老汉就是。"马周道："俺一路行来，没有洗脚，且讨些干净热水用用。"王公道："锅子不方便，要热水再等一会。"马周道："既如此，先取酒来。"王公道："用多少酒？"马周指着对面大座头上一伙客人，向主人家道："他们用多少，俺也用多少。"王公道："他们五位客人，每人用一斗好酒。"马周道："论起来还不勾俺半醉，但俺途中节饮，也只用五斗罢。有好嗄饭[16]尽你搬来。"王公分付小二过了。一连暖五斗酒，放在桌上，摆一只大磁瓯，几碗肉菜之类。马周举瓯独酌，旁若无人。约莫吃了三斗有余，讨个洗脚盆来，把剩下的酒，都倾在里面；蹰脱[17]双靴，便伸脚下去洗濯。众客见了，无不惊怪。王公暗暗称奇，知其非常人也。同时岑文本[18]画得有《马周濯足图》，后有烟波钓叟[19]题赞于上，赞曰：

世人尚口，吾独尊足。
口易兴波，足能踄陆。
处下不倾，千里可逐。
劳重赏薄，无言忍辱。
酬之以酒，慰尔仆仆。
令尔忘忧，胜吾厌腹。
吁嗟宾王，见超凡俗。

⑫挨三顶五：形容人多，三五成群，络绎不绝。

⑬房头：房间。

⑭坐头：座位。

⑮收科：找台阶收场，圆场。

⑯嗄（shà）饭：本来是下饭的意思，这里指下饭用的菜肴。

⑰蹝（xǐ）脱：踩脱。蹝，踩，踏。

⑱岑文本：唐代棘阳人，唐代宗时官至中书令。

⑲烟波钓叟：唐代诗人张志和隐居江湖，自称“烟波钓叟”。

当夜安歇无话。次日，王公早起会钞[20]，打发行客登程。马周身无财物，想天气渐热了，便脱下狐裘与王公当酒钱。王公见他是个慷慨之士，又嫌狐裘价重，再四推辞不受。马周索笔，题诗壁上。诗云：

古人感一饭，千金弃如屣。[21]

匕箸安足酬？所重在知己。

我饮新丰酒，狐裘不用抵。

贤哉主人翁，意气倾闾里！

⑳会钞：付账，这里是结账。

㉑古人感一饭，千金弃如屣：说的是“一饭千金”的故事。汉代韩信少时家贫，有一位漂洗衣服的老妇曾给他饭吃。后韩信为楚王，以千金报答这位老妇。

后写“茌平人马周题”。王公见他写作[22]俱高，心中十分敬重。便问：“马先生如今何往？”马周道：“欲往长安求名。”王公道：“曾有相熟寓所否？”马周回道：“没有。”王公道：“马先生大才，此去必然富贵。但长安乃米珠薪桂之地，先生资釜[23]既空，将何存立？老夫有个外甥女，嫁在彼处万寿街卖䭔[24]赵三郎家。老夫写封书，送先生到彼作寓，比别家还省事。更有白银一两，权助路资，休嫌菲薄。”马周感其厚意，只得受了。王公写书已毕，递与马周。马周道：“他日寸进，决不相忘。”作谢而别。

㉒写作：书法和文章。

㉓资釜：釜，应写作斧。就是旅费。

㉔䭔（duī）：古时一种蒸饼。

行至长安，果然是花天锦地，比新丰市又不相同。马周径问到万寿街

赵卖䭔家，将王公书信投递。原来赵家积世卖这粉食为生，前年赵三郎已故了。他老婆在家守寡，接管店面，这就是新丰店中王公的外甥女儿。年纪虽然三十有余，兀自丰艳胜人。京师人顺口都唤他做“卖䭔媪”。北方的“媪”字，即如南方的“妈”字一般。这王媪初时坐店卖䭔，神相袁天罡[25]一见大惊，叹道：“此媪面如满月，唇若红莲，声响神清，山根[26]不断，乃大贵之相！他日定为一品夫人，如何屈居此地?”偶在中郎将常何面前，谈及此事。常何深信袁天罡之语，分付苍头[27]，只以买䭔为名，每日到他店中闲话，说发[28]王媪嫁人，欲娶为妾。王媪只是干笑，全不统口[29]。正是：

姻缘本是前生定，不是姻缘莫强求。

㉕袁天罡：袁天纲，唐成都人，善于相人。

㉖山根：相面术士称鼻梁为山根。

㉗苍头：男仆。

㉘说发：说动、怂恿。

㉙统口：松口应允。

却说王媪隔夜得一异梦，梦见一匹白马，自东而来到他店中，把粉𫗴一口吃尽。自已执箠赶逐，不觉腾上马背。那马化为火龙，冲天而去。醒来满身都热，思想此梦非常。恰好这一日，接得母舅王公之信，送个姓马的客人到来，又马周身穿白衣。王媪心中大疑，就留住店中作寓。一日三餐，殷勤供给。那马周恰似理之当然一般，绝无谦逊之意。这里王媪也始终不怠。叵耐[30]邻里中有一班浮荡子弟，平日见王媪是个俏丽孤孀，闲常时倚门靠壁，不三不四，轻嘴薄舌的狂言挑拨，王媪全不招惹，众人到也道他正气。今番见他留个远方单身客在家，未免言三语四，造出许多议论。王媪是个精细的人，早已察听在耳朵里，便对马周道："贱妾本欲相留，奈孀妇之家，人言不雅。先生前程远大，宜择高枝栖止，以图上进；若埋没大才于此，枉自可惜。"马周道："小生情愿为人馆宾[31]，但无路可投耳。"

㉚叵（pǒ）耐：不可容忍，可恨。叵，同"叵"，不可。

㉛馆宾：馆客，门客。

言之未已，只见常中郎家苍头又来买𫗴。王媪想着常何是个武臣，必定少不得文士相帮。乃向苍头问道："有个薄亲马秀才，饱学之士，在此觅一馆舍，未知你老爷用得着否？"苍头答应道："甚好。"原来那时正值天旱，太宗皇帝诏五品以上官员，都要悉心竭虑，直言得失，以凭采用。论常何官职，也该具奏，正欲访求饱学之士，请他代笔。恰好王媪说起马秀才，分明是饥时饭，渴时浆，正搔着痒处。苍头回去禀知常何，常何大喜，即刻道人备马来迎。马周别了王媪，来到常中郎家里。常何见马周一表非俗，好生钦敬。当日置酒相待，打扫书馆，留马周歇宿。

次日，常何取白金二十两，彩绢十端，亲送到馆中，权为贽礼[32]。就将圣旨求言一事，与马周商议。马周索取笔研，拂开素纸，手不停挥，草成便宜[33]二十条。常何叹服不已。连夜缮写齐整，明日早朝进皇御览。太宗皇帝看罢，事事称善。便问常何道："此等见识议论，非卿所及，卿从

何处得来？”常何拜伏在地，口称：“死罪！这便宜二十条，臣愚实不能建白。此乃臣家客马周所为也。”太宗皇帝道：“马周何在？可速宣来见朕。”黄门官[34]奉了圣旨，径到常中郎家宣马周。马周吃了早酒，正在鼾睡，呼唤不醒。又是一道旨意下来催促。到第三遍，常何自来了。此见太宗皇帝爱才之极也。史官有诗云：

三道征书络绎催，贞观天子惜贤才。

朝廷爱士皆如此，安得英雄困草莱[35]？

㉜贽（zhì）礼：见面时馈送的礼物。这里指聘请时表示敬意的礼物。

㉝便（biàn）宜：指从有利于国家、合乎时宜出发而应做的事情或应采取的措施。

㉞黄门官：太监，宦官。

㉟草莱：草野。

常何亲到书馆中，教馆童扶起马周，用凉水喷面，马周方才苏醒。闻知圣旨，慌忙上马。常何引到金銮见驾。拜舞[36]已毕，太宗玉音问道：“卿何处人氏？曾出仕否？”马周奏道：“臣乃茌平县人，曾为博州助教。因不得其志，弃官来游京都。今获觐天颜，实出万幸。”太宗大喜，即日拜为监察御史，钦赐袍笏官带。马周穿着了，谢恩而出。仍到常何家，拜谢举荐之德。常何重开筵席，把酒称贺。

㊱拜舞：跪拜与舞蹈，是古代官员朝拜帝王的礼节。

至晚酒散，常何不敢屈留马周在书馆住宿。欲备轿马，送到令亲王媪家去。马周道：“王媪原非亲戚，不过借宿其家而已。”常何大惊，问道：“御史公有宅眷否？”马周道：“惭愧，实因家贫未娶。”常何道：“袁天罡先生曾相王媪有一品夫人之贵，只怕是令亲，或有妨碍；既然萍水相逢，便是天缘。御史公若不嫌弃，下官即当作伐[37]。”马周感王媪殷勤，亦有此意，便道：“若得先辈玉成，深感大德。”是晚，马周仍在常家安歇。

㊲作伐：做媒。

次早，马周又同常何面君。那时鞑虏突厥反叛，太宗皇帝正遣四大总管出兵征剿，命马周献平虏策。马周在御前，口诵如流，句句中了圣意，改为给事中[38]之职。常何举贤有功，赐绢百匹。常何谢恩出朝，分付马上就引到卖馅店中，要请王媪相见。王媪还只道常中郎强要娶他，慌忙躲过，那里肯出来。常何坐在店中，叫苍头去寻个老年邻妪，督他传话："今日常中郎来此，非为别事，专为马给谏[39]求亲。"王媪问其情由，方知马给谏就是马周。向时白马化龙之梦，今已验矣。此乃天付姻缘，不可违也。常何见王媪允从了，便将御赐绢匹，替马周行聘；赁下一所空宅，教马周住下。择个吉日，与王媪成亲，百官都来庆贺。正是：

分明乞相[40]寒儒，忽作朝家[41]贵客。

王媪嫁了马周，把自己一家一火[42]，都搬到马家来了。里中无不称羡，这也不在话下。

㊳给事中：官名，隋唐以后为门下省要职，掌驳正政令之违失。

㊴给（jǐ）谏：给事中的别称。

㊵乞相：乞丐相。

㊶朝家：朝廷。

㊷一家一火：一应家火、所有家计。

却说马周自从遇了太宗皇帝，言无不听，谏无不从，不上三年，直做到吏部尚书，王媪封做夫人之职。那新丰店主人王公，知马周发迹荣贵，特到长安望他，就便先看看外甥女。行至万寿街，已不见了卖馅店，只道迁居去了。细问邻舍，才晓得外甥女已寡，晚嫁的就是马尚书，王公这场欢喜非通小可。问到尚书府中，与马周夫妇相见，各叙些旧话。住了月余，辞别要行。马周将千金相赠，王公那里肯受。马周道："壁上诗句犹在，一饭千金，岂可忘也?"王公方才收了，作谢而回，遂为新丰富民。此乃投瓜报玉，施恩报恩，也不在话下。

再说达奚刺史，因丁忧[43]回籍，服满到京。闻马周为吏部尚书，自知得罪，心下忧惶，不敢补官。马周晓得此情，再三请他相见。达奚拜倒在

地，口称："有眼不识泰山，望乞恕罪。"马周慌忙扶起道："刺史教训诸生，正宜取端谨之士。嗜酒狂呼，此乃马周之罪，非贤刺史之过也。"即日举荐达奚为京兆尹㊹。京师官员见马周度量宽洪，无不敬服。马周终身富贵，与王媪偕老。后人有诗叹云：

一代名臣属酒人，卖䭔王媪亦奇人。

时人不具波斯眼㊺，枉使明珠混俗尘。

㊸丁忧：原指遭逢父母丧事，后多专指官员居丧。封建社会规定，父母死后，子女按礼须守丧三年，其间不作官，不婚娶，不赴宴，不应考。

㊹京兆尹：指汉代管辖京兆地区（京城附近）的行政长官，后用以称京都地区的行政长官。

㊺波斯眼：指能辨识珍宝的眼睛，因波斯（伊朗）商人多经营珍宝古董，善于识别其真伪，因此而得名。

六　葛令公生遣弄珠儿

【精要简介】

本篇以楚庄王绝缨的故事为例，讲了梁朝中书令兼领节度使葛令公，重贤轻色，在知道下属申徒泰钟情于小妾弄珠儿后，也希望弄珠儿有好归宿，遂将弄珠儿嫁与申屠泰，还对申屠泰加以重用，此事传出去大家都夸扬其仁德，愿为其出力尽死的故事。篇中作者对葛令公的体悉人情、重贤轻色予以了褒扬。

【原文鉴赏】

当时五霸说庄王，不但强梁压上邦。

多少倾城因女色，绝缨一事已无双。

话说春秋时，楚国有个庄王，姓芈，名旅，是五霸中一霸。那庄王曾大宴群臣于寝殿，美人俱侍。偶然风吹烛灭，有一人从暗中牵美人之衣，美人扯断了他系冠的缨索，诉与庄王，要他查名治罪。庄王想道："酒后疏狂，人人常态。我岂为一女子上坐[①]人罪过，使人笑戏？轻贤好色，岂不可耻？"于是出令曰："今日饮酒甚乐，在坐不绝缨者不欢。"比及烛至，满座的冠缨都解，竟不知调戏美人的是那一个。后来晋楚交战，庄王为晋兵所困，渐渐危急。忽有一将，杀入重围，救出庄王。庄王得脱，问："救我者为谁？"那将俯伏在地，道："臣乃昔日绝缨之人也。蒙吾王隐蔽，不加罪责，臣今愿以死报恩。"庄王大喜道："寡人若听美人之言，几丧我一员猛将矣。"后来大败晋兵，诸侯都叛晋归楚，号为一代之霸。有诗为证：

美人空自绝冠缨，岂为蛾眉失虎臣？

莫怪荆襄[②]多霸气，骊山戏火是何人？

①坐：这里指治罪，判罪。

②荆襄：荆州、襄州，古吴地。

世人度量狭窄，心术刻薄，还要搜他人的隐过，显自己的精明；莫说犯出不是来，他肯轻饶了你？这般人一生有怨无恩，但有缓急[3]，也没人与他分忧替力了。像楚庄王恁般弃人小过，成其大业，真乃英雄举动，古今罕有。说话的，难道真个没有第二个了？看官，我再说一个与你听。你道是那一朝人物？却是唐末五代时人。那五代？梁、唐、晋、汉、周，是名五代。梁乃朱温，唐乃李存勗，晋乃石敬瑭，汉乃刘知远，周乃郭威。方才要说的，正是梁朝中一员虎将，姓葛，名周，生来胸襟海阔，志量[4]山高；力敌万夫，身经百战。他原是芒砀山[5]中同朱温起手做事的，后来朱温受了唐禅，做了大梁皇帝，封葛周中书令兼领节度使之职，镇守兖州。这兖州与河北逼近，河北便是后唐李克用[6]地面，所以梁太祖特着亲信的大臣镇守，弹压山东，虎视那河北。河北人仰他的威名，传出个口号来，道是：

山东一条葛，无事莫撩拨[7]。

从此人都称为“葛令公[8]”。手下雄兵十万，战将如云，自不必说。

③缓急：指危急困难。

④志量：志向和抱负。

⑤芒砀（dàng）山：芒山和砀山的合称，在今安徽砀南与河南永城交界处。

⑥李克用：李存勗（xù）之父，长期与朱温交战。

⑦撩拨：挑逗，撩惹。

⑧令公：对中书令的尊称。

其中单表一人，覆姓申徒，名泰，泗水人氏，身长七尺，相貌堂堂，轮的好刀，射的好箭。先前未曾遭际，只在葛令公帐下做个亲军。后来葛令公在甑山打围[9]，申徒泰射倒一鹿，当有三班教师[10]前来争夺。申徒泰只身独臂，打赢了三班教师，手提死鹿，到令公面前告罪。令公见他胆勇，并不计较，到有心抬举他。次日，教场演武，夸他弓马熟闲，补他做个虞候[11]，随身听用。一应军情大事，好生重托。他为自家贫未娶，只在府厅耳房内栖止，这伙守厅军壮都称他做“厅头”。因此上下人等，顺口也都唤做“厅头”，正是：

萧何治狱为秦吏，韩信曾官执戟郎[12]。

蠖屈龙腾[13]皆运会，男儿出处又何常？

⑨甑山：在今山东兖州东北。打围：打猎。

⑩三班教师：指在军中教授武艺的低级军官。

⑪虞候：军校的名称，这里指作为将帅亲随的小军官。

⑫执戟郎：秦汉时的宫廷侍卫官叫“执戟”，因执勤时手持戟而得名。

⑬蠖（huò）屈：比喻失意、不遇。蠖，虫名，即尺蠖。龙腾：比喻得志，显达。

话分两头，却说葛令公姬妾众多，嫌宅院狭窄，教人相了地形，在东南角旺地上，另创个衙门，极其宏丽，限一年内务要完工。每日差“厅头”去点闸[14]两次。时值清明佳节，家家士女踏青，处处游人玩景。葛令公分付设宴岳云楼[15]上。这个楼是兖州城中最高之处，葛令公引着一班姬妾，登楼玩赏。原来令公姬妾虽多，其中只有一人出色，名曰弄珠儿。那弄珠儿生得如何？

目如秋水，眉似远山。小口樱桃，细腰杨柳。妖艳不数太真[16]，轻盈胜如飞燕[17]。恍疑仙女临凡世，西子南威总不如。

⑭点闸：查点。闸，与“查”同义，作稽查解。

⑮岳云楼：本为旧时兖州城楼，唐杜甫曾登此赋诗，有“浮云连海岱”句，故称岳云楼。

⑯不数（shǔ）：不亚于。太真：指杨贵妃。《旧唐书·后妃传上·玄宗杨贵妃》记载：“时妃衣道士服，号曰‘太真’”。

⑰飞燕：汉成帝皇后赵飞燕，善舞，体轻，故称“飞燕”。

葛令公十分宠爱，日则侍侧，夜则专房。宅院中称为“珠娘”。这一日，同在岳云楼饮酒作乐。那申徒泰在新府点闸了人工，到楼前回话。令

公唤他上楼，把金莲花巨杯赏他三杯美酒。申徒泰吃了，拜谢令公赏赐，起在一边。忽然抬头，见令公身边立个美妾，明眸皓齿，光艳照人。心中暗想："世上怎有恁般好女子？莫非天上降下来的神仙么？"那申徒泰正当壮年慕色之际，况且不曾娶妻，平昔间也曾听得人说令公有个美姬，叫做珠娘，十分颜色，只恨难得见面！今番见了这出色的人物，料想是他了。不觉三魂飘荡，七魄飞扬，一对眼睛光射定在这女子身上。真个是观之不足，看之有余。不提防葛令公有话问他，叫道："厅头，这工程几时可完？呀，申徒泰，申徒泰！问你工程几时可完！"连连唤了几声，全不答应。自古道心无二用，原来申徒泰一心对着那女子身上出神去了，这边呼唤，都不听得，也不知分付的是甚话。葛令公看见申徒泰目不转睛，已知其意，笑了一笑，便教撤了筵席，也不叫唤他，也不说破他出来。

却说伏侍的众军校看见令公叫呼不应，到替他捏两把汗。幸得令公不

加嗔责，正不知甚么意思，少不得学与申徒泰知道。申徒泰听罢大惊，想道："我这条性命，只在早晚，必然难保。"整整愁了一夜。正是：

是非只为闲撩拨，烦恼皆因不老成。

到次日，令公升厅理事，申徒泰远远跕[18]着，头也不敢抬起。巴得散衙，这日就无事了。一连数日，神思恍惚，坐卧不安。葛令公晓得他心下忧惶，到把几句好言语安慰他，又差他往新府专管催督工程，遣他闸去。申徒泰离了令公左右，分明拾了性命一般。才得三分安稳，又怕令公在这场差使内寻他罪罚，到底有些疑虑，十分小心勤谨，早夜督工，不辞辛苦。

⑱跕（diǎn）：这里同"站"。

忽一日，葛令公差虞候许高来替申徒泰回衙。申徒泰闻知，又是一番惊恐，战战兢兢的离了新府，到衙门内参见。禀道："承恩相呼唤，有何差使?"葛令公道："主上在夹寨[19]失利，唐兵分道入寇，李存璋引兵侵犯山东境界。见有本地告急文书到来。我待出师拒敌，因帐下无人，要你同去。"申徒泰道："恩相钧旨，小人敢不遵依。"令公分付甲仗库内，取熟铜盔甲一副，赏了申徒泰。申徒泰拜谢了，心中一喜一忧：喜的是跟令公出去，正好立功；忧的怕有小小差迟，令公记其前过，一并治罪。正是：

青龙白虎同行[20]，吉凶全然末保。

⑲夹寨：在今山西长治。

⑳青龙白虎同行：迷信传说中以青龙为吉神，白虎为凶神，二者同行，比喻吉凶不分。

却说葛令公简兵选将，即日兴师。真个是旌旗蔽天，锣鼓震地。一行来到郯城。唐将李存璋正待攻城，闻得兖州大兵将到，先占住琅琊山高阜去处，大小下了三个寨。葛周兵到，见失了地形，倒退三十里屯扎，以防冲突。一连四五日挑战，李存璋牢守寨栅，只不招架。到第七日，葛周大军拔寨都起，直逼李家大寨搦战。李存璋早做准备，在山前结成方阵，四面迎敌。阵中埋伏着弓箭手，但去冲阵的，都被射回。葛令公亲自引兵阵

前看了一回，见行列齐整，如山不动，叹道："人传李存璋柏乡大战[21]，今观此阵，果大将之才也。"这个方阵，一名"九宫八卦阵"，昔日吴王夫差与晋公会于黄池[22]，用此阵以取胜。须俟其倦怠，阵脚稍乱，方可乘之，不然实难攻矣。当下出令，分付严阵相持，不许妄动。看看申牌时分，葛令公见军士们又饥又渴，渐渐立脚不定。欲待退军，又怕唐兵乘胜追赶，踌躇不决。忽见申徒泰在旁，便问道："'厅头'，你有何高见？"申徒泰道："据泰愚意，彼军虽整，然以我军比度，必然一般疲困。诚得亡命勇士数人，出其不意，疾驰赴敌，倘得陷入其阵，大军继之，庶可成功耳。"令公抚其背道："我素知汝骁勇，能为我陷此阵否？"申徒泰即便捽刀[23]上马，叫一声："有志气的快跟我来破贼！"帐前并无一人答应。申徒泰也不回顾，径望敌军奔去。

㉑柏乡大战：911 年，晋王李存勗在柏乡大破梁军，时李存璋为三镇排阵使。柏乡，今属河北。

㉒黄池：在今河南封丘南。

㉓捽刀：持刀。

葛周大惊！急领众将，亲出阵前接应。只见申徒泰一匹马、一把刀，马不停蹄，刀不停手。马不停蹄，疾如电闪；刀不停手，快若风轮。不管三七二十一，直杀入阵中去了。原来对阵唐兵，初时看见一人一骑，不将他为意。谁知申徒泰拼命而来，这把刀神出鬼没，遇着他的，就如砍瓜切菜一般，往来阵中，如入无人之境。恰好遇着先锋沈祥，只一合斩于马下，跳下马来，割了首级，复飞身上马，杀出阵来，无人拦挡。葛周大军已到，申徒泰大呼道："唐军阵乱矣！要杀贼的快来！"说罢将首级掷于葛周马前，番身复杀入对阵去了。葛周将令旗一招，大军一齐并力，长驱而进，唐兵大乱。李存璋禁押不住，只得鞭马先走。唐兵被梁家杀得七零八落，走得快的，逃了性命；略迟慢些，就为沙场之鬼。李存璋，唐朝名将，这一阵杀得大败亏输，望风而遁，弃下器械马匹，不计其数。梁家大获全胜。葛令公对申徒泰道："今日破敌，皆汝一人之功。"申徒泰叩头道："小人有何本事！旨仗令公虎威耳！"令公大喜，一面写表申奏朝廷；传令犒赏三军，休息他三日，第四日班师回兖州去。果然是：

喜孜孜鞭敲金镫响，笑吟吟齐唱凯歌回。

却说葛令公回衙，众侍妾罗拜[24]称贺。令公笑道："为将者出师破贼，自是本分常事，何足为喜！"指着弄珠儿对众妾说道："你们众人只该贺他的喜。"众妾道："相公今日破敌，保全地方，朝廷必有恩赏。凡侍巾栉的，均受其荣，为何只是珠娘之喜？"令公道："此番出师，全亏帐下一人力战成功。无物酬赏他，预将此姬赠与为妻。他终身有托，岂不可喜？"弄珠儿恃着平日宠爱，还不信是真，带笑的说道："相公休得取笑。"令公道："我生平不作戏言，已曾取库上六十万钱，替你具办资妆[25]去了。只今晚便在西房独宿，不敢劳你侍酒。"弄珠儿听罢大惊，不觉泪如雨下，跪禀道："贱妾自侍巾栉，累年以来，未曾得罪。今一旦弃之他人，贱妾有死而已，决难从命。"令公大笑道："痴妮子，我非木石，岂与你无情？但前日岳云楼饮宴之时，我见此人目不转睛，晓得他钟情与汝。此人少年未娶，新立大功，非汝不足以快其意耳。"弄珠儿扯住令公衣袂，撒娇撒痴，千不肯，万不肯，只是不肯从命。令公道："今日之事，也由不得你。做人的妻，强似做人的妾。此人将来功名，不弱于我，乃汝福分当然。我又不曾误你，何须悲怨！"教众妾扶起珠娘，莫要啼哭。众妾为平时珠娘有专房之宠，满肚子恨他，巴不得撵他出去。今日闻此消息，正中其怀，一拥上前，拖拖拽拽，扶他到西房去，着实窝伴他，劝解他。弄珠儿此时也无可奈何，想着令公英雄性子，在儿女头上不十分留恋，叹了口气，只得罢了。从此日为始，令公每夜轮遣两名姬妾，陪珠娘西房宴宿，再不要他相见。有诗为证：

昔日专房宠，今朝召见稀。

非关情太薄，犹恐动情痴。

㉔罗拜：环绕下拜。

㉕资妆：嫁妆。

再说申徒泰自郯城回后，口不言功，禀过令公，依旧在新府督工去了。这日工程报完，恰好库吏也来禀道："六十万钱资妆，俱已备下，伏乞钧旨。"令公道："权且寄下，待移府后取用。"一面分付阴阳生择个吉日，阖家迁在新府住居，独留下弄珠儿及丫环、养娘数十人。库吏奉了钧帖，将六十万钱资妆，都搬来旧衙门内，摆设得齐齐整整，花堆锦簇。众人都疑道："令公留这旧衙门做外宅，故此重新摆设。"谁知其中就里！

这日，申徒泰同着一般虞候，正在新府声喏庆贺。令公独唤申徒泰上前，说道："郯城之功，久未图报。闻汝尚未娶妻，小妾颇工颜色，特奉赠为配。薄有资妆，都在旧府。今日是上吉之日，便可就彼成亲，就把这宅院判与你夫妻居住。"申徒泰听得，到吓得面如土色，不住的磕头，只道得个"不敢"二字，那里还说得出什么说话！令公又道："大丈夫意气相许，头颅可断，何况一妾！我主张已定，休得推阻。"申徒泰兀自谦让，令公分付众虞候，替他披红插花，随班乐工奏动鼓乐。众虞候喝道："申徒泰，拜谢了令公！"申徒泰恰似梦里一般，拜了几拜，不由自身做主，众人拥他出府上马。乐人迎导而去，直到旧府。只见旧时一班直厅的军壮，预先领了钧旨，都来参谒。前厅后堂，悬花结彩。丫环、养娘等引出新人交拜，鼓乐喧天，做起花烛筵席。申徒泰定睛看时，那女子正是岳云楼中所见。当时只道是天上神仙霎时出现。因为贪看他颜色，险些儿获其大祸，丧了性命。谁知今日等闲间做了百年眷属，岂非侥幸？进到内宅，只见器用供帐，件件新，色色备，分明钻入锦绣窝中，好生过意不去。当晚就在西房安置，夫妻欢喜，自不必说。

次日，双双两口儿都到新府拜谢葛令公。令公分付挂了回避牌，不消相见。刚才转身回去，不多时，门上报到令公自来了，申徒泰慌忙迎着马头下跪迎接。葛令公下马扶起，直至厅上。令公捧出告身㉖一道，请申徒泰为参谋之职。原来那时做镇使的，都请得有空头告身，但是军中合用官员，随他填写取用，然后奏闻朝廷，无有不依。况且申徒泰已有功绩申奏去了，朝廷自然优录的。令公教取官带与申徒泰换了，以礼相接。自此申徒泰洗落了“厅头”二字，感谢令公不尽。

㉖告身：委任官职的文凭，委任状。

一日，与浑家闲话，问及令公平日恁般宠爱，如何割舍得下？弄珠儿叙起岳云楼目不转睛之语，“令公说你钟情于妾，特地割爱相赠。”申徒泰听罢，才晓得令公体悉人情，重贤轻色，真大丈夫之所为也。这一节传出，军中都知道了，没一个人不夸扬令公仁德，都愿替他出力尽死。终令公之世，人心悦服，地方安静。后人有诗赞云：

重贤轻色古今稀，反怨为恩事更奇。

试借兖州功薄看，黄金台㉗上有名姬。

㉗黄金台：故址在今河北易县东南。相传战国时，燕昭王在易水东南筑台，置千金于台上，以招贤纳士，号称为“黄金台”。

七　羊角哀舍命全交[1]

【精要简介】

春秋时，羊角哀左伯桃二人交情甚好，一同外出求官。半路上二人遇上大雪，左伯桃将仅有的衣食让与羊角哀，自己在风雪中冻饿而死。后羊角哀做了官，左伯桃托梦给他，说自己在阴间受荆轲欺侮，羊角哀为保护挚友，便自刎于左伯桃墓前，与他合葬，赴阴间共战荆轲。羊左二人的友情以及羊角哀的重义历来被传为美谈。

【原文鉴赏】

背手为云覆手雨，纷纷轻薄[2]何须数？

君看管鲍贫时交，此道今人弃如土。

①题目本作《羊角哀一死战荆轲》。

②轻薄：指为人不厚道、不重信义。

昔时，齐国有管仲，字夷吾；鲍叔，字宣子，两个自幼时以贫贱结交。后来鲍叔先在齐桓公门下，信用[3]显达，举荐管仲为首相，位在己上。两人同心辅政，始终如一。管仲曾有几句言语道："吾尝三战三北[4]，鲍叔不以我为怯，知我有老母也。吾尝三仕三见逐，鲍叔不以我为不肖，知我不遇时也。吾尝与鲍叔谈论，鲍叔不以我为愚，知有利不利也。吾尝与鲍叔为贾，分利多，鲍叔不以为贪，知我贫也。生我者父母，知我者鲍叔！"所以古今说知心结交，必曰"管鲍"。今日说两个朋友，偶然相见，结为兄弟，各舍其命，留名万古。

③信用：信任和委用。

④北：败北，打败仗。

春秋时，楚元王崇儒重道，招贤纳士。天下之人闻其风而归者，不可胜计。西羌积石山[5]，有一贤士，姓左，双名伯桃，幼亡父母，勉力攻书，养成济世之才，学就安民之业。年近四旬，因中国[6]诸侯互相吞并，行仁政者少，恃强霸者多，未尝出仕。后闻得楚元王慕仁好义，遍求贤士，乃携书一囊，辞别乡中邻友，径奔楚国而来。迤逦来到雍地[7]，时值隆冬，风雨交作。有一篇《西江月》词，单道冬天雨景：

习习悲风割面，濛濛细雨侵衣。催冰酿雪逞寒威，不比他时和气。

山色不明常暗，日光偶露还微。天涯游子尽思归，路上行人应悔。

⑤西羌：我国古代的羌族，主要分布在今甘肃、青海、四川一带，部落众多，称西羌。积石山：在今甘肃临夏。

⑥中国：中原地区。

⑦雍地：疑指雍县，春秋时秦都之一，在今陕西凤翔。

左伯桃冒雨荡风[8]，行了一日，衣裳都沾湿了。看看天色昏黄，走向村间，欲觅一宵宿处。远远望见竹林之中，破窗透出灯光，径奔那个去处。见矮矮篱笆围着一间草屋，乃推开篱障，轻叩柴门。中有一人，启户而出。左伯桃立在檐下，慌忙施礼曰："小生西羌人氏，姓左，双名伯桃。欲往楚国，不期中途遇雨。无觅旅邸之处。求借一宵，来早便行，未知尊意肯容否?"那人闻言，慌忙答礼，邀入屋内。伯桃视之，止有一塌，塌上堆积书卷，别无他物。伯桃已知亦是儒人，便欲下拜。那人云："且未可讲礼，容取火烘干衣服，却当会话。"当夜烧竹为火，伯桃烘衣。那人炊办酒食，以供伯桃，意甚勤厚。伯桃乃问姓名。其人曰："小生姓羊，双名角哀，幼亡父母，独居于此。平生酷爱读书，农业尽废。今幸遇贤士远来，但恨家寒，乏物为款，伏乞恕罪。"伯桃曰："阴雨之中，得蒙遮蔽，更兼一饮一食，感佩何忘!"当夜，二人抵足而眠，共话胸中学问，终夕不寐。

⑧荡风：顶风。荡，碰触。

比及天晓，淋雨[9]不止。角哀留伯桃在家，尽其所有相待，结为昆仲。

伯桃年长角哀五岁，角哀拜伯桃为兄。一住三日，雨止道干。伯桃曰："贤弟有王佐之才，抱经纶之志，不图竹帛[10]，甘老林泉，深为可惜。"角哀曰："非不欲仕，奈未得其便耳。"伯桃曰："今楚王虚心求士，贤弟既有此心，何不同往？"角哀曰："愿从兄长之命。"遂收拾些小路费粮米，弃其茅屋，二人同望南方而进。

⑨淋雨：连绵雨，也可指大雨。

⑩不图竹帛：不想建功立业，在史册上留名。竹帛，竹简和白绢，古代用以书写文字。后以丝帛代指书册、史乘。

行不两日，又值阴雨，羁身旅店中，盘费罄尽，止有行粮一包，二人轮换负之，冒雨而走。其雨未止，风又大作，变为一天大雪，怎见得？你看：

风添雪冷，雪趁风威。纷纷柳絮狂飘，片片鹅毛乱舞。团空搅阵[11]，不分南北西东；遮地漫天，变尽青黄赤黑。探梅诗客多清趣，路上行人欲断魂。

⑪团空：在空中凝聚成团，多形容雪花、柳絮等。搅阵：冲锋陷阵，这里形容雪花乱舞的样子。

二人行过岐阳，道经梁山路，问及樵夫，皆说："从此去百余里，并无人烟，尽是荒山旷野，狼虎成群，只好休去。"伯桃与角哀曰："贤弟心下如何？"角哀曰："自古道：'死生有命。'既然到此，只顾前进，休生退悔。"又行了一日，夜宿古墓中，衣服单薄，寒风透骨。

次日，雪越下得紧，山中仿佛盈尺。伯桃受冻不过，曰："我思此去百余里，绝无人家，行粮不敷，衣单食缺。若一人独往，可到楚国；二人俱去，纵然不冻死，亦必饿死于途中，与草木同朽，何益之有？我将身上衣服脱与贤弟穿了，贤弟可独赍此粮，于途强挣而去。我委的行不动了，宁可死于此地。待贤弟见了楚王，必当重用，那时却来葬我未迟。"角哀曰："焉有此理？我二人虽非一父母所生，义气过于骨肉。我安忍独去而求进身耶？"遂不许，扶伯桃而行。行不十里，伯桃曰："风雪越紧，如何去得？且于道傍寻个歇处。"见一株枯桑，颇可避雪，那桑下止容得一人，角哀遂扶伯桃入去坐下。伯桃命角哀敲石取火，爇些枯枝，以御寒气。比及角哀取了柴火到来，只见伯桃脱得赤条条地，浑身衣服，都做一堆放着。角哀大惊，曰："吾兄何为如此？"伯桃曰："吾寻思无计，贤弟勿自误了，速穿此衣服，负粮前去，我只在此守死。"角哀抱持大哭曰："吾二人死生同处，安可分离？"伯桃曰："若皆饿死，白骨谁埋？"角哀曰："若如此，弟情愿解衣与兄穿了，兄可赍粮去，弟宁死于此。"伯桃曰："我平生多病，贤弟少壮，比我甚强；更兼胸中之学，我所不及。若见楚君，必登显宦。我死何足道哉！弟勿久滞，可宜速往。"角哀曰："令兄饿死桑中，弟独取功名，此大不义之人也，我不为之。"伯桃曰："我自离积石山，至弟家中，一见如故。知弟胸次不凡，以此劝弟求进。不幸风雨所阻，此吾天命当尽。若使弟亦亡于此，乃吾之罪也。"言讫，欲跳前溪觅死。角哀抱住痛哭，将衣拥护，再扶至桑中。伯桃把衣服推开。角哀再欲上前劝解时，但见伯桃神色已变，四肢厥冷[12]，口不能言，以手挥令去。

角哀寻思："我若久恋，亦冻死矣，死后谁葬吾兄？"乃于雪中再拜伯桃而哭曰："不肖弟此去，望兄阴力相助。但得微名，必当厚葬。"伯桃点头半[13]答，角哀取了衣粮，带泣而去。伯桃死于桑中。后人有诗赞云：

寒来雪三尺，人去途千里。
长途苦雪寒，何况囊无米？
并粮一人生，同行两人死；
两死诚何益？一生尚有恃。
贤哉左伯桃！陨命成人美。

⑫四肢厥冷：指手足发冷，冷至肘部和膝部。厥，手足僵冷。

⑬半：应作"而"。

角哀捱着寒冷，半饥半饱，来到楚国，于旅邸中歇定。次日入城，问人曰："楚君招贤，何由而进？"人曰："宫门外设一宾馆，令上大夫裴仲接纳天下之士。"角哀径投宾馆前来，正值上大夫下车。角哀乃向前而揖，裴仲见角哀衣虽蓝缕，器宇不凡，慌忙答礼，问曰："贤士何来？"角哀曰："小生姓羊，双名角哀，雍州人也。闻上国招贤，特来归投。"裴仲邀入宾馆，具酒食以进，宿于馆中。次日，裴仲到馆中探望，将胸中疑义盘问角哀，试他学问如何。角哀百问百答，谈论如流。裴仲大喜，入奏元王，王即时召见，问富国强兵之道。角哀首陈十策，皆切当世之急务。元王大喜，设御宴以待之，拜为中大夫，赐黄金百两，彩段百匹。角哀再拜流涕，元王大惊而问曰："卿痛哭者何也？"角哀将左伯桃脱衣并粮之事，一一奏知。元王闻其言，为之感伤。诸大臣皆为痛惜。元王曰："卿欲如何？"角哀曰："臣乞告假，到彼处安葬伯桃已毕，却回来事大王。"元王遂赠已死伯桃为中大夫，厚赐葬资，仍差人跟随角哀车骑同去。

角哀辞了元王，径奔梁山地面，寻旧日枯桑之处。果见伯桃死尸尚在，颜貌如生前一般。角哀乃再拜而哭，呼左右唤集乡中父老，卜地于浦塘之原。前临大溪，后靠高崖，左右诸峰环抱，风水甚好。遂以香汤沐浴伯桃之尸，穿戴大夫衣冠；置内棺外椁，安葬起坟。四周筑墙栽树，离坟三十步建享堂[14]，塑伯桃仪容。立华表，柱上建牌额。墙侧盖瓦屋，令人看守。造毕，设祭于享堂，哭泣甚切。乡老从人，无不下泪。祭罢，各自散去。角哀是夜明灯燃烛而坐，感叹不已。忽然一阵阴风飒飒，烛灭复明。角哀视之，见一人于灯影中，或进或退，隐隐有哭声。角哀叱曰："何人也？辄敢夤夜而入！"其人不言。角哀起而视之，乃伯桃也。角哀大惊问曰："兄阴灵不远，今来见弟，必有事故。"伯桃曰："感贤弟记忆，初登仕路，奏请葬吾，更赠重爵，并棺椁衣衾之美，凡事十全。但坟地与荆轲墓相连近，此人在世时，为刺秦王不中被戮，高渐离以其尸葬于此处。神极威猛。每夜仗剑来骂吾曰：'汝是冻死饿杀之人，安敢建坟居吾上肩，夺吾风水？若不迁移他处，吾发墓取尸，掷之野外！'有此危难，特告贤弟。望改葬于他处，以免此祸。"角哀再欲问之，风起忽然不见。角哀在享堂中，一梦惊觉，尽记其事。

⑭享堂：供奉神位的祭堂。

天明，再唤乡老，问："此处有坟相近否？"乡老曰："松阴中有荆轲墓，墓前有庙。"角哀曰："此人昔刺秦王，不中被杀，缘何有坟于此？"乡老曰："高渐离乃此间人，知荆轲被害，弃尸野外，乃盗其尸，葬于此地。每每显灵。土人建庙于此，四时享祭，以求福利。"角哀闻言，遂信梦中之事。引从者径奔荆轲庙，指其神而骂曰："汝乃燕邦一匹夫，受燕太子奉养，名姬重宝，尽汝受用。不思良策以副重托，入秦行事，丧身误国。却来此处惊惑乡民，而求祭祀。吾兄左伯桃，当代名儒，仁义廉洁之士，汝安敢逼之？再如此，吾当毁其庙，而发其冢，永绝汝之根本！"骂讫，却来伯桃墓前祝曰："如荆轲今夜再来，兄当报我。"归到享堂，是夜秉烛以待。果见伯桃哽咽而来，告曰："感贤弟如此，奈荆轲从人极多，皆土人所献。贤弟可束草为人，以彩为衣，手执器械，焚于墓前。吾得其助，使荆轲不能侵害。"言罢不见。角哀连夜使人束草为人，以彩为衣，各执刀枪器械，建数十于墓侧，以火焚之。祝曰："如其无事，亦望回报。"

归到享堂，是夜闻风雨之声，如人战敌。角哀出户观之，见伯桃奔走而来，言曰：“弟所焚之人，不得其用。荆轲又有高渐离相助，不久吾尸必出墓矣。望贤弟早与迁移他处殡葬，免受此祸。”角哀曰：“此人安敢如此欺凌吾兄！弟当力助以战之。”伯桃曰：“弟，阳人也，我皆阴鬼。阳人虽有勇烈，尘世相隔，焉能战阴鬼也？虽刍草之人⑮，但能助喊，不能退此强魂。”角哀曰：“兄且去，弟来日自有区处。”次日，角哀再到荆轲庙中大骂，打毁神像。方欲取火焚庙，只见乡老数人，再四哀求曰：“此乃一村香火，若触犯之，恐贻祸于百姓。”须臾之间，土人聚集，都来求告。角哀拗他不过，只得罢了。

⑮虽：即使，纵然。刍草之人：本指割草的人，这里指借力气大的活人。

回到享堂，修一道表章，上谢楚王，言：“昔日伯桃并粮与臣，因此得活，以遇圣主。重蒙厚爵，平生足矣，容臣后世尽心图报。”词意甚切。表付从人，然后到伯桃墓侧，大哭一场。与从者曰：“吾兄被荆轲强魂所逼，去往无门，吾所不忍。欲焚庙掘坟，又恐拂土人之意。宁死为泉下之鬼，力助吾兄，战此强魂。汝等可将吾尸葬于此墓上右，生死共处，以报吾兄并粮之义。回奏楚君，万乞听纳臣言，永保山河社稷。”言讫，掣取佩剑，自刎而死。从者急救不及，速具衣棺殡殓，埋于伯桃墓侧。

是夜二更，风雨大作，雷电交加，喊杀之声，闻数十里。清晓视之，荆轲墓上，震烈如发，白骨散于墓前。墓边松柏，和根拔起。庙中忽然起火，烧做白地。乡老大惊，都往羊、左二墓前，焚香展拜。从者回楚国，将此事上奏元王。元王感其义重，差官往墓前建庙，加封上大夫，敕赐庙额曰“忠义之祠”，就立碑以记其事，至今香火不断。荆轲之灵，自此绝矣。有古诗云：

古来仁义包天地，只在人心方寸间。

二士庙前秋日净，英魂常伴月光寒。

八　吴保安弃家赎友

【精要简介】

唐开元年间，南蛮进犯，李蒙受命征讨，宰相郭震的侄儿郭仲翔为判官，有同乡吴保安在不熟识的情况下写信向郭仲翔毛遂自荐，在郭仲翔的推荐下，吴保安在军中谋得一职。后兵败李死，郭仲翔被俘，蛮族索绢千匹作为赎金。吴保安舍弃妻子，出外经商来蓄积赎友的物资，最终将友赎回，并与妻儿团聚。吴保安病故后，郭仲翔背其骸骨，送还故乡，并将自己的官职让与吴保安之子。此二人间生死不渝的情谊为人称道。

【原文鉴赏】

古人结交惟结心，今人结交惟结面。结心可以同死生，结面那堪共贫贱？九衢鞍马日纷纭，追攀送谒无晨昏。座中慷慨出妻子，酒边拜舞犹弟兄。一关微利已交恶，况复大难肯相亲？君不见，当年羊左称死友，至今史传高其人。

这篇词名为《结交行》，是叹末世人心险薄，结交最难。平时酒杯往来，如兄若弟；一遇虱大的事，才有些利害相关，便尔我不相顾了。真个是：酒肉弟兄千个有，落难之中无一人。还有朝兄弟，暮仇敌，才放下酒杯，出门便弯弓相向的。所以陶渊明欲息交[①]，嵇叔夜欲绝交[②]，刘孝标[③]又做下《广绝交论》，都是感慨世情，故为忿激之谭耳。如今我说的两个朋友，却是从无一面的。只因一点意气上相许，后来患难之中，死生相救，这才算做心交至友。正是：

说来贡禹冠尘动[④]，道破荆卿[⑤]剑气寒。

①陶渊明欲息交：陶渊明的《归去来辞》中有“请息交以绝游”的话。

②嵇叔夜欲绝交：嵇康，字叔夜，三国魏时人。山涛为选曹郎，想举嵇康自代，嵇康去书和他绝交。

③刘孝标：南朝梁文学家刘峻，字孝标，继后汉朱穆《绝交论》而作《广绝交论》。

④贡禹冠尘动：西汉人贡禹和王吉友善，二人取舍进退相同，世称"王阳在位，贡公弹冠"。弹冠，用指弹去冠上灰尘，准备去做官。

⑤道破：说穿。这里与前句"说来"相对，说、说到的意思。荆卿：荆轲。

话说大唐开元年间，宰相代国公郭震，字元振，河北武阳人氏。有侄儿郭仲翔，才兼文武，一生豪侠尚气，不拘绳墨，因此没人举荐。他父亲见他年长无成，写了一封书，教他到京参见伯父，求个出身之地。元振谓曰："大丈夫不能掇巍科[6]，登上第，致身青云；亦当如班超、傅介子[7]，立功异域，以博富贵。若但借门第为阶梯，所就岂能远大乎?"仲翔唯唯。适边报到京：南中洞蛮作乱。原来武则天娘娘革命[8]之日，要买嘱人心归顺，只这九溪十八洞蛮夷，每年一小犒赏，三年一大犒赏。到玄宗皇帝登极，把这犒赏常规都裁革了。为此群蛮一时造反，侵扰州县。朝廷差李蒙为姚州都督，调兵进讨。李蒙领了圣旨，临行之际，特往相府辞别，因而请教。郭元振曰："昔诸葛武侯七擒孟获，但服其心，不服其力。将军宜以慎重行之，必当制胜。舍侄郭仲翔，颇有才干，今遣与将军同行。俟破贼立功，庶可附骥尾以成名耳。"即呼仲翔出，与李蒙相见。李蒙见仲翔一表非俗；又且当朝宰相之侄，亲口嘱托，怎敢推委。即署仲翔为行军判官之职。

⑥掇：取。巍科：就是最高的科第。掇巍科，犹如说掇高第、名列前茅。

⑦班超：汉代人，汉明帝时出使西域，团结五十余国，封定远侯。傅介子：汉代人，汉明帝时出使西域，后以计斩楼兰王立功，归封义阳侯。

⑧革命：实施变革以应天命。古代认为帝王受命于天，故称朝代更替

为革命。

仲翔别了伯父，跟随李蒙起程。行至剑南地方，有同乡一人，姓吴，名保安，字永固，见任东川遂州方义尉⑨。虽与仲翔从未识面，然素知其为人，义气深重，肯扶持济拔人的。乃修书一封，特遣人驰送于仲翔。仲翔拆书读之，书曰：

吴保安不肖，幸与足下生同乡里，虽缺展拜，而慕仰有日。以足下大才，辅李将军以平小寇，成功在旦夕耳。保安力学多年，仅官一尉；僻在剑外，乡关梦绝。况此官已满，后任难期，恐厄选曹之格限⑩也。稔闻⑪足下，分忧急难，有古人风。今大军征进，正在用人之际。傥垂念乡曲，录及细微，使保安得执鞭从事⑫，树尺寸⑬于幕府，足下丘山之恩，敢忘衔结⑭？

⑨方义：县名，即今四川遂宁。尉：县尉，主管治安。

⑩选曹：指掌管铨选官吏事务的吏部。格限：指规定的资格。

⑪稔（rěn）闻：素闻。

⑫执鞭从事：比喻追随左右，奉事。

⑬尺寸：比喻微小的功业。

⑭衔结：衔环结草，指感激图报。

仲翔玩其书意，叹曰："此人与我素昧平生，而骤以缓急相委，乃深知我者。大丈夫遇知己而不能与之出力，宁不负愧乎？"遂向李蒙夸奖吴保安之才，乞征来军中效用。李都督听了，便行下文帖到遂州去，要取方义尉吴保安为管记[15]。

⑮管记：官吏文牍的官，即书记。

才打发差人起身，探马报蛮贼猖獗，逼近内地。李都督传令，星夜趱行。来到姚州，正遇着蛮兵抢掳财物，不做准备，被大军一掩[16]，都四散乱窜，不成队伍，杀得他大败全输。李都督恃勇，招引大军，乘势追逐五十里。天晚下寨，郭仲翔谏曰："蛮人贪诈无比，今兵败远遁，将军之威已立矣！宜班师回州，遣人宣播威德，招使内附；不可深入其地，恐堕诈谋之中。"李蒙大喝曰："群蛮今已丧胆，不乘此机扫清溪洞，更待何时？汝勿多言，看我破贼！"

⑯掩：冲杀，袭击。

次日，拔寨都起。行了数日，直到乌蛮界上。只见万山叠翠，草木蒙茸，正不知那一条是去路。李蒙心中大疑，传令："暂退平衍处屯扎。"一面寻觅土人，访问路径。忽然山谷之中，金鼓之声四起，蛮兵弥山遍野而来。洞主姓蒙名细奴逻，手执木弓药矢，百发百中。驱率各洞蛮酋穿林渡岭，分明似鸟飞兽奔，全不费力。唐兵陷于伏中，又且路生力倦，如何抵敌？李都督虽然骁勇，奈英雄无用武之地。手下爪牙看看将尽，叹曰："悔不听郭判官之言，乃为犬羊所侮！"拔出靴中短刀，自刺其喉而死。全军皆没于蛮中。后人有诗云：

马援铜柱[17]标千古，诸葛旗台镇九溪[18]。

何事唐师皆覆没？将军姓李数偏奇[19]。

⑰马援铜柱：东汉时马援征服交趾，在边界上立铜柱，以夸耀战功。

⑱诸葛：指三国时蜀国丞相诸葛亮。九溪：指当时西南的一部分少

数民族。

⑲数偏奇（jī）：命运不好，遇事多不利。

又有一诗，专咎李都督不听郭仲翔之言，以自取败。诗云：

不是将军数独奇，悬军深入总堪危。
当时若听还师策，总有[20]群蛮谁敢窥？

⑳总有：纵有，即使有。

其时，郭仲翔也被掳去。细奴逻见他丰神不凡，叩问之，方知是郭元振之侄，遂给与本洞头目乌罗部下。原来南蛮从无大志，只贪图中国财物。掳掠得汉人，部分给与各洞头目。功多的，分得多；功少的，分得少。其分得人口，不问贤愚，只如奴仆一般，供他驱使，斫柴割草，饲马牧羊。若是人口多的，又可转相买卖。汉人到此，十个九个只愿死，不愿生。却又有蛮人看守，求死不得。有恁般苦楚！这一阵厮杀，掳得汉人甚多。其中多有有职位的，蛮酋一一审出，许他寄信到中国去，要他亲戚来赎，获其厚利。你想被掳的人，那一个不思想还乡的？一闻此事，不论富家贫家，都寄信到家乡来了。就是各人家属，十分没法处置的，只得罢了；若还有亲有眷，挪移补凑得来，那一家不想借贷去取赎？那蛮酋忍心贪利，随你孤身穷汉，也要勒取好绢三十匹，方准赎回；若上一等的，凭他索诈。乌罗闻知郭仲翔是当朝宰相之侄，高其赎价，索绢一千匹。

仲翔想道："若要千绢，除非伯父处可办。只是关山迢递，怎得寄个信去？"忽然想着："吴保安是我知己，我与他从未会面，只为见他数行之字，便力荐于李都督，召为管记。我之用情，他必谅之。幸他行迟，不与此难，此际多应已到姚州。诚[21]央他附信于长安，岂不便乎？"乃修成一书，径致保安。书中具道苦情及乌罗索价详细："倘永固不见遗弃，传语伯父，早来见赎，尚可生还。不然，生为俘囚，死为蛮鬼，永固其忍之乎？"永固者，保安之字也。书后附一诗云：

箕子为奴仍异域[22]，苏卿受困在初年[23]。
知君义气深相悯，愿脱征骖学古贤[24]。

㉑诚：如果。

㉒箕子为奴：这里以箕子自比，说自己像箕子一样为奴，而且身处异域，比箕子更苦。箕子，商代人，名胥余，封于箕，故称箕子。曾劝谏纣王，纣王不听，于是佯狂为奴。

㉓苏卿受困在初年：这里以苏武自比，说自己像苏武一样被异族所扣，但时间还不长。苏卿，即苏武，字子卿，汉武帝时奉命出使匈奴，被扣达十九年之久。初年，初期。

㉔愿脱征骖学古贤：春秋时，齐相晏婴在路上看见越石父被囚，便解开驾车的边马赎之，载归，延之为上客。后成为济人急难的典故。征骖，驾车远行的马。

仲翔修书已毕，恰好有个姚州解粮官，被赎放回。仲翔乘便就将此书付之，眼盼盼看着他人去了，自己不能奋飞。万箭攒心，不觉泪如雨下。正是：

眼看他鸟高飞去，身在笼中怎出头？

不题郭仲翔蛮中之事。且说吴保安奉了李都督文帖，已知郭仲翔所荐。留妻房张氏和那新生下未周岁的孩儿在遂州住下，一主一仆飞身上路，赶来姚州赴任。闻知李都督阵亡消息，吃了一惊，尚未知仲翔生死下落，不免留身打探。恰好解粮官从蛮地放回，带得有仲翔书信，吴保安拆开看了，好生凄惨。便写回书一纸，书中许他取赎，留在解粮官处，嘱他觑便寄到蛮中，以慰仲翔之心。忙整行囊，便望长安进发。这姚州到长安三千余里，东川正是个顺路，保安径不回家，直到京都，求见郭元振相公。谁知一月前元振已薨，家小都扶柩而回了。

吴保安大失所望，盘缠罄尽，只得将仆、马卖去，将来使用。复身回到遂州，见了妻儿，放声大哭。张氏问其缘故，保安将郭仲翔失陷南中之事，说了一遍。“如今要去赎他，争奈自家无力，使他在穷乡悬望，我心何安？”说罢又哭。张氏劝止之，曰：“常言巧媳妇煮不得没米粥，你如今力不从心，只索付之无奈了。”保安摇首曰：“吾向者偶寄尺书，即蒙郭君

垂情荐拔；今彼在死生之际，以性命托我，我何忍负之？不得郭回，誓不独生也！”于是倾家所有，估计来止直得绢二百匹。遂撇了妻儿，欲出外为商，又怕蛮中不时有信寄来，只在姚州左近营运[25]。朝驰暮走，东趁西奔；身穿破衣，口吃粗粝。虽一钱一粟，不敢妄费，都积来为买绢之用。得一望十，得十望百，满了百匹，就寄放姚州府库。眠里梦里只想着“郭仲翔”三字，连妻子都忘记了。整整的在外过了十个年头，刚刚的凑得七百匹绢，还未足千匹之数。正是：

离家千里逐锥刀[26]，只为相知意气饶[27]。

十载未偿蛮洞债，不如何日慰心交？

㉕营运：经营。

㉖锥刀：比喻微小的利润。

㉗饶：多。

话分两头。却说吴保安妻张氏，同那幼年孩子，孤孤凄凄的住在遂州。初时还有人看县尉面上，小意儿周济他，一连几年不通音耗，就没人理他了。家中又无积蓄，捱到十年之外，衣单食缺，万难存济，只得并迭[28]几件破家火，变卖盘缠，领了十一岁的孩儿，亲自问路，欲往姚州寻取丈夫吴保安。夜宿朝行，一日只走得三四十里。比到得戎州界上，盘费已尽，计无所出。欲待求乞前去，又含羞不惯；思量薄命，不如死休。看了十一岁的孩儿，又割舍不下。左思右想，看看天晚，坐在乌蒙山下，放声大哭，惊动了过往的官人[29]。那官人姓杨，名安居，新任姚州都督，正顶着李蒙的缺。从长安驰驿到任，打从乌蒙山下经过，听得哭声哀切，又是个妇人，停了车马，召而问之。张氏手搀着十一岁的孩儿，上前哭诉曰："妾乃遂州方义尉吴保安之妻，此孩儿即妾之子也。妾夫因友人郭仲翔陷没蛮中，欲营求千匹绢往赎，弃妾母子，久住姚州，十年不通音信。妾贫苦无依，亲往寻取，粮尽路长，是以悲泣耳。"安居暗暗叹异道："此人真义士！恨我无缘识之。"乃谓张氏曰："夫人休忧。下官忝任姚州都督，一到彼郡，即差人寻访尊夫。夫人行李之费，都在下官身上。请到前途馆驿中，当与夫人设处[30]。"张氏收泪拜谢。虽然如此，心下尚怀惶惑。杨都督车马如飞去了。张氏母子相扶，一步步捱到驿前。杨都督早已分付驿官伺候，问了来历，请到空房饭食安置。次日五鼓，杨都督起马先行。驿官传杨都督之命，将十千钱赠为路费，又备下一辆车儿，差人夫送到姚州普淜驿中居住。张氏心中感激不尽。正是：

好人还遇好人救，恶人自有恶人磨。

㉘并迭：打迭，收拾。

㉙官人：这里指官员。

㉚设处：设法筹措。

且说杨安居一到姚州，便差人四下寻访吴保安下落。不三四日，便寻着了。安居请到都督府中，降阶迎接；亲执其手，登堂慰劳。因谓保安曰："下官常闻古人有死生之交，今亲见之足下矣。尊夫人同令嗣远来相觅，见在驿舍，足下且往，暂叙十年之别。所需绢匹若干，吾当为足下图之。"保安曰："仆为友尽心，固其分内，奈何累及明公[31]乎？"安居曰："慕公之义，欲成公之志耳。"保安叩首曰："既蒙明公高谊，仆不敢固辞。所少尚三分之一，如数即付，仆当亲往蛮中，赎取吾友。然后与妻孥相见，未为晚也。"时安居初到任，乃于库中撮借官绢四百匹，赠与保安，

又赠他全副鞍马。保安大喜，领了这四百匹绢，并库上七百匹，共一千一百之数，骑马直到南蛮界口，只寻个熟蛮，往蛮中通话，将所余百匹绢，尽数托他使费。只要仲翔回归，心满意足。正是：

应时还得见，胜是岳阳金。

㉛明公：对有名为者的尊称。

却说郭仲翔在乌罗部下，乌罗指望他重价取赎，初时好生看待，饮食不缺。过了一年有余，不见中国人来讲话，乌罗心中不悦，把他饮食都裁减了。每日一餐，着他看养战象。仲翔打熬不过，思乡念切，乘乌罗出外打围，拽开脚步，望北而走。那蛮中都是险峻的山路，仲翔走了一日一夜，脚底都破了，被一般看象的蛮子，飞也似赶来，捉了回去。乌罗大怒，将他转卖与南洞主新丁蛮为奴，离乌罗部二百里之外。那新丁最恶，差使小不遂意，整百皮鞭，鞭得背都青肿，如此已非一次。仲翔熬不得痛苦，捉个空，又想逃走。争奈路径不熟，只在山凹内盘旋，又被本洞蛮子追着了，拿去献与新丁。新丁不用了，又卖到南方一洞去，一步远一步了。那洞主号菩萨蛮，更是利害。晓得郭仲翔屡次逃走，乃取木板两片，各长五六尺，厚三四寸，教仲翔把两只脚立在板上，用铁钉钉其脚面，直透板内，日常带着二板行动。夜间纳土洞中，洞口用厚木板门遮盖，本洞蛮子就睡在板上看守，一毫转动不得。两脚被钉处，常流脓血，分明是地狱受罪一般。有诗为证：

身卖南蛮南更南，土牢木锁苦难堪。

十年不达中原信，梦想心交不敢谭。

却说熟蛮领了吴保安言语来见乌罗，说知求赎郭仲翔之事。乌罗晓得绢足千匹，不胜之喜！便差人往南洞转赎郭仲翔回来。南洞主新丁，又引到菩萨洞中，交割了身价，将仲翔两脚钉板，用铁钳取出钉来。那钉头入肉已久，脓水干后，如生成一般。今番重复取出，这疼痛比初钉时更自难忍，血流满地，仲翔登时闷绝。良久方醒，寸步难移，只得用皮袋盛了，两个蛮子扛抬着，直送到乌罗帐下。乌罗收足了绢匹，不管死活，把仲翔交付熟蛮，转送吴保安收领。吴保安接着，如见亲骨肉一般。这两个朋友，到今日方才识面。未暇叙话，各睁眼看了一看，抱头而哭，皆疑以为梦中相逢也。郭仲翔感谢吴保安，自不必说。保安见仲翔形容憔悴，半人半鬼，两脚又动掸不得，好生凄惨！让马与他骑坐，自己步行随后，同到姚州城内回复杨都督。原来杨安居曾在郭元振门下做个幕僚，与郭仲翔虽未厮认，却有通家之谊。又且他是个正人君子，不以存亡易心。一见仲翔，不胜之喜。教他洗沐过了，将新衣与他更换，又教随军医生医他两脚疮口，好饮好食将息。不勾一月，平复如故。

且说吴保安从蛮界回来，方才到普淜驿中与妻儿相见。初时分别，儿子尚在襁褓，如今十一岁了。光阴迅速，未免伤感于怀。杨安居为吴保安义气上，十分敬重。他每对人夸奖，又写书与长安贵要，称他弃家赎友之事。又厚赠资粮，送他往京师补官。凡姚州一郡官府，见都督如此用情，无不厚赠。仲翔仍留为都督府判官。保安将众人所赠，分一半与仲翔留下使用。仲翔再三推辞，保安那里肯依，只得受了。吴保安谢了杨都督，同家小往长安进发。仲翔送出姚州界外，痛哭而别。保安仍留家小在遂州，单身到京，升补嘉州彭山丞之职。那嘉州仍是西蜀地方，迎接家小又方便，保安欢喜赴任去讫，不在话下。

再说郭仲翔在蛮中日久，深知款曲[32]。蛮中妇女，尽有姿色，价反在男子之下。仲翔在任三年，陆续差人到蛮洞购求年少美女，共有十人。自己教成歌舞，鲜衣美饰，特献与杨安居伏侍，以报其德。安居笑曰：“吾重生高义，故乐成其美耳。言及相报，得无以市井见待耶？”仲翔曰：“荷明公仁德，微躯再造，特求此蛮口奉献，以表区区。明公若见辞，仲翔死不瞑目矣！”安居见他诚恳，乃曰：“仆有幼女，最所钟爱，勉受一小口为伴，余则不敢如命。”仲翔把那九个美女，赠与杨都督帐下九个心腹将校，以显杨公之德。

㉜款曲：详细情况。

时朝廷正追念代国公军功，要录用其子侄。杨安居表奏：“故相郭震

嫡侄仲翔，始进谏于李蒙，预知胜败；继陷身于蛮洞，备著坚贞。十年复返于故乡，三载效劳于幕府。荫既可叙[33]，功亦宣酬。”于是郭仲翔得授蔚州录事参军[34]。自从离家到今，共一十五年了，他父亲和妻子在家闻得仲翔陷没蛮中，杳无音信，只道身故已久。忽见亲笔家书，迎接家小临蔚州任所，举家欢喜无限。

仲翔在蔚州做官两年，大有声誉，升迁代州户曹参军[35]。又经三载，父亲一病而亡，仲翔扶柩回归河北。丧葬已毕，忽然叹曰：“吾赖吴公见赎，得有余生。因老亲在堂，方谋奉养，未暇图报私恩。今亲殁服除，岂可置恩人于度外乎?”访知吴保安在宦所未回，乃亲到嘉州彭山县看之。

㉝荫：封建时代子孙因先世有功劳而得到封赏或免罪。叙：指按规定的等级次序授官职。

㉞录事参军：为州县属官，专管州院庶务及纠弹下属官吏过失。

㉟代州：治所在今河北蔚县。户曹参军：为州县属官，专管户籍。

不期保安任满家贫，无力赴京听调，就便在彭山居住。六年之前，患了疫症，夫妇双亡，藁葬[36]在黄龙寺后隙地。儿子吴天祐从幼母亲教训，读书识字，就在本县训蒙[37]度日。仲翔一闻此信，悲啼不已。因制缞麻之服，腰绖执杖[38]，步到黄龙寺内，向冢号泣，具礼祭奠。奠毕，寻吴天祐相见，即将自己衣服，脱与他穿了，呼之为弟，商议归葬一事。乃为文以告于保安之灵，发开土堆，止存枯骨二具。仲翔痛哭不已，旁观之人，莫不堕泪。仲翔预制下练囊[39]二个，装保安夫妇骸骨。又恐失了次第，敛葬时一时难认；逐节用墨记下，装入练囊，总贮一竹笼之内，亲自背负而行。吴天祐道是他父母的骸骨，理合他驮，来夺那竹笼。仲翔那肯放下，哭曰："永固为我奔走十年，今我暂时为之负骨，少尽我心而已。"一路且行且哭，每到旅店，必置竹笼于上坐，将酒饭浇奠过了，然后与天祐同食。夜间亦安置竹笼停当，方敢就寝。自嘉州到魏郡，凡数千里，都是步行。他两脚曾经钉板，虽然好了，终是血脉受伤。一连走了几日，脚面都紫肿起来，内中作痛。看看行走不动，又立心不要别人替力，勉强捱去。有诗为证：

酬恩无地只奔丧，负骨徒行日夜忙。
遥望平阳数千里，不如何日到家乡？

㊱藁（hāo）葬：草草埋葬。

㊲训蒙：教育儿童。

㊳腰绖（dié）：旧时丧服上系于腰间的麻带或草带。执杖：旧时举行父母葬仪时手执丧棒。

㊴练囊：用绢作的袋子。

仲翔思想："前路正长，如何是好？"天晚就店安宿，乃设酒饭于竹笼之前，含泪再拜，虔诚哀恳："愿吴永固夫妇显灵，保祐仲翔脚患顿除，步履方便，早到武阳，经营葬事。"吴天祐也从旁再三拜祷。到次日起身，仲翔便觉两脚轻健，直到武阳县中，全不疼痛。此乃神天护祐吉人，不但吴保安之灵也。

再说仲翔到家，就留吴天祐同居。打扫中堂，设立吴保安夫妇神位；买办衣衾棺椁，重新殡殓。自己戴孝，一同吴天祐守幕受吊。雇匠造坟，凡一切葬具，照依先葬父亲一般。又立一道石碑，详纪保安弃家赎友之事，使往来读碑者，尽知其善。又同吴天祐庐墓三年。那三年中，教训天祐经书，得他学问精通，方好出仕。三年后，要到长安补官，念吴天祐无家未娶，择宗族中侄女有贤德者，替他纳聘，割东边宅院子，让他居住成亲；又将一半家财，分给天祐过活。正是：

昔年为友抛妻子，今日孤儿转受恩。

正是投瓜还得报，善人不负善心人。

仲翔起服[40]到京，补岚州长史[41]，又加朝散大夫[42]。仲翔思念保安不已，乃上疏。其略曰：

臣闻有善必劝者，固国家之典；有恩必酬者，亦匹夫之义。臣向从故姚州都督李蒙进御蛮寇，一战奏捷。臣谓深入非宜，尚当持重，主帅不听，全军覆没。臣以中华世族，为绝域穷困。蛮贼贪利，责绢还俘。谓臣宰相之侄，索至千匹。而臣家绝万里，无信可通。十年之中，备尝艰苦，肌肤毁剔，靡刻不泪。牧羊有志，射雁无期[43]。而遂州方义尉吴保安，适至姚州，与臣虽系同乡，从无一面，徒以意气相慕，遂谋赎臣。经营百端，撇家数载，形容憔悴，妻子饥寒。拔臣于垂死之中，赐臣以再生之路。大恩未报，遽尔淹殁。臣今幸沾朱绂[44]，而保安子天祐，食藿悬鹑[45]，臣窃愧之。且天祐年富学深，足堪任使。愿以臣官，让之天祐。庶几国家劝善之典，与下臣酬恩之义，一举两得。臣甘就退闲，没齿无怨。谨昧死披沥[46]以闻。

时天宝十二年也。疏入，下礼部详议。此一事哄动了举朝官员：“虽然保安施恩在前，也难得郭仲翔义气，真不愧死友者矣。”礼部为此覆奏，盛夸郭仲翔之品，“宣破格俯从，以励浇俗[47]。吴天祐可试岚谷县[48]尉，仲翔原官如故。”这岚谷县与岚州相邻，使他两个朝夕相见，以慰其情，这是礼部官的用情处。朝廷依允，仲翔领了吴天祐告身一道，谢恩出京，回到武阳县，将告身付与天祐。备下祭奠，拜告两家坟墓。择了吉日，两家

宅眷，同日起程，向西京[49]到任。

㊵起服：应写作“起复”。封建时代官吏服丧，服未满而起用，称为起复。后亦指服满起用。

㊶岚州：在今山西岚县。长史：唐宋时，在州、郡设长史，职权甚重。

㊷朝散大夫：唐宋文阶官之制，从五品下称朝散大夫。

㊸牧羊有志，射雁无期：指汉代苏武，被匈奴稽留，牧羊于北海上。后来汉使至，向匈奴单于诈言汉天子射雁时得到苏武的书信，使得放归。

㊹沾朱绂（fú）：指作官。绂，红色的朝服。

㊺食藿悬鹑（hún）：形容生活穷困。食藿，以豆叶为食。悬鹑，形容衣衫褴褛，似鹑鸟的秃尾悬垂着。

㊻昧死：冒死。披沥：披肝沥胆。

㊼浇俗：浮薄而不淳厚的社会风气。

㊽岚谷县：治所在今山西岢（kě）岚。

㊾西京：指太原。岚谷县和岚州属太原府。

那时做一件奇事，远近传说，都道吴、郭交情，虽古之管鲍、羊左，不能及也。后来郭仲翔在岚州，吴天祐在岚谷县，皆有政绩，各升迁去。岚州人追慕其事，为立“双义祠”，祀吴保安、郭仲翔。里中凡有约誓，都在庙中祷告，香火至今不绝。有诗为证：

频频握手未为亲，临难方知意气真。

试看郭吴真义气，原非平日结交人。

九　裴晋公义还原配

【精要简介】

本篇叙述唐朝宰相裴度进谏被疑，为防遭陷害，故意每日歌舞升平，以此表明自己无心政事。晋州刺史为了讨好他，将已有婚约的黄小娥抢走，送入裴度府中。后裴度偶遇在进京复职途中遭打劫的唐壁，乃是黄小娥的未婚夫，裴度在了解了他的不幸身世、查明真相后，将黄小娥完璧归赵，成全他们这对恩爱夫妻，同时还赐予唐壁官诰文书，使他官禄赀财失而复得。赞扬了裴度胸怀宽广、体悉人情、讲究仁义、乐于成人之美的美德。

【原文鉴赏】

官居极品富于金，享用无多白发侵。

惟有存仁并积善，千秋不朽在人心。

当初，汉文帝朝中，有个宠臣，叫做邓通。出则随辇，寝则同榻，恩幸无比。其时有神相许负①，相那邓通之面，有纵理纹入口②，必当穷饿而死。文帝闻之，怒曰："富贵由我！谁人穷得邓通？"遂将蜀道铜山赐之，使得自铸钱。当时，邓氏之钱布满天下，其富敌国。一日，文帝偶然生下个痈疽，脓血迸流，疼痛难忍。邓通跪而吮之，文帝觉得爽快。便问道："天下至爱者，何人？"邓通答道："莫如父子。"恰好皇太子入宫问疾，文帝也教他吮那痈疽。太子推辞道："臣方食鲜脍，恐不宜近圣恙。"太子出宫去了。文帝叹道："至爱莫如父子，尚且不肯为我吮疽；邓通爱我胜如吾子。"由是恩宠俱加。皇太子闻知此语，深恨邓通吮疽之事。后来文帝驾崩，太子即位，是为景帝。遂治邓通之罪，说他吮疽献媚，坏乱钱法。籍其家产，闭于空室之中，绝其饮食，邓通果然饿死。又汉景帝时，

丞相周亚夫也有纵理纹在口。景帝忌他威名，寻他罪过，下之于廷尉狱中。亚夫怨恨，不食而死。这两个极富极贵，犯了饿死之相，果然不得善终。然虽如此，又有一说，道是面相不如心相。假如上等贵相之人，也有做下亏心事，损了阴德，反不得好结果。又有犯着恶相的，却因心地端正，肯积阴功，反祸为福。此是人定胜天，非相法之不灵也。

①许负：汉代一老妪，善相人。

②纵理纹入口：旧时相术家称人面部鼻端两旁的皱纹为法令纹，法令纹通到嘴里，叫作“纵理入口”，是饿死之相。

如今说唐朝有个裴度，少年时，贫落未遇。有人相他纵理入口，法当[3]饿死。后游香山寺中，于井亭栏干上拾得三条宝带。裴度自思：“此乃他人遗失之物，我岂可损人利己，坏了心术？”乃坐而守之。少顷间，只见有个妇人啼哭而来，说道：“老父陷狱，借得三条宝带，要去赎罪。偶到寺中盥手烧香，遗失在此。如有人拾取，可怜见还，全了老父之命。”裴度将三条宝带，即时交付与妇人，妇人拜谢而去。他日，又遇了那相士。相士大惊道：“足下骨法全改，非复向日饿莩之相，得非有阴德乎？”裴度辞以没有。相士云：“足下试自思之，必有拯溺救焚之事。”裴度乃言还带一节。相士云：“此乃大阴功，他日富贵两全，可预贺也。”后来裴度果然进身及第，位至宰相，寿登耄耋[4]。正是：

面相不如心相准，为人须是积阴功。
假饶方寸难移相，饿莩焉能享万钟？

③法当：理应。

④耄耋（mào dié）：年纪很大的人。

说话的，你只道裴晋公是阴德上积来的富贵，谁知他富贵以后，阴德更多。则今听我说“义还原配”这节故事，却也十分难得。

话说唐宪宗皇帝元和十三年，裴度领兵削平了淮西反贼吴元济，还朝拜为首相，进爵晋国公。又有两处积久负固[5]的藩镇，都惧怕裴度威名，上表献地赎罪：恒冀节度使王承宗，愿献德、隶二州；淄青节度使李师

道，愿献沂、密、海三州。宪宗皇帝看见外寇渐平，天下无事，乃修龙德殿，浚龙首池，起承晖殿，大兴土木。又听山人[⑥]柳泌，合[⑦]长生之药。裴度屡次切谏，都不听。佞臣皇甫镈判度支[⑧]，程异掌盐铁[⑨]，专一刻剥百姓财物，名为羡余[⑩]，以供无事之费。由是投了宪宗皇帝之意，两个佞臣并同平章事[⑪]。裴度羞与同列，上表求退。宪宗皇帝不许，反说裴度好立朋党，渐有疑忌之心。裴度自念功名太盛，惟恐得罪。乃口不谈朝事，终日纵情酒色，以乐余年。四方郡牧，往往访觅歌儿舞女，献于相府，不一而足。论起裴晋公，那里要人来献。只是这班阿谀谄媚的，要博相国欢喜，自然重价购求，也有用强逼取的，鲜衣美饰，或假作家妓，或伪称侍儿，遣人殷殷勤勤的送来。裴晋公来者不拒，也只得纳了。

⑤积久负固：指经历的时间长，又凭仗着坚固

的地势。

⑥山人：隐士、方士。

⑦合：合药，调制药物。

⑧度支：官名，唐代设置度支郎中，属户部，掌管国家财政。

⑨盐铁：唐代设置盐铁使，掌收运盐铁之税。

⑩羡余：正赋外的无名税收，为唐以来巧取豪夺的杂税。

⑪同平章事：同中书门下平章事的简称，在唐代其地位类似宰相。

再说晋州万泉县，有一人，姓唐，名璧，字国宝，曾举孝廉科[12]，初任括州龙宗县尉，再任越州会稽丞。先在乡时，聘定同乡黄太学之女小娥为妻。因小娥尚在稚龄，待年未嫁。比及长成，唐璧两任游宦，都在南方，以此两下蹉跎，不曾婚配。那小娥年方二九，生得脸似堆花，体如琢玉；又且通于音律，凡箫管、琵琶之类，无所不工。晋州刺史奉承裴晋公，要在所属地方选取美貌歌姬一队进奉。已有了五人，还少一个出色掌班的。闻得黄小娥之名，又道太学之女，不可轻得，乃捐钱三十万，嘱托万泉县令求之。那县令又奉承刺史，遣人到黄太学家致意。黄太学回道："已经受聘，不敢从命。"县令再三强求，黄太学只是不允。时值清明，黄太学举家扫墓，独留小娥在家。县令打听的实，乃亲到黄家，搜出小娥，用肩舆抬去。着两个稳婆[13]相伴，立刻送至晋州刺史处交割。硬将二十万钱，撇在他家，以为身价。比及黄太学回来，晓得女儿被县令劫去，急往县中，已知送去州里。再到晋州，将情哀求刺史。刺史道："你女儿才色过人，一入相府，必然擅宠。岂不胜作他人箕帚乎？况已受我聘财六十万钱，何不赠与汝婿，别图配偶？"黄太学道："县主乘某扫墓，将钱委置，某未尝面受，况止三十万，今悉持在此，某只愿领女，不愿领钱也。"刺史拍案大怒道："你得财卖女，却又瞒过三十万，强来絮聒，是何道理？汝女已送至晋国公府中矣，汝自往相府取索，在此无益。"黄太学看见刺史发怒，出言图赖，再不敢开口，两眼含泪而出。在晋州守了数日，欲得女儿一见，寂然无信。叹了口气，只得回县去了。

⑫孝廉科：佐官名，本为汉代选拔人才的科目，孝指孝悌，廉指清廉。

⑬稳婆：民间的或在官府服役的接生婆，俗呼为“老娘”。

却说刺史将千金置买异样服饰，宝珠璎珞，妆扮那六个人，如天仙相似。全副乐器，整日在衙中操演。直待晋国公生日将近，遣人送去，以作贺礼。那刺史费了许多心机，破了许多钱钞，要博相国一个大欢喜。谁知相府中，歌舞成行；各镇所献美女，也不计其数。这六个人，只凑得闹热，相国那里便看在眼里，留在心里？从来奉承，尽有折本的，都似此类。有诗为证：

割肉剜肤买上欢，千金不吝备吹弹。

相公见惯浑闲事[14]，羞杀州官与县官！

⑭浑闲事：寻常事。

话分两头。再说唐璧在会稽任满，该得升迁。想黄小娥今已长成，且回家毕姻，然后赴京未迟。当下收拾宦囊，望万泉县进发。到家次日，就去谒见岳丈黄太学。黄太学已知为着姻事，不等开口，便将女儿被夺情节，一五一十，备细的告诉了。唐璧听罢，呆了半晌，咬牙切齿恨道：“大丈夫浮沉薄宦，至一妻之不能保，何以生为？”黄太学劝道：“贤婿英年才望，自有好姻缘相凑，吾女儿自没福相从，遭此强暴，休得过伤怀抱，有误前程。”唐璧怒气不息，要到州官、县官处与他争论。黄太学又劝道：“人已去矣，争论何益？况干碍裴相国。方今一人之下，万人之上，倘失其欢心，恐于贤婿前程不便。”乃将县令所留三十万钱抬出，交付唐璧道：“以此为图婚之费。当初宅上有碧玉玲珑为聘，在小女身边，不得奉还矣。贤婿须念前程为重，休为小挫以误大事。”唐璧两泪交流，答道：“某年近三旬，又失此良偶，琴瑟之事[15]，终身已矣。蜗名微利，误人之本，从此亦不复思进取也！”言讫，不觉大恸。黄太学也还痛起来。大家哭了一场方罢。唐璧那里肯收这钱去，径自空身回了。

⑮琴瑟之事：指婚姻之事。

次日，黄太学亲到唐璧家，再一解劝，撺掇他早往京师听调。得了官职，然后徐议良姻。唐璧初时不肯，被丈人一连数日强逼不过，思量在家气闷，且到长安走遭，也好排遣。勉强择吉，买舟起程。丈人将三十万钱暗地放在舟中，私下嘱付从人道："开船两日后，方可禀知主人拿去京中，好做使用，讨个美缺。"唐璧见了这钱，又感伤了一场，分付苍头："此是黄家卖女之物，一文不可动用！"在路不一日，来到长安。雇人挑了行李，就裴相国府中左近处，下个店房，早晚府前行走，好打探小娥信息。过了一夜，次早到吏部报名，送历任文簿，查验过了。回寓吃了饭，就到相府门前守候。一日最少也踅过十来遍。住了月余，那里通得半个字？这些官吏们一出一入，如蚂蚁相似，谁敢上前把这没头脑的事问他一声！正是：

侯门一入深如海，从此萧郎[16]是路人。

⑯萧郎：唐代人以萧郎为男子的泛称，如同称女子为箫娘一样。

一日，吏部挂榜，唐璧授湖州录事参军。这湖州，又在南方，是熟游之地，唐璧也到欢喜。等有了告敕[17]，收拾行李，雇唤船只出京。行到潼津地方，遇了一伙强人。自古道：慢藏诲盗[18]，只为这三十万钱，带来带去，露了小人眼目，惹起贪心，就结伙做出这事来。这伙强人从京城外，直跟至潼津，背地通同了船家，等待夜静，一齐下手。也是唐璧命不该绝，正在船头上登东，看见声势不好，急忙跳水，上岸逃命。只听得这伙强人乱了一回，连船都撑去。苍头的性命也不知死活。舟中一应行李，尽被劫去，光光剩个身子。正是：

屋漏更遭连夜雨，船迟又被打头风[19]！

那三十万钱和行囊，还是小事。却有历任文簿和那告敕，是赴任的执照，也失去了，连官也做不成。唐璧那一时真个是控天无路，诉地无门。思量："我直恁时乖运蹇，一事无成！欲待回乡，有何面目？欲待再往京师，向吏部衙门投诉，奈身畔并无分文盘费，怎生是好？这里又无相识借贷，难道求乞不成？"欲待投河而死，又想："堂堂一躯，终不然如此结果？"坐在路旁，想了又哭，哭了又想，左算右算，无计可施，从半夜直哭到天明。

⑰告敕：告身，授官的证书。

⑱慢藏诲盗：因保管疏忽而招致盗贼注意。

⑲打头风：逆风。

喜得绝处逢生，遇着一个老者，携杖而来，问道："官人为何哀泣？"唐璧将赴任被劫之事，告诉了一遍。老者道："原来是一位大人，失敬了。舍下不远，请那步[20]则个。"老者引唐璧约行一里，到于家中，重复叙礼。老者道："老汉姓苏，儿子唤做苏凤华，见做湖州武源县尉，正是大人属下。大人往京，老汉愿少助资斧。"即忙备酒饭管待。取出新衣一套，与唐璧换了；捧出白金二十两，权充路费。

⑳那步：同"挪步"。

唐璧再三称谢，别了苏老，独自一个上路，再往京师旧店中安下。店主人听说路上吃亏，好生凄惨。唐璧到吏部门下，将情由哀禀。那吏部官道是告敕、文薄尽空，毫无巴鼻[21]，难辨真伪。一连求了五日，并不作准。身边银两，都在衙门使费去了。回到店中，只叫得苦，两泪汪汪的坐着纳闷。只见外

面一人，约莫半老年纪，头带软翅纱帽，身穿紫裤衫，挺带[22]皂靴，好似押牙官[23]模样，踱进店来。见了唐璧，作了揖，对面而坐，问道："足下何方人氏？到此贵干？"唐璧道："官人不问犹可，问我时，教我一时诉不尽心中苦情！"说未绝声，扑簌簌掉下泪来。紫衫人道："尊意有何不美？可细话之，或者可共商量也。"唐璧道："某姓唐，名璧，晋州万泉县人氏。近除[24]湖州录事参军，不期行到潼津，忽遇盗劫，资斧一空。历任文薄和告敕都失了，难以之任。"紫衫人道："中途被劫，非关足下之事，何不以此情诉知吏部，重给告身，有何妨碍？"唐璧道："几次哀求，不蒙怜准，教我去住两难，无门恳告。"紫衫人道："当朝裴晋公，每怀侧隐，极肯周旋落难之人。足下何不去求见他？"唐璧听说，愈加悲泣道："官人休题起'裴晋公'三字，使某心肠如割。"紫衫人大惊道："足下何故而出此言？"唐璧道："某幼年定下一房亲事，因屡任南方，未成婚配。却被知州和县尹用强夺去，凑成一班女乐，献与晋公，使某壮年无室。此事虽不由晋公，然晋公受人谄媚，以致府县争先献纳，分明是他拆散我夫妻一般，我今日何忍复往见之？"紫衫人问道："足下所定之室，何姓何名？当初有何为聘？"唐璧道："姓黄，名小娥，聘物碧玉玲珑，见在彼处。"紫衫人道："某即晋公亲校[25]，得出入内室，当为足下访之。"唐璧道："侯门一入，无复相见之期。但愿官人为我传一信息，使他知我心事，死亦瞑目。"紫衫人道："明日此时，定有好音奉报。"说罢，拱一拱手，踱出门去了。

㉑巴鼻：根据，来由。也写作"巴壁""巴臂"等。

㉒挺带：皮带。

㉓押牙官：唐宋时侍卫武官，管领仪仗侍卫。牙，指牙旗，后来往往也写作衙。

㉔除：拜官，授职。

㉕亲校：亲随小校，随身侍从的下级军官。

唐璧转展思想，懊悔起来："那紫衫押牙，必是晋公亲信之人，遣他出外探事的。我方才不合议论了他几句，颇有怨望之词，倘或述与晋公知道，激怒了他，降祸不小！”心下好生不安，一夜不曾合眼。

巴到天明，梳洗罢，便到裴府窥望。只听说令公给假在府，不出外堂，虽然如此，仍有许多文书来往，内外奔走不绝，只不见昨日这紫衫人。等了许久，回店去吃了些午饭，又来守候，绝无动静。看看天晚，眼见得紫衫人已是谬言失信了。嗟叹了数声，凄凄凉凉的回到店中。

方欲点灯，忽见外面两个人，似令史[26]妆扮，慌慌忙忙的走入店来，问道：“那一位是唐璧参军？”諕得唐璧躲在一边，不敢答应。店主人走来问道：“二位何人？”那两个答曰：“我等乃裴府中堂吏，奉令公之命，来请唐参军到府讲话。”店主人指道：“这位就是。”唐璧只得出来相见了，说道：“某与令公素未通谒，何缘见召？且身穿亵服[27]，岂敢唐突！”堂吏道：“令公立等，参军休得推阻。”两个左右腋扶着，飞也似跑进府来。到了堂上，教：“参军少坐，容某等禀过令公，却来相请。”两个堂吏进去了。不多时，只听得飞奔出来，复道：“令公给假在内，请进去相见。”一路转弯抹角，都点得灯烛辉煌，照耀如白日一般。两个堂吏前后引路，到一个小小厅事中，只见两行纱灯排列，令公角巾便服，拱立[28]而待。唐璧慌忙拜伏在地，流汗浃背，不敢仰视。令公传命扶起道：“私室相延[29]，何劳过礼？”便教看坐。唐璧谦让了一回，坐于旁侧，偷眼看着令公，正是昨日店中所遇紫衫之人，愈加惶惧，捏着两把汗，低了眉头，鼻息也不敢出来。

㉖令史：就是吏，这里指相府的办事吏员。

㉗亵服：在家穿的便服。

㉘拱立：恭敬地站着。

㉙相延：接待。

原来裴令公闲时常在外面私行耍子，昨日偶到店中，遇了唐璧。回府去，就查“黄小娥”名字，唤来相见，果然十分颜色。令公问其来历，与唐璧说话相同；又讨他碧玉玲珑看时，只见他紧紧的带在臂上。令公甚是怜悯，问道：“你丈夫在此，愿一见乎？”小娥流泪道：“红颜薄命，自

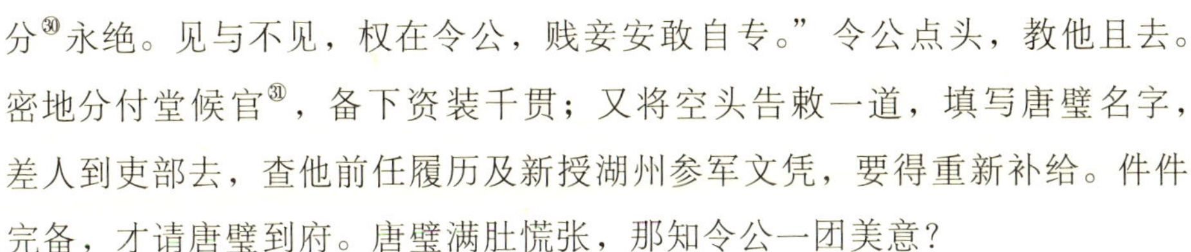

分[30]永绝。见与不见，权在令公，贱妾安敢自专。”令公点头，教他且去。密地分付堂候官[31]，备下资装千贯；又将空头告敕一道，填写唐璧名字，差人到吏部去，查他前任履历及新授湖州参军文凭，要得重新补给。件件完备，才请唐璧到府。唐璧满肚慌张，那知令公一团美意？

㉚自分：自私，自料。

㉛堂候官：指供高级官员役使的小吏。

当日令公开谈道：“昨见[32]所话，诚心恻然。老夫不能杜绝馈遗，以致足下久旷琴瑟之乐，老夫之罪也。”唐璧离席下拜道：“鄙人身遭颠沛，心神颠倒。昨日语言冒犯，自知死罪，伏惟相公海涵！”令公请起道：“今日颇吉，老夫权为主婚，便与足下完婚。簿有行资[33]千贯奉助，聊表赎罪之意。成亲之后，便可于飞[34]赴任。”唐璧只是拜谢，也不敢再问赴任之事。只听得宅内一派乐声嘹亮，红灯数对，女乐一队前导，几个押班老嬷和养娘辈，簇拥出如花如玉的黄小娥来。唐璧慌欲躲避。老嬷道：“请二位新人，就此见礼。”养娘铺下红毡，黄小娥和唐璧做一对儿立了，朝上拜了四拜，令公在傍答揖。早有肩舆在厅事外，伺候小娥登舆，一径抬到店房中去了。令公分付唐璧：“速归逆旅，勿误良期。”唐璧跑回店中，只听得人言鼎沸，举眼看时，摆列得绢帛盈箱，金钱满箧。就是起初那两个堂吏看守着，专等唐璧到来，亲自交割。又有个小小筐儿，令公亲判封[35]的。拆开看时，乃官诰在内，复除湖州司户参军。唐璧喜不自胜，当夜与黄小娥就在店中，权作洞房花烛。这一夜欢情，比着寻常毕姻的更自得意。正是：

运去雷轰荐福碑[36]，时来风送滕王阁[37]。

今朝婚宦两称心，不似从前情绪恶。

㉜见：所见，听到。

㉝行资：路费。

㉞于飞：比翼而飞，比喻夫妇和好有爱，这里指夫妇相随。

㉟判封：签封。判，判押，判署，签字画押。

㊱雷轰荐福碑：江西鄱阳县有荐福寺，寺碑为欧阳询所写。据传说，宋代范仲淹为饶州太守时，有一个书生来献诗，自称平生未尝得运，是世上最寒苦的人。当时人推崇欧阳询的字，一本荐福碑的拓本可卖到一千铜钱。范仲淹想替他拓印一千本，纸墨都已经准备好，前一天晚上，碑却被雷击碎。宋元间常用这个故事来比喻人穷困倒楣，运气不好。

㊲风送滕王阁：滕王阁，在江西南昌城西江边上。唐代传说，王勃因省父路过江西，适逢府帅开宴于滕王阁上。王勃船在马当，一阵风把他吹送到南昌，因此得以参与宴会，写出了著名的《滕王阁序》。人们用这个故事比喻运气好。

唐璧此时有婚有宦，又有了千贯资装，分明是十八层地狱的苦鬼，直升到三十三天去了。若非裴令公仁心慷慨，怎肯周旋得人十分

满足？

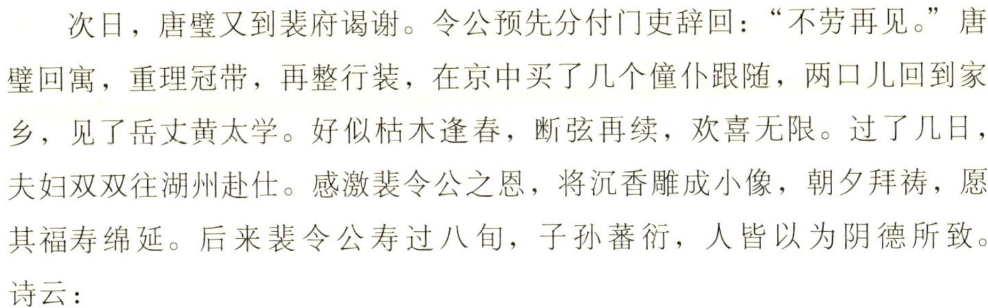

次日，唐璧又到裴府谒谢。令公预先分付门吏辞回：“不劳再见。”唐璧回寓，重理冠带，再整行装，在京中买了几个僮仆跟随，两口儿回到家乡，见了岳丈黄太学。好似枯木逢春，断弦再续，欢喜无限。过了几日，夫妇双双往湖州赴仕。感激裴令公之恩，将沉香雕成小像，朝夕拜祷，愿其福寿绵延。后来裴令公寿过八旬，子孙蕃衍，人皆以为阴德所致。诗云：

无室无官苦莫论，周旋好事赖洪恩。

人能步步存阴德，福禄绵绵及子孙。

十 滕大尹鬼断家私

【精要简介】

本篇讲的是永乐年间，有个叫倪守谦的太守，壮年之时育有一子，晚年娶妻梅氏又生一子。太守死后，这对同父异母的兄弟，为了遗产发生纠纷，状告到滕大尹那里。梅氏母子遵照太守遗嘱，呈上遗物行乐图。滕大尹猜透图中哑谜，假借鬼魂的名义，断了这个分家疑案，并从中大捞一把。文章形象生动地描绘了滕大尹贪婪、狡诈的嘴脸，同时教导人们要守孝悌。

【原文鉴赏】

玉树庭前诸谢[①]，紫荆花下三田[②]。埙篪和好弟兄贤[③]，父母心中欢忭。

多少争财竞产，同根苦自相煎。相持鹬蚌枉垂涎，落得渔人取便。

这首词名为《西江月》，是劝人家弟兄和睦的。且说如今三教经典，都是教人为善的。儒教有十三经、六经、五经，释教有诸品《大藏金经》，道教有《南华冲虚经》，及诸品藏经，盈箱满案，千言万语，看来都是赘疣。依我说，要做好人，只消个两字经，是“孝弟”[④]两个字。那两字经中，又只消理会一个字，是个“孝”字。假如孝顺父母的，见父母所爱者亦爱之，父母所敬者亦敬之。何况兄弟行中，同气连枝，想到父母身上去，那有不和不睦之理？就是家私田产，总是父母挣来的，分什么尔我？较什么肥瘠？假如你生于穷汉之家，分文没得承受，少不得自家挽起眉毛[⑤]，挣扎过活。见成有田有地，兀自争多嫌寡，动不动推说爹娘偏爱，分受不均。那爹娘在九泉之下，他心上必然不乐。此岂是孝子所为？所以古人说得好，道是：

难得者兄弟，易得者田地。

①玉树庭前诸谢：东晋谢安有一次教训他的子侄们，问他们："子弟亦何预人事，而正欲使其佳？"他的侄儿谢玄回答说："譬如芝兰玉树，预使其生于庭阶耳。"（就好比芝兰玉树，人们都希望它能长在自己的庭院中）后人们便用"芝兰玉树"比喻优秀子弟。

②紫荆花下三田：传说汉代田真、田庆、田广兄弟三人分家，商量要把堂前的一棵紫荆树劈分为三份，树忽然枯死。田氏兄弟受到感动，决定不再分产，树亦由枯变荣。

③埙篪（xūn chí）：都是乐器的名称，两者合奏，声音和谐，常用以比喻兄弟和睦。

④孝弟：孝顺父母，敬爱兄长。也作"孝悌"。

⑤挽起眉毛：皱起眉毛。挽，同绾，打结的意思。

怎么是难得者兄弟？且说人生在世，至亲的莫如爹娘，爹娘养下我来时节，极早已是壮年了，况且爹娘怎守得我同去？也只好半世相处。再说至爱的莫如夫妇，白头相守，极是长久的了。然未做亲以前，你张我李，各门各户，也空着幼年一段。只有兄弟们，生于一家，从幼相随到老。有事共商，有难共救，真像手足一般，何等情谊！譬如良田美产，今日弃了，明日又可挣得来的；若失了个弟兄，分明割了一手，折了一足，乃终身缺陷。说到此地，岂不是难得者兄弟，易得者田地？若是为田地上，坏了手足亲情，到不如穷汉，赤光光没得承受，反为干净，省了许多是非口舌。

如今在下说一节国朝[⑥]的故事，乃是"滕县尹鬼断家私"。这节故事是劝人重义轻财，休忘了"孝弟"两字经。看官们或是有弟兄没兄弟，都不关在下之事，各人自去摸着心头，学好做人便了。正是：

善人听说心中刺，恶人听说耳边风。

话说国朝永乐年间，北直[⑦]顺天府香河县，有个倪太守，双名守谦，字益之，家累千金，肥田美宅。夫人陈氏，单生一子，名曰善继，长大婚

娶之后，陈夫人身故。倪太守罢官鳏居，虽然年老，只落得精神健旺。凡收租、放债之事，件件关心，不肯安闲享用。其年七十九岁，倪善继对老子说道："人生七十古来稀。父亲今年七十九，明年八十齐头了，何不把家事交卸与孩儿掌管，吃些见成茶饭，岂不为美?"老子摇着头，说出几句道："在一日，管一日。替你心，替你力，挣些利钱穿共吃。直待两脚壁立直，那时不关我事得。"

⑥国朝：本朝，这里指明朝。

⑦北直：明成祖永乐十九年定都北京，以北平为直隶，称北直隶，南京为南直隶。北直，即北直隶的简称。

每年十月间，倪太守亲往庄上收租，整月的住下。庄户人家，肥鸡美酒，尽他受用。那一年，又去住了几日。偶然一日，午后无事，绕庄闲步，观看野景。忽然见一个女子同着一个白发婆婆，向溪边石上捣衣。那女子虽然村妆打扮，颇有几分姿色：

发同漆黑，眼若波明。纤纤十指似栽葱，曲曲双眉如抹黛。随常布帛，俏身躯赛著绫罗；点景[8]野花，美丰仪不须钗钿。五短身材偏有趣，二八年纪正当时。

倪太守老兴勃发，看得呆了。那女子捣衣已毕，随着老婆婆而走。那

老儿留心观看，只见他走过数家，进一个小小白篱笆门内去了。倪太守连忙转身，唤管庄的来，对他说如此如此，教他访那女子跟脚[9]，曾否许人，“若是没有人家时，我要娶他为妾，未知他肯否?”管庄的巴不得奉承家主，领命便走。

⑧点景：点缀，装饰。

⑨跟脚：底细，出身，同“根脚”。

原来那女子姓梅，父亲也是个府学秀才。因幼年父母双亡，在外婆身边居住。年一十七岁，尚未许人。管庄的访得的实了，就与那老婆婆说：“我家老爷见你女孙儿生得齐整，意欲聘为偏房。虽说是做小，老奶奶去世已久，上面并无人拘管。嫁得成时，丰衣足食，自不须说；连你老人家年常衣服、茶、米，都是我家照顾；临终还得个好断送[10]，只怕你老人家没福。”老婆婆听得花锦似一片说话，即时依允。也是姻缘前定，一说便成。管庄的回覆了倪太守，太守大喜！讲定财礼，讨皇历看个吉日，又恐儿子阻挡，就在庄上行聘，庄上做亲。成亲之后，一老一少，端的好看！有《西江月》为证：

一个乌纱白发，一个绿鬓红妆。枯藤缠树嫩花香，好似奶公相傍[11]。

一个心中凄楚，一个暗地惊慌。只愁那话忒郎当，双手扶持不上。

当夜倪太守抖擞精神，勾消了姻缘簿上。真个是：

恩爱莫忘今夜好，风光不减少年时。

⑩断送：指死人的发送，亦指送葬之物如棺木、衣衾等。

⑪奶公相傍：奶公伴随小女孩。奶公，奶母的丈夫。

过了三朝，唤个轿子抬那梅氏回宅，与儿子、媳妇相见。阖宅男妇，都来磕头，称为“小奶奶”。倪太守把些布帛赏与众人，各各欢喜。只有那倪善继心中不美，面前虽不言语，背后夫妻两口儿议论道：“这老人忒没正经！一把年纪，风灯之烛，做事也须料个前后。知道五年十年在世，却去干这样不了不当的事！讨这花枝般的女儿，自家也得精神对付他，终不然担误他在那里，有名无实。还有一件，多少人家老汉身边有了少妇，支持不过；那少妇熬不得，走了野路，出乖露丑，为家门之玷。还有一件，那少妇跟随老汉，分明似出外度荒年一般，等得年时成熟，他便去了。平时偷短偷长，做下私房，东三西四的寄开；又撒娇撒痴，要汉子制办衣饰与他。到得树倒鸟飞时节，他便颠作[12]嫁人，一包儿收拾去受用。这是木中之蠹，米中之虫。人家有了这般人，最损元气的。”又说道：“这女子娇模娇样，好像个妓女，全没有良家体段，看来是个做声分[13]的头儿，擒老公的太岁[14]。在咱爹身边，只该半妾半婢，叫声姨姐，后日还有个退步。可笑咱爹不明，就叫众人唤他做‘小奶奶’，难道要咱们叫他娘不成？咱们只不作准他，莫要奉承透了，讨他[15]做大起来，明日咱们颠到受他呕气。”夫妻二人，唧唧哝哝，说个不了，早有多嘴的，传话出来。倪太守知道了，虽然不乐，却也藏在肚里。幸得那梅氏秉性温良，事上接下[16]，一团和气，众人也都相安。

⑫颠作：吵闹。

⑬做声分：装腔作势。

⑭太岁：原指古代天文学中假设的星名，这里喻指凶恶强暴的人。

⑮讨他：招引，招致。

⑯事上接下：侍奉尊长，接待下人。

过了两个月，梅氏得了身孕，瞒着众人，只有老公知道。一日三，三日九，捱到十月满足，生下一个小孩儿出来，举家大惊！这日正是九月九日，乳名取做重阳儿。到十一日，就是倪太守生日。这年恰好八十岁了，贺客盈门。倪太守开筵管待，一来为寿诞，二来小孩儿三朝，就当个汤饼之会[17]。众宾客道：“老先生高年，又新添个小令郎，足见血气不衰，乃上寿之征也。”倪太守大喜！倪善继背后又说道：“男子六十而精绝，况是八十岁了，那见枯树上生出花来？这孩子不知那里来的杂种，决不是咱爹嫡血，我断然不认他做兄弟。”老子又晓得了，也藏在肚里。

⑰汤饼之会：旧俗生儿三日宴客，叫汤饼会。

光阴似箭，不觉又是一年。重阳儿周岁，整备做晬盘故事[18]。里亲外卷，又来作贺。倪善继到走了出门，不来陪客。老子已知其意，也不去寻他回来，自己陪着诸亲吃了一日酒。虽然口中不语，心内未免有些不足之意。自古道："子孝父心宽。"那倪善继平日做人，又贪又狠，一心只怕小孩子长大起来，分了他一股家私，所以不肯认做兄弟。预先把恶话谣言，日后好摆布他母子。那倪太守是读书做官的人，这个关窍[19]怎不明白？只恨自家老了，等不及重阳儿成人长大，日后少不得要在大儿子手里讨针线[20]，今日与他结不得冤家，只索忍耐。看了这点小孩子，好生痛他；又看了梅氏小小年纪，好生怜他。常时想一会，闷一会，恼一会，又懊悔一会。

⑱晬（zuì）盘：民间风俗，在婴儿周岁时，用盘盛弓箭、纸笔、刀尺、珍宝等物，让他抓取，以占测其将来的志趣，叫试晬，也叫试儿、抓周。盛物之盘叫晬盘。故事：旧日的行事制度，先例。

⑲关窍：诀窍，这里有花招的意思。

⑳讨针线：讨生活。

再过四年，小孩子长成五岁。老子见他伶俐，又忒会顽耍，要送他馆中上学。取个学名，哥哥叫善继，他就叫善述。拣个好日，备了果酒，领他去拜师父。那师父就是倪太守请在家里教孙儿的，小叔侄两个同馆上学，两得其便。谁知倪善继与做爹的不是一条心肠。他见那孩子取名善述，与己排行，先自不像意[21]了。又与他儿子同学读书，到要儿子叫他叔叔，从小叫惯了，后来就被他欺压；不如唤了儿子出来，另从个师父罢。当日将儿子唤出，只推有病，连日不到馆中。倪太守初时只道是真病。过了几日，只听得师父说："大令郎另聘了个先生，分做两个学堂，不知何意？"倪太守不听犹可，听了此言，不觉大怒，就要寻大儿子问其缘故。又想到："天生恁般逆种，与他说也没干，由他罢了！"含了一口闷气，回到房中，偶然脚慢[22]，拌着门槛一跌，梅氏慌忙扶起，搀到醉翁床[23]上坐下，已自不省人事。急请医生来看，医生说是中风。忙取姜汤灌醒，扶他上床。虽然心下清爽，却满身麻木，动掸不得。梅氏坐在床头，煎汤煎

药，殷勤伏侍，连进几服，全无功效。医生切脉道："只好延挨日子，不能全愈了。"倪善继闻知，也来看觑了几遍。见老子病势沉重，料是不起，便呼么喝六，打童骂仆，预先装出家主公的架子来。老子听得，愈加烦恼。梅氏只得啼哭，连小学生也不去上学，留在房中，相伴老子。倪太守自知病笃，唤大儿子到面前，取出簿子一本，家中田地、屋宅及人头帐目[24]总数，都在上面，分付道："善述年方五岁，衣服尚要人照管；梅氏又年少，也未必能管家。若分家私与他，也是枉然，如今尽数交付与你。倘或善述日后长大成人，你可看做爹的面上，替他娶房媳妇，分他小屋一所，良田五六十亩，勿令饥寒足矣。这段话，我都写绝在家私簿上，就当分家，把与你做个执照。梅氏若愿嫁人，听从其便；倘肯守着儿子度日，也莫强他。我死之后，你一一依我言语，这便是孝子，我在九泉，亦得瞑目。"倪善继把簿子揭开一看，果然开得细，写得明，满脸堆下笑来，连声应道："爹休忧虑，恁[25]儿一一依爹分付便了。"抱了家私簿子，欣然而去。

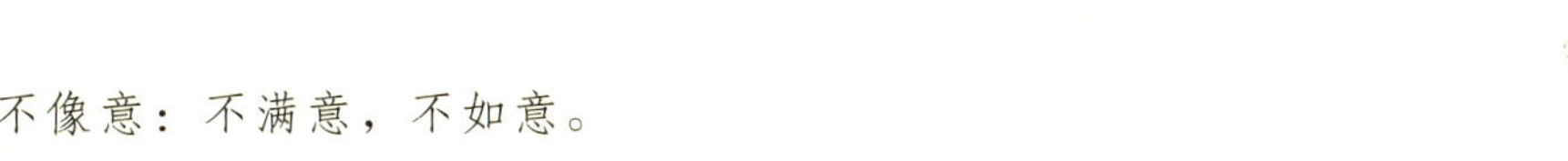

㉑不像意：不满意，不如意。

㉒脚慢：脚下疏忽。

㉓醉翁床：也叫醉床，一种可以倚、可以睡的床，专供酒饭后休息之用，故名。

㉔人头帐目：指别人所欠的账目。

㉕恁：这里同您。

梅氏见他走得远了，两眼垂泪，指着那孩子道："这个小冤家，难道不是你嫡血？你却和盘托出，都把与大儿子了，教我母子两口，异日把什么过活？"倪太守道："你有所不知，我看善继不是个良善之人，若将家私平分了，连这小孩子的性命也难保。不如都把与他，像了他意，再无妒忌。"梅氏又哭道："虽然如此，自古道子无嫡庶，忒杀厚薄不均，被人笑话。"倪太守道："我也顾他不得了。你年纪正小，趁我未死，将儿子嘱付善继。待我去世后，多则一年，少则半载，尽你心中，拣择个好头脑[26]，自去图下半世受用，莫要在他们身边讨气吃。"梅氏道："说那里话！奴家也是儒门之女，妇人从一而终；况又有了这小孩儿，怎割舍得抛他？好歹要守在这孩子身边的。"倪太守道："你果然肯守志终身么？莫非日久生悔？"梅氏就发起大誓来。倪太守道："你若立志果坚，莫愁母子没得过活。"便向枕边摸出一件东西来，交与梅氏。梅氏初时只道又是一个家私簿子，却原来是一尺阔、三尺长的一个小轴子。梅氏道："要这小轴儿何用？"倪太守道："这是我的《行乐图》[27]，其中自有奥妙。你可悄地收藏，休露人目。直待孩子年长，善继不肯看顾他，你也只含藏于心。等得个贤明有司官来，你却将此轴去诉理，述我遗命求他细细推详，自然有个处分[28]，尽勾你母子二人受用。"梅氏收了轴子。话休絮烦，倪太守又延了数日，一夜痰厥，叫唤不醒，呜呼哀哉死了，享年八十四岁。正是：

三寸气在千般用，一日无常万事休。

早知九泉将不去，作家[29]辛苦着何由！

㉖好头脑：这里指合适的对象、人物。

㉗《行乐图》：画像。

㉘处分：处置，安排。

㉙作家：持家，治理家业。

且说倪善继得了家私簿，又讨了各仓各库匙钥，每日只去查点家财杂物，那有功夫走到父亲房里问安。直等呜呼之后，梅氏差丫鬟去报知凶信，夫妻两口方才跑来，也哭了几声“老爹爹”。没一个时辰，就转身去了，到委着梅氏守尸。幸得衣衾棺椁诸事都是预办下的，不要倪善继费心。殡殓成服后，梅氏和小孩子两口守着孝堂，早暮啼哭，寸步不离。善继只是点名应客，全无哀痛之意，七中[30]便择日安葬。回丧[31]之夜，就把梅氏房中倾箱倒箧，只怕父亲存下些私房银两在内。梅氏乖巧，恐怕收去了他的《行乐图》，把自己原嫁来的两只箱笼，到先开了，提出几件穿旧衣裳，教他夫妻两口检看。善继见他大意，到不来看了。夫妻两口儿乱了一回，自去了。梅氏思量苦切，放声大哭。那小孩子见亲娘如此，也哀哀哭个不住。恁般光景，任是泥人应堕泪，从教铁汉也酸心。

㉚七中：旧俗人死后每隔七日祭奠一次，共祭七次，七七四十九日，叫“做七”。七中，指还在“做七”期间，未满四十九日。

㉛回丧：又叫回煞，是一种迷信的说法，人死后会变成凶神“丧煞”，至一定日期，魂魄回家，凶克生人。民间习惯，到这一天，必须回避。

次早，倪善继又唤个做屋匠来看这房子，要行重新改造，与自家儿子做亲。将梅氏母子搬到后园三间杂屋内栖身。只与他四脚小床一张和几件粗台粗凳，连好家火都没一件。原在房中伏侍有两个丫鬟，只拣大些的又唤去了，止留下十一二岁的小使女。每日是他厨下取饭。有菜没菜，都不照管。梅氏见不方便，索性讨些饭米，堆个土灶，自炊来吃。早晚做些针指[32]，买些小菜，将就度日。小学生到附在邻家上学，束修都是梅氏自出。善继又屡次教妻子劝梅氏嫁人，又寻媒妪与他说亲，见梅氏誓死不从，只得罢了。因梅氏十分忍耐，凡事不言不语，所以善继虽然凶狠，也不将他母子放在心上。

㉜针指：针线活。

光阴似箭，善述不觉长成一十四岁。原来梅氏平生谨慎，从前之事，在儿子面前一字也不题。只怕娃子家口滑[33]，引出是非，无益有损。守得一十四岁时，他胸中渐渐泾渭分明，瞒他不得了。一日，向母亲讨件新绢衣穿，梅氏回他："没钱买得。"善述道："我爹做过太守，止生我弟兄两人。见今哥哥恁般富贵，我要一件衣服，就不能勾了，是怎地？既娘没钱时，我自与哥哥索讨。"说罢就走。梅氏一把扯住道："我儿，一件绢衣，直甚大事，也去开口求人。常言道：'惜福积福''小来穿线，大来穿绢'。若小时穿了绢，到大来线也没得穿了。再过两年，等你读书进步，做娘的情愿卖身来做衣服与你穿着。你那哥哥不是好惹的，缠他什么！"善述道："娘说得是。"口虽答应，心下不以为然，想着："我父亲万贯家私，少不得兄弟两个大家分受。我又不是随娘晚嫁、拖来的油瓶，怎么我哥哥全不看顾？娘又是恁般说，终不然一匹绢儿没有我分，直待娘卖身来做与我穿着。这话好生奇怪！哥哥又不是吃人的虎，怕他怎的？"

㉝口滑：说话不谨慎。

心生一计，瞒了母亲，径到大宅里去。寻见了哥哥，叫声："作揖。"善继到吃了一惊，问他："来做什么？"善述道："我是个缙绅子弟，身上蓝缕，被人耻笑。特来寻哥哥，讨匹绢去做衣服穿。"善继道："你要衣服穿，自与娘讨。"善述道："老爹爹家私，是哥哥管，不是娘管。"善继听说"家私"二字，题目来得大了，便红着脸问道："这句话，是那个教你说的？你今日来讨衣服穿，还是来争家私？"善述道："家私少不得有日分析[34]，今日先要件衣服，装装体面。"善继道："你这般野种，要什么体面！老爹爹纵有万贯家私，自有嫡子嫡孙，干你野种屁事！你今日是听了甚人撺掇，到此讨野火吃[35]？莫要惹着我性子，教你母子二人无安身之处！"善述道："一般是老爹爹所生，怎么我是野种？惹着你性子，便怎地？难道谋害了我娘儿两个，你就独占了家私不成？"善继大怒，骂道："小畜生，敢挺撞我！"牵住他衣袖儿，捻起拳头，一连七八个栗暴，打得头皮都青

肿了。善述挣脱了，一道烟走出，哀哀的哭到母亲面前来，一五一十，备细述与母亲知道。梅氏抱怨道："我教你莫去惹事，你不听教训，打得你好!"口里虽如此说，扯着青布衫，替他摩那头上肿处，不觉两泪交流。有诗为证：

少年嫠妇[36]拥遗孤，食薄衣单百事无。

只为家庭缺孝子，同枝一树判荣枯。

㉞分析：分拆，分家。

㉟讨野火吃：寻野食吃，意思是找便宜。

㊱嫠（lí）妇：寡妇。

梅氏左思右量，恐怕善继藏怒[37]，到遣使女进去致意，说小学生不晓世事，冲撞长兄，招个不是。善继兀自怒气不息。次日侵早，邀几个族人在家，取出父亲亲笔分关[38]，请梅氏母子到来，公同看了，便道："尊亲长在上，不是善继不肯养他母子，要撵他出去。只因善述昨日与我争取家私，发许多说话，诚恐日后长大，说话一发多了，今日分析他母子出外居住。东庄住房一所，田五十八亩，都是遵依老爹爹遗命，毫不敢自专，伏乞尊亲长作证。”这伙亲族，平昔晓得善继做人利害，又且父亲亲笔遗嘱，那个还肯多嘴，做闲冤家？都将好看的话儿来说。那奉承善继的说道：“千金难买亡人笔。照依分关，再没话了。”就是那可怜善述母子的，也只说道：“‘男子不吃分时饭，女子不着嫁时衣’。多少白手成家的！如今有屋住，有田种，不算没根基了，只要自去挣钱。得粥莫嫌薄，各人自有个命在。”

㊲藏怒：心藏怒火，意即怀恨在心。

㊳分关：分家的文书。

梅氏料道在园屋居住，不是了日，只得听凭分析，同孩儿谢了众亲长，拜别了祠堂，辞了善继夫妇；教人搬了几件旧家火和那原嫁来的两只箱笼，雇了牲口骑坐，来到东庄屋内。只见荒草满地，屋瓦稀疏，是多年不修整的。上漏下湿，怎生住得？将就打扫一两间，安顿床铺。唤庄户来问时，连这五十八亩田，都是最下不堪的。大熟之年，一半收成还不能勾；若荒年，只好赔粮。梅氏只叫得苦。到是小学生有智，对母亲道：“我弟兄两个，都是老爹爹亲生，为何分关上如此偏向？其中必有缘故。莫非不是老爹爹亲笔？自古道：家私不论尊卑。母亲何不告官申理？厚薄凭官府判断，到无怨心。”梅氏被孩儿题起线索，便将十来年隐下衷情，都说出来道：“我儿休疑分关之语，这正是你父亲之笔。他道你年小，恐怕被做哥的暗算，所以把家私都判与他，以安其心。临终之日，只与我行乐图一轴。再三嘱付：‘其中含藏哑谜，直待贤明有司在任，送他详审，包你母子两口有得过活，不致贫苦。’”善述道：“既有此事，何不早说，《行乐图》在那里？快取来与孩儿一看。”梅氏开了箱儿，取出一个布包来。解开包袱，里面又有一重油纸封裹着。拆了封，展开那一尺阔、三尺长的小轴儿，挂在椅上，母子一齐下拜。梅氏通陈道：“村庄香烛不便，乞恕亵慢。”善述拜罢，起来仔细看时，乃是一个坐像，乌纱白发，画得丰采如生。怀中抱着婴儿，一只手指着地下，揣摩了半晌，全然不解。只得依旧收卷包藏，心下好生烦闷。

过了数日，善述到前村要访个师父讲解，偶从关王庙前经过。只见一伙村人抬着猪羊大礼，祭赛[39]关圣。善述立住脚头看时，又见一个过路的老者，拄了一根竹杖，也来闲看，问着众人道："你们今日为甚赛神？"众人道："我们遭了屈官司，幸赖官府明白，断明了这公事。向日许下神道愿心，今日特来拜偿。"老者道："什么屈官司？怎生断的？"内中一人道："本县向奉上司明文，十家为甲。小人是甲首[40]，叫做成大。同甲中，有个赵裁，是第一手针线。常在人家做夜作，整几日不归家的。忽一日出去了，月余不归。老婆刘氏央人四下寻觅，并无踪迹。又过了数日，河内浮出一个尸首，头都打破的，地方[41]报与官府。有人认出衣服，正是那赵裁。赵裁出门前一日，曾与小人酒后争句闲话。一时发怒，打到他家，毁了他几件家私，这是有的。谁知他老婆把这桩人命告了小人。前任漆知县，听信一面之词，将小人问成死罪。同甲不行举首[42]，连累他们都有了罪名。小人无处伸冤，在狱三载。幸遇新任滕爷，他虽乡科[43]出身，甚是明白。小人因他热审[44]时节哭诉其冤。他也疑惑道：'酒后争嚷，不是大仇，怎的就谋他一命？'准了小人状词，出牌拘人覆审。滕爷一眼看着赵裁的老婆，千不说，万不说，开口便问他曾否再醮？刘氏道：'家贫难守，已嫁人了。'又问：'嫁的甚人？'刘氏道：'是班辈[45]的裁缝，叫沈八汉。'滕爷当时飞拿沈八汉来问道：'你几时娶这妇人？'八汉道：'他丈夫死了一个多月，小人方才娶回。'滕爷道：'何人为媒？用何聘礼？'八汉道：'赵裁存日曾借用过小人七八两银子，小人闻得赵裁死信，走到他家探问，就便催取这银子。那刘氏没得抵偿，情愿将身许嫁小人，准折这银两，其实不曾央媒。'滕爷又问道：'你做手艺的人，那里来这七八两银子？'八汉道：'是陆续凑与他的。'滕爷把纸笔教他细开逐次借银数目。八汉开了出来，或米或银共十三次，凑成七两八钱之数。滕爷看罢，大喝道：'赵裁是你打死的，如何妄陷平人？'便用夹棍夹起，八汉还不肯认。滕爷道：'我说出情弊[46]，教你心服。既然放本盘利，难道再没第二个人托得，恰好

都借与赵裁？必是平昔间与他妻子有奸，赵裁贪你东西，知情故纵。以后想做长久夫妻，便谋死了赵裁。却又教导那妇人告状，拈在成大身上。今日你开帐的字，与旧时状纸笔迹相同，这人命不是你是谁？’再教把妇人拶指[47]，要他承招。刘氏听见滕爷言语，句句合拍，分明鬼谷先师[48]一般，魂都惊散了，怎敢抵赖。拶子套上，便承认了。八汉只得也招了。原来八汉起初与刘氏密地相好，人都不知。后来往来勤了，赵裁怕人眼目，渐有隔绝之意。八汉私与刘氏商量，要谋死赵裁，与他做夫妻。刘氏不肯。八汉乘赵裁在人家做生活回来，哄他店上吃得烂醉，行到河边，将他推倒；用石块打破脑门，沉尸河底。只等事冷，便娶那妇人回去。后因尸骸浮起，被人认出，八汉闻得小人有争嚷之隙，却去唆那妇人告状。那妇人直待嫁后，方知丈夫是八汉谋死的，既做了夫妻，便不言语。却被滕爷审出真情，将他夫妻抵罪，释放小人宁家。多承列位亲邻斗出公分[49]，替小人赛神。老翁，你道有这般冤事么?”老者道：“恁般贤明官府，真个难遇！本县百姓有幸了。”倪善述听在肚里，便回家学与母亲知道，如此如此，这般这般：“有恁地好官府，不将《行乐图》去告诉，更待何时?”母子商议已定。打听了放告[50]日期，梅氏起个黑早，领着十四岁的儿子，带了轴儿，来到县中叫喊。大尹见没有状词，只有一个小小轴儿，甚是奇怪，问其缘故。梅氏将倪善继平昔所为，及老子临终遗嘱，备细说了。滕知县收了轴子，教他且去：“待我进衙细看。”正是：

一幅画图藏哑谜，千金家事仗搜寻。

只因嫠妇孤儿苦，费尽神明大尹心。

㊴祭赛：祭祀酬神。

㊵甲首：甲长。

㊶地方：俗称甲长、地保为地方。

㊷举首：告发，出首。

㊸乡科：乡试。乡科出身，就是举人出身。

㊹热审：明代制度，规定每年小满后十日起，至立秋前一日，以天气炎热，命官府将在狱罪囚，审拟发落，例从减等处理，叫作“热审”。

㊺班辈：指同辈。

㊻情弊：欺蒙，隐情。

㊼拶指（zǎn zhǐ）：旧时一种酷刑，用绳子串起四五根小木棍，套着犯人的手指，用力收紧，则被拶者感到难忍的疼痛。

㊽鬼谷先师：指鬼谷子，传说是战国时纵横家之鼻祖，是先秦诸子之一，被后人称为“王禅老祖”，又兼有阴阳家的祖宗衣钵，预言家的江湖神算，被世人传说为命理师的祖师爷。

㊾斗出公分：指出分子，集资送礼或办事。斗，凑。

㊿放告：旧时官府于一定日期受理诉讼，称为放告。

不题梅氏母子回家。且说滕大尹放告已毕，退归私衙，取那一尺阔三尺长的小轴，看是倪太守《行乐图》：一手抱个婴孩，一手指着地下。推详了半日，想道：“这个婴孩就是倪善述，不消说了。那一手指地，莫非要有司官念他地下之情，替他出力么?”又想道：

"他既有亲笔分关，官府也难做主了。他说轴中含藏哑谜，必然还有个道理。若我断不出此事，枉自聪明一世。"每日退堂，便将画图展玩，千思万想。如此数日，只是不解。

也是这事合当明白，自然生出机会来。一日午饭后，又去看那轴子。丫鬟送茶来吃，将一手去接茶瓯，偶然失挫(51)，泼了些茶把轴子沾湿了。滕大尹放了茶瓯，走向阶前，双手扯开轴子，就日色晒干。忽然，日光中照见轴子里面有些字影，滕知县心疑，揭开看时，乃是一幅字纸，托在画上，正是倪太守遗笔。上面写道：

老夫官居五马(52)，寿逾八旬。死在旦夕，亦无所恨。但孽子(53)善述，方年周岁，急未成立。嫡善继素缺孝友，日后恐为所戕。新置大宅二所及一切田户，悉以授继。惟左偏旧小屋，可分与述。此屋虽小，室中左壁埋银五千，作五坛；右壁埋银五千，金一千，作六坛，可以准(54)田园之额。后有贤明有司主断者，述儿奉酬白金三百两。八十一翁倪守谦亲笔。

年　月　日花押(55)。

(51)失挫：失误、疏忽。

(52)五马：汉代太守出行用五马驾车，后世以五马为太守的代称。

(53)孽子：庶子，非正妻所生之子。

(54)准：折合，抵偿。

(55)花押：本指公文契约上的草书签名或代替签名的符号，后凡签字画押，往往都统称为花押。

原来这《行乐图》，是倪太守八十一岁上与小孩子做周岁时，预先做下的。古人云："知子莫若父。"信不虚也。滕大尹最有机变的人，看见开着许多金银，未免垂涎之意。眉头一皱，计上心来，差人密拿倪善继来见我，自有话说。

却说倪善继独罟(56)家私，心满意足，日日在家中快乐。忽见县差奉着手批拘唤，时刻不容停留。善继推阻不得，只得相随到县。正直大尹升堂理事，差人禀道："倪善继已拿到了。"大尹唤到案前，问道："你就是倪太守的长子么？”善继应道：“小人正是。”大尹道：“你庶母梅氏有状告你，说你逐母逐弟，占产占房，此事真么？”倪善继道：“庶弟善述，在小人身边，从幼抚养大的。近日他母子自要分居，小人并不曾逐他，其家财一节，都是父亲临终亲笔分析定的，小人并不敢有违。”大尹道：“你父亲亲笔在那里？”善继道：“见在家中，容小人取来呈览。”大尹道：“他状词内告有家财万贯，非同小可；遗笔真伪，也未可知。念你是缙绅之后，且不难为你。明日可唤齐梅氏母子，我亲到你家查阅家私。若厚薄果然不均，自有公道，难以私情而论。”喝教皂快(57)押出善继，就去拘集梅氏母子，明日一同听审。公差得了善继的东道(58)，放他回家去讫，自往东庄拘人去了。

(56)独罟（gǔ）：独占。

(57)皂快：府、县衙役分皂、快、壮三班。这里泛指衙门中的差役。

(58)东道：指馈赠的东西。

再说善继听见官府口气利害，好生惊恐。论起家私，其实全未分析，单单持着父亲分关执照，千钧之力，须要亲族见证方好。连夜将银两分送三党(59)亲长，嘱托他次早都到家来。若官府问及遗笔一事，求他同声相助。这伙三党之亲，自从倪太守亡后，从不曾见善继一盘一盒，岁时也不曾酒杯相及。今日大块银子送来，正是“闲时不烧香，急来抱佛脚”，各各暗笑，落得受了买东西吃。明日见官，旁观动静，再作区处。时人有诗云：

休嫌庶母妄兴词，自是为兄意太私。

今日将银买三党，何如匹绢赠孤儿？

(59)三党：指三族，即父族、母族、妻族。

且说梅氏见县差拘唤，已知县主与他做主。过了一夜，次日侵早，母子二人，先到县中去见滕大尹。大尹道：“怜你孤儿寡妇，自然该替你说法。但闻得善继执得有亡父亲笔分关，这怎么处？”梅氏道：“分关虽写得有，却是保全孩子之计，非出亡夫本心。恩相只看家私簿上数目，自然明白。”大尹道：“常言道：‘清官难断家事’。我如今管你母子一生衣食充

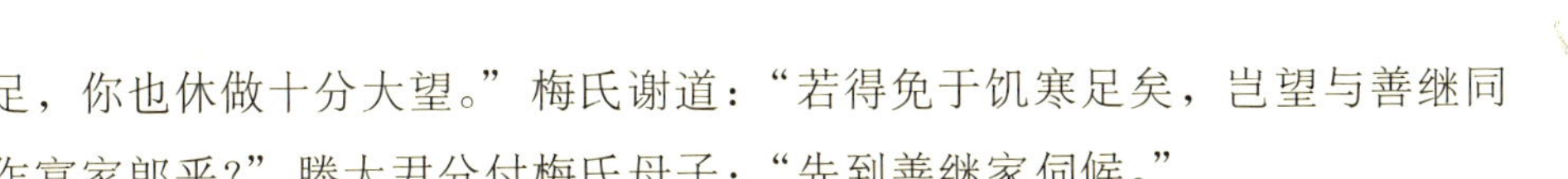

足，你也休做十分大望。”梅氏谢道：“若得免于饥寒足矣，岂望与善继同作富家郎乎？”滕大尹分付梅氏母子：“先到善继家伺候。”

倪善继早已打扫厅堂，堂上设一把虎皮交椅，焚起一炉好香。一面催请亲族，早来守候。梅氏和善述到来，见十亲九眷都在眼前，一一相见了，也不免说几句求情的话儿。善继虽然一肚子恼怒，此时也不好发泄。各各暗自打点[60]见官的说话。

[60]打点：准备、收拾。

等不多时，只听得远远喝道之声，料是县主来了。善继整顿衣帽迎接；亲族中，年长知事的，准备上前见官；其幼辈怕事的，都站在照壁[61]背后张望，打探消耗[62]。只见一对对执事两班排立，后面青罗伞[63]下，盖着有才有智的滕大尹。到得倪家门首，执事跪下，吆喝一声。梅氏和倪家兄弟，都一齐跪下来迎接。门子喝声：“起去！”轿夫停了五山屏风轿子，滕大尹不慌不忙，踱下轿来。将欲进门，忽然对着空中连连打恭，口里应对，恰像有主人相迎的一般。众人都吃惊，看他做甚模样。只见滕大尹一路揖让，直到堂中。连作数揖，口中叙许多寒温的言语。先向朝南的虎皮交椅上打个恭，恰像有人看坐[64]的一般，连忙转身，就拖一把交椅，朝北主位排下；又向空再三谦让，方才上坐。众人看他见神见鬼的模样，不敢上前，都两旁站立呆看。只见滕大尹在上坐拱揖，开谈道：“令大人将家产事告到晚生手里，此事端的如何？”说罢，便作倾听之状。良久，乃摇首吐舌道：“长公子太不良了。”静听一会，又自说道：“教次公子何以存活[65]？”停一会，又说道：“右偏小屋，有何活计[66]？”又连声道：“领教，领教。”又停一时，说道：“这项也交付次公子？晚生都领命了。”少停又拱揖道：“晚生怎敢当此厚惠？”推逊了多时，又道：“既承尊命恳切，晚生勉领，便给批照[67]与次公子收执。”乃起身，又连作数揖，口称：“晚生便去。”众人都看得呆了。

[61]照壁：蔽门的屏风或小墙。

[62]消耗：消息。

㊳青罗伞：青罗的凉伞。明代制度，五品官用青罗伞。

㊴看坐：让坐。

㊵存活：生存、生活。

㊶活计：生理、生计，这里指财产，谋生工具。

㊷批照：执照、文凭，又叫照帖。

只见滕大尹立起身来，东看西看，问道："倪爷那里去了？"门子禀道："没见甚么倪爷。"滕大尹道："有此怪事？"唤善继问道："方才令尊老先生，亲在门外相迎；与我对坐了，讲这半日说话，你们谅必都听见的。"善继道："小人不曾听见。"滕大尹道："方才长长的身儿，瘦瘦的脸儿，高颧骨，细眼睛，长眉大耳，朗朗的三牙须，银也似白的，纱帽皂靴，红袍金带，可是倪老先生模样么？"唬得众人一身冷汗，都跪下道："正是他生前模样。"大尹道："如何忽然不见了？他说家中有两处大厅堂，又东边旧存下一所小屋，可是有的？"善继也不敢隐瞒，只得承认道："有的。"大尹道："且到东边小屋去一看，自有话说。"众人见大尹半日自言自语，说得活龙活现，分明是倪太守模样，都信道倪太守真个出现了。人人吐舌，个个惊心。谁知都是滕大尹的巧言。他是看了《行乐图》，照依小像说来，何曾有半句是真话！有诗为证：

圣贤自是空题目，惟有鬼神不敢触。

若非大尹假装词，逆子如何肯心服？

倪善继引路，众人随着大尹，来到东偏旧屋内。这旧屋是倪太守未得第时所居，自从造了大厅大堂，把旧屋空着，只做个仓厅，堆积些零碎米

麦在内，留下一房家人。看见大尹前后走了一遍，到正屋中坐下，向善继道："你父亲果是有灵，家中事体，备细与我说了。教我主张，这所旧宅子与善述，你意下何如？"善继叩头道："但凭恩台[68]明断。"大尹讨家私簿子细细看了，连声道："也好个大家事。"看到后面遗笔分关，大笑道："你家老先生自家写定的，方才却又在我面前，说善继许多不是，这个老先儿[69]也是没主意的。"唤倪善继过来："既然分关写定，这些田园帐目，一一给你，善述不许妄争。"梅氏暗暗叫苦，方欲上前哀求，只见大尹又道："这旧屋判与善述，此屋中之所有，善继也不许妄争。"善继想道："这屋内破家破火，不直甚事。便堆下些米麦，一月前都粜得七八了，存不多儿，我也勾便宜了。"便连连答应道："恩台所断极明。"大尹道："你两人一言为定，各无翻悔。众人既是亲族，都来做个证见。方才倪老先生当面嘱付说：'此屋左壁下，埋银五千两，做五坛，当与次儿。'"善述不信，禀道："若果然如此，即使万金，亦是兄弟的，小儿并不敢争执。"大尹道："你就争执时，我也不准。"便教手下讨锄头、铁锹等器，梅氏母子作眼[70]，率领民壮，往东壁下掘开墙基，果然埋下五个大坛。发起来时，坛中满满的，都是光银子[71]。把一坛银子上秤称时，算来该是六十二斤半，刚刚一千两足数。众人看见，无不惊讶。善继益发信真了："若非父亲阴灵出现，面诉县主，这个藏银，我们尚且不知，县主那里知道？"只见滕大尹教把五坛银了一字儿摆在自家面前，又分付梅氏道："右壁还有五坛，亦是五千之数。更有一坛金子，方才倪老先生有命，送我作酬谢之意，我不敢当，他再三相强，我只得领了。"梅氏同善述叩头说道："左壁五千，已出望外；若右壁更有，敢不依先人之命。"大尹道："我何以知之？据你家老先生是恁般说，想不是虚话。"再教人发掘西壁，果然六个大坛，五坛是银，一坛是金。善继看着许多黄白之物，眼里都放出火来，恨不得抢他一锭；只是有言在前，一字也不敢开口。滕大尹写个照帖，给与善述为照，就将这房家人，判与善述母子。梅氏同善述不胜之喜，一同叩头拜谢。善继满肚不乐，也只得磕几个头，勉强说句"多谢恩台主张"。大尹判几条封皮，将一坛金子封了，放在自己轿前，抬回衙内，落得受用。众人都认道真个倪太守许下酬谢他的，反以为理之当然，那个敢道个“不”字。这正叫做“鹬蚌相持，渔人得利”。若是倪善继存心忠厚，兄弟和睦，肯将家私平等分析，这千两黄金，弟兄大家该五百两，怎到得滕大尹之手？白白里作成了别人，自己还讨得气闷，又加个不孝不弟之名，千算万计，何曾算计得他人，只算计得自家而已！

⑱恩台：对长官的尊称。

⑲老先儿：老先生，对前辈长者的称呼。

⑳作眼：引领，作向导。

㉑光银子：白银。

闲话休题。再说梅氏母子，次日又到县拜谢滕大尹。大尹已将《行乐图》取去遗笔，重新裱过，给还梅氏收领。梅氏母子方悟《行乐图》上，一手指地，乃指地下所藏之金银也。此时有了这十坛银子，一般置买田园，遂成富室。后来善述娶妻，连生三子，读书成名。倪氏门中，只有这一枝极盛。善继两个儿子，都好游荡，家业耗废。善继死后，两所大宅子，都卖与叔叔善述管业。里中凡晓得倪家之事本末的，无不以为天报云。诗曰：

从来天道有何私，堪笑倪郎心太痴，
忍以嫡兄欺庶母，却教死父算生儿。
轴中藏字非无意，壁下理金属有司。
何似存些公道好，不生争竞不兴词[72]。

⑫兴词：引发官司。词，诉讼，讼词。

十一　众名姬春风吊柳七

【精要简介】

本篇写的是北宋时期的著名词人柳永，原名柳三变，在汴梁城里常为乐工歌女填词，放旷不检，以妓院为家。数年后，他死于妓院中，歌妓出钱把他安葬。出殡之日，全汴梁城的歌妓为他送葬，哭声震天，数里可闻。从此，每年清明前后，众歌妓不约而同前来给其扫墓，表现了大才子柳永死后的哀荣。

【原文鉴赏】

北厥休上诗①，南山②归敝庐。

不才明主弃，多病故人疏。

白发催年老，青阳逼岁除③。

永怀愁不寐，松月下窗虚④。

这首诗，乃唐朝孟浩然所作。他是襄阳第一个有名的诗人，流寓东京，宰相张说甚重其才，与之交厚。一日，张说在中书省入直⑤，草应制诗⑥，苦思不就。道堂吏密请孟浩然到来，商量一联诗句。正尔烹茶细论，忽然唐明皇驾到。孟浩然无处躲避，伏于床后。明皇蚤已瞧见，问张说道："适才避朕者，何人也?"张说奏道："此襄阳诗人孟浩然，臣之故友。偶然来此，因布衣，不敢唐突圣驾。"明皇道："朕亦素闻此人之名，愿一见之。"孟浩然只得出来，拜伏于地，口称："死罪。"明皇道："闻卿善诗，可将生平得意一首，诵与朕听?"孟浩然就诵了《北厥休上诗》这一首。明皇道："卿非不才之流，朕亦未为明主；然卿自不来见朕，朕未尝弃卿也。"当下龙颜不悦，起驾去了。次日，张说入朝，见帝谢罪，因⑦力荐浩然之才，可充馆职⑧。明皇道："前朕闻孟浩然有'流星澹河汉，疏雨

滴梧桐’之句，何其清新！又闻有‘气蒸云梦泽，波撼岳阳楼’之句，何其雄壮！昨在朕前，偏述枯槁之辞，又且中怀怨望，非用世之器也。宜听归南山，以成其志！”由是终身不用，至今人称为孟山人。后人有诗叹云：

新诗一首献当朝，欲望荣华转寂寥。

不是不才明主弃，从来贵贱命中招。

①北厥休上诗：原诗词句作“北阙休上书”，意思是不求作官。北厥，古代宫殿北面的门楼，是臣子等候朝见或上书奏事的地方，后用作帝王宫禁和朝廷的别称。休，休止，罢休。

②南山：指终南山，在今陕西西安南。

③青阳：青天。岁除：年终，一年的最后一天。

④松月下窗虚：原诗作“松月夜窗虚”。虚，虚静，空寂。

⑤中书省：官署名，唐代为朝廷政务机构，其长官中书令为宰相。入直：官员入宫值班供职。

⑥应制诗：应皇帝之命写的诗。

⑦因：因而，于是，趁时机。

⑧馆职：唐宋时凡在史馆、昭文馆、集贤馆等处供职，皆称馆职。

古人中，有因一言拜相[9]的，又有一篇赋上遇主[10]的，那孟浩然只为错念了八句诗，失了君王之意，岂非命乎？如今我又说一桩故事，也是个有名才子，只为一首词上误了功名，终身坎壈，后来颠到成了风流佳话。那人是谁？说起来，是宋神宗时人，姓柳，名永，字耆卿。原是建宁府崇安县人氏，因随父亲作宦，流落东京。排行第七，人都称为柳七官人。年二十五岁，丰姿洒落，人才出众，琴棋书画，无所不通，至于吟诗作赋，尤其本等[11]。还有一件，最其所长，乃是填词。怎么叫做填词？假如[12]李太白有《忆秦娥》《菩萨蛮》，王维有《郁轮袍》，这都是词名，又谓之诗余[13]，唐时名妓多歌之。至宋时，大晟府[14]乐官，博采词名，填腔进御。这个词，比切声调[15]，分配十二律[16]，其某律某调，句长句短，合用平上去入四声字眼，有个一定不移之格。作词者，按格填入，务要字与音协，一些杜撰不得，所以谓之填词。那柳七官人于音律里面，第一精通，将大晟府乐词，加添至二百余调，真个是词家独步。他也自恃其才，没有一个人看得入眼，所以缙绅之门，绝不去走，文字之交，也没有人。终日只是穿花街，走柳巷，东京多少名妓，无不敬慕他，以得见为荣。若有不认得柳七者，众人都笑他为下品，不列姊妹之数。所以妓家传出几句口号。道是：

不愿穿绫罗，愿依柳七哥；
不愿君王召，愿得柳七叫；
不愿千黄金，愿中柳七心；
不愿神仙见，愿识柳七面。

⑨一言拜相：指因为一句话而被授予宰相官职。汉武帝因听信江充之诬陷，杀了戾太子，后车千秋上书为太子辩冤，明太子无罪。武帝感悟，即拜车千秋为大鸿胪，不数月擢为丞相，因此后人有“车公一言拜相”之说。

⑩一篇赋上遇主：说的是汉武帝读了司马相如的《子虚赋》非常欣

赏，说："朕不得与此人同时哉!"后相如又献上《上林赋》，武帝任他为郎官。

⑪本等：本分，本职工作，这里有擅长的意思。

⑫假如：比如，例如。

⑬诗余：词的别名，意谓词是由诗发展而来的。

⑭大晟（shèng）府：宋代掌管音乐的官署。

⑮比切声调：使声调和谐。比，协和。切，符合。

⑯十二律：古乐的十二调。各律从低到高依次为：黄钟、大吕、太簇、夹（jiā）钟、姑洗、中吕、蕤（ruí）宾、林钟、夷则、南吕、亡射（yì)、应钟。

那柳七官人，真个是朝朝楚馆，夜夜秦楼[17]。内中有三个出名上等的行首[18]，往来尤密。一个唤做陈师师，一个唤做赵香香，一个唤做徐冬冬。这三个行首，赔着自己钱财，争养柳七官人。怎见得？有戏题一词，名《西江月》为证：

调笑师师最惯，香香暗地情多，冬冬与我煞脾和[19]，独自窝盘三个。

"管"字下边[20]无分，"闭"字加点[21]如何？权将"好"字自停那，"姦"字中间着我。

⑰楚馆、秦楼：指歌榭妓楼。

⑱行（háng）首：宋元时对妓女的尊称，班行之首的意思，也叫弟子行首。

⑲脾和：情投意合。

⑳"管"字下边：指"官"字。

㉑"闭"字加点：指"闲"字。

这柳七官人，诗词文采，压于朝士。因此近侍官员，虽闻他恃才高傲，却也多少敬慕他的。那时天下太平，凡一才一艺之士，无不录用。有司荐柳永才名，朝中又有人保奏，除授浙江管下余杭县宰。这县宰官儿，虽不满柳耆卿之意，把做个进身之阶，却也罢了。只是舍不得那三个行

首。时值春暮，将欲起程，乃制《西江月》为词，以寓惜别之意：

凤额㉒绣帘高卷，兽环㉓朱户频摇。两竿红日上花梢，春睡厌厌难觉。

好梦狂随飞絮，闲愁浓胜香醪㉔。不成雨暮与云朝㉕，又是韶光过了。

㉒凤额：凤形的帘额。帘额，帘子的上端。

㉓兽环：金属制的兽头衔着的门环。

㉔香醪（láo）：美酒。

㉕雨暮云朝：指男女欢合。

三个行首，闻得柳七官人浙江赴任，都来饯别。众妓至者如云，耆卿口占《如梦令》云：

郊外绿阴千里，掩映红裙十队。惜别语方长，车马催人速去。偷泪，偷泪，那得分身应你！

柳七官人别了众名姬，携着琴、剑、书箱，扮作游学秀士，迤逦上路，一路观看风景。行至江州，访问本处名妓。有人说道："此处只有谢玉英，才色第一。"耆卿问了住处，径来相访。玉英迎接了，见耆卿人物文雅，便邀入个小小书房。耆卿举目看时，果然摆设得精致。但见：

明窗净几，竹榻茶垆。床间挂一张名琴，壁上悬一幅古画。香风不散，宝炉中常爇沉檀；清风逼人，花瓶内频添新水。万卷图书供玩览，一枰棋局佐欢娱。

耆卿看他桌上摆着一册书，题云"柳七新词"。检开看时，都是耆卿平日的乐府㉖，蝇头细字，写得齐整。耆卿问道："此词何处得来？"玉英道："此乃东京才子柳七官人所作，妾平昔甚爱其词，每听人传诵，辄手录成帙。"耆卿又问道："天下词人甚多，卿何以独爱此作？"玉英道："他描情写景，字字逼真。如《秋思》一篇末云：'黯相望，断鸿声里，立尽斜阳。'《秋别》一篇云：'今宵酒醒何处？杨柳岸晓风残月。'此等语，人不能道。妾每诵其词，不忍释手，恨不得见其人耳。"耆卿道："卿要识柳七官人否？只小生就是。"玉英大惊，问其来历。耆卿将余杭赴任之事，说了一遍。玉英拜倒在地，道："贱妾凡胎，不识神仙，望乞恕

罪。”置酒款待，殷勤留宿。

㉖乐府：本指乐府官署所采集、创作的乐歌，这里指词。

耆卿深感其意，一连住了三五日；恐怕误了凭限[27]，只得告别。玉英十分眷恋，设下山盟海誓，一心要相随柳七官人，侍奉箕帚。耆卿道：“赴任不便。若果有此心，俟任满回日，同到长安[28]。”玉英道：“既蒙官人不弃贱妾，从今为始，即当杜门绝客以待。切勿遗弃，使妾有白头之叹。”耆卿索纸，写下一词，名《玉女摇仙佩》。词云：

飞琼[29]伴侣，偶别珠宫，未返神仙行缀[30]。取次[31]梳妆，寻常言语，有得几多姝丽？拟把名花比，恐傍人笑我，谈何容易。细思算，奇葩艳卉，惟是深红浅白而已。争如这多情，占得人间千娇百媚。

须信画堂绣阁，皓月清风，忍把光阴轻弃？自古及今，佳人才子，少得当年双美！且恁相偎倚，未消得怜我多才多艺。愿奶奶兰心蕙性[32]，枕前言下，表余深意。为盟誓，今生断不辜鸳被。

㉗凭限：官员赴任文凭上规定的到任期限。

㉘长安：代指京城，这里指北宋东京汴梁。

㉙飞琼：指许飞琼，神话中王母的侍女。

㉚行（háng）缀：行列。

㉛取次：随意、等闲、随便。

㉜奶奶：对妇女的一种亲昵称呼，犹言姐姐。兰心蕙性：比喻女子幽静高雅的品格。

耆卿吟词罢，别了玉英上路。不一日。来到姑苏地方，看见山明水秀，到个路傍酒楼上，沽饮三杯。忽听得鼓声齐响，临窗而望，乃是一群儿童，掉[33]了小船，在湖上戏水采莲。口中唱着吴歌云：

采莲阿姐斗梳妆，好似红莲搭[34]个白莲争。红莲自道颜色好，白莲自道粉花香。粉花香，粉花香，贪花人一见便来抢。红个也忒贵，白个也弗强[35]。当面下手弗得，和你私下商量，好像荷叶遮身无人见，下头成藕带丝长。

㉝掉：划船。义同“棹”。

㉞搭：吴语，和、跟的意思。

㉟强：吴语，价贱，便宜。

柳七官人听罢，取出笔来，也做一只吴歌，题于壁上。歌云：

十里荷花九里红，中间一朵白松松。白莲则好摸藕吃，红莲则好结莲蓬。结莲蓬，结莲蓬，莲蓬生得忒玲珑。肚里一团清趣，外头包裹重重。有人吃着滋味，一时劈破难容。只图口甜，那得知我心里苦？开花结子一场空。

这首吴歌，流传吴下[36]，至今有人唱之。

㊱吴下：泛指吴地。

却说柳七官人过了姑苏，来到余杭县上任，端的为官清正，讼简词稀。听政之暇，便在大涤、天柱、由拳诸山，登临游玩，赋诗饮酒。这余杭县中，也有几家官妓，轮番承直[37]。但是讼牒[38]中犯着妓者名字，便不准行[39]。妓中有个周月仙，颇有姿色，更通文墨。一日，在县衙唱曲侑酒，柳县宰见他似有不乐之色，问其缘故。月仙低头不语，两泪交流。县宰再三盘问，月仙只得告诉。

原来月仙与本地一个黄秀才，情意甚密。月仙一心只要嫁那秀才，奈秀才家贫，不能备办财礼。月仙守那秀才之节，誓不接客。老鸨再三逼迫，只是不从；因是亲生之女，无可奈何。黄秀才书馆[40]与月仙只隔一条大河，每夜月仙渡船而去，与秀才相聚，至晓又回。同县有个刘二员外，爱月仙丰姿，欲与欢会。月仙执意不肯，吟诗四句道：

不学路傍柳，甘同幽谷兰。

游蜂若相询，莫作野花看。

㊲承直：同“承值”。当值，侍奉。

㊳讼牒：诉状。

㊴准行：准许、批准，这里指受理。

㊵书馆：书塾，教初学者的学校。

刘二员外心生一计，嘱付舟人，教他乘月仙夜渡，移至无人之处，强奸了他，取个执证[41]回话，自有重赏。舟人贪了赏赐，果然乘月仙下船，远远撑去。月仙见不是路[42]，喝他住船。那舟人那里肯依？直摇到芦花深处，僻静所在，将船泊了。走入船舱，把月仙抱住，逼着定要云雨。月仙自料难以脱身，不得已而从之。云收雨散，月仙惆怅，吟诗一首：

自恨身为妓，遭污不敢言。

羞归明月渡，懒上载花船。

㊶执证：凭据，证见。

㊷不是路：不对头，情况不妙。

是夜，月仙仍到黄秀才馆中住宿，却不敢声告诉，至晓回家。其舟人记了这四句诗，回复刘二员外，员外将一锭银子，赏了舟人去了。便差人

邀请月仙家中侑酒，酒到半酣，又去调戏月仙，月仙仍旧推阻。刘二员外取出一把扇子来，扇上有诗四句，教月仙诵之。月仙大惊！原来却是舟中所吟四句，当下顿口无言。刘二员外道："此处牙床锦被，强似芦花明月，小娘子勿再推托。"月仙满面羞惭，安身无地，只得从了刘二员外之命。以后刘二员外日逐在他家占住，不容黄秀才相处。

自古道："小娘爱俏，鸨儿爱钞。"黄秀才虽然儒雅，怎比得刘二员外有钱有钞？虽然中了鸨儿之意，月仙心下只想着黄秀才，以此闷闷不乐。今番被县宰盘问不过，只得将情诉与。柳耆卿是风流首领，听得此语，好生怜悯。当日就唤老鸨过来，将钱八十千付作身价，替月仙除了乐籍[43]。一面请黄秀才相见，亲领月仙回去，成其夫妇。黄秀才与周月仙拜谢不尽。正是：

风月客怜风月客，有情人遇有情人。

㊸乐籍：乐户的名籍。古代官妓属于乐部，故也称乐籍。

柳耆卿在余杭三年，任满还京。想起谢玉英之约，便道再到江州。原来谢玉英初别耆卿，果然杜门绝客。过了一年之后，不见耆卿通问，未免风愁月恨，更兼日用之需，无从进益，日逐车马填门，回他不脱。想着五夜夫妻，未知所言真假；又有闲汉从中撺掇，不免又随风倒舵，依前接客。有个新安大贾孙员外，颇有文雅，与他相处年余，费过千金。耆卿到玉英家询问，正值孙员外邀玉英同往湖口看船去了。耆卿到不遇。知玉英负约，怏怏不乐，乃取花笺一幅，制词名《击梧桐》。词云：

香靥深深，姿姿媚媚，雅格奇容天与。自识伊来便好看承[44]，会得妖娆心素。临岐[45]再约同欢，定是都把平生相许。又恐恩情易破难成，未免千般思虑。

近日重来，空房而已，苦杀叨叨言语。便认得听人教当[46]，拟把前言轻负。见说兰台宋玉，多才多艺善词赋。试与问朝朝暮暮，行云何处去？

㊹看承：看待，照顾，照看。

㊺临岐：分别，分手。

㊻教当：教唆，说教。

后写：“东京柳永，访玉卿不遇，漫题。”耆卿写毕，念了一遍，将词笺粘于壁上，拂袖而出。回到东京，屡有人举荐，升为屯田员外郎之职。东京这班名姬，依旧来往。耆卿所支俸钱，及一应求诗词馈送下来的东西，都在妓家销化[47]。

㊼销化：用去，花掉。

一日，正在徐冬冬家积翠楼戏耍。宰相吕夷简差堂吏传命，直寻将来。说道：“吕相公六十诞辰，家妓无新歌上寿，特求员外一阕，幸即挥毫，以便演习。蜀锦二端，吴绫四端，聊充润笔之敬，伏乞俯纳。”耆卿允了，留堂吏在楼下酒饭。问徐冬冬有好纸否，徐冬冬在箧中取出两幅芙蓉笺纸，放于案上。耆卿磨得墨浓，蘸得笔饱，拂开一幅笺纸，不打草儿，写下《千秋岁》一阕云：

泰阶[48]平了，又见三台[49]耀。烽火静，欃枪[50]扫。朝堂耆硕[51]辅，樽俎英雄表[52]。福无艾[53]，山河带砺[54]人难老。

渭水当年钓，晚应飞熊兆[55]；同一吕，今偏早。乌纱头未白，笑把金樽倒。人争羡，二十四遍中书考[56]。

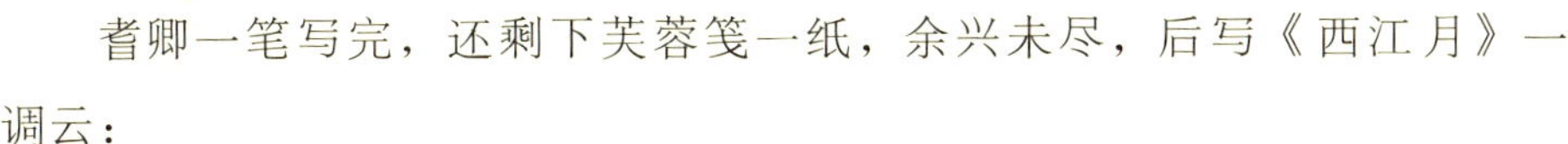

耆卿一笔写完，还剩下芙蓉笺一纸，余兴未尽，后写《西江月》一调云：

腹内胎生异锦[57]，笔端舌喷长江。纵教匹绢字难偿，不屑与人称量。

我不求人富贵，人须求我文章。风流才子占词场，真是白衣卿相[58]。

㊽泰阶：星座名，即三台。上台、中台、下台共六星，两两并排而上，如阶梯，故名。依照古代术数家的说法，泰阶是天的三阶，三阶平则天下太平。

㊾三台：星名，即泰阶，古人常用以比喻三公（唐宋时指太尉、司徒、司空）。

㊿欃（chán）枪：彗星的别名。古人认为是凶星，主不吉。

[51]耆硕：年老德高者，这里指大臣。

[52]樽俎：宴席。这里指樽俎折冲，即不以武力而在宴席交谈中制胜敌人。表：显扬，表扬。

[53]无艾：无限。

[54]山河带砺：比喻爵位官禄世代相传。“带砺”亦作“带厉”。

[55]飞熊兆：传说周文王因梦飞熊而遇吕尚（姜太公）于渭河之滨。后以“飞熊入梦”比喻帝王得贤臣的征兆。

[56]二十四遍中书考：唐代郭子仪任中书令，历考二十四次。后人因以“二丨四考”作为称颂朝廷要员位高任久的典故。

[57]腹内胎生异锦：喻指具有出众的文才。锦是各种华丽图案花纹的丝织品，人们常用来比喻文采。

[58]白衣卿相：指身无官职（白衣）而有卿相之质。

耆卿写毕，放在桌上。恰好陈师师家差个侍儿来请，说道：“有下路新到一个美人，不言姓名，自述特慕员外，不远千里而来，今在寒家奉候，乞即降临。”耆卿忙把诗词装入封套，打发堂吏动身去了，自己随后往陈师师家来。一见了那美人，吃了一惊。那美人是谁？正是：

着意寻不见，有时还自来。

那美人正是江州谢玉英。他从湖口看船回来，见了壁上这只《击梧桐》词，再三讽咏，想着："耆卿果是有情之人，不负前约。"自觉惭愧。瞒了孙员外，收拾家私，雇了船只，一径到东京来问柳七官人。闻知他在陈师师家往来极厚，特拜望师师，求其引见耆卿。当时分明是断花再接，缺月重圆，不胜之喜。陈师师问其详细，便留谢玉英同住。玉英怕不稳便，商量割东边院子另住。自到东京，从不见客，只与耆卿相处，如夫妇一般。耆卿若往别妓家去，也不阻挡，甚有贤达之称。

话分两头。再说耆卿匆忙中，将所作寿词封付堂吏，谁知忙中多有错，一时失于点检，两幅词笺都封了去。吕丞相拆开封套，先读了《千秋岁》调，到也欢喜。又见《西江月》调，少不得也念一遍。念到"纵教匹绢字难偿，不屑与人称量"，笑道："当初裴晋公修福光寺，求文于皇甫湜，湜每字索绢三匹。此子嫌吾酬仪太薄耳！"又念到"我不求人富贵，人须求我文章"，大怒道："小子轻薄，我何求汝耶？"从此衔恨在心。柳耆卿却是疏散的人，写过词，丢在一边了，那里还放在心上。

又过了数日，正值翰林员缺，吏部开荐柳永名字。仁宗曾见他增定大晟乐府，亦慕其才，问宰相吕夷简道："朕欲用柳永为翰林，卿可识此人否？"吕夷简奏道："此人虽有词华，然恃才高傲，全不以功名为念。见任屯田员外，日夜留连妓馆，大失官箴[59]。若重用之，恐士习由此而变。"遂把耆卿所作《西江月》词诵了一遍。仁宗皇帝点头。早有知谏院官，打听得吕丞相衔恨柳永，欲得逢迎其意，连章参劾。仁宗御笔批着四句道：

柳永不求富贵，谁将富贵求之？

任作白衣卿相，风前月下填词。

[59]官箴：官员应守的纪律。

柳耆卿见罢了官职，大笑道："当今做官的，都是不识字之辈，怎容得我才子出头？"因改名柳三变，人都不会其意，柳七官人自解说道："我少年读书，无所不窥，本求一举成名，与朝家出力；因屡次不第，牢骚失意，变为词人。以文采自见，使名留后世足矣；何期被荐，顶冠束带，变为官人。然浮沉下僚，终非所好；今奉旨放落，行且[60]逍遥自在，变为仙人。”从此益放旷不检，以妓为家。将一个手板[61]上写道：“奉圣旨填词柳三变。”欲到某妓家，先将此手板送去，这一家便整备酒肴，伺候过宿。次日，再要到某家，亦复如此。凡所作小词，落款书名处，亦写“奉圣旨填词”五字，人无有不笑之者。

⑥⓪行且：将要。

⑥①手板：笏。

如此数年。一日，在赵香香家偶然昼寝，梦见一黄衣吏从天而下，道说：“奉玉帝敕旨，《霓裳羽衣曲》已旧，欲易新声，特借重仙笔，即刻便往。”柳七官人醒来，便讨香汤沐浴。对赵香香道：“适蒙上帝见召，我将去矣。各家姊妹可寄一信，不能候之相见也。”言毕，瞑目而坐。香香视之，已死矣。慌忙报知谢玉英，玉英一步一跌的哭将来。陈师师、徐冬冬两个行首，一时都到，又有几家曾往来的，闻知此信，

也都来赵家。

原来柳七官人，虽做两任官职，毫无家计[62]。谢玉英虽说跟随他终身，到带着一家一火前来，并不费他分毫之事。今日送终时节，谢玉英便是他亲妻一般；这几个行首，便是他亲人一般。当时陈师师为首，敛取众妓家财帛，制买衣衾棺椁，就在赵家殡殓。谢玉英衰绖[63]做个主丧，其他三个的行首，都聚在一处，带孝守幕。一面在乐游原上，买一块隙地起坟，择日安葬。坟上竖个小碑，照依他手板上写的增添两字，刻云："奉圣旨填词柳三变之墓。"出殡之日，官僚中也有相识的，前来送葬。只见一片缟素，满城妓家，无一人不到，哀声震地。那送葬的官僚，自觉惭愧，掩面而返。不逾两月，谢玉英过哀，得病亦死，附葬于柳墓之旁。亦见玉英贞节，妓家难得，不在话下。自葬后，每年清明左右，春风骀荡，诸名姬不约而同，各备祭礼，往柳七官人坟上，挂纸钱拜扫，唤做"吊柳七"，又唤做"上风流冢"。未曾"吊柳七""上风流冢"者，不敢到乐游原上踏青。后来成了个风俗，直到高宗南渡之后，此风方止。后人有诗题柳墓云：

乐游原上妓如云，尽上风流柳七坟。

可笑纷纷缙绅辈，怜才不及众红裙。

㉚家计：这里指家产。

㉛衰绖（cuī dié）：丧服，可作动词用，这里指穿丧服。

十二　张道陵七试赵升

【精要简介】

本篇讲的是真人张道陵考验弟子赵升的故事。篇中七试分别是：第一试，辱骂不去；第二试，美色不动心；第三试，见金不取；第四试，见虎不惧；第五试，偿绢不吝、被诬不辩；第六试，存心济物；第七试，舍命从师。通过这个故事，从侧面表现了古人求道之诚心、对师父之正信和得道之不易。

【原文鉴赏】

但闻白日升天去，不见青天走下来。

有朝一日天破了，人家都叫 阿瘖瘖[1]。

这四句诗乃国朝唐解元[2]所作，是讥诮神仙之说，不足为信。此乃戏谑之语。从来混沌剖判，便立下了三教：太上老君立了道教，释迦祖师立了佛教，孔夫子立了儒教。儒教中出圣贤，佛教中出佛菩萨，道教中出神仙。那三教中，儒教忒平常，佛教忒清苦，只有道教，学成长生不死，变化无端，最为洒落。看官！我今日说一节故事，乃是《张道陵七试赵升》。那张道陵，便是龙虎山中历代住持道教的正一天师[3]第一代始祖，赵升乃其徒弟。有诗为证：

剖开顽石方知玉，淘尽泥沙始见金。

不是世人仙气少，仙人不似世人心。

①阿瘖瘖：用力或痛楚时的呼声。

②唐解元：指唐寅，字伯虎，明代文人、画家，曾中乡试第一。解元，乡试第一名。

③正一天师：张道陵（一名陵）所创的道教初名“五斗米道”，传说

太上老君亲授张道陵《太平洞极经》《太玄经》《五斗米经》《正一经》各若干卷。后张道陵被尊为“天师”“正一天师”。元成宗铁穆耳封张道陵的后裔张兴材为“正一教主”，至明代，其子孙仍世袭“正一真人”。所以元明人称张天师为“正一天师”。

话说张天师的始祖，讳道陵，字辅汉，沛国[④]人氏，乃是张子房[⑤]第八世孙。汉光武皇帝建武十年降生。其母梦见北斗第七星从天坠下，化为一人，身长丈余，手中托一丸仙药，如鸡卵大，香气袭人。其母取而吞之，醒来便觉满腹火热，异香满室，经月不散，从此怀孕。到十月满足，忽然夜半屋中光明如昼，遂生道陵。七岁时，便能解说《道德经》，及河图谶纬[⑥]之书，无不通晓。年十六，博通五经。身长九尺二寸；庞眉广颡[⑦]，朱项绿睛，隆准方颐[⑧]，伏犀贯顶[⑨]；垂手过膝，龙蹲虎步，望之使人可畏。举贤良方正，入太学。一旦，喟然叹曰：“流光如电，百年瞬息耳；纵位极人臣，何益于年命之数乎?”遂专心修炼，欲求长生不死之术。同学有一人，姓王，名长，闻道陵之言，深以为然，即拜道陵为师。愿相随名山访道。行至豫章郡，遇一绣衣童子。问曰：“日暮道远，二公将何之?”道陵大惊，知其非常人，乃自述访道之急。童子曰：“世人论道，皆如捕风捉影，必得黄帝九鼎丹法，修炼成就，方可升天。”于是师徒二人，拜求指示。童子口授二语，道是：“左龙并右虎，其中有天府。”说罢，忽然不见。道陵记此二语，但未解其意。

④沛国：东汉改沛郡置沛国，治所在相县（今安徽濉溪西北）。

⑤张子房：张良，字子房，助汉高祖刘邦灭秦、楚，因功封留侯。

⑥河图：传说伏羲氏时，有龙马出于河，伏羲氏依其文画八卦，成为河图。谶（chèn）纬：一种专讲术数占验的书。

⑦庞眉广颡（sǎng）：花白的眉毛，宽阔的额头。

⑧隆准方颐：高鼻方腮。

⑨伏犀贯顶：星相家的迷信说法，人前额中央至头顶发际骨骼隆起，叫伏犀骨。伏犀骨贯顶，这是富贵之相。

一日，行至龙虎山中，不觉心动，谓王长曰："左龙右虎，莫非此地乎？'府'者，藏也，或有秘书藏于此地。"乃登其绝顶，见一石洞，名曰壁鲁洞。洞中或明或暗，委曲⑩异常。走到尽处，有生成石门两扇。道陵想道："此必神仙之府。"乃与弟子王长端坐石门之外。凡七日，忽然石门洞开，其中石桌、石凳俱备，桌上无物，只有文书一卷。取而观之，题曰《黄帝九鼎太清丹经》⑪。道陵举手加额，叫声："惭愧⑫。"师徒二人，欢喜无限！取出丹经，昼夜观览，具知其法。但修炼合用药物、炉火之费甚广，无从措办。道陵先年曾学得有治病符水，闻得蜀中风俗醇厚，乃同王长入蜀，结庐于鹤鸣山中，自称真人，专用符水救人疾病。投⑬之辄验，来者渐广，又多有人拜于门下，求为弟子，学他符水之法。

⑩ 委曲：这里是曲折的意思。

⑪《黄帝九鼎太清丹经》：《黄帝九鼎神丹经诀》，道教经书，作者不详。书中认为，凡欲

长生，必须服神丹，并列举多种炼丹方法。

⑫惭愧：俗语常用作庆幸之词，有多谢、难得、侥幸的意思。

⑬投：用。

真人见人心信服，乃立为条例：所居门前有水池，凡有疾病者，皆疏记生身[14]以来所为不善之事，不许隐瞒；真人自书忏文，投池水中，与神明共盟约，不得再犯，若复犯，身当即死。设誓毕，方以符水饮之。病愈后，出米五斗为谢。弟子辈分路行法，所得米绢数目，悉开报于神明，一毫不敢私用。由是百姓有小疾病，便以为神明谴责，自来首过。病愈后，皆羞惭改行，不敢为非。如此数年，多得钱财。乃广市[15]药物，与王长居密室中，共炼“龙虎大丹”。三年丹成，服之。真人年六十余，自服丹药，容颜转少，如三十岁后生模样。从此能分形散影，常乘小舟，在东西二溪往来游戏；堂上又有一真人，诵经不辍。若宾客来访，迎送应对；或酒杯、棋局，各各有一真人，不分真假，方知是仙家妙用。

⑭疏记：分条记载，记述。生身：出生。

⑮市：购买。

一日，有道士来言：“西城有白虎神，好饮人血，每岁，其乡必杀人祭之。”真人心中不忍。将到祭祀之期，真人亲往西城，果见乡中百姓绑缚一人，用鼓乐导引，送于白虎神庙。真人问其缘故，所言与道士相合。“若一年缺祭，必然大兴风雨，毁苗杀稼，殃及六畜，所以一方惧怕。每年用重价购求一人，赤身绑缚，送至庙中。夜半，凭神吮血享用。以此为常，官府亦不能禁。”真人曰：“汝放此人去，将我代之，何如?”众乡民道：“此人因家贫无倚，情愿舍身充祭；得我们五十千钱，葬父嫁妹，花费已尽。今日之死，乃其分内，你何苦自伤性命?”真人曰：“我不信有神道吃人之事，若果有此事，我自愿承当，死而无怨。”众人商量道：“他自不信，不干我事，左右是一条性命。”便依了真人言语，把绑缚那人解放了。那人得了命，拜谢而去。众人便要来绑缚真人，真人曰：“我自情愿，决不逃走，何用绑缚?”众人依允。真人入得庙来，只见庙中香烟缭绕，

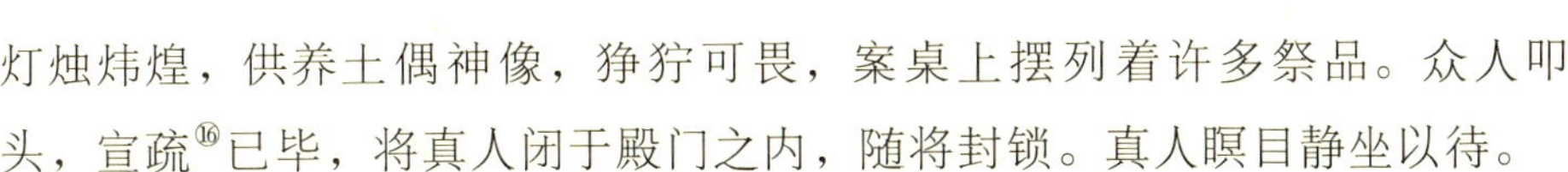

灯烛炜煌，供养土偶神像，狰狞可畏，案桌上摆列着许多祭品。众人叩头，宣疏[16]已毕，将真人闭于殿门之内，随将封锁。真人瞑目静坐以待。

⑯宣疏：诵读祝祷文。疏，僧道拜忏时所焚化的祈祷文。

约莫更深，忽听得一阵狂风，白虎神早到。一见真人，便来攫取。只见真人口、耳、眼、鼻中，都放出红光，罩定了白虎神。此乃是仙丹之力。白虎神大惊，忙问："汝何人也?"真人曰："吾奉上帝之命，管摄四海五岳诸神，命我分形查勘。汝何方孽畜，敢在此虐害生灵？罪业深重，天诛难免！"白虎神方欲抗辨，只见前后左右都是一般真人，红光遍体，唬得白虎神眼缝也开不得，叩头求哀。原来白虎神是金神，自从五丁开道[17]，凿破蜀山，金气发泄，变为白虎；每每出现，生灾作耗。土人立庙，许以岁时祭享，方得安息。真人炼过金丹，养就真火，金怕火克，自然制伏。当下真人与他立誓，不许生事害民，白虎神受戒而去。次日侵晨，众乡民到庙，看见真人端然不动，骇问其由。真人备言如此如此，今后更不妄害民命，有损无益。众乡人拜求名姓，真人曰："我乃鹤鸣山张道陵也。"说罢，飘然而去。众乡民在白虎庙前，另创前殿三间，供养张真人像，从此革了人祭之事。有诗为证：

积功累行始成仙，岂止区区服食缘[18]。

白虎神藏人祭革，活人阴德在年年。

⑰五丁开道：传说秦惠王要伐蜀而不识道路，于是造了五只石牛，在每只石牛尾下放下金子，扬言石牛能屙金。蜀王信以为真，派五丁力士把石牛拉回国，结果开辟了通蜀的道路。

⑱服食：服食丹药，道家的养生之法。缘：因为。

那时广汉[19]青石山中，有大蛇为害。昼吐毒雾，行人中毒便死。真人又去剿除了那毒蛇，山中之人，方敢昼行。顺帝汉安元年，正月十五夜，真人在鹤鸣山精舍[20]独坐，忽闻隐隐天乐之声，从东而来，銮佩珊珊[21]渐近。真人出中庭瞻望，忽见东方一片紫云，云中有素车一乘，冉冉而下。车中端坐一神人，容若冰玉，神光照人，不可正视。车前站立一人，就是前番在豫章郡所遇的绣衣童子。童子谓真人曰："汝休惊怖，此乃太上老君也。"真人慌忙礼拜。老君曰："近蜀中有众鬼魔王，枉暴生民，深可痛惜。子其为我治之，以福生灵，则子之功德无量，而名录丹台[22]矣。"乃授以《正一盟威秘录》[23]，三清[24]众经九百三十卷，《符录丹灶秘诀》[25]七十二卷，雌雄剑二口，都功印一枚。又嘱道："与子刻期[26]，千日之后，会于阆苑[27]。"真人叩头领讫，老君升云而去。

⑲广汉：广汉郡，东汉治所在雒县，在今四川广汉北。

⑳精舍：指道士、僧人修炼所居的庐舍。

㉑銮：銮铃，车驾上的铃。佩：佩玉。珊珊：形容銮佩发出的声音。

㉒丹台：道家称神仙居住的地方。

㉓《正一盟威秘录》：即《太上正一盟威法箓》，为一部道家的符箓书。

㉔三清：道家指玉清、上清、太清三清境，亦名三天。

㉕符录：符箓，道家的秘密文书。丹灶：道士炼丹的灶，这里指有关炼丹的书。秘诀：道家所传秘密的方术、秘要诀法。

㉖刻期：约期，限定日期。

㉗阆苑：传说中神仙居住的地方。

真人从此日味秘文，按法遵修。闻知益州有八部鬼帅，各领鬼兵，动亿万数，周行人间，暴杀万民，枉夭无数。真人奉老君诰命，佩《盟威秘录》，往青城山，置琉璃高座。左供大道元始天尊[28]，右置三十六部真经，立十绝灵幡，周匝法席，鸣钟叩磬，布下龙虎神兵，欲擒鬼帅。鬼帅乃驱率众鬼，挟兵刃矢石，来害真人。真人将左手竖起一指，那指头变成一大朵莲花，千叶扶疏，兵矢皆不能入。众鬼又持火千余炬来，欲行烧害。真人把袖一拂，其火即返烧众鬼。众鬼乃遥谓真人曰："吾师自住鹤鸣山中，何为来侵夺我居处？"真人曰："汝等残害众生，罪通于天。吾奉太上老君之命，是以来伐汝。汝若知罪，速避西方不毛之地，勿复行病[29]人间，可保无事。如仍前作业，即行诛戮，不留余种。"鬼帅不服。次日，复会六大魔王，率鬼兵百万，安营下寨，来攻真人。真人欲服其心，乃谓曰：“试与尔各尽法力，观其胜负。”六魔应诺。真人乃命王长积薪放火，火势正猛，真人投身入火，火中忽生青莲花，托真人两足而出。六魔笑曰：“有何难哉！”把手分开火头，扨身便跳。两个魔王，先跳下火的，须眉皆烧坏了，负痛奔回。那四个魔王，更不敢动掸。真人又投身入水，即乘黄龙而出，衣服毫不濡湿。六魔又笑道：“火其实利害！这水打甚紧？”扑通的一声，六魔齐跳入水，在水中连番几个筋斗，忙忙爬起，已自吃了一肚子淡水。真人复以身投石，石忽开裂，真人从后而出。六魔又笑道：“论我等气力，便是山也穿得过，况于石乎？”硬挺着肩胛，捱进石去。真人诵咒一遍，六个魔王半身陷于石中，展动不得，哀号欲绝。其时八部鬼帅大怒，化为八只吊睛老虎，张牙舞爪，来攫真人。真人摇身一变，变成狮子逐之。鬼帅再变八条大龙，欲擒狮子。真人又变成大鹏金翅鸟，张开巨喙，欲啄龙睛。鬼帅再变五色云雾，昏天暗地。真人变化一轮红日，升于九霄，光辉照耀，云雾即时流散。

㉘大道元始天尊：指居于玉清境的天宝君，为道教最高的天神。

㉙行病：传播、散布疾病，这里指残害百姓。

鬼帅变化已穷。真人乃拈取片石，望空撇去，须叟化为巨石，如一座小山相似。空中一线系住，如藕丝之细，悬罩于鬼营之上；石上又有二鼠，争啮那一线，岌岌欲堕。魔王和鬼帅在高处看见，恐怕灭绝了营中鬼子鬼孙，乃同声哀告："饶命！愿往西方娑罗国[30]居住，再不敢侵扰中土。"真人遂判令六大魔王归于北酆[31]，八部鬼帅窜于西域。其时魔王身离石中，和鬼帅合成一党，兀自踌躇不去。真人知众鬼不可善遣，乃口敕神符一道，飞上层霄；须臾之间，只见风伯招风，雨师降雨，雷公兴雷，电母闪电，天将神兵，各持刃兵，一时齐集，杀得群鬼形消影绝，真人方才收了法力。谓王长曰："蜀人今始得安寝矣。"有《西江月》为证：

鬼帅空施伎俩，魔王枉逞英雄。谁知大道有神通，一片精神运动。

水火不加[32]寒热，腾身陷石如空。一场风雨众妖空，才识仙家妙用。

㉚娑罗国：假想的西方国名，无考。佛教中有娑罗婆悉谛夜国。

㉛北酆（fēng）：北罗酆，指罗酆山，道教所说的鬼王都城所在地。宋以来道士附会为在四川酆都。

㉜加：增加，增益。

真人复谓王长曰："吾上升之期已近，壁鲁洞乃吾得道之地，不可忘本。"于是再至豫章，结庐于龙虎山中，师徒二人，潜修九还七返[33]之功。忽一日，复聆銮佩天乐之音，与鹤鸣山所闻无二。真人急忙整身，叩伏阶前。见千乘万骑，簇拥着老君，在云端徘徊不下。真人再拜，老君乃命使者告曰："子之功业，合得九真上仙[34]。吾昔使子入蜀，但区别人鬼，以布清净之化。子杀鬼过多，又擅兴风雨，役使鬼神，阴景翳昼[35]，杀气秽空，殊非天道好生之意。上帝正责子过，所以吾今日不得近子也。子且退居，勤行修道。同时飞举[36]者，数合[37]三人。俟数到之日，吾待子于上清八景宫中。"言讫，圣驾复去。真人乃精心忏悔，再与王长回鹤鸣山去。

㉝九还：九还金丹，也叫九还药和九转金丹，服之三日即可成仙。七返：七返灵砂，也叫七返丹和七返还丹，食之可起死回生。

㉞九真上仙：道家认为太清境有九仙，分别是一上仙、二高仙、三大仙、四玄仙、五天仙、六真仙、七神仙、八灵仙、九至仙；上清境有九真，玉清境有九圣，亦以上、高、大、玄、天、真、神、灵、至为次第。这里所说的九真上仙泛指道家所奉的神仙。

㉟阴景翳昼：景，日光。翳，遮蔽。指遮挡阳光，使白天成为黑夜，弄得昏天黑地。

㊱飞举：升天。

㊲数合：命中应该，按天理应该。

山中诸弟子晓得真人法力广大，只有王长一人，私得其传。纷纷议论，尽疑真人偏向，有吝法之心。真人曰："尔辈俗气未除，安能遗世[38]？止可得吾导引房中之术[39]，或服食草木以延寿命耳。明年正月七日午时，有一人从东方来，方面短身，貂裘锦袄，此乃真正道中之人，不弱于王长也。"诸弟子闻言，半疑不信。到来年正月初七日，当正午，真人乃谓王长曰："汝师弟至矣，可使人如此如此。"王长领了法旨，步出山门，望东而看，果见一人来至。衣服状貌，一如真人所言，诸弟子暗暗称奇。王长私谓诸弟子曰："吾师将传法于此人，若来时，切莫与通信；更加辱骂，不容入门；彼必去矣。"诸弟子相顾，以为得计。那人到门，自称姓赵，名升，吴郡人氏，慕真人道法高妙，特来拜谒。诸弟子回言："吾师出游去了，不敢擅留。"赵升拱立伺候，众人四散走开了。到晚，径自闭门不纳。赵升乃露宿于门外。

㊳遗世：超脱尘世。

㊴导引房中之术：指道教的修炼养生之术。

次日，诸弟子开门看时，赵升依前拱立，求见师长。诸弟子曰："吾师甚是私刻[40]，我等伏侍数十年，尚无丝毫秘诀传授，想你来之何益？"赵升曰："传与不传，惟凭师长。但某远涉而来，只愿一见，以慰平生仰慕耳。"诸弟子又曰："要见亦由你，只吾师实不在此。知他何日还山？足下休得痴等，有误前程。"赵升曰："某之此来，出于积诚。若真人十日不归，愿等十日；百日不来，愿等百日。”众人见赵升连住数日，并不转身，愈加厌恶。渐渐出言侮慢，以后竟把作乞儿看待，恶言辱骂。赵升愈加和悦，全然不较。每日，只于午前往村中买一餐，吃罢，便来门前伺候。晚间，众人不容进门，只就阶前露宿，如此四十余日。诸弟子私相议论道：“虽然辞他不去，且喜得瞒过师父，许久尚不知觉。”只见真人在法堂鸣钟集众，曰：“赵家弟子到此四十余日，受辱已足了，今日可召入相见。”众弟子大惊，才晓得师父有前知之灵也。王长受师命，去唤赵升进见。赵升一见真人，涕泣交下，叩头求为弟子。真人已知他真心求道，再欲试之。过了数日，差往田舍中，看守黍苗。

㊵私刻：自私刻薄，吝啬。

赵升奉命来到田边，只有小小茅屋一间，四围无倚，野兽往来极多。赵升朝暮伺候赶逐，全不懈怠。忽一夜，月明如昼。赵升独坐茅屋中，只见一女子，美貌非常。走进屋来，深深道个万福，说道：“妾乃西村农家之女，随伴出来玩月。因往田中小解，失了伴侣，追寻不着，迷路至此。两足走得疼痛，寸步难移，乞善士可怜，容妾一宿，感恩非浅。”赵升正待推阻，那女子径往他床铺上，倒身睡下。口内娇啼宛转，只称脚痛。赵升认是真情，没奈何，只得容他睡了。自己另铺些乱草，和衣倒地，睡了一夜。次日，那女子又推脚痛，故意不肯行走，撒娇撒痴的要茶要饭。赵升只得管顾他。那女子到说些风话[41]，引诱赵升。到晚来，先自脱衣上铺，央赵升与他扯被加衣。赵升心如铁石，见女子着邪，连茅屋也不进了，只在田塍边露坐到晓。至第四日，那女子已不见了，只见土墙上，题诗四句，道是：

美色人皆好，如君铁石心。

少年不作乐，辜负好光阴。

㊶风话：风情话，调情的话。

字画柔媚，墨迹如新。赵升看罢，大笑道：“少年作乐，能有几时?”便脱下鞋底，将字迹挞没了。正是：

落花有意随流水，流水无情恋落花。

光阴荏苒，不觉春去秋来。赵升奉真人之命，担了樵斧，去山后砍柴。偶然砍倒一株枯松，去得力大，唿喇一声，松根迸起。赵升将双手拔起松根看时，下面显出黄灿灿的一窖金子。忽听得空中有人云："天赐赵升。"赵升想道："我出家之人，要这黄金何用？况且无功，岂可贪天之赐？"便将山土掩覆。收拾了柴担，觉得身子困倦，靠石而坐，少憩片时。忽然狂风大作，山凹里跳出三只黄斑老虎。赵升安坐不动，那三只虎攒着[42]赵升，咬他的衣服，只不伤身。赵升全然不惧，颜色不变，谓虎曰："我赵升生平不作昧心之事，今弃家入道，不远千里，来寻明师，求长生不死之路。若前世欠你宿债，今生合供你啖嚼，不敢畏避；如其不然，便可速去，休在此蒿恼人。"三虎闻言，皆弭耳[43]低头而去。赵升曰："此必山神遣来试我者。死生有命，吾何惧哉！"当日荷柴而归，也不对同辈说知见金逢虎之事。

㊷攒（cuán）着：围着。

㊸弭耳：帖耳，形容驯服、安顺的样子。

又一日，真人分付赵升往市上买绢十匹。赵升还值已毕，取绢而归。行至中途，忽闻背后有人叫喊云：“劫绢贼慢走！”赵升回头看时，乃是卖绢主人，飞奔而来，一把扯住赵升，说道：“绢价一些未还，如何将我绢去？好好还我，万事全休！”赵升也不争辨，但念：“此绢乃吾师欲用之物，若还了他，如何回覆师父？”便脱下貂裘与绢主，准其绢价。绢主尚嫌其少，又脱锦袄与之，绢主方去。赵升持绢献上真人。真人问道：“你身上衣服，何处去了？”赵升道：“偶然病热[44]，不曾穿得。”真人叹曰：“不吝己财，不谈人过，真难及也。”乃将布袍一件，赐与赵升，赵升欣然穿之。

㊹病热：嫌热，怕热。

又一日，赵升和同辈在田间收谷，忽见路旁一人，叩头乞食，衣裳破敝，面目尘垢，身体疮脓，臭秽可憎，两脚皆烂，不能行走。同辈人人掩鼻，叱喝他去。赵升心中独怀不忍，乃扶他坐于茅屋之内，问其疾苦。将自己饭食，省与他吃。又烧下一桶热汤，替他洗涤臭秽。那人又说身上寒冷，欲求一衣。赵升解开布袍，卸下里衣一件，与之遮寒。夜间念他无倚，亲自作伴。到半夜，那人又叫呼要解。赵声闻呼，慌忙起身，扶他解手，又扶进来。日间省饭食养他，常自半饥的过了，夜间用心照管。如此十余日，全无倦怠。那人疮患将息渐好，忽然不辞而去，赵升也无怨心。后人有诗赞曰：

逢人患难要施仁，望报之时亦小人。

不吝施仁不望报，分明天地布阳春。

时值初夏，真人一日会集诸弟子，同登天柱峰绝顶。那天柱峰，在鹤鸣山之左，三面悬绝，其状如城。真人引弟子于峰头下视，有一桃树，傍生石壁，如人舒出一臂相似，下临不测深渊。那桃树上结下许多桃子，红得可爱。真人谓诸弟子曰：“有人能得此桃实，当告以至道之要。”那时诸弟子除了王长、赵升外，共二百三十四人。皆临崖窥瞰，莫不股战[45]流汗，连脚头也站不定。略看一看，慌忙退步，惟恐坠下。只是一人，挺然而

出，乃赵升也。对众人曰："吾师命我取桃，必此桃有可得之理；且圣师在此，鬼神呵护，必不使我死于深谷之中。"乃看准了桃树之处，拟身望下便跳。有这等异事，那一跳不歪不斜，不上不下，两脚分开，刚刚的跨于桃树之上，将桃实恣意采摘。遥望石壁上面，悬绝二三丈，四傍又无攀缘，无从爬上，乃以所摘桃子，向上抛去，真人用手一一接之。掷了又摘，摘了又掷；下边掷上边接，把一树桃子，摘个干净。真人接完桃子，自吃了一颗，王长吃了一颗，把一颗留与赵升，恰好余下二百三十四颗，分派诸弟子，每人一颗，不多不少。

㊺股战：股栗，大腿发抖。

真人问诸弟子中那个有本事，引得赵升上来。诸弟子面面相觑，谁敢答应？真人自临岩上，舒出一臂，接引赵升。那臂膊忽长二三丈，直到赵升身边。赵升随臂而上，众弟子莫不大惊。真人将所留桃实一颗，与赵升食毕。真人笑而言曰："赵升心正，能投树上，足不蹉跌。吾今欲自试投下，若心正时，当得大桃。"众弟子皆谏曰："吾师虽然广有道法，岂可自试于不测之崖乎？方才赵升幸赖吾师接引。若吾师坠下，更有何人接引吾师者？万万不可也。"有数人牵住衣裾，苦劝。惟王长、赵升，默然无言。真人不从众人之劝遂向空自掷。众人急觑桃树上，不见真人踪迹；看着下面茫茫无底又无道路可通，眼见得真人坠于深谷，不知死活存亡。诸弟子人人惊叹，个个悲啼。赵升对王长说道："师犹父也，吾师自投不测之崖，吾何以自安？不若同投下去，看其下落。"于是升、长二人，各奋身投下，刚落在真人之前。只见真人端坐于磐石之上，见升、长坠下，大笑曰："吾料定汝二人必来也。"这几桩故事，小说家[46]唤做"七试赵升"。那见得七试？第一试，辱骂不去。第二试，美色不动心。第三试，见金不取。第四试，见虎不惧。第五试，偿绢不吝、被诬不辨。第六试，存心济物。第七试，舍命从师。

原来这七试，都是真人的主意。那黄金、美女、大虫、乞丐，都是他役使精灵变化来的。卖绢主人，也是假的。这叫做将假试真。凡入道之人，先要断除七情。那七情？喜、怒、忧、惧、爱、恶、欲。真人先前对诸弟子说过的："汝等俗气未除，安能遗世？"正谓此也。且说如今世俗之人，骄心傲气，见在的师长说话略重了些，兀自气愤愤地。况肯为求师上，受人辱骂，着甚要紧[47]加添四十余日露宿之苦？只这一件，谁人肯做？至于"色"之一字，人都在这里头生，在这里头死，那个不着迷的？列位看官们，假如你在闲居独宿之际，偶遇个妇人，不消一分半分颜色。管请[48]你失魂落意，求之不得；况且十分美貌，颠倒挜身[49]就你，你却不动心？古人中，除却柳下惠，只怕没有第二个人了。又如今人为着几贯钱钞上，兄弟分颜，朋友破口。在路上拾得一文钱，却也叫声："吉利！"眉花眼笑。眼见这一窖黄金，无主之物，那个不起贪心？这件又不是难得的？今人见一只恶犬走来，心头也唬一跳，况三个大虫，全不怖畏，便是吕纯阳[50]祖师，舍得喂虎，也只好是这般了。再说买绢这一节，你看如今做买做卖的，讨得一分便宜，兀自欢喜。平日间，冤枉他一言半字，便要赌神罚咒，那个肯重叠还价？随他天大冤枉加来，付之不理，脱去衣裳绝无吝色，不是眼孔十二分大，怎容得人如此？又如父母生了恶疾，子孙在床前服事，若不是足色孝顺的，口中虽不说，心下未免憎嫌。何况路傍乞食之人，那解衣推食，又算做小事了？结末来，两遍投崖，是信得师父十分真切，虽死不悔。这七件都试过，才见得赵升七情上，一毫不曾粘带，俗气尽除，方可入道。正是：

道意坚时尘趣少，俗情断处法缘[51]生。

㊻小说家：宋代说话人分四家（具体说法不一），其中之一为小说家，专门讲烟粉、灵怪、传奇、公案、朴刀杆棒、发迹变泰等故事。

㊼着甚要紧：有什么必要。着甚，凭什么。要紧，紧要，迫切。

㊽管请：管保，一定。

㊾挜身：挨身。

㊿吕纯阳：吕洞宾，传说中人物，元明以来称为八仙之一，道家正阳派奉为纯阳祖师。

51法缘：指入道的缘分。

闲话休题。真人见升、长二人，道心坚固，乃将生平所得秘诀，细细指授。如此三日三夜，二人尽得其妙。真人乃飞身上崖，二人从之，重归旧舍。诸弟子相见，惊悼不已。真人一日闭目昼坐，既觉，谓王长、赵升曰："巴东有妖，当同往除之。"师弟三人，行至巴东，忽见十二神女笑迎于山前。真人问曰："此地有咸泉，今在何处?"神女答曰："前面大湫[52]便是。近为毒龙所占，水已浊矣。"真人遂书符一道，向空掷去。那道符从空盘旋，忽化为大鹏金翅鸟，在湫上往来飞舞。毒龙大惊，舍湫而去，湫水遂清。十二神女各于怀中探出一玉环来献，曰："妾等仰慕仙真，愿操箕帚。"真人受其环，将手绢之，十二环合而为一。真人将环投于井中，谓神女曰："能得此环者，应吾夙命，吾即纳之。"十二神女要取神环，急先解衣入井。真人遂书符，投于井中，约曰："千秋万世，永作井神。"即时唤集居民，汲水煎煮，皆成食盐。嘱付："今后煮盐者，必祭十二神女。"那十二神女都是妖精，在一方迷惑男子，降灾降祸。被真人将神符镇压，又安享祭祀，再不出现了。从此巴东居民，无神女之害，而有咸井之利。

[52]湫（qiū）：水池。

真人除妖已毕，复归鹤鸣山中。一日午时，忽见一人，黑帻[53]，绢衣，佩剑，捧一玉函，进曰：“奉上清真符，召真人游阆苑。”须臾，有黑龙驾一紫舆，玉女二人，引真人登车，直至金阙。群仙毕集，谓真人曰：“今日可朝太上元始天尊也。”俄有二青童，朱衣绛节，前行引导。至一殿，金阶玉砌，真人整衣趋进，拜舞已毕。殿上敕青童持玉册，授真人“正一天师”之号，使以《正一盟威》之法，世世宣布，为人间天师，劝度未悟之人。又密谕以飞升之期。真人受命回山，将《盟威》《都功》等诸品秘箓，及斩邪二剑、玉册、玉印等物，封置一函。谓诸弟子曰：“吾冲举有日，弟子中有能举此函者，便为嗣法[54]。”弟子争先来举，如万斤之重，休想移动得分毫。真人乃曰：“吾去后三日，自有嫡嗣至此，世为汝师也。”

㊳帻（zé）：头巾。

㊴嗣法：指继承道法者。

至期，真人独召王长、赵升二人，谓曰：“汝二人道力已深，数合冲举；尚有余丹，可分饵之。今日当随吾上升矣。”亭午，群仙仪从毕至，天乐拥导，真人与王长、赵升在鹤鸣山中，白日升天。诸弟子仰视云中，良久而没。时桓帝永寿元年九月九日事，计真人已一百二十三岁矣。

真人升天后三日，长子张衡从龙虎山适至。诸弟子方悟“嫡嗣”之语，指示[55]封函，备述真人遗命。张衡轻轻举起，揭封开看，遂向空拜受玉册、玉印。于是将诸品秘箓，尽心参讨，斩妖缚邪，其应如响[56]。至今子孙嗣法，世世为天师。后人论“七试赵升”之事，有诗为证：

世人开口说神仙，眼见何人上九天？

不是仙家尽虚妄，从来难得道心坚。

㊵指示：用手指点表示，指给人看。

㊶其应如响：指应答就像发声后的回响一样迅速，比喻效验极灵。

十三　陈希夷四辞朝命

【精要简介】

本篇讲的是五代宋初时期，传奇人物陈希夷看破功名利禄，不愿为官，执意修身养性，隐居山林，无事常睡，活得逍遥自在。文章以此劝化众人积德行善，一生不为万事劳形。

【原文鉴赏】

人人尽说清闲好，谁肯逢闲[①]闲此身？

不是逢闲闲不得，清闲岂是等闲人？

则今且说个“闲”字，是“门”字中着个“月”字。你看那一轮明月，只见他忙忙的穿窗入户，那天上清光不动，却是冷淡无心。人学得他，便是闹中取静，才算做真闲。有的说：“人生在世，忙一半，闲一半。”假如日里做事是忙，夜间睡去便是闲了。却不知日里忙忙做事的，精神散乱，昼之所思，夜之所梦，连睡去的魂魄，都是忙的，那得清闲自在？古时有个仙长，姓庄，名周，睡去梦中化为蝴蝶，栩栩而飞，其意甚乐。醒将转来，还只认做蝴蝶化身。只为他胸中无事，逍遥洒落，故有此梦。世上多少瞌睡汉，怎不见第二个人梦为蝴蝶？可见梦睡中也分个闲忙在。且莫论闲忙，一入了名利关，连睡也讨不得个足意。所以古诗云：

朝臣待漏[②]五更寒，铁甲将军夜度关。

山寺日高僧未起，算来名利不如闲。

《心相篇》有云：“上床便睡，定是高人；支枕无眠，必非闲客。”如今人名利关心，上了床，千思万想，那得便睡？比及睡去，忽然又惊醒将来。尽有一般昏昏沉沉，以昼为夜，睡个没了歇的，多因酒色过度，四肢困倦；或因愁绪牵缠，心神浊乱所致。总来[③]不得睡趣，不是睡的乐境。

①逢闲：正逢上空闲、休息的时候。

②待漏：古时百官清早入朝，准备朝拜皇帝，叫待漏。漏，为古代的计时器。

③总来：总归，到底。

则今且说第一个睡中得趣的，无过陈抟先生。怎见得？有诗为证：

昏昏黑黑睡中天[④]，无暑无寒也没年。

彭祖[⑤]寿经八百岁，不比陈抟一觉眠。

④睡中天：睡眠中的世界。

⑤彭祖：传说为尧时人，名彭篯，善养生之术，年八百岁。

俗说陈抟一觉，睡了八百年。按陈抟寿止一百十八岁，虽说是尸解为仙去了，也没有一睡八百年之理。此是诨话[⑥]，只是说他睡时多，醒时少。他曾两隐名山，四辞朝命，终身不近女色，不亲人事，所以步步清闲。则他这睡，也是仙家伏气[⑦]之法，非他人所能学也。说话的，你道他隐在那两处的名山？辞那四朝的君命？有诗为证：

纷纷五代战尘嚣，转眼唐周[⑧]又宋朝。

多少彩禽投笼罩，云中仙鹤不能招。

⑥诨话：玩笑话。

⑦伏气：同“服气”，也叫“食气”。道家的一种以养生延年的修炼方法，也叫吐纳。

⑧唐周：指后唐、后周。

话说陈抟先生，表字图南，别号扶摇子，亳州真源人氏。生长五六岁，还不会说话，人都叫他“哑孩儿”。一日，在水边游戏，遇一妇人，身穿青色之衣，自称毛女。将陈抟抱去山中，饮以琼浆，陈抟便会说话，自觉心窍开爽。毛女将书一册，投他怀内，又赠以诗云：

药苗不满笋，又更上危巅。

回指归去路，相将入翠烟。

陈抟回到家中，忽然念这四句诗出来。父母大惊，问道："这四句诗，谁教你的?"陈抟说其缘故，就怀中取出书来看时，乃是一本《周易》。陈抟便能成诵，就晓得八卦的大意。自此无书不览，只这本《周易》，坐卧不离。又爱读《黄庭》《老子》诸书，洒然有出世之志。十八岁上，父母双亡。便把家财抛散，分赠亲族乡党。自只携一石铛[9]，往本县隐山居住。梦见毛女授以炼形归气、炼气归神、炼神归虚之法，遂奉而行之，足迹不入城市。梁唐[10]士大夫慕陈先生之名，如活神仙，求一见而不可得。有造谒者，先生辄侧卧，不与交接。人见他鼾睡不起，叹息而去。

⑨石铛：三脚石釜。

⑩梁唐：指后梁、后唐。

后唐明宗皇帝长兴年间，闻其高尚之名，御笔亲书丹诏，遣官招之。使者络绎不绝，先生违不得圣旨，只得随使者取路到洛阳帝都，谒见天子，长揖不拜，满朝文武失色，明宗全不嗔怪。御手相搀，锦墩[11]赐坐，说道：

"劳苦先生远来，朕今得睹清光[12]，三生之幸。"陈抟答道："山野鄙夫，自比朽木，无用于世。过蒙陛下采录，有负圣意，乞赐放归，以全野性。"明宗道："既荷[13]先生不弃而来，朕正欲侍教，岂可轻去？"陈抟不应，闭目睡去了。明宗叹道："此高士也，朕不可以常礼待之。"乃送至礼贤宾馆，饮食供帐甚设[14]。先生一无所用，蚤晚只在个蒲团上打坐。明宗屡次驾幸礼贤馆，有时值他睡卧，不敢惊醒而去。明宗心知其为异人，愈加敬重，欲授以大官，陈抟那里肯就。

⑪锦墩：一种墩形坐具，高一尺二寸，中有木坐板，装有柱脚，四面以蒲草编束细密结实，外面以锦包饰。

⑫清光：清秀美好的风采。

⑬荷（hè）：承蒙。

⑭设：陈设完备的意思。

有丞相冯道奏道："臣闻七情莫甚于爱欲，六欲莫甚于男女。方今冬天雨雪之际，陈抟独坐蒲团，必然寒冷。陛下差一使命，将嘉酝一樽赐之；妙选[15]美女三人，前去与他侑酒暖足。他若饮其酒，留其女，何愁他不受官爵矣！"明宗从其言，于宫中选二八女子三人，美丽无比，装束华整，更自动人。又将尚方[16]美酝一樽，遣内侍宣赐。内侍口传皇命道："官家见天气奇冷，特赐美酝消遣；又赐美女与先生暖足，先生万勿推辞。"只见陈抟欣然对使开樽，一饮而尽，送来美人，也不推辞。内侍入宫复命，明宗龙颜大悦。次日，早朝已毕，明宗即差冯丞相亲诣礼贤馆。请陈抟入朝见驾。只等来时，加官授爵。冯丞相领了圣旨，上马前去。你道请得来，请不来？正是：

神龙不贪香饵，彩凤不入雕笼。

冯丞相到礼贤宾馆看时，只见三个美女，闭在一间空室之中，已不见了陈抟。问那美女道："陈先生那里去了？"美女答道："陈先生自饮了御酒，便向蒲团睡去。妾等候至五更方醒。他说：'劳你们辛苦一夜，无物相赠。'乃题诗一首，教妾收留，回复天子。遂闭妾等于此室，飘然出门

而去，不知何往。”冯丞相引着三个美人，回朝见驾。明宗取诗看之，诗曰：

雪为肌体玉为腮，多谢君王送得来。

处士不兴巫峡梦[17]，空烦神女下阳台。

明宗读罢书，叹息不已。差人四下寻访陈抟踪迹，直到隐山旧居，并无影响[18]。不在话下。

⑮妙选：精选。

⑯尚方：也作“上方”，汉代官名，专管制造帝王所用器物。

⑰处士：这里指隐士。巫峡梦：指楚怀王梦见巫山神女的故事，参见“陈从善梅岭失浑家”篇中“雨暮云朝”注。

⑱影响：消息，音信。

却说陈抟这一去，直走到均州武当山。原来这山初名太岳，又唤做太和山，有二十七峰，三十六岩，二十四涧。是真武[19]修道、白日升天之处。后人谓此山非真武不足以当之，更名武当山。陈抟至武当山，隐于九石岩。忽一日，有五个白须老叟来问《周易》八卦之义。陈抟与之剖晰微理，因见其颜如红玉，亦问以导养之方。五老告之以蛰法。怎唤做蛰法？凡寒冬时令，天气伏藏[20]，龟蛇之类，皆蛰而不食。当初，有一人因床脚损坏，偶取一龟支之。后十年移床，其龟尚活，此乃服气所致。陈抟得此蛰法，遂能辟谷[21]。或一睡数月不起。若没有这蛰法，睡梦中腹中饥饿，肠鸣起来，也要醒了。陈抟在武当山住了二十余年，寿已七十余岁。忽一日，五老又来对陈抟说道：“吾等五人，乃日月池中五龙也。此地非先生所栖，吾等受先生讲诲之益，当送先生到一个好所在去。”令陈抟闭目休开，五老翼[22]之而行。觉两足腾空，耳边惟闻风雨之声。顷刻间，脚跟着地，开眼看时，不见了五老，但见空中五条龙夭矫而逝。陈抟看那去处，乃西岳太华山石上，已不知来了多少路，此乃神龙变化之妙。

陈抟遂留居于此。太华山道士，见其所居没有锅灶，心中甚异，悄地察之，更无他事，惟鼾睡而已。一日，陈传下九石岩，数月不归。道士疑他往别处去了。后于柴房中，忽见一物，近前看之，乃先生也。正不知几时睡在那里的！搬柴的堆积在上，直待烧柴将尽，方才看见。又一日，有个樵夫在山下刬草[23]，见山凹里一个尸骸，尘埃起寸。樵夫心中怜悯，欲取而埋之。提起来看时，却认得是陈抟先生。樵夫道："好个陈抟先生，不知如何死在这里?"只见先生把腰一伸，睁开双眼，说道："正睡得快活，何人搅醒我来?"樵夫大笑。

⑲真武：本名玄武。传说为汉时净乐国王太子，渡东海，遇天神授以宝剑，命其入太和山修炼，功成白日上升，奉上帝之命，镇守北方。宋真宗时因避讳，改称为"真武"。

⑳天气：指阳气、暖气，对"地气"而言。伏藏：潜伏，隐藏。

㉑辟谷：亦称"断谷""绝谷"或"休粮"。道家的一种修炼方法，即不食五谷。辟谷时，需服食药物，并做导引等功夫。

㉒翼：辅助，搀扶。

㉓刬草：割草。

华阴令王睦，亲到华山求见先生。至九石岩，见光光一片石头，绝无半间茅舍。乃问道："先生寝止在于何所?"陈抟大笑，吟诗一首答之，诗曰：

蓬山高处是吾宫，出即凌风跨晓风。

台榭不将金锁闭，来时自有白云封。

王睦要与他伐木建庵，先生固辞不要。此周世宗显德年间事也。这四句诗直达帝听，世宗知其高士，召而见之，问以国祚[24]长短。陈抟说出四句，道是："好块木头，茂盛无赛。若要长久，添重宝盖。"世宗皇帝本姓柴，名荣，木头茂盛，正合姓名。又有"长久"二字，只道是佳兆，却不知赵太祖代周为帝，国号宋，"木"字添盖乃是"宋"字。宋朝享国长久，先生已预知矣。

㉔国祚（zuò）：指皇位或国运。

且说世宗要加陈抟以极品之爵，陈抟不愿，坚请还山。世宗采其"来时自有白云封”之句，赐号“白云先生”。后因陈桥兵变，赵太祖披了黄袍，即了帝位。先生适乘驴到华阴县，闻知此事，在驴背上拍掌大笑。有人问道：“先生笑甚么？”先生道：“你们众百姓造化，造化！天下事今日定了。”原来后唐末年间，契丹兵起，百姓纷纷避乱。先生在路上闲步，看见一妇人，挑着一个竹篮而走，篮内两头坐两个孩子。先生口吟二句，道是：“莫言皇帝少，皇帝上担挑。”你道那两个孩子是谁？那大的便是宋太祖赵匡胤，那小的便是宋太宗赵匡义，这妇人便是杜太后。先生二十五六年前，便识透宋朝的真命天子了。

又一日，先生游长安市上，遇赵匡胤兄弟和赵普，共是三人，在酒肆饮酒。先生亦入肆沽饮，看见赵普坐于二赵之右，先生将赵普推下去道：“你不过是紫微垣[25]边一个小小星儿，如何敢占在上位？”赵匡胤奇其言。有认得的，指道：“这是白云先生陈抟。”匡胤就问前程之事。陈抟道：“你弟兄两个的星，比他大得多哩!”匡胤自此自负。后来定了天下，屡次差官迎取陈抟入朝，陈抟不肯。后来赵太祖手诏促之，陈抟向使者说道：“创业之君，必须尊崇体貌[26]，以示天下，我等以山野废人，入见天子，若下拜，则违吾性；若不下拜，则亵其体。是以不敢奉诏。”乃于诏书之尾，写四句附奏，云：“九重天诏，休教丹凤[27]衔来；一片野心[28]，已被白云留住。”使者复命，太祖笑而置之。

㉕紫微垣：星官名，与太微垣、天市垣合称为三垣。古人把若干个恒星多少不等地组合起来，一组称一个星官。紫微垣在北斗北，传说是天帝居住的地方。

㉖体貌：礼节，礼貌。

㉗丹凤：头和翅膀上的羽毛为红色的凤鸟，这里比喻下达诏书的使者。

㉘野心：隐逸闲散之心。

后太祖晏驾，太宗皇帝即位，念酒肆中之旧，召与相见，说过待以不臣[29]之礼。又赐御诗云：

曾向[30]前朝号白云，后来消息杳无闻。

如今若肯随征召，总把三峰乞与[31]君。

先生见诗，乃服华阳巾[32]，布袍草履，来到东京。见太宗于便殿，只是长揖道：“山野废人，与世隔绝，不习跪拜，望陛下优容之。”太宗赐坐，问以修养之道。陈抟对道：“天子以天下为一身，假令白日升天，竟何益于百姓？今君明臣良，兴化勤政，功德被乎八荒，荣名流于万世。修炼之道，无出于此。”太宗点头称善，愈加敬重。问道：“先生心中，有何所欲？可为朕言之。”陈抟答道：“臣无所欲，只愿求一静室。”乃赐居于建隆道观[33]。

㉙不臣：不以臣下看待，表示帝王给臣民的特殊恩遇。

㉚向：在。

㉛三峰：指华山的莲花、毛女、松桧三个山峰。乞与：给与。

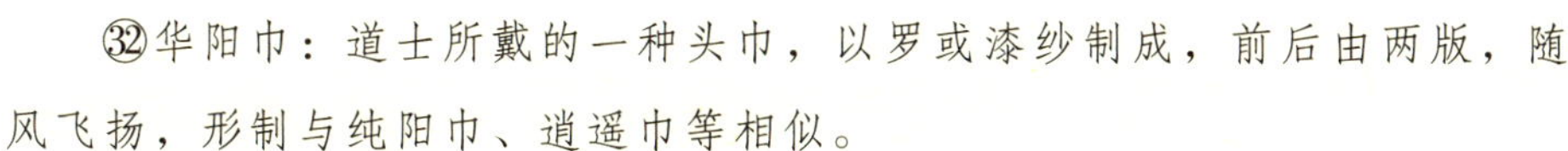
㉜华阳巾：道士所戴的一种头巾，以罗或漆纱制成，前后由两版，随风飞扬，形制与纯阳巾、逍遥巾等相似。

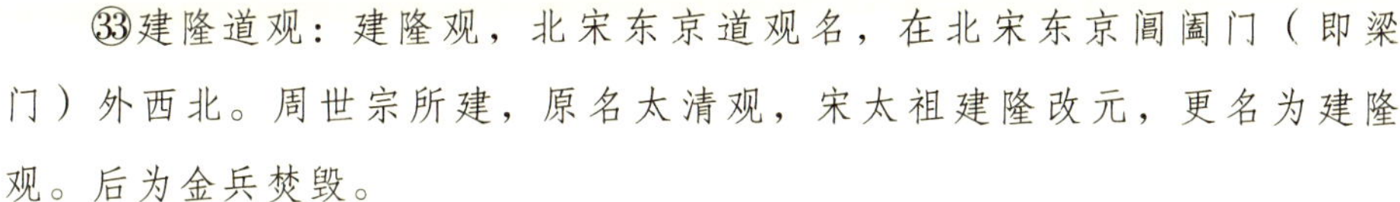
㉝建隆道观：建隆观，北宋东京道观名，在北宋东京阊阖门（即梁门）外西北。周世宗所建，原名太清观，宋太祖建隆改元，更名为建隆观。后为金兵焚毁。

其时太宗正用兵征伐河东[34]，遣人问先生胜负消息。先生在使者掌中，写一“休”字，太宗见之不乐。因军马已发，不曾停止。再遣人问先生时，但见他闭目而睡，鼾齁之声，直达户外。明日去看，仍复如此。一连睡了三个月，不曾起身。河东军将，果然无功而返。太宗正当嗟叹，忽见陈抟道冠野服，逍遥而来，直上金銮宝殿。太宗见其不召自来，甚以为异。陈抟道：“老夫今日还山，特来辞驾。”太宗闻言，如有所失，欲加抟以帝师之号，筑宫奉事，时时请教。陈抟固辞求去，呈诗一首。诗云：

草泽吾皇诏，图南抟姓陈。
三峰千载客，四海一闲人。
世态从来薄，诗情自得真。
乞全獐鹿性[35]，何处不称臣？

㉞河东：指陕西境内黄河以东一带地区，当时为北汉所据。

㉟獐鹿性：比喻自由自在的真性情。

又道：“二十年之后，老夫再来候见圣颜。”太宗知不可留，特赐御宴于都堂[36]，使宰相、两禁[37]官员俱侍坐，每人制送行诗一首，以宠其归。又将太华全山，御笔判与陈抟为修真之所，他人不得侵渔[38]。赐号为“白云洞主希夷先生”，听其还山。此太平兴国元年事也。

㊱都堂：尚书省的大厅堂。

㊲两禁：北宋时翰林学士当值办事之处在皇宫北门两侧，因以“两禁”借指翰林院。

㊳侵渔：侵夺吞没。

到端拱五年，太宗皇帝管二十年的乾坤，尚不曾立得太子。长子楚王元佐，因九月九日，不曾预得御宴，纵火烧宫。太宗大怒，废为庶人。心爱第三子襄王元侃，未知他福分如何，口中不言，心下思想："惟有希夷先生陈抟，最善相人。当初在酒肆中，就相定我兄弟二人当为皇帝，赵普为宰相。如今得他一来，决断其事便好。"转念犹未了，内侍报道："有太华山处士陈抟，叩宫门求见。"太宗大惊，即时宣进，问道："先生此来何意?"陈抟答道："老夫知陛下胸中有疑，特来决之。"太宗大笑道："朕固疑先生有前知之术，今果然也。朕东宫未定，有襄王元侃，宽仁慈爱，有帝王之度，但不知福分如何，烦先生到襄府一看。"陈抟领命，才到襄府门首便回。太宗问道："朕烦先生到襄府看襄王之相，如何不去而回?"陈抟道："老夫已看过了。襄府门前，奉役奔走之人都有将相之福，何必见襄王哉?"太宗之意遂决。即日宣诏，立襄王为太子，后来真宗皇帝就是。陈抟在京师，又住了一月。忽然辞去，仍归九石岩。

其时，有门人穆伯长、种放等百余人，皆筑室于华山之下，朝夕听讲。惟有五龙蛰法，先生未尝授人。忽一日，遣门人辈于张超谷[39]口，高岩之上，凿一石室。门人不敢违命。室既凿成，先生同门人往观之。其岩最高，望下云烟如翠。先生指道："此毛女所谓'相将入翠烟'也，吾其归于此乎?"言未毕，屈膝而坐，挥门人使去。右手支颐，闭目而逝，年一百一十八岁。门人环守其尸，至七日，容色如生，肢体温软，异香扑鼻。乃制为石匣盛之，仍用石盖；束以铁锁数丈，置于石室。门人方去，其岩自崩，遂成陡绝之势。有五色云封住谷口，弥月不散。后人因名其处为希夷峡。

㊴张超谷：在华山毛女峰东北，东汉时张楷居此，楷字公超，故名。

到徽宗宣和年间，有闽中道士徐知常，来游华山。见峡上有铁锁垂下。知常攀缘而上，至于石室。见匣盖攲侧，启而观之，惟有仙骨一具，其色红润，香气逼人。知常再拜毕，为整其盖，复攀缘而下。其时徐知常得幸于徽宗，官拜左街道录[40]。将此事奏知天子，天子差知常赍御香一注，重到希夷峡，要取仙骨供养在大内。来到峡边，已不见有铁锁，但见云雾重重，危岩壁立，叹息而返。至今希夷先生蜕骨[41]在张超谷，无复有人见之者矣！有诗为证：

从来处士窃名浮[42]，谁似希夷闲到头？

两隐名山供笑傲，四辞朝中肯淹留。

五龙蛰法前人少，八卦神机后学求。

片片白云迷峡锁，石床高卧足千秋。

㊵左街道录：道官名，唐朝时有左右街威仪，后周时改为道录。宋代沿袭后周制度，设有左街道录院和右街道录院，掌管有关道教事务。道录院设提举官，其下设正、副道录等官。

㊶蜕骨：指尸解后遗下的骸骨。

㊷名浮：名浮于实。这里是虚名的意思。

十四 范巨卿鸡黍死生交

【精要简介】

本篇讲的是汉明帝时人张劭，在赶考路上结识范巨卿，二人情意相投，结为兄弟，约定来年重阳到张劭家里吃鸡喝酒。次年，范巨卿因事忘了鸡黍之约，为按期赴约，拔剑自刎，变成阴魂去找张劭解释，并请张劭去见他的尸体后再下葬。张劭应约而去，见到尸体悲痛欲绝也自刎而死，与范巨卿合葬一处。二人生死相约的诚信精神令人感动。

【原文鉴赏】

种树莫种垂杨枝，结交莫结轻薄儿。杨枝不耐秋风吹，轻薄易结还易离。君不见昨日书来两相忆，今日相逢不相识！不如杨枝犹可久，一度春风一回首。

这篇言语是《结交行》[①]，言结交最难。今日说一个秀才，乃汉明帝时人，姓张名劭，字元伯，是汝州[②]南城人氏。家本农业，苦志读书；年三十五岁，不曾婚娶。其老母年近六旬，并弟张勤努力耕种，以供二膳[③]。时汉帝求贤，劭辞老母，别兄弟，自负书囊，来到东都洛阳应举。在路非只一日，到洛阳不远，当日天晚，投店宿歇。是夜，常闻邻房有人声唤。劭至晚，问店小二："间壁声唤的是谁？"小二答道："是一个秀才，害时症[④]，在此将死。"劭曰："既是斯文[⑤]，当以看视。"小二曰："瘟病过[⑥]人，我们尚自不去看他，秀才，你休去！"劭曰："死生有命，安有病能过人之理？吾须视之。"小二劝不住。劭乃推门而入，见一人仰面卧于土榻之上，面黄肌瘦，口内只叫："救人！"劭见房中书囊、衣冠，都是应举的行动[⑦]，遂扣[⑧]头边而言曰："君子勿忧，张劭亦是赴选之人。今见汝病至笃，吾竭力救之。药饵粥食，吾自供奉，且自宽心。"其人曰："若君子救得我病，容当厚报。”劭随即挽人请医用药调治。蚤晚汤水粥食，劭自供给。

①言语：此章，文辞著作，这里指诗。《结交行》：为元代戴表元所作，原题《昨日行》。

②汝州：隋置，治所在今河南临汝东。

③二膳：早晚二餐，指俭朴的生活。

④时症：时疫，一种流行的传染病。

⑤斯文：这里指读书人。

⑥过：传染。

⑦行动：举止，举动。

⑧扣：靠近。

数日之后，汗出病减，渐渐将息，能起行立。劭问之，乃是楚州山阳人氏，姓范，名式，字巨卿，年四十岁。世本商贾，幼亡父母，有妻小。近弃商贾，来洛阳应举。比及范巨卿将息得无事了，误了试期。范曰：“今因式病，有误足下功名，甚不自安。”劭曰：“大丈夫以义气为重，功名富贵，乃微末耳，已有分定[⑨]。何误之有?”范式自此与张劭情如骨肉，结为兄弟。式年长五岁，张劭拜范式为兄。

⑨分（fèn）定：命定。分，福分，缘分。

结义后，朝暮相随，不觉半年。范式思归，张劭与[⑩]计算房钱，还了店家。二人同行。数日，到分路之处，张劭欲送范式。范式曰：“若如此，某又送回。不如就此一别，约再相会。”二人酒肆共饮，见黄花红叶，妆点秋光，以助别离之兴。酒座间杯泛茱萸，问酒家，方知是重阳佳节。范式曰：“吾幼亡父母，屈在商贾。经书虽则留心，奈为妻子[⑪]所累。幸贤弟有老母在堂，汝母即吾母也。来年今日，必到贤弟家中，登堂拜母，以表通家之谊。”张劭曰：“但村落无可为款，倘蒙兄长不弃，当设鸡黍[⑫]以待，幸勿失信。”范式曰：“焉肯失信于贤弟耶?”二人饮了数杯，不忍相舍。张劭拜别范式。范式去后，劭凝望堕泪；式亦回顾泪下，两各怏怏而去。

有诗为证：

手采黄花泛酒卮[13]，殷勤先订隔年期。

临歧不忍轻分别，执手依依各泪垂。

⑩与：替，为。

⑪妻子：妻小，妻子和儿女。

⑫鸡黍：指招待客人的饭菜。

⑬酒卮（zhī）：酒器。卮，古代盛酒的器皿。

且说张元伯到家，参见老母。母曰："吾儿一去，音信不闻，令我悬望，如饥似渴。"张劭曰："不孝男于途中遇山阳范巨卿，结为兄弟，以此逗留多时。"母曰："巨卿何人也？"张劭备述详细。母曰："功名事，皆分定。既逢信义之人结交，甚快我心。"少刻，弟归，亦以此事从头说知，各各欢喜。自此张劭在家，再攻书史，以度岁月。光阴迅速，渐近重阳。劭乃预先畜养肥鸡一只，杜酝[14]浊酒。是日蚤起，洒扫草堂；中设母座，旁列范巨卿位；遍插菊花于瓶中，焚信香于座上。呼弟宰鸡炊饭，以待巨卿。母曰："山阳至此，迢递千里，恐巨卿未必应期而至。待其来，杀鸡未迟。"劭曰："巨卿，信士也，必然今日至矣，安肯误鸡黍之约？入门便见所许之物，足见我之待久。如候巨卿来，而后宰之，不见我惓惓之意。"母曰："吾儿之友，必是端士[15]。"遂烹炰以待。是日，天晴日朗，万里无云。劭整其衣冠，独立庄门而望。看看近午，不见到来。母恐误了农桑，令张勤自去田头收割。张劭听得前村犬吠，又往望之，如此六七遭。因看红日西沉，现出半轮新月，母出户令弟唤劭曰："儿久立倦矣！今日莫非巨卿不来？且自晚膳。"劭谓弟曰："汝岂知巨卿不至耶？若范兄不至，吾誓不归。汝农劳矣，可自歇息。"母弟再三劝归，劭终不许。

⑭杜酝：自家酿造，也指自酿的酒。

⑮端士：正直之士。

候至更深，各自歇息，劭倚门如醉如痴，风吹草木之声，莫是[16]范来，皆自惊讶。看见银河耿耿，玉宇澄澄，渐至三更时分，月光都没了。隐隐见黑影中，一人随风而至。劭视之，乃巨卿也。再拜踊跃而大喜曰："小弟自蚤直候至今，知兄非爽信也，兄果至矣。旧岁所约鸡黍之物，备之已久。路远风尘，别不曾[17]有人同来？"便请至草堂，与老母相见。范式并不答话，径入草堂。张劭指座榻曰："特设此位，专待兄来，兄当高座。"张劭笑容满面，再拜于地曰："兄既远来，路途劳困，且未可与老母相见，杜酿鸡黍，聊且充饥。"言讫又拜。范式僵立不语，但以衫袖反掩其面。劭乃自奔入厨下，取鸡黍并酒，列于面前，再拜以进。曰："酒殽虽微，劭之心也，幸兄勿责。"但见范于影中，以手绰其气而不食[18]。劭曰："兄意莫不怪老母并弟不曾远接，不肯食之？容请母出与同伏罪。"范摇手止之。劭曰："唤舍弟拜兄，若何？"范亦摇手而止之。劭曰："兄食鸡黍后进酒，若何？"范蹙其眉，似教张退后之意。劭曰："鸡黍不足以奉长者，乃劭当日之约，幸勿见嫌。"范曰："弟稍退

后，吾当尽情诉之。吾非阳世之人，乃阴魂也。”劭大惊曰：“兄何故出此言？”范曰：“自与兄弟相别之后，回家为妻子口腹之累，溺身商贾中，尘世滚滚，岁月匆匆，不觉又是一年。向日鸡黍之约，非不挂心；近被蝇利所牵，忘其日期。今蚤邻右送茱萸酒至，方知是重阳。忽记贤弟之约，此心如醉。山阳至此，千里之隔，非一日可到。若不如期，贤弟以我为何物？鸡黍之约，尚自爽信，何况大事乎？寻思无计。常闻古人有云：‘人不能行千里，魂能日行千里。’遂嘱付妻子曰：‘吾死之后，且勿下葬，待吾弟张元伯至，方可入土。’嘱罢，自刎而死。魂驾阴风，特来赴鸡黍之约。万望贤弟怜悯愚兄，恕其轻忽之过，鉴其凶暴之诚，不以千里之程，肯为辞亲到山阳一见吾尸，死亦瞑目无憾矣。”言讫，泪如迸泉，急离坐榻，下阶砌。劭乃趋步逐之，不觉忽踏了苍苔，颠倒[19]于地。阴风拂面，不知巨卿所在。有诗为证：

风吹落月夜三更，千里幽魂叙旧盟。

只恨世人多负约，故将一死见平生。

⑯莫是：莫非是，难道是。

⑰别不曾：别不是，莫非。

⑱绰（chāo）其气而不食：古人称鬼神享受祀品叫“歆享”，即以口鼻吸取肴食之气。绰，这里是抓的意思。

⑲颠倒：跌倒、摔倒。

张劭如梦如醉，放声大哭。那哭声，惊动母亲并弟，急起视之，见堂上陈列鸡黍酒果，张元伯昏倒于地。用水救醒，扶到堂上，半晌不能言，又哭至死。母问曰：“汝兄巨卿不来，有甚利害？何苦自哭如此！”劭曰：“巨卿以鸡黍之约，已死于非命矣。”母曰：“何以知之？”劭曰：“适间亲见巨卿到来，邀迎入坐，具鸡黍以迎。但见其不食，再三恳之。巨卿曰：为商贾用心，失忘了日期。今蚤方醒，恐负所约，遂自刎而死。阴魂千里，特来一见。母可容儿亲到山阳葬兄之尸，儿明蚤收拾行李便行。”母哭曰：“古人有云：‘囚人梦赦，渴人梦浆。’此是吾儿念念在心，故有此

梦警耳。”劭曰：“非梦也，儿亲见来，酒食见在，逐之不得，忽然颠倒，岂是梦乎？巨卿乃诚信之士，岂妄报耶！”弟曰：“此未可信。如有人到山阳去，当问其虚实。”劭曰：“人禀天地而生，天地有五行，金、木、水、火、土，人则有五常，仁、义、礼、智、信以配之，惟信非同小可。仁所以配木，取其生意也；义所以配金，取其刚断也；礼所以配水，取其谦下也；智所以配火，取其明达也；信所以配土，取其重厚也。圣人云：‘大车无輗，小车无軏，其何以行之哉？’又云：‘自古皆有死，民无信不立。’巨卿既已为信而死，吾安可不信而不去哉？弟专务农业，足可以奉老母。吾去之后，倍加恭敬；晨昏甘旨[20]，勿使有失。”遂拜辞其母曰：“不孝男张劭，今为义兄范巨卿为信义而亡，须当往吊。已再三叮咛张勤，令侍养老母。母须蚤晚勉强饮食，勿以忧愁，自当善保尊体。劭于国不能尽忠，于家不能尽孝，徒生于天地之司耳。今当辞去，以全大信。”母曰：“吾儿去山阳，千里之遥，月余便回，何故出不利之语？”劭曰：“生如浮沤[21]，死生之事，旦夕难保。”恸哭而拜。弟曰：“勤与兄同去，若何？”元伯曰：“母亲无人侍奉，汝当尽力事母，勿令吾忧。”洒泪别弟，背一个小书囊，来蚤[22]便行。有诗为证：

辞亲别弟到山阳，千里迢迢客梦长。
岂为友朋轻骨肉？只因信义迫中肠。

⑳晨昏甘旨：早晚两餐。甘旨，美味。多用作奉养父母之词。

㉑浮沤：水面的泡沫。

㉒来蚤：明早。

沿路上饥不择食，寒不思衣。夜宿店舍，虽梦中亦哭。每日蚤起赶程，恨不得身生两翼。行了数日，到了山阳。问巨卿何处住，径奔至其家门首。见门户锁着，问及邻人。邻人曰：“巨卿死已过二七，其妻扶灵柩，往郭外去下葬。送葬之人，尚自未回。”劭问了去处，奔至郭外，望见山林前新筑一所土墙，墙外有数十人，面面相觑，各有惊异之状。劭汗流如雨，走往观之。见一妇人，身披重孝。一子约有十七八岁，伏棺而哭。元伯大叫曰："此处莫非范巨卿灵柩乎?"其妇曰："来者莫非张元伯乎?"张曰："张劭自来不曾到此，何以知名姓耶?"妇泣曰："此夫主再三之遗言也。夫主范巨卿，自洛阳回，常谈贤叔盛德。前者重阳日，夫主忽举止失措。对妾曰：'我失却元伯之大信，徒生何益！常闻人不能行千里，吾宁死，不敢有误鸡黍之约。死后且不可葬，待元伯来见我尸，方可入土。今日已及二七，人劝云：'元伯不知何日得来，先葬讫，后报知未晚。'因此扶柩到此。众人拽棺入金井[23]，并不能动，因此停住坟前，众都惊怪。见叔叔远来如此慌速，必然是也。"元伯乃哭倒于地。妇亦大恸，送殡之人，无不下泪。

㉓金井：这里指墓穴。

元伯于囊中取钱，令买祭物，香烛纸帛，陈列于前。取出祭文，酹酒再拜，号泣而读。文曰：

维某年月日，契弟张劭，谨以炙鸡絮酒[24]，致祭于仁兄巨卿范君之灵曰：於维[25]巨卿，气贯虹霓，义高云汉。幸倾盖[26]于穷途，缔盍簪[27]于荒店。黄花九日，肝膈[28]相盟；青剑三秋[29]，头颅可断。堪怜月下凄凉，恍似日间眷恋。弟今辞母，来寻碧水青松[30]；兄亦嘱妻，伫望素车白练。故友那堪死别，谁将金石盟寒[31]？大夫自是生轻，欲把昆吾锷按[32]。历千古而不磨，期一言之必践。倘灵爽[33]之犹存，料冥途之长伴。呜呼哀哉！尚飨。

㉔炙鸡絮酒：据谢承《后汉书》说，徐稚每次吊丧时，常在家先炙鸡一只，用一两绵絮渍酒晒干，以裹鸡。来到墓外，用水浸绵，使有酒气，然后置鸡酹酒以祭。后人吊祭之文多引用此语。

㉕於（wū）：叹词。维：句中或句首助词。

㉖倾盖：古人在路上相遇，并着车说话，两车的车盖相交而倾斜。古人用"倾盖"指初交相得，一见如故。

㉗盍簪：聚会，聚首。《易经》中有"勿疑，朋盍簪"的话，所以后人常引用来说明朋友聚会。

㉘肝膈：犹言"肺腑"，比喻真诚恳切。

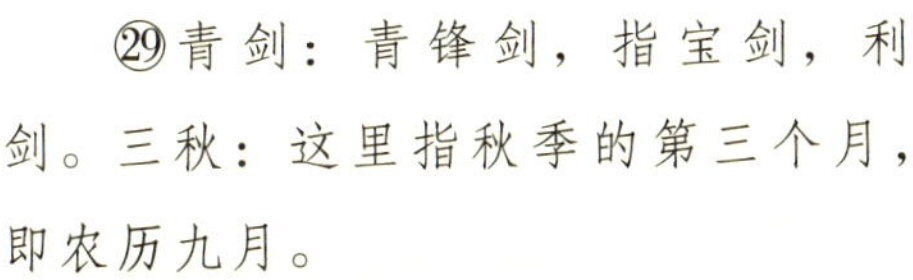

㉙青剑：青锋剑，指宝剑，利剑。三秋：这里指秋季的第三个月，即农历九月。

㉚碧水青松：这里指坟地。

㉛金石盟寒：违背金石之盟。金石，比喻交情之坚。盟寒，寒盟，背约。

㉜昆吾锷按：指用剑自刎。昆吾，即昆吾剑，古代宝剑名，据说此剑切玉如切泥。这里泛指刀剑。锷，刀剑之刃。

㉝灵爽：指神明，精气。

元伯发棺视之，哭声恸地。回顾嫂曰：“兄为弟亡，岂能独生耶？囊中已具棺椁之费，愿嫂垂怜，不弃鄙贱，将劭葬于兄侧，平生之大幸也。”嫂曰：“叔何故出此言也？”劭曰：“吾志已决，请勿惊疑。”言讫，掣佩刀自刎而死。众皆惊愕，为之设祭，具衣棺营葬于巨卿墓中。

本州太守闻知，将此事表奏。明帝怜其信义深重，两生虽不登第，亦可褒赠，以励后人。范巨卿赠山阳伯，张元伯赠汝南伯。墓前建庙，号f“信义之祠”，墓号“信义之墓”。旌表门闾，官给衣粮，以膳其子。巨卿子范纯绶，及第进士，官鸿胪寺卿[34]。至今山阳古迹犹存，题咏极多。惟有无名氏《踏莎行》一词最好，词云：

千里途遥，隔年期远，片言相许心无变。宁将信义托游魂，堂中鸡黍空劳动。

月暗灯昏，泪痕如线，死生虽隔情何限。灵輀[35]若候故人来，黄泉一笑重相见。

㉞鸿胪寺卿：官名，掌朝贺庆吊的礼节。

㉟灵輀（ér）：丧车，载灵柩的车舆。

十五　单符郎全州佳偶

【精要简介】

本篇讲述的是西京人氏单飞英幼时与表妹邢春娘约为夫妇。及其成人，适逢金兵南侵，单飞英与邢春娘分别逃难。后官至全州司户的单飞英与已沦为娼妓的邢春娘偶然相遇，单飞英仍与其结为夫妻。文章赞扬了他尊重妇女人格，不向传统观念屈服的高尚品格。

【原文鉴赏】

郏鄏[①]门开城倚天，周公拮搆[②]尚依然。

休言道德无关锁，一闭乾坤八百年[③]。

这首诗，单说西京是帝王之都，左成皋，右渑池，前伊阙，后大河[④]，真个形势无双，繁华第一，宋朝九代建都于此。今日说一桩故事，乃是西京人氏，一个是邢知县，一个是单推官。他两个都在孝感坊下，并门而居。两家宅眷，又是嫡亲妹妹，姨丈相称，所以往来甚密。虽为各姓，无异一家。先前，两家未做官时节，姊妹同时怀孕，私下相约道："若生下一男一女，当为婚姻。"后来单家生男，小名符郎，邢家生女，小名春娘。姊妹各对丈夫说通了，从此亲家往来，非止一日。符郎和春娘幼时常在一处游戏，两家都称他为小夫妇。以后渐渐长成，符郎改名飞英，字腾实，进馆读书；春娘深居绣阁，各不相见。

①郏鄏（jiá rǔ）：古代地名，为周代的旧都，故址在今河南洛阳西。

②周公拮搆（gòu）：洛邑由周公营建。拮搆，同"结构"。

③八百年：指周代延续了八百年。

④大河：古指黄河。

其时宋徽宗宣和七年，春三月，邢公选了邓州顺阳县知县，单公选了扬州府推官，各要挈家上任。相约任满之日，归家成亲。单推官带了夫人和儿子符郎，自往扬州去做官不题。却说邢知县到了邓州顺阳县，未及半载，值金鞑子[5]分道入寇。金将斡离不[6]攻破了顺阳，邢知县一门遇害。春娘年十二岁，为乱兵所掠，转卖在全州乐户[7]杨家，得钱十七千而去。春娘从小读过经书，及唐诗千首，颇通文墨，尤善应对。鸨母爱之如宝，改名杨玉，教以乐器及歌舞，无不精绝。正是：

三千粉黛输颜色，十二朱楼让舞歌。

只是一件，他终是宦家出身，举止端详。每诣公庭侍宴，呈艺毕，诸妓调笑谑浪，无所不至，杨玉嘿然[8]独立，不妄言笑，有良人风度。为这个上，前后官府，莫不爱之重之。

⑤金鞑子：指金人，女真族。

⑥斡离不：完颜宗望（？~1127 年），金太祖第二子。

⑦乐户：指官妓。因为隶于乐籍，所以称为乐户。

⑧嘿然：同“默然”。

话分两头。却说单推官在任三年，时金虏陷了汴京，徽宗、钦宗两朝天子，都被他掳去。亏杀吕好问[9]说下了伪帝张邦昌，迎康王嗣统。康王渡江而南，即位于应天府[10]，是为高宗。高宗惧怕金虏，不敢还西京，乃驾幸扬州。单推官率民兵护驾有功，累迁郎官之职，又随驾至杭州。高宗爱杭州风景，驻跸[11]建都，改为临安府。有诗为证：

山外青山楼外楼，西湖歌舞几时休？
暖风熏得游人醉，却把杭州作汴州。

⑨吕好问（1064~1131 年）：靖康二年（1127 年），金人立张邦昌为帝，吕摄门下省，暗通康王。

⑩应天府：府名，北宋初为宋州，景德三年（1006 年）升为应天府，建为南京。故址在今河南商丘南。

⑪驻跸：帝王出行时中途停留暂住。

话说西北一路地方，被金虏残害，百姓从高宗南渡者，不计其数，皆散处吴下。闻临安建都，多有搬到杭州入籍安插。单公时在户部，阅看户籍册子，见有一邢祥名字，乃西京人。自思邢知县名祯，此人名祥，敢是同行兄弟？自从游宦以后，邢家全无音耗相通，正在悬念。乃遣人密访之，果邢知县之弟，号为“四承务”[12]者。急忙请来相见，问其消息。四承务答道：“自邓州破后，传闻家兄举家受祸，未知的否。”因流泪不止，单公亦愀然不乐。念儿子年齿已长，意欲别图亲事；犹恐传言未的，媳妇尚在，且待干戈宁息，再行探听。从此单公与四承务仍认做亲戚，往来不绝。

⑫四承务：承务即“承务郎”的省称，隋唐及宋时的从八品下阶文散官。隋时承务郎同于员外郎之职。后借用为对地主或富贵人家子弟以及技艺人的称呼。四承务，等于四员外。

再说高宗皇帝初即位，改元建炎。过了四年，又改元绍兴。此时绍兴元年，朝廷追叙南渡之功，单飞英受父荫，得授全州司户[13]。谢恩过了，择日拜别父母起程，往全州到任。时年十八岁，一州官属，只有单司户年少，且是仪容俊秀，见者无不称羡。上任之日，州守设公堂酒会饮，大集声妓。原来宋朝有这个规矩：凡在籍娼户，谓之官妓；官府有公私筵宴，听凭点名唤来祗应。这一日，杨玉也在数内。单司户于众妓中，只看得他上眼，大有眷爱之意。诗曰：

曾绾红绳到处随，佳人才子两相宜。

风流的是张京兆[14]，何日临窗试画眉？

⑬司户：官名，“司户参军”的简称。宋沿唐制，置于各州，主管户口账簿。

⑭张京兆：汉代张敞，宣帝时任京兆尹，故称为张京兆。张敞常给他的妻子画眉毛，后成为夫妻恩爱的典故。

司理[15]姓郑名安，荥阳旧族，也是个少年才子，一见单司户，便意气相投，看他顾盼杨玉，已知其意。一日郑司理去拜单司户，问道：“足下清年[16]名族，为何单车赴仕，不携宅眷？”单司户答道：“实不相瞒，幼时曾定下妻室，因遭虏乱，存亡未卜，至今中馈尚虚[17]。”司理笑道：“离索之感，人孰无之？此间歌妓杨玉，颇饶雅致，且作望梅止渴何如？”司户初时逊谢不敢，被司理言之再三，说到相知的分际，司户隐瞒不得，只得吐露心腹。司理道：“既才子有意佳人，仆当为曲成之耳。”自此每遇宴会，司户见了杨玉，反觉有些避嫌，不敢注目，然心中思慕愈甚。司理有心要玉成其事，但惧怕太守严毅，做不得手脚。

⑮司理：“司理参军”的简称。宋时于各州设司理院，其官叫司理参军。

⑯清年：盛年。

⑰中馈尚虚：指尚未娶妻。中馈，封建时代认为妇女的职责是在家主持饮食之事，后作为妻子的代称。

如此二年。旧太守任满升去，新太守姓陈，为人忠厚至诚，且与郑司理是同乡故旧，所以郑司理屡次在太守面前，称荐单司户之才品，太守十分敬重。一日，郑司理置酒，专请单司户到私衙清话，只点杨玉一名祗候[18]。这一日，比公堂筵宴不同，只有宾主二人，单司户才得饱看杨玉，果然美丽。有词名《忆秦娥》，词云：

香馥馥，樽前有个人如玉。人如玉，翠翘金凤，内家妆束[19]。

娇羞惯把眉儿蹙，逢人只唱伤心曲。伤心曲，一声声是怨红愁绿。

郑司理开言道："今日之会，并无他客，勿拘礼法。当开怀畅饮，务取尽欢。"遂斟巨觥来劝单司户，杨玉清歌侑酒。酒至半酣，单司户看着杨玉，神魂飘荡，不能自持，假装醉态不饮。郑司理已知其意，便道："且请到书斋散步，再容奉劝。"那书斋是司理自家看书的所在，摆设着书画琴棋，也有些古玩之类。单司户那有心情去看，向竹榻上倒身便睡。郑司理道："既然仁兄困酒，暂请安息片时。"忙转身而出，却教杨玉斟下香茶一瓯送去。单司户素知司理有玉成之美，今番见杨玉独自一个送茶，情知是放松了，忙起身把门掩上，双手抱住杨玉求欢。杨玉佯推不允，单司户道："相慕小娘子，已非一日。难得今番机会，司理公平昔见爱，就使知觉，必不嗔怪。"杨玉也识破三分关窍，不敢固却，只得顺情，两个遂在榻上草草的云雨一场。有诗为证：

相慕相怜二载馀，今朝且喜两情舒。
虽然未得通宵乐，犹胜阳台梦是虚。

⑱祗候：祗应，侍候，也指侍候人员。

⑲内家妆束：宫中装束。

单司户私问杨玉道："你虽然才艺出色，偏觉雅致，不似青楼习气，必是一个名公苗裔，今日休要瞒我，可从实说与我知道，果是何人？"杨玉满面羞惭，答道："实不相瞒，妾本宦族，流落在此，非杨姬所生也。"司户大惊，问道："既系宦族，汝父何官何姓？"杨玉不觉双泪交流，答道："妾本姓邢，在东京孝感坊居住，幼年曾许与母姨之子结婚。妾之父授邓州顺阳县知县，不幸胡寇猖獗，父母皆遭兵刃，妾被人掠卖至此。"司户又问道："汝夫家姓甚？作何官职？所许嫁之子，又是何名？"杨玉道："夫家姓单，那时为扬州推官。其子小名符郎，今亦不知存亡如何。"说罢，哭泣不止。司户心中已知其为春娘了，且不说破，只安慰道："汝今日鲜衣美食，花朝月夕，勾你受用。官府都另眼看觑，谁人轻贱你？况宗族远离，夫家存亡未卜，随缘快活，亦足了一生矣。何乃自生悲泣耶？"

杨玉蹙頞[20]答道："妾闻'女子生而愿为之有家'，虽不幸风尘，实出无奈。夫家宦族，即使无恙，妾亦不作团圆之望。若得嫁一小民，荆钗布裙，啜菽饮水，亦是良人家媳妇。比在此中迎新送旧，胜却千万倍矣。"司户点头道："你所见亦是。果有此心，我当与汝作主。"杨玉叩头道："恩官若能拔妾于苦海之中，真乃万代阴德也。"

说未毕，只见司理推门进来道："阳台梦醒也未？如今无事，可饮酒矣。"司户道："酒已过醉，不能复饮。"司理道："一分酒醉，十分心醉。"司户道："一分醉酒，十分醉德。"大家都笑起来。重来筵上，洗盏更酌，是日尽欢而散。

过了数日，单司户置酒，专请郑司理答席，也唤杨玉一名答应。杨玉先到，单司户不复与狎昵，遂正色问曰："汝前日有言，为小民妇亦所甘心；我今丧偶，未有正室，汝肯相随我乎？"杨玉含泪答道："枳棘岂堪凤凰所栖，若恩官可怜，得蒙收录，使得备巾栉之列，丰衣足食，不用送往迎来，固妾所愿也。但恐他日新孺人[21]性严，不能相容。然妾自当含忍，万一征色发声，妾情愿持斋奉佛，终身独宿，以报恩官之德耳。"司户闻言，不觉惨然，方知其厌恶风尘，出于至诚，非诳语也。

少停，郑司理到来，见杨玉泪痕未干，戏道："古人云'乐极生悲'，信有之乎？"杨玉敛容答道："忧从中来，不可断绝耳！"单司户将杨玉立志从良说话，向郑司理说了。郑司理道："足下若有此心，下官亦愿效一臂。"这一日饮酒无话。

⑳蹙頞（è）：眉头紧皱，形容忧愁的样子。頞，鼻梁。

㉑孺人：古代贵族、官吏之母或妻的封号，也用作妻子的通称。

席散后，单司户在灯下修成家书一封，书中备言岳丈邢知县全家受祸，春娘流落为娼，厌恶风尘，志向可悯。男情愿复联旧约，不以良贱为嫌。单公拆书亲看，大惊，随即请邢四承务到来，商议此事，两家各伤感不已。四承务要亲往全州，主张亲事，教单公致书于太守，求为春娘脱籍。单公写书，付与四承务收讫，四承务作别而行。不一日，来到全州，

径入司户衙中相见，道其来历。单司户先与郑司理说知其事，司理一力撺掇，道：“谚云：‘贵易交，富易妻。’今足下甘娶风尘之女，不以存亡易心，虽古人高义，不是过也。”遂同司户到太守处，将情节告诉。单司户把父亲书札呈上。太守看了，道：“此美事也，敢不奉命。”次日，四承务具状告府，求为释贱归良，以续旧婚事，太守当面批准了。

候至日中，还不见发下文牒。单司户疑有他变，密使人打探消息，见厨司正在忙乱，安排筵席。司户猜道：“此酒为何而设？岂欲与杨玉举离别觞耶？事已至此，只索听之。”少顷，果召杨玉祗候，席司只请通判一人。酒至三巡，食供两套。太守唤杨玉近前，将司户愿续旧婚，及邢祥所告脱籍之事，一一说了。杨玉拜谢道：“妾一身生死荣辱，全赖恩官提拔。”太守道：“汝今日尚在乐籍，明日即为县君[22]，将何以报我之德？”杨玉答道：“恩官拔人于火宅[23]之中，阴德如山，妾惟有日夕吁天，愿恩官子孙富贵而已。”太守叹道：“丽色佳音，不可复得。”不觉前起抱持杨玉，说道：“汝必有以报我。”那通判是个正直之人。见太守发狂，便离席起立，正色发作道：“既司户有宿约，便是孺人，我等俱有同僚叔嫂之谊。君子进退当以礼，不可苟且，以伤雅道。”太守踧踖[24]，谢道：“老夫不能忘情，非判府之言，不知其为过也。今得罪于司户，当谢过以质耳[25]。”乃令杨玉入内宅，与自己女眷相见。却教人召司理、司户二人到后堂同席，直吃到天明方散。

㉒县君：古代妇人的一种封号。宋代制度，官员的妻子最高一级封国夫人，其次为郡妇人，再次封郡君，最下一级封县君。至宋徽宗时，废除了这一称号。

㉓火宅：佛经中把充满痛苦烦恼的世界比作火宅，意为如居火坑之中。

㉔踧踖（cù jí）：局促不安、惭愧的样子。

㉕谢过以质耳：诚心诚意地道歉。

太守也不进衙，径坐早堂，便下文书与杨家翁媪，教除去杨玉名字。杨翁、杨媪出其不意，号哭而来，拜着太守，诉道："养女十馀年，费尽心力。今既蒙明判，不敢抗拒。但愿一见而别，亦所甘心。"太守遣人传语杨玉，杨玉立在后堂，隔屏对翁妪说道："我夫妻重会，也是好事，我虽承汝十年抚养之恩，然所得金帛已多，亦足为汝养老之计。从此永诀，休得相念。"妪兀自号哭不止。太守喝退了杨翁、杨妪。当时差州司人从，自宅堂中抬出杨玉，径送至司户衙中；取出私财十万钱，权佐资奁之费。司户再三推辞，太守定教受了。是日郑司理为媒，四承务为主婚，如法成亲，做起洞房花烛。有诗为证：

风流司户心如渴，文雅娇娘意似狂。

今夜官衙寻旧约，不教人话负心郎。

次日，太守同一府官员都来庆贺，司户置酒相待，四承务自归临安，回复单公去讫。司户夫妻相爱，自不必说。

光阴似箭，不觉三年任满。春娘对司户说道："妾失身风尘，亦荷翁姬爱育，其他姊妹中相处，也有情分契厚的。今将远去，终身不复相见。欲具少酒食，与之话别，不识官人肯容否？"司户道："汝之事，合州莫不闻之，何可隐讳？便治酒话别，何碍大体？"春娘乃设筵于会胜寺中，教人请杨翁、杨妪，及旧时同行姊妹相厚者十余人，都来会饮。至期，司户先差人在会胜寺等候众人到齐，方才来禀。杨翁、杨妪先到，以后众妓陆续而来，从人点客已齐，方敢禀知司户，请孺人登舆，仆从如云，前呼后拥，到会胜寺中，与众人相见，略叙寒暄，便上了筵席。饮至数巡，春娘自出席送酒。内中一妓姓李名英，原与杨妪家连居，其音乐技艺，皆是春娘教导，常呼春娘为姊，情似同胞，极相敬爱。自从春娘脱籍，李英好生思想，常有郁郁之意。是日，春娘送酒到他面前，李英忽然执春娘之手，说道："姊今超脱污泥之中，高翔青云之上，似妹子沉沦粪土，无有出期，

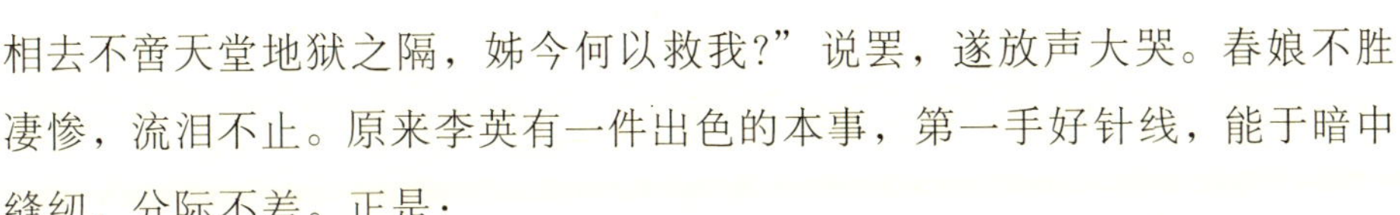

相去不啻天堂地狱之隔，姊今何以救我?”说罢，遂放声大哭。春娘不胜凄惨，流泪不止。原来李英有一件出色的本事，第一手好针线，能于暗中缝纫，分际不差。正是：

织发夫人[26]昔擅奇，神针娘子古来稀。

谁人乞得天孙[27]巧?十二楼中一李姬。

㉖织发夫人：据传说，三国时孙权的赵夫人以神胶接续发丝，织成轻幔。

㉗天孙：织女星。

春娘道：“我司户正少一针线人，吾妹肯来与我作伴否?”李英道：“若得阿姊为我方便，得脱此门路，是一段大阴德事。若司户左右要觅针线人，得我为之，素知阿姊心性，强似寻生分人也。”春娘道：“虽然如此，但吾妹平日与我同行同辈，今日岂能居我之下乎?”李英道：“我在风尘中每自退姊一步，况今日云泥迥隔，又有嫡庶之异；即使朝夕奉侍阿姊，比于侍婢，亦所甘心，况敢与阿姊比肩耶?”春娘道：“妹既有此心，奴当与司户商之。”

当晚席散。春娘回衙，将李英之事对司户说了。司户笑道：“一之为甚，岂可再乎!”春娘再三撺掇，司户只是不允，春娘闷闷不悦，一连几日。李英遣人以问安奶奶为名，就催促那事。春娘对司户说道：“李家妹情性温雅，针线又是第一，内助得如此人，诚所罕有。且官人能终身不纳姬侍则已，若纳他人，不如纳李家妹，与我少小相处，两不见笑。官人何不向守公求之，万一不从，不过拚一没趣而已，妾亦有词以回绝李氏。倘侥幸相从，岂非全美!”司户被孺人强逼数次，不得已，先去与郑司理说知了，捉[28]了他同去见太守，委曲道其缘故。太守笑道：“君欲一箭射双雕乎?敬当奉命，以赎前此通判所责之罪。”当下太守再下文牒，与李英脱籍，送归司户。司户将太守所赠十万钱一半给与李妪，以为赎身之费，一半给与杨妪，以酬其养育之劳。自此春娘与李英姊妹相称，极其和睦。当初单飞英只身上任，今日一妻一妾，又都是才色双全，意外良缘，欢喜无限。后人有诗云：

官舍孤居思黯然，今朝采线喜双牵。

符郎不念当时旧，邢氏徒怀再世缘。

空手忽擎双块玉，污泥挺出并头莲。

姻缘不论良和贱，婚牒书来五百年。

㉘捉：这里是拉的意思。

单司户选吉起程，别了一府官僚，挚带妻妾，还归临安宅院。单飞英率春娘拜见舅姑[29]，彼此不觉伤感，痛哭了一场。哭罢，飞英又率李英拜见。单公问是何人，飞英述其来历。单公大怒，说道："吾至亲骨肉流落失所，理当收拾[30]，此乃万不得已之事。又旁及外人，是何道理？"飞英皇恐谢罪，单公怒气不息。老夫人从中劝解，遂引去李英于自己房中，要将改嫁。李英那里肯依允，只是苦苦哀求。老夫人见其至诚，且留作伴。过了数日，看见李氏小心婉顺，又爱他一手针线，遂劝单公收留与儿子为妾。单飞英迁授令丞[31]。上司官每闻飞英娶娼之事，皆以为有义气，互相传说，无不加意钦敬，累荐至太常卿[32]。春娘无子，李英生一子，春娘抱之爱如已出。后读书登第，遂为临安名族。至今青楼传为佳话。有诗为证：

山盟海誓忽更迁，谁向青楼认旧缘？

仁义还收仁义报，宦途无梗子孙贤。

㉙舅姑：公婆，夫之父母。

㉚收拾：收容、安置。

㉛令丞：令史、丞史，泛指中央或地方长官的助理官。

㉜太常卿：官名，掌礼乐、宗庙等事。

十六　杨八老越国奇逢

【精要简介】

本篇讲的是陕西西安府人杨复，小名杨八老，年近三旬，读书不成，改行经商，往返陕西与福建之间做买卖，在漳浦又娶妻生女。后在闽地经商时，被倭寇劫去十九年，又被充作倭人到沿海劫掠，最终与家人团聚的故事。篇中讲述杨八老人生的戏剧性转折，圆满结局令人回味无穷。

【原文鉴赏】

君不见平阳公主马前奴[①]，一朝富贵嫁为夫？又不见咸阳东门种瓜者[②]，昔日封侯何在也？荣枯贵贱如转丸，风云变幻诚多端。达人知命总度外[③]，傀儡场[④]中一例看。

这篇古风，是说人穷通有命，或先富后贫，先贱后贵，如云踪无定，瞬息改观，不由人意想测度。且如宋朝吕蒙正秀才未遇之时，家道艰难。三日不曾饱餐，天津桥[⑤]上赊得一瓜，在桥柱上磕之，失手落于桥下。那瓜顺水流去，不得到口。后来状元及第，做到宰相地位，起造落瓜亭，以识[⑥]穷时失意之事。你说做状元宰相的人，命运未至，一瓜也无福消受。假如落瓜之时，向人说道："此人后来荣贵。"被人做一万个鬼脸，啐干了一千担吐沫，也不为过，那个信他？所以说："前程如黑漆，暗中摸不出。"又如宋朝军卒杨仁杲为丞相丁晋公治第[⑦]，夏天负土运石，汗流不止，怨叹道："同是一般父母所生，那住房子的，何等安乐！我们替他做工的，何等吃苦！正是：'有福之人人伏侍，无福之人伏侍人。'"这里杨仁杲口出怨声，却被管工官听得了，一顿皮鞭，打得负痛吞声。不隔数年，丁丞相得罪，贬做崖州司户。那杨仁杲从外戚起家，官至太尉，号为皇亲，朝廷就将丁丞相府第，赐与杨仁杲居住。丁丞相起夫[⑧]治第，分明是替杨仁杲做个工头。正是：

桑田变沧海，沧海变桑田。

穷通无定准，变换总由天。

①平阳公主马前奴：指汉卫青，本是平阳侯曹寿家的奴仆，曹寿娶汉武帝的姐姐阳信公主为妻，阳信公主因此又称平阳公主。后卫青同母姊卫子夫立为皇后，卫青也因抗击匈奴有功，拜大将军，封长平侯，三个儿子亦均封侯，贵震天下。此时平阳公主守寡，按规定在列侯中择夫，于是嫁给了卫青。

②咸阳东门种瓜者：秦时广陵人召平，封东陵侯，秦亡后，家贫，种瓜于长安城东的青门外。

③度外：指把荣枯贵贱置之度外。

④傀儡场：演傀儡戏的场所，这里比喻人间世。

⑤天津桥：在洛阳西南洛水上，始建于隋炀帝时，宋初重修。

⑥识（zhì）：记。

⑦丁晋公：指丁谓。宋真宗时封晋国公，仁宗时贬崖州司户参军。治军：修建府第。

⑧起夫：征集夫役。

闲话休题。则今说一节故事，叫做《杨八老越国奇逢》。那故事，远不出汉、唐，近不出二宋，乃出自胡元之世，陕西西安府地方。这西安府乃《禹贡》[9]雍州之域，周曰王畿，秦曰关中，汉曰渭南，唐曰关内，宋曰永兴，元曰安西。话说元朝至大年间，一人姓杨名复，八月中秋节生日，小名八老，乃西安府盩厔[10]县人氏。妻李氏，生子才七岁，头角秀异[11]，天资聪敏，取名世道。夫妻两口儿爱惜，自不必说。

⑨《禹贡》：《尚书》篇名，禹定九州贡法而记其山川、物产，所以名为《禹贡》。

⑩盩厔（zhōu zhì）：今陕西周至。

⑪头角秀异：头顶左右之突出处，常用来比喻青少年的气概或才华。

一日，杨八老对李氏商议道："我年近三旬，读书不就，家事日渐消乏。祖上原在闽、广为商，我欲凑些赀本，买办货物，往漳州商贩，图几分利息，以为赡家之资，不知娘子意下如何？"李氏道："妾闻治家以勤俭为本，守株待兔，岂是良图？乘此壮年，正堪跋踄[12]，速整行李，不必迟疑也。"八老道："虽然如此，只是子幼妻娇，放心不下。"李氏道："孩儿幸喜长成，妾自能教训，但愿你早去早回。"当日商量已定，择个吉日出行，与妻子分别。带个小厮，叫做随童，出门搭了船只，往东南一路进发。昔人有古风一篇，单道为商的苦处：

人生最苦为行商，抛妻弃子离家乡。
餐风宿水多劳役，披星戴月时奔忙。
水路风波殊未稳，陆程鸡犬惊安寝。
平生豪气顿消磨，歌不发声酒不饮。
少资利薄多资累，匹夫怀璧[13]将为罪。
偶然小恙卧床帏，乡关万里书谁寄？

一年三载不回程，梦魂颠倒妻孥惊。

灯花忽报行人至，阖门相庆如更生。

男儿远游虽得意，不如骨肉长相聚。

请看江上信天翁[14]，拙守何曾阙生计？

⑫跋涉：艰辛远行。

⑬匹夫怀璧：为古代谚语“匹夫无罪，怀璧其罪”之省，意思是百姓本来没有罪，因身藏璧玉而获罪，指财宝能招致祸害。

⑭信天翁：一种水鸟，常凝立水际不动，守食经过的游鱼，即使终日无鱼，也不换地方，却仍没有听说有饿死的。

话说杨八老行至漳浦，下在檗[15]妈妈家，专待收买番禺货物。原来檗妈妈无子，只有一女，年二十三岁，曾赘个女婿，相帮过活。那女婿也死了，已经周年之外，女儿守寡在家。檗妈妈看见杨八老本钱丰厚，且是志诚老实，待人一团和气，十分欢喜，意欲将寡女招赘，以靠终身。八老初时不肯，被檗妈妈再三劝道：“杨官人，你千乡万里，出外为客，若没有切己的亲戚，那个知疼着热？如今我女儿年纪又小，正好相配官人，做个‘两头大’。你归家去有娘子在家，在漳州来时，有我女儿。两边来往，都不寂寞，做生意也是方便顺溜的。老身又不费你大钱大钞，只是单生一女，要他嫁个好人，日后生男育女，连老身门户都有依靠。就是你家中娘子知道时，料也不嗔怪。多少做客的，娼楼妓馆，使钱撒漫[16]，这还是本分之事。官人须从长计较，休得推阻。”八老见他说得近理，只得允了，择日成亲，入赘于檗家。夫妻和顺，自此无话。不上二月，檗氏怀孕。期年之后，生下一个孩子，合家欢喜。三朝满月，亲戚庆贺，不在话下。

⑮下：投宿，留宿。檗（bò）：姓氏名。

⑯撒漫：挥霍，大手大脚。漫，同“幕”“镘”。钱的正面叫字，背面叫漫。撒漫就是大把花钱、挥霍的意思，也引申为丢弃、糟蹋。

却说杨八老思想故乡妻娇子幼，初意成亲后，一年半载，便要回乡看觑；因是怀了身孕，放心不下，以后生下孩儿，檗氏又不放他动身。光阴

似箭，不觉住了三年，孩儿也两周岁了，取名世德，虽然与世道排行，却冒了檗氏的姓，叫做檗世德。杨八老一日对檗氏说，暂回关中，看看妻子便来。檗氏苦留不住，只得听从。八老收拾货物，打点起身。也有放[17]下人头帐目，与随童分头并日[18]催讨。

⑰放：放债。

⑱并日：连日。

八老为讨欠帐，行至州前。只见挂下榜文，上写道“近奉上司明文：倭寇生发[19]，沿海抢劫，各州县地方，须用心巡警，以防冲犯。一应出入，俱要盘诘。城门晚开早闭”等语。八老读罢，吃了一惊，想道：“我方欲动身，不想有此寇警。倘或倭寇早晚来时，闭了城门，知道何日平静？不如趁早走路为上。”也不去讨帐，径回身转来。只说拖欠帐目，急切难取，待再来催讨未迟。闻得路上贼寇生发，货物且不带去，只收拾些细软行装，来日便要起程。檗氏不忍割舍，抱着三岁的孩儿，对丈夫说道：“我母亲只为终身无靠，将奴家嫁你，幸喜有这点骨血。你不看奴家面上，须牵挂着小孩子，千万早去早回，勿使我母子悬望。”言讫，不觉双眼流泪。杨八老也命好道：“娘子不须挂怀，三载夫妻，恩情不浅，此去也是万不得已，一年半载，便得相逢也。”当晚檗妈妈治杯送行。

⑲生发：孳生，萌生，兴起。

次日清晨，杨八老起身梳洗，别了岳母和浑家，带了随童上路。未及两日，在路吃了一惊。但见：

舟车挤压，男女奔忙。人人胆丧，尽愁海寇恁猖狂；个个心惊，只恨官兵无备御。扶幼携老，难禁两脚奔波；弃子抛妻，单为一身逃命。不辨贫穷富贵，急难中总则[20]一般；那管城市山林，藏身处只求片地。正是：宁为太平犬，莫作乱离人。

杨八老看见乡村百姓，纷纷攘攘，都来城中逃难，传说倭寇一路放火杀人，官军不能禁御，声息至近，唬得八老魂不附体。进退两难，思量无计，只得随众奔走，且到汀州城里，再作区处。

⑳总则：总归，总是。

又走了两个时辰，约离城三里之地，忽听得喊声震地，后面百姓们都号哭起来，却是倭寇杀来了。众人先唬得脚软，奔跑不动。杨八老望见旁边一座林子，向刺斜里便走，也有许多人随他去林丛中躲避。谁知倭寇有智，惯是四散埋伏。林子内先是一个倭子跳将出来，众人欺他单身，正待一齐奋勇敌他。只见那倭子，把海叵罗吹了一声[21]，吹得呜呜的响，四围许多倭贼，一个个舞着长刀，跳跃而来，正不知那里来的。有几个粗莽汉子，平昔间有些手脚的，拚着性命，将手中器械，上前迎敌。犹如火中投雪，风里扬尘，被倭贼一刀一个，分明砍瓜切菜一般。唬得众人一齐下跪，口中只叫饶命。

㉑海叵罗：海螺。军队中用作号角，凡军中一吹海叵罗，即表示要兵士起身，或者马兵上车，车兵登车，步兵执器械立齐。

原来倭寇逢着中国之人，也不尽数杀戮。掳得妇女，恣意奸淫，弄得不耐烦了，活活的放了他去。也有有情的倭子，一般私有所赠。只是这妇女虽得了性命，一世被人笑话了。其男子但是老弱，便加杀害；若是强壮的，就把来剃了头发，抹上油漆，假充倭子。每遇厮杀，便推他去当头阵。官军只要杀得一颗首级，便好领赏，平昔百姓中秃发瘌痢，尚然被他割头请功，况且见在战阵上拿住，那管真假，定然不饶的。这些剃头的假倭子，自知左右是死，索性靠着倭势，还有捱过几日之理，所以一般行凶出力。那些真倭子，只等假倭挡过头阵，自己都尾其后而出，所以官军屡堕其计，不能取胜。昔人有诗单道着倭寇行兵之法，诗云：

倭阵不喧哗，纷纷正带斜。

螺声飞蛱蝶，鱼贯走长蛇。

扇散全无影，刀来一片花。

更兼真伪混，驾祸扰中华。

杨八老和一群百姓们，都被倭奴擒了，好似瓮中之鳖，釜中之鱼，没处躲闪，只得随顺，以图苟活。随童已不见了，正不知他生死如何。到此地位，自身管不得，何暇顾他人？莫说八老心中愁闷，且说众倭奴在乡村劫掠得许多金宝，心满意足。闻得元朝大军将到，抢了许多船只，驱了所掳人口下船，一齐开洋[22]，欢欢喜喜，径回日本国去了。

㉒开洋：开船出海。

原来倭奴入寇，国王多有不知者，乃是各岛穷民，合伙泛海，如中国贼盗之类，彼处只如做买卖一般。其出掠亦各分部统，自称大王之号。到回去，仍复隐讳了。劫掠得金帛，均分受用，亦有将十分中一二分，献与本岛头目，互相容隐。如被中国人杀了，只作做买卖折本一般。所掳得壮健男子，留作奴仆使唤，剃了头，赤了两脚，与本国一般模样，给与刀仗，教他跳战之法。中国人惧怕，不敢不从。过了一年半载，水土习服，学起倭话来，竟与真倭无异了。

光阴似箭，这杨八老在日本国，不觉住了一十九年。每夜私自对天拜祷："愿神明护佑我杨复再转家乡，重会妻子。"如此寒暑无间。有诗为证.

异国飘零十九年，乡关魂梦已茫然。

苏卿困虏旄俱脱[23]，洪皓留金[24]雪满颠。

彼为中朝甘守节，我成俘虏获何愆？

首丘[25]无计伤心切，夜夜虔诚祷上天。

㉓苏卿困虏旄俱脱：苏武持节出使匈奴被扣，杖汉节牧羊，卧起操持，节旄尽落。旄，旄牛尾，指符节上的毛。古代使臣所持之符节叫"旄节"，编毛而成。

㉔洪皓留金：宋洪皓，建炎三年假礼部尚书出使金国，被金人扣留，十五年始归。

㉕首丘：指不忘故土或死后归葬故乡。古代有“狐死首丘”的谚语，意思说狐狸虽死，也仍然把头朝着自己洞窟所在的山丘。

话说元泰定年间，日本国年岁荒歉，众倭纠伙，又来入寇，也带杨八老同行。八老心中一则以喜，一则以忧。所喜者，乘此机会，到得中国。陕西、福建二处，俱有亲属，皇天护佑，万一有骨肉重逢之日，再得团圆，也未可知。所忧者，此身全是倭奴形象，便是自家照着镜子，也吃一惊，他人如何认得？况且刀枪无情，此去多凶少吉，枉送了性命。只是一说，宁作故乡之鬼，不愿为夷国之人。天天[26]可怜，这番飘洋，只愿在陕、闽两处便好，若在他方也是枉然。

㉖天天：老天爷。

原来倭寇飘洋，也有个天数，听凭风势：若是北风，便犯广东一路；若是东风，便犯福建一路；若是东北风，便犯温州一路；若是东南风，便犯淮扬一路。此时二月天气，众倭登船离岸，正值东北风大盛，一连数日，吹个不住，径飘向温州一路而来。那时元朝承平日久，沿海备御俱疏，就有几只船，几百老弱军士，都不堪拒战，望风逃走。众倭公然登岸，少不得放火杀人。杨八老虽然心中不愿，也不免随行逐队。这一番自二月至八月，官军连败了数阵，抢了几个市镇，转掠宁、绍[27]，又到余杭，其凶暴不可尽述。各府州县写了告急表章，申奏朝廷。旨下兵部，差平江路普花元帅[28]领兵征剿。这普花元帅足智多谋，又手下多有精兵良将，奉命克日兴师，大刀阔斧，杀奔浙江路上来。前哨打探倭寇占住清水闸为穴[29]，普花元帅约会浙中兵马，水陆并进。那倭寇平素轻视官军，不以为意。谁知普花元帅手下有十个统军，都有万夫不当之勇，军中多带火器，四面埋伏。一等倭贼战酣之际，埋伏都起，火器一齐发作，杀得他走头没路，大败亏输，斩首千余级，活捉二百余人，其抢船逃命者，又被水路官兵截杀，也多有落水死者。普花元帅得胜，赏了三军。犹恐余倭未尽，遣兵四下搜获。真个是：

饶伊凶暴如狼虎，恶贯盈时定受殃。

㉗宁、绍：指宁海、绍兴。

㉘平江路：元代设置，今江苏吴县、常熟、昆山等县地。治所在吴县。普花元帅：指普花帖木儿，官至江南行台御史大夫。

㉙清水闸：在浙江上虞县，宋嘉泰元年县尉钱绩修建。穴：指敌人盘踞、藏匿的地方。

话分两头。却说清水闸上有顺济庙，其神姓冯名俊，钱塘人氏。年十六岁时，梦见玉帝遣天神传命劏开其腹，换去五脏六腑，醒来犹觉腹痛。从幼失学，未曾知书，自此忽然开悟，无书不晓，下笔成文，又能预知将来祸福之事。忽一日，卧于家中，叫唤不起，良久方醒。自言适在东海龙王处赴宴，被他劝酒过醉。家人不信，及呕吐出来都是海错异味，目所未睹，方知真实。到三十六岁，忽对人说："玉帝命我为江涛之神，三日后，必当赴任。"至期无疾而终。是日，江中波涛大作，行舟将覆，忽见朱幡皂盖，白马红缨，簇拥一神，现形云端间，口中叱咤之声。俄顷，波恬浪息。问之土人，其形貌乃冯俊也。于是就其所居，立庙祠之，赐名顺济庙。绍定年间，累封英烈王之号。其神大有灵应。倭寇占住清水闸时，杨八老私向庙中祈祷，问筶[30]得个大吉之兆，心中暗喜。与先年一般向被掳去的，共十三人约会，大兵到时，出首投降，又怕官军不分真假，拿去请功，狐疑不决。到这八月二十八日，倭寇大败，杨八老与十二个人，俱潜躲在顺济庙中，不敢出头。正在两难，急听得庙外喊声大举，乃是老王千户，名唤王国雄，引着官军入来搜庙。一十三人尽被活捉，捆缚做一团儿，吊在廊下。众人口称冤枉，都说不是真倭，那里睬他？此时天色已晚，老王千户权就庙中歇宿，打点明早解官请功。

㉚问筶（gào）：一种问卜的方法，即掷杯珓。筶，即杯珓。珓，亦作筊、簥、校等。杯珓，以两蚌壳制成，也有用玉、竹或木雕成的，在神前投掷，观其俯仰，以卜吉凶。

事有凑巧，老王千户带个贴身伏侍的家人，叫做王兴，夜间起来出恭，闻得廊下哀号之声，其中有一个像关中声音，好生奇异。悄地点个灯

去，打一看，看到杨八老面貌，有些疑惑，问道："你们既说不是真倭，是那里人氏？如何入了倭贼伙内，又是一般形貌？"杨八老诉道："众人都是闽中百姓，只我是安西府盩厔县人。十九年前在漳浦做客，被倭寇掳去，髡头跣足[31]，受了万般辛苦。众人是同时被难的。今番来到此地，便想要自行出首。其奈形状怪异，不遇个相识之人，恐不相信，因此狐疑不决。幸天兵得胜，倭贼败亡，我等指望重见天日，不期老将军不行细审，一概捆吊，明日解到军门[32]，性命不保。"说罢，众人都哭起来。王兴忙摇手道："不可高声啼哭，恐惊醒了老将军，反为不美。则你这安西府汉子，姓甚名谁？"杨八老道："我姓杨名复，小名八老。长官也带些关中语音，莫非同郡人么？"王兴听说，吃了一惊："原来你就是我旧主人！可记得随童么？小人就是。"杨八老道："怎不记得！只是须眉非旧，端的对面不相认了。自当初在闽中分散，如何却在此处？"王兴道："且莫细谈，明早老将军起身发解[33]时，我站在旁边，你只看着我，唤我名字起来，小人自来与

你分解。”说罢，提了灯自去了。众人都向八老问其缘故，八老略说一二，莫不欢喜。正是：

死中得活因灾退，绝处逢生遇救来。

㉛髡（kūn）头跣（xiǎn）足：光头赤足。

㉜军门：对统兵官的尊称。明代称总督或提督军务为军门。

㉝发解：解送，起解。

原来随童跟着杨八老之时，才一十九岁，如今又加十九年，是三十八岁人了，急切如何认得？当先与主人分散，躲在茅厕中，侥幸不曾被倭贼所掠。那时老王千户还是百户之职，在彼领兵。偶然遇见，见他伶俐，问其来历，收在身边伏侍，就便许他访问主人消息，谁知杳无音信。后来老王百户有功，升了千户，改调浙中地方做官。随童改名王兴，做了身边一个得力的家人。也是杨八老命不当尽，禄不当终，否极泰来，天教他主仆相逢。

闲话休题。却说老王千户次早点齐人众，解下一十三名倭犯，要解往军门请功。正待起身，忽见倭犯中一人，看定王兴，高声叫道：“随童，我是你旧主人，可来救我！”王兴假意认了一认，两下抱头而哭。因事体年远，老王千户也忘其所以了，忙唤王兴，问其缘故。王兴一一诉说：“此乃小人十九年前失散之主人也。彼时寻觅不见，不意被倭贼掳去。小人看他面貌有些相似，正在疑惑，谁想他到认得小人，唤起小人的旧名。望恩主辨其冤情，释放我旧主人。小人便死在阶前，瞑目无怨。”说罢，放声大哭。众倭犯都一齐声冤起来，各道家乡姓氏，情节相似。老王千户道：“既有此冤情，我也不敢自专，解在帅府，教他自行分辨。”王兴道：“求恩主将小人一齐解去，好做对证。”老王千户起初不允，被王兴哀求不过，只得允了。当日将一十三名倭犯，连王兴解到帅府。普花元帅道：“既是倭犯，便行斩首。”那一十三名倭犯，一个个高声叫冤起来，内中王兴也叫冤枉。王国雄便跪下去，将王兴所言事情，禀了一遍。普花元帅准信[34]，就教王国雄押着一干倭犯，并王兴发到绍兴郡丞杨世道处，审明回报。

㉞准信：相信，确信。

故元时节，郡丞即如今通判之职，却只下太守一肩，与太守同理府事，最有权柄。那日，郡丞杨公升厅理事，甚是齐整。怎见得？有诗为证：

吏书站立如泥塑，军卒分开似木雕。

随你凶人奸似鬼，公庭刑法不相饶。

老王千户奉帅府之命，亲押一十三名倭犯到杨郡丞厅前，相见已毕，备言来历。杨公送出厅门，复归公座。先是王兴开口诉冤，那一班倭犯哀声动地。杨公问了王兴口词，先唤杨八老来审。杨八老将姓名家乡备细说了。杨郡丞问道："既是盩厔县人，你妻族何姓？有子无子？"杨八老道："妻族东村李氏，止生一子，取名世道。小人到漳浦为商之时，孩儿年方七岁。在漳浦住了三年，就陷身倭国，经今又十九年。自从离家之后，音耗不通，妻子不知死亡。若是孩儿抚养得长大，算来该二十九岁了。老爷不信时，移文到盩厔县中，将三党亲族姓名，一一对验，小人之冤可白矣。"再问王兴，所言皆同。众人只齐声叫冤。杨公一一细审，都是闽中百姓，同时被掳的。杨公沉吟半晌，喝道："权且收监，待行文本处查明来历，方好释放。"

当下散堂，回衙见了母亲杨老夫人，口称怪事不绝。老夫人问道："孩儿今日问何公事？口称怪异，何也？"杨公道："有王千户解到倭犯一十三名，说起来都是我中国百姓，被倭奴掳去的，是个假倭，不是真倭。内中一人，姓杨名复，乃关中盩厔县人氏。他说二十一年前，别妻李氏，往漳浦经商。三年之后，遭倭寇作乱，掳他到倭国去了。与妻临别之时，有儿年方七岁，到今算该二十九岁了。母亲常说孩儿七岁时，父亲往漳州为商，一去不回。他家乡姓名正与父亲相同，其妻子姓名，又分毫不异。孩儿今年正二十九岁，世上不信有此相合之事。况且王千户有个家人王兴，一口认定是他旧主。那王兴说旧名随童，在漳浦乱军分散，又与我爷

旧仆同名，所以称怪。”老夫人也不觉称道：“怪事，怪事！世上相同的事也颇有，不信件件皆合，事有可疑。你明日再行吊审[35]，我在屏后窃听，是非顷刻可决。”

㉟吊审：提审。

杨世道领命，次日重唤取一十三名倭犯，再行细鞫。其言与昨无二。老夫人在屏后大叫道：“杨世道我儿！不须再问，则这个盩厔县人，正是你父亲！那王兴端的是随童了。”惊得郡丞杨世道手脚不迭，一跌跌下公座来，抱了杨八老放声大哭，请归后堂，王兴也随进来。当下母子夫妻三口，抱头而哭，分明是梦里相逢一般。则这随童也哭做一堆。哭了一个不耐烦[36]，方才拜见父亲。随童也来磕头，认旧时主人、主母。杨八老对儿子道：“我在倭国，夜夜对天祷告，只愿再转家乡，重会妻子。今日皇天可怜，果遂所愿。且喜孩儿荣贵，万千[37]之喜。只是那一十二人，都是闽中百姓，与我同时被掳的，实出无奈。吾儿速与昭雪，不可偏枯，使他怨望。”杨世道领了父亲言语，便把一十二人尽行开放，又各赠回乡路费三两，众人谢恩不尽。一面分付书吏写下文书，申覆帅府；一面安排做庆贺筵席。衙内整备香汤，伏侍八老沐浴过了，通身换了新衣，顶冠束带。杨世道娶得夫人张氏，出来拜见公公。一门骨肉团圆，欢喜无限。

㊱不耐烦：表示程度很深，意即哭得很厉害。

㊲万千：万分，非常。

这一事闹遍了绍兴府前。本府檗太守听说杨郡丞认了父亲，备下羊酒，特往称贺，定要请杨太公相见。杨复只得出来，见了檗公，叙礼已毕，分宾而坐。檗太守欣羡不已。杨郡丞置酒留款。饮酒中间，檗太守问杨太公何由久客闽中，以致此祸。杨八老答道：“初意一年半载便欲还乡，何期下在檗家，他家适有寡女，年二十三岁，正欲招夫帮家过活。老夫入赘彼家，以此淹留三载。”檗公问道：“在彼三年，曾有生育否？”八老答道：“因是檗家怀孕，生下一儿，两不相舍，不然也回去久矣。”檗公又问道：“所生令郎可曾取名？”八老不知太守姓名，便随口应道：“因是本县小儿取名世道，那檗氏所生就取名檗世德，要见两姓兄弟之意。算来檗氏所生之子，今年也该二十二岁了，不知他母子存亡下落。”说罢，下泪如雨。檗太守也不尽欢。又饮了数杯，作别回去，与母亲檗老夫人说知如此如此：“他说在漳浦所娶檗家，与母亲同姓，年庚不差，莫非此人就是我父亲?”檗老夫人道：“你明日备个筵席，请他赴宴，待我屏后窥之，便见端的。”

次日，杨八老具个通家名帖，来答拜檗公，檗公也置酒留款。檗老夫人在屏后偷看，那时八老衣冠济楚[38]，又不似先前倭贼样子，一发容易认了。檗老夫人听不多几句言语，便大叫道：“我儿檗世德，快请你父亲进衙相见!”杨八老出自意外，倒吃了一惊。檗太守慌忙跪下道：“孩儿不识亲颜，乞恕不孝之罪。”请到私衙，与檗老夫人相见，抱头而哭，与杨郡丞衙中无异。

㊳济楚：整洁，齐整。

正叙话间，杨郡丞遣随童到太守衙中，迎接父亲。听说太守也认了父亲，随童大惊，撞入私衙，见了檗老夫人，磕头相见。檗老夫人问起，方知就是随童。此时随童才叙出失散之后，遇了王百户始末根由。阖门欢喜无限，檗太守娶妻蒋氏，也来拜见公公。檗公命重整筵席，请杨郡丞到来，备细说明。一守一丞，到此方认做的亲兄弟。当日连杨衙小夫人张氏都请过来，做个合家欢筵席，这一场欢喜非小，分明是：

苦尽生甘，否极遇泰。丰城之剑再合，合浦之珠复回。高年学究，忽然及第连科；乞食贫儿，蓦地发财掘藏。寡妇得夫花发蕊，孤儿遇父草行根[39]。喜胜他乡

遇故知，欢如久旱逢甘雨。两叶浮萍归大海，人生何处不相逢。

㊴草行根：草根向四方蔓延。

杨八老在日本国受了一十九年辛苦，谁知前妻李氏所生孩儿杨世道、后妻檗氏所生孩儿檗世德，长大成人，中同年进士，又同选在绍兴一郡为官。今日天遣相逢，在枷锁中脱出性命，就认了两位夫人、两个贵子，真是古今罕有。第三日，阖郡官员尽知奇事，都来贺喜。老王千户也来称贺，已知王兴是杨家旧仆，不相争执。王兴已娶有老婆，在老王千户家。老王千户奉承檗太守、杨郡丞，疾忙差人送王兴妻子到于府中完聚。檗太守和杨郡丞一齐备个文书，到普花元帅处，述其认父始末。普花元帅奏表朝廷，一门封赠。檗世德复姓归宗，仍叫杨世德。八老在任上安享荣华，寿登耆耋而终。此乃是死生有命，富贵在天，荣枯得失，尽是八字安排，不可强求。有诗为证：

才离地狱忽登天，二子双妻富贵全。

命里有时终自有，人生何必苦埋怨?

十七　陈从善梅岭失浑家

【精要简介】

本篇讲述的是汴梁秀才陈从善金榜题名，得中三甲进士，御赐为广东南雄沙角镇巡检司巡检，遂携妻张如春赴广东上任，途中妻如春不幸被齐天大圣猢狲精摄去，历尽艰险，痴情不改，后得紫阳真君将妖怪收伏，夫妻团圆的故事。文章赞美了陈从善夫妻间真挚的爱情。

【原文鉴赏】

君骑白马连云栈，我驾孤舟乱石滩。

扬鞭举棹休相笑，烟波名利大家难。

话说大宋徽宗宣和三年上春[①]间，黄榜招贤，大开选场[②]。去这东京汴梁城内虎异营[③]中，一秀才姓陈名辛，字从善，年二十岁，故父是殿前太尉。这官人不幸父母蚤亡，只单身独自。自小好学，学得文武双全。正是文欺孔孟，武赛孙吴。五经三史[④]，《六韬》《三略》，无所不晓。新娶得一个浑家，乃东京金梁桥[⑤]下张待诏之女，小字如春，年方二八，生得如花似玉。比花花解语，比玉玉生香。夫妻二人，如鱼似水，且是说得着[⑥]，不愿同日生，只愿同日死。这陈辛一心向善，常好斋供僧道。一日，与妻言说："今黄榜招贤，我欲赴选，求得一官半职，改换门闾，多少是好！"如春答曰："只恐你命运不通，不得中举。"陈辛曰："我正是'学成文武艺，货与帝王家'。"不数日，去赴选场，偕众伺候挂榜。旬日之间，金榜题名，已登三甲进士。琼林宴罢，谢恩，御笔除授广东南雄沙角镇巡检司[⑦]巡检。回家说与妻如春道："今我蒙圣恩，除做南雄巡检之职，就要走马上任。我闻广东一路，千层峻岭，万叠高山，路途难行，盗贼烟障极多。如今便要收拾前去，如之奈何？"如春曰："奴一身嫁与官人，只得同

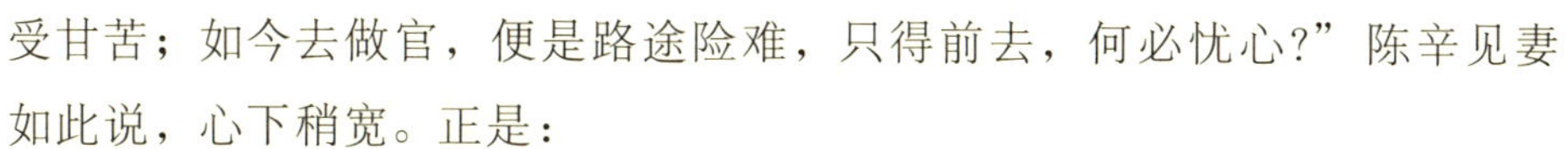
受甘苦；如今去做官，便是路途险难，只得前去，何必忧心?”陈辛见妻如此说，心下稍宽。正是：

青龙与白虎同行，吉凶事全然未保。

①上春：农历正月，也泛指初春。

②选场：试场、考场。

③虎异营：应写作“虎翼营”。北宋汴京新郑门外金明池侧置营，为禁兵虎翼水军屯驻的地区，也叫水虎翼巷。

④三史：魏晋六朝以《史记》《汉书》《东观汉记》为“三史”，唐以后《东观汉记》失传，以《史记》《汉书》《后汉书》为“三史”。

⑤金梁桥：北宋汴京城中桥名，在西水门（城西汴河水门）内，跨汴河。

⑥说得着：说话投机，合得来。

⑦巡检司：官署名，专管训练兵士，巡逻州邑，捕擒盗贼，维持地方治安。

当日陈巡检唤当直王吉分付曰：“我今得授广东南雄巡检之职，争奈路途崄峻，好生艰难，你与我寻一个使唤的，一同前去。”王吉领命，往街市寻觅，不在话下。

却说陈巡检分付厨下使唤的：“明日是四月初二日，设斋多备斋供，不问云游全真道人[8]，都要斋他，不得有缺。”

⑧不问：不论，不管。全真道人：全真教是道教的一派，始创人为王重阳，入道者称全真道士。

不说这里斋主备办，只说大罗仙界[9]有一真人，号曰紫阳真君[10]，于仙界观见陈辛奉真斋道，好生志诚。今投南雄巡检，争奈他妻有千日之灾，分付大慧真人化作道童，听吾法旨：“你可假名罗童，权与陈辛作伴当，护送夫妻二人。他妻若遇妖精，你可护送。”道童听旨，同真君到陈辛宅中，与陈巡检相见礼毕。斋罢，真君问陈辛曰：“何故往日设斋欢喜，今日如何烦恼?”陈辛叉手[11]告曰：“听小生诉禀：今蒙圣恩，除南雄巡检，

争奈路远难行，又无兄弟，因此忧闷也。”真人曰：“我有这个道童，唤做罗童，年纪虽小，有些能处。今日权借与斋官[12]，送到南雄沙角镇，便着他回来。”夫妻二人拜谢曰：“感蒙尊师降临，又赐道童相伴，此恩难报。”真君曰：“贫道物外之人，不思荣辱，岂图报答?”拂袖而去了。陈辛曰：“且喜添得罗童做伴。”收拾琴、剑、书箱，辞了亲戚邻里，封锁门户，离了东京。十里长亭，五里短亭，迤逦而进。一路上，但见：

村前茅舍，庄后竹篱。村醪香透磁缸，浊酒满盛瓦瓮。架上麻衣，昨日芒郎[13]留下当；酒帘[14]大字，乡中学究醉时书。沽酒客暂解担囊，趱路[15]人不停车马。

⑨大罗仙界：大罗天，道教指神仙所居三十六天中的最高一重天。

⑩紫阳真君：汉代汝阴人周逸山得道升天，上诣太微宫，受书为“紫阳真人”。又，宋代道士张伯瑞，号“紫阳”，后世称为“紫阳真人”。这里所说的“紫

阳真君”不一定确有所指，只是给人物随意起的一个道号。

⑪叉手：两手在胸前相交，表示恭敬，为古人的一种行礼方法。

⑫斋官：斋主，出钱做斋事的人。

⑬芒郎：牧童，村夫。

⑭酒帘：酒店悬挂青帘作为招子，也叫“酒望”“望子”“幌子”。

⑮趱路：赶路。

陈巡检骑着马，如春乘着轿，王吉、罗童挑着书箱行李，在路少不得饥餐渴饮，夜住晓行。罗童心中自忖：“我是大罗仙中大慧真人，今奉紫阳真君法旨，教我跟陈巡检往南雄沙角镇去。吾故意妆风做痴，教他不识咱真相。”遂乃行走不动，上前退后。如春见罗童如此嫌迟，好生心恼，再三要赶回去，陈巡检不肯，恐背了真人重恩。罗童正行在路，打火造饭，哭哭啼啼不肯吃，连陈巡检也厌烦了，如春孺人执性定要赶罗童回去。罗童越要风，叫走不动。王吉搀扶着行，不五里叫腰疼，大哭不止。如春说与陈巡检：“当初指望得罗童用，今日不曾得他半分之力，不如教他回去！”陈巡检不合听了孺人言语，打发罗童回去，有分教如春争些个[16]做了失乡之鬼。正是：

鹿迷郑相应难辨[17]，蝶梦周公未可知[18]。

当日打发罗童回去，且得耳根清净。陈巡检夫妻和王吉三人前行。

⑯争些个：差点儿，几乎。

⑰鹿迷郑相应难辨：《列子》中有一则寓言，大意是郑国有樵者击死一鹿，随即藏了起来，不久便忘记了所藏的地方，于是认为自己是做梦。他在归途中自言其梦，旁人闻知，根据他的话找到了鹿。樵夫归家，晚上梦到自己藏鹿的地方，并且梦见了那个得鹿的人。后来两人讼于官，争夺死鹿，郑君问国相，国相说：“梦与不梦，我也不能分辨。”

⑱蝶梦周公：《庄子》中有一则寓言，大意是庄周有一次梦见自己变为一只蝴蝶，忽然醒来，发现自己分明是庄周。分不清是庄周梦为蝴蝶，还是蝴蝶梦为庄周。

且说梅岭之北，有一洞，名曰申阳洞。洞中有一怪，号曰申阳公，乃猢狲精也。弟兄三人：一个是通天大圣，一个是弥天大圣，一个是齐天大圣。小妹便是泗州圣母。这齐天大圣神通广大，变化多端，能降各洞山魈，管领诸山猛兽。兴妖作法，摄偷⑲可意佳人；啸月吟风，醉饮非凡美酒。与天地齐休，日月同长。这齐天大圣在洞中，观见岭下轿中，抬着一个佳人，娇嫩如花似玉，意欲取他，乃唤山神分付："听吾号令，便化客店，你做小二哥，我做店主人。他必到此店投宿，更深夜静，摄此妇人入洞中。"山神听令化作一店，申阳公变作店主坐在店中。却好至黄昏时分，陈巡检与孺人如春并王吉至梅岭下，见天色黄昏，路逢一店，唤招商客店。王吉向前去敲门。店小二问曰："客长⑳有何勾当？"王吉答道："我主人乃南雄沙角巡检之任，到此赶不着馆驿，欲借店中一宿，来蚤便行。"申阳公迎接陈巡检夫妻二人入店，头房㉑安下。申阳公说与陈巡检曰："老夫今年八十余岁，今晚多口，劝官人一句：前面梅岭好生僻静，虎狼劫盗极多，不如就老夫这里安下孺人，官人自先去到任，多差弓兵㉒人等来取却好。"陈巡检答曰："小官三代将门之子，通晓武艺，常怀报国之心，岂怕虎狼盗贼？"申公情知难劝，便不敢言，自退去了。

⑲摄偷：摄召骗取。摄，指神灵鬼怪用法术招致人或物。

⑳客长：对客人的敬称，同"客官"。

㉑头房：上等客房。

㉒弓兵：宋元间州县专管地方巡逻、缉捕之事的士兵。

且说陈巡检夫妻二人到店房中，吃了些晚饭，却好一更。看看㉓二更，陈巡检先上床脱衣而卧，只见就中起一阵风。正是：

吹折地狱门前树，刮起酆都㉔顶上尘。

那阵风过处，吹得灯半灭而复明。陈巡检大惊，急穿衣起来看时，就房中不见了孺人。开房门叫得王吉，那王吉睡中叫将起来，不知头由，慌张失势。陈巡检说与王吉："房中起一阵狂风，不见了孺人。"主仆二人急叫店主人时，叫不应了。仔细看时，和店房都不见了，连王吉也吃一惊。

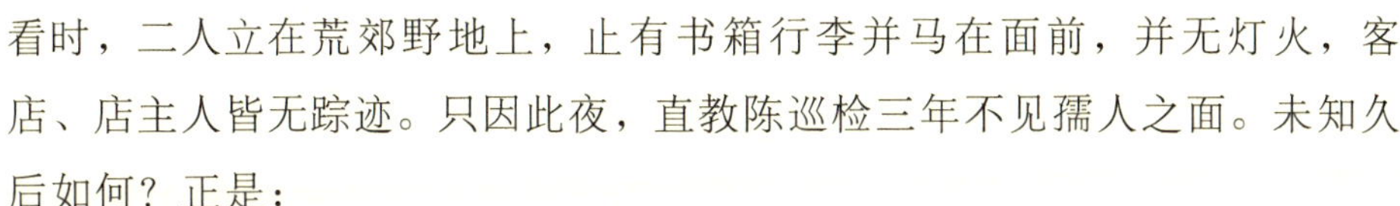

看时，二人立在荒郊野地上，止有书箱行李并马在面前，并无灯火，客店、店主人皆无踪迹。只因此夜，直教陈巡检三年不见孺人之面。未知久后如何？正是：

雨里烟村雾里都，不分南北路程途。

多疑看罢僧繇画[25]，收起丹青一轴图。

陈巡检与王吉听谯楼[26]更鼓，正打四更。当夜月明星光之下，主仆二人，前无客店，后无人家，惊得魂飞天外，魄散九霄。只得教王吉挑了行李，自跳上马，月光之下，依路径而行。在路陈巡检寻思：“不知是何妖法，化作客店。摄了我妻去？从古至今，不见闻此异事。”巡检一头行，一头哭：“我妻不知着落。”迤逦而行，却好天明。王吉劝官人：“且休烦恼，理会正事。前面梅岭，望着好生岭峻崎岖，凹凸难行；只得捱过此岭，且去沙角镇上了任，却来打听，寻取孺人不迟。”陈巡检听了王吉之言，只得勉强而行。

㉓看看：渐渐、将要，眼看着的意思。

㉔酆（fēng）都：道教附会，以酆都为阴王冥府所在地，在今四川丰都。

㉕僧繇画：南朝梁时著名画家张僧繇，善画山水、佛像、人物。

㉖谯楼：指更鼓楼。

且说申阳公摄了张如春，归于洞中。惊得魂飞魄散，半晌醒来，泪如雨下。元来洞中先有一娘子，名唤牡丹，亦被摄在洞中日久，向前来劝如春，不要烦恼。申公说与如春娘子：“小圣与娘子前生有缘，今日得到洞中，别有一个世界。你吃了我仙桃、仙酒、胡麻饭[27]，便是长生不死之人。你看我这洞中仙女，尽是凡间摄将来的。娘子休闷，且共你兰房[28]同床云雨。”如春见说，哀哀痛哭，告申公曰：“奴奴[29]不愿洞中快乐，长生不死，只求早死。若说云雨，实然不愿。”申公见说如此，自思：“我为他春心荡漾，他如今烦恼，未可归顺。其妇人性执，若逼令他，必定寻死，却不可惜了这等端妍少貌之人！”乃唤一妇人，名唤金莲，洞主也是日前摄来的，

在洞中多年矣。申公分付："好好劝如春，早晚好待他，将好言语诱他，等他回心。"金莲引如春到房中，将酒食管待。如春酒也不吃，食也不吃，只是烦恼。金莲、牡丹二妇人再三劝他："你既被摄到此间，只得无奈何，自古道：'在他矮檐下，怎敢不低头？'"如春告金莲云："姐姐，你岂知我今生夫妻分离，被这老妖半夜摄将到此，强要奴家云雨，决不依随，只求快死，以表我贞洁。古云：'烈女不更二夫。'奴今宁死而不受辱。"金莲说："'要知山下事，请问过来人'。这事我也曾经来。我家在南雄府住，丈夫富贵，也被申公摄来洞中五年。你见他貌恶，当初我亦如此，后来惯熟，方才好过。你既到此，只得没奈何，随顺了他罢！"如春大怒，骂云："我不似你这等淫贱，贪生受辱，枉为人在世，泼贱之女！"金莲云："好言不听，祸必临身。"遂自回报申公，说新来佳人，不肯随顺，恶言诽谤，劝他不从。申公大怒而言："这个贱人，如此无礼！本待将铜锤打死，为他花容无比，不忍下手，可奈他执意不从。"交付牡丹娘子："你管押着

他，将这贱人剪发齐眉[30]，蓬头赤脚，罚去山头挑水，浇灌花木，一日与他三顿淡饭。”牡丹依言，将张如春剪发齐眉，赤了双脚，把一副水桶与他。如春自思：“欲投岩涧中而死，万一天可怜见，苦尽甘来，还有再见丈夫之日”。不免含泪而挑水。正是：

宁为困苦全贞妇，不作贪淫下贱人。

㉗胡麻饭：芝麻炊成的饭。相传东汉永平年间，剡县人刘晨、阮肇入天台山采药，遇二女子邀至家，食以胡麻饭；留住半年，及还乡，子孙已历七世。（见南朝宋刘义庆《幽明录》）。后以胡麻饭表示仙人的食物。胡麻，芝麻。

㉘兰房：指妇女的居室，也称兰室。

㉙奴奴：妇女或奴婢自称之词，亦单作“奴”。

㉚剪发齐眉：本指将头发剪短，与眉毛相平，这里指把头发剪短。

不说张氏如春在洞中受苦，且说陈巡检与同王吉自离东京，在路两月余，至梅岭之北，被申阳公摄了孺人去，千方无计寻觅。王吉劝官人且去上任，巡检只得弃舍而行。乃望面前一村酒店，巡检到店门前下马，与王吉入店买酒饭吃了，算还酒饭钱，再上马而去。见一个草舍，乃是卖卦的，在梅岭下，招牌上写：“杨殿干请仙下笔，吉凶有准，祸福无差。”

陈巡检到门前，下马离鞍，入门与杨殿干相见已毕。殿干问：“尊官何来?”陈巡检将昨夜失妻之事，从头至尾，说了一遍。杨殿干焚香请圣，陈巡检跪拜祷祝。只见杨殿干请仙至，降笔判断四句，诗曰：

千日逢灾厄，佳人意自坚。

紫阳来到日，镜破再团圆。

杨殿干断曰：“官人且省[31]烦恼，孺人有千日之灾。三年之后，再遇紫阳，夫妇团圆。”陈巡检自思：“东京曾遇紫阳真人，借罗童为伴；因罗童呕气，打发他回去。此间相隔数千里路，如何得紫阳到此?”遂乃心中少宽，还了卦钱，谢了杨殿干，上马同王吉并众人上梅岭来。陈巡检看那岭时，真个崄峻：

欲问世间烟障路，大庾梅岭苦心酸。

磨牙猛虎成群走，吐气巴蛇[32]满地攒。

陈巡检并一行人过了梅岭，岭南二十里，有一小亭，名唤做接官亭。巡检下马，入亭中暂歇。忽见王吉报说："有南雄沙角镇巡检衙门弓兵人等，远来迎接。"陈巡检唤入，参拜毕。过了一夜，次日同弓兵吏卒走马上任。至于衙中升厅，众人参贺已毕。陈巡检在沙角镇做官，且是清正严谨。光阴似箭，正是：

窗外日光弹指过，席前花影坐间移。

倏忽在任，不觉一载有余，差人打听孺人消息，并无踪迹。端的：

好似石沉东海底，犹如线断纸风筝。

㉛省：休要。

㉜巴蛇：古代传说中的巨蛇，能吞吃大象。

陈巡检为因孺人无有消息，心中好闷，思忆浑家，终日下泪。正思念张如春之际，忽弓兵上报："相公，祸事！今有南雄府府尹札付[33]来报军情：有一强人，姓杨名广，绰号'镇山虎'，聚集五七百小喽啰，占据南林村，打家劫舍，杀人放火，百姓遭殃。札付巡检，火速带领所管一千人马，关领[34]军器，前去收捕，毋得迟误。"陈巡检听知，火速收拾军器鞍马，披挂已了，引着一千人马，径奔南林村来。

㉝札付：官府上级给下级的文书，多指手谕。

㉞关领：关支，支取、领取。

却说那南林村镇山虎正在寨中饮酒，小喽啰报说："官军到来。"急上马持刀，一声锣响，引了五百小喽啰，前来迎敌。陈巡检与镇山虎并不打话，两马相交，那草寇怎敌得陈巡检过？斗无十合，一矛刺镇山虎于马下，枭其首级，杀散小喽啰，将首级回南雄府，当厅呈献。府尹大喜，重赏了当，自回巡检衙，办酒庆贺已毕。只因斩了镇山虎，真个是：

威名大振南雄府，武艺高强众所钦。

这陈巡检在任，倏忽却早三年官满，新官交替。陈巡检收拾行装，与

王吉离了沙角镇，两程并作一程行。相望庾岭之下，红日西沉，天色已晚。陈巡检一行人，望见远远松林间，有一座寺。王吉告官人："前面有一座寺，我们去投宿则个。"陈巡检勒马向前，看那寺时，额上有"红莲寺"三个大金字。巡检下马，同一行人入寺。

元来这寺中长老，名号旃大惠禅师，佛法广大，德行清高，是个古佛出世。当时行者[35]报与长老："有一过往官人投宿。"长老教行者相请。巡检入方丈参见长老。礼毕，长老问："官人何来?"陈巡检备说前事："万望长老慈悲，指点陈辛，寻得孺人回乡，不忘重恩。"长老曰："官人听禀：此怪是白猿精，千年成器，变化难测。你孺人性贞烈，不肯依随，被他剪发赤脚，挑水浇花，受其苦楚。此人号曰申阳公，常到寺中，听说禅机，讲其佛法。官人若要见孺人，可在我寺中住几时。等申阳公来时，我劝化他回心，放还你妻如阿?"陈巡检见长老如此说，心中喜欢，且在寺中歇下。正是：

五里亭亭一小峰，上分南北与西东。

世间多少迷途客，一指还归大道中。

㉟行者：这里指寺庙中服杂役而尚未剃发的出家者。

陈巡检在红莲寺中，一住十余日。忽一日，行者报与长老："申阳公到寺来也。"巡检闻之，躲于方丈中屏风后面。只见长老相迎，申阳公入方丈叙礼毕，分位而坐，行者献茶。茶罢，申阳公告长老曰："小圣无能断除爱欲，只为色心迷恋本性，谁能虎项解金铃?"长老答曰："尊圣要解虎项金铃，可解色心本性。色即是空，空即是色，一尘不染，万法皆明。莫怪老僧多言相劝，闻知你洞中有一如春娘子，在洞三年。他是贞节之妇，可放他一命还乡，此便是断却欲心也。"申阳公听罢回言："长老，小圣心中正恨此人，罚他挑水三年，不肯回心。这等愚顽，决不轻放!"陈巡检在屏风后听得说，正是：

提起心头火，咬碎口中牙。

陈巡检大怒，拔出所佩宝剑，劈头便砍。申阳公用手一指，其剑反着

自身。申阳公曰：“吾不看长老之面，将你粉骨碎身，此冤必报。”道罢，申阳公别了长老回去了。自洞中叫张如春在面前，欲要剖腹取心，害其性命。得牡丹、金莲二人救解，依旧挑水浇花，不在话下。

且说陈巡检不知妻子下落，到也罢了，既晓得在申阳洞中，心下倍加烦恼，在红莲寺方丈中拜告长老：“怎生得见我妻之面？”长老曰：“要见不难，老僧指一条径路，上山去寻。”长老叫行者引巡检去山间寻访，行者自回寺。只说陈辛去寻妻，未知寻得见寻不见？正是：

风定始知蝉在树，灯残方见月临窗。

当日陈巡检带了王吉，一同行者到梅岭山头，不顾崎岖峻岭，走到山岩潭畔，见个赤脚挑水妇人。慌忙向前看时，正是如春。夫妻二人抱头而哭，各诉前情，莫非梦中相见，一一告诉。如春说：“昨日申公回洞，几乎一命不存。”巡检乃言：“谢红莲寺长老指路来寻，不想却好遇你，不如共你逃走

了罢。”如春道：“走不得。申公妖法广大，神通莫测。他若知我走，赶上时，和官人性命不留。我闻申公平日只怕紫阳真君，除非求得他来，方解其难。官人可急回寺去，莫待申公知之，其祸不小。”陈巡检只得弃了如春，归寺中拜谢长老，说已见娇妻，言：“申公只怕紫阳真君，他在东京曾与陈辛相会，今此间窎远[36]，如何得他来救?”长老见他如此哀告，乃言：“等我与你入定[37]去看，便见分晓。”长老教行者焚香，入定去了一晌。出定回来，说与陈巡检曰：“当初紫阳真人与你一个道童，你到半路赶了他回去。你如今便可往，急走三日，必有报应。”陈巡检见说，依其言，急急步行出寺，迤逦行了两日，并无踪迹。

㊱窎（diào）远：遥远。

㊲入定：佛教用语，指僧人闭眼静坐，使心定于一处，不生杂念。

且说紫阳真人在大罗仙境与罗童曰：“吾三年前，那陈巡检去上任时，他妻合有千日之灾，今已将满。吾怜他养道修真，好生虔心，吾今与汝同下凡间，去梅岭救取其妻回乡。”罗童听旨，一同下凡，往广东路上行来。这日却好陈巡检撞见真君同罗童远远而来，乃急急向前跪拜，哀告曰：“真君，望救度！弟子妻张如春被申阳公妖法摄在洞中三年，受其苦楚，望真君救难则个！”真君笑曰：“陈辛，你可先去红莲寺中等，我便到也。”陈辛拜别先回寺中，备办香案，迎接真君救难。正是：

法箓持身[38]不等闲，立身起业有多般。

千年铁树开花易，一日酆都出世难。

㊳持身：立身，修身。

陈巡检在寺中等了一日，只见紫阳真君行至寺中，端的道貌非凡。长老直出寺门迎接，入方丈[39]叙礼毕，分宾主坐定。长老看紫阳真君，端的有神仪[40]八极之表，道貌堂堂，威仪凛凛。陈巡检拜在真君面前，告曰：“望真君慈悲，早救陈辛妻张如春性命还乡，自当重重拜答深恩。”真君乃于香案前，口中不知说了几句言语，只见就方丈里起一阵风。但见：

无形无影透人怀，二月桃花被绰[41]开。

就地撮将黄叶去，入山推出白云来。

那风过处，只见两个红巾天将出现，甚是勇猛。这两员神将朝着真君声喏道：“吾师有何法旨？”紫阳真君曰：“快与我去申阳洞中，擒拿齐天大圣前来，不可有失。”两员天将去不多时，将申公一条铁索锁着，押到真君面前。申公跪下，紫阳真君判断，喝令天将将申公押入酆都天牢问罪。教罗童入申阳洞中，将众多妇女各各救出洞来，各令发付回家去讫。张如春与陈辛夫妻再得团圆，向前拜谢紫阳真人。真人别了长老、陈辛，与罗童冉冉腾空而去了。这陈巡检将礼物拜谢了长老，与一寺僧行别了，收拾行李轿马，王吉并一行从人离了红莲寺。迤逦在路，不则一日，回到东京故乡。夫妻团圆，尽老百年而终。有诗为证：

三年辛苦在申阳，恩爱夫妻痛断肠。

终是妖邪难胜正，贞名落得至今扬。

㊴方丈：指佛寺中长老及住持说法的地方，后来也用作寺院长老及住持的代称。

㊵神仪：神情仪表。八极：八方极远的地方。神仪八极之表，指具有仙风道骨。

㊶绰：这里是拂的意思。

十八　沈小官一鸟害七命

【精要简介】

本篇讲的是北宋徽宗年间，杭州城里有个叫沈秀的青年，从小娇生惯养，不务正业，以养画眉鸟过日，人称“沈鸟儿”。一日，沈秀外出遛鸟，突发疾病，结果画眉被抢，人被杀死，头颅不知去向。因这只画眉引起的无头公案，前后牺牲七条生命，轰动临安府。自此，人们常以“一鸟害七命”劝诫骄纵溺爱子女的父母和不求上进的青年，同时告诫人们切不可贪图私利，草菅人命，否则害人又害己。

【原文鉴赏】

飞禽惹起祸根芽，七命相残事可嗟。

奉劝世人须鉴戒，莫教儿女不当家。

话说大宋徽宗朝宣和三年，海宁郡①武林门外北新桥下，有一机户，姓沈名昱，字必显，家中颇为丰足。娶妻严氏，夫妇恩爱，单生一子，取名沈秀，年长一十八岁，未曾婚娶。其父专靠织造缎匹为活，不想这沈秀不务本分生理，专好风流闲耍，养画眉过日。父母因惜他一子，以此教训他不下。街坊邻里取他一个浑名，叫做“沈鸟儿”。每日五更，提了画眉，奔入城中柳林里来拖②画眉，不只一日。

①海宁郡：当为“宁海军”之误。宋代宁海军，即今杭州。

②拖：挑逗，逗弄。

忽至春末夏初，天气不暖不寒，花红柳绿之时。当日沈秀侵晨起来，梳洗罢，吃了些点心，打点笼儿，盛着个无比赛的画眉。这畜生只除天上有，果系世间无，将他各处去斗，俱斗他不过，成百十贯赢得，因此十分爱惜他，如性命一般。做一个金漆笼儿，黄铜钩子，哥窑[3]的水食罐儿，绿纱罩儿，提了在手，摇摇摆摆径奔入城，往柳林里去拖画眉。不想这沈秀一去，死于非命。好似：

猪羊进入宰生[4]家，一步步来寻死路。

③哥窑：明代传说，宋代龙泉县有章姓兄弟，都造窑，兄长所造的称为哥窑，弟弟造的称为弟窑。

④宰生：屠宰，杀生。

当时沈秀提了画眉径到柳林里来，不意来得迟了些，众拖画眉的俱已散了，净荡荡，黑阴阴，没一个人往来。沈秀独自一个，把画眉挂在柳树上叫了一回。沈秀自觉没情没绪，除[5]了笼儿正要回去，不想小肚子一阵疼，滚将上来，一块儿蹲到在地上。原来沈秀有一件病在身上，叫做"主心馄饨"，一名"小肠疝气"，每常一发一个小死。其日想必起得早些，况又来迟，众人散了，没些情绪，闷上心来，这一次甚是发得凶，一跤倒在柳树边，有两个时辰不醒人事。

⑤除：除下，取下。

你道事有凑巧，物有偶然，这日有个箍桶的，叫做张公，挑着担儿径往柳林里，穿过褚家堂做生活。远远看见一个人倒在树边，三步那做两步，近前歇下担儿。看那沈秀脸色蜡查黄[6]的，昏迷不醒，身边并无财物，止有一个画眉笼儿。这畜生此时越叫得好听，所以一时见财起意，穷极计生，心中想道："终日括[7]得这两分银子，怎地得快活？"只是这沈秀当死，这画眉见了张公，分外叫得好。张公道："别的不打紧，只这个画眉，少也值二三两银子。"便提在手，却待要走。不意沈秀正苏醒，开眼见张公提着笼儿，要阐[8]身子不起，只口里骂道："老忘八，将我画眉那里去？"张公听骂："这小狗入的，忒也嘴尖！我便拿去，他倘爬起赶来，我倒反吃他亏。一不做，二不休，左右是歹了。"却去那桶里取出一把削桶的刀来，把沈秀按住一勒，那湾刀[9]又快，力又使得猛，那头早滚在一边。张公也慌张了，东观西望，恐怕有人撞见。却抬头，见一株空心杨柳树，连

忙将头提起，丢在树中。将刀放在桶内，笼儿挂在担上，也不去褚家堂做生活，一道烟径走，穿街过巷，投一个去处。你道只因这个画眉，生生的害了几条性命。正是：

人间私语，天闻若雷。

暗室亏心，神目如电。

⑥蜡查黄：查，通“渣”，即“蜡渣子黄”，常用以比喻人患病或恐惧时的脸色。

⑦括：赚。

⑧阐：同“挣”，挣扎。

⑨湾刀：弯刀。一种刀具，似刀而上弯，如镰而下直。

当时张公一头走，一头心里想道：“我见湖州墅[10]里客店内有个客人，时常要买虫蚁[11]，何不将去卖与他？”一径望武林门外来。也是前生注定的劫数，却好见三个客人，两个后生跟着，共是五人，正要收拾货物回去，却从门外进来。客人俱是东京汴梁人，内中有个姓李名吉，贩卖生药。此人平昔也好养画眉，见这箍桶担上好个画眉，便叫张公借看一看。张公歇下担子，那客人看那画眉毛衣并眼，生得极好，声音又叫得好，心里爱它，便问张公："你肯卖么？"此时张公巴不得脱祸，便道："客官，你出多少钱？"李吉转看转好[12]，便道："与你一两银子。"张公自道着手[13]了，便道："本不当计较，只是爱者如宝，添些便罢。"那李吉取出三块银子，秤秤看到有一两二钱，道："也罢。"递与张公。张公接过银子看一看，将来放在荷包里，将画眉与了客人，别了便走。口里道："发脱得这祸根，也是好事了。"不上街做生理，一直奔回家去，心中也自有些不爽利。正是：

作恶恐遭天地责，欺心犹怕鬼神知。

⑩湖州墅：地名，在杭州北武林门外，本名湖州市，俗讹为湖墅或湖州墅。

⑪虫蚁：宋明间对禽鸟等小动物的通称。

⑫转看转好：越看越好。

⑬着手：这里是上手、得手的意思。

原来张公正在涌金门[14]城脚下住，止婆老[15]两口儿，又无儿子。婆儿见张公回来，便道："篾子一条也不动，缘何又回来得早？有甚事干？"张公只不答应，挑着担子径入门歇下，转身关上大门，道："阿婆，你来，我与你说话。恰才如此如此，谋得这一两二钱银子，与你权且快活使用。"两口儿欢天喜地，不在话下。

⑭涌金门：杭州城西面城门。

⑮婆老：老婆子和老头子。

却说柳林里无人来往，直至巳牌[16]时分，两个挑粪庄家打从那里过，见了这没头尸首挡在地上，吃了一惊，声张起来，当坊里甲邻佑一时嚷动。本坊申呈本县，本县申府。次日，差官吏仵作人等前来柳阴里，检验得浑身无些伤痕，只是无头，又无苦主[17]。官吏回复本府，本府差应捕挨获[18]凶身。城里城外，纷纷乱嚷。

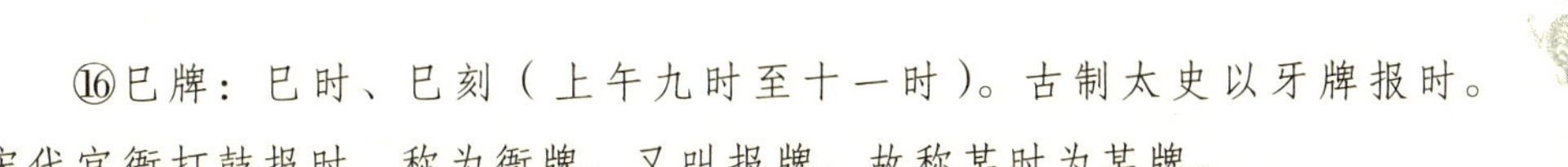

⑯巳牌：巳时、巳刻（上午九时至十一时）。古制太史以牙牌报时。宋代官衙打鼓报时，称为衙牌，又叫报牌，故称某时为某牌。

⑰苦主：被害人的家属。

⑱应（yìng）捕：负责缉捕的吏役，叫应捕人。挨获：搜捕，捉拿。

却说沈秀家到晚不见他回来，使人去各处寻不见。天明央人入城寻时，只见湖州墅嚷道："柳林里杀死无头尸首。"沈秀的娘听得说，想道："我的儿子昨日入城拖画眉，至今无寻他处，莫不得是他？"连叫丈夫："你必须自进城打听。"沈昱听了一惊，慌忙自奔到柳林里看了无头尸首，仔细定睛上下看了衣服，却认得是儿子，大哭起来。本坊里甲道："苦主有了，只无凶身。"其时沈昱径到临安府告说："是我的儿子昨日五更入城拖画眉，不知怎的被人杀了，望老爷做主！"本府发放[19]各处应捕及巡捕官，限十日内要捕凶身着。沈昱具棺木盛了尸首，放在柳林里，一径回家，对妻说道："是我儿子，被人杀了，只不知将头何处去了。我已告过本府，本府着捕人各处捉获凶身。我且自买棺木盛了。此事如何是好？"严氏听说，大哭起来，一交跌倒，不知五脏何如，先见四肢不举。正是：

身如五鼓衔山月，气似三更油尽灯。

⑲发放：这里是命令，吩咐的意思。

当时众人灌汤，救得苏醒，哭道："我儿日常不听好人之言，今日死无葬身之地。我的少年的儿，死得好苦！谁想我老来无靠！"说了又哭，哭了又说，茶饭不吃。丈夫再三苦劝，只得勉强过了半月，并无消息。沈昱夫妻二人商议，儿子平昔不依教训，致有今日祸事，吃人杀了，没捉获处，也只得没奈何，但得全尸也好。不若写个帖子，告禀四方之人，倘得见头，全了尸首，待后又作计较。二人商议已定，连忙便写了几张帖子满城去贴，上写："告知四方君子，如有寻获得沈秀头者，情愿赏钱一千贯；捉得凶身者，愿赏钱二千贯。"将此情告知本府。本府亦限捕人寻获，亦出告示道："如有人寻得沈秀头者，官给赏钱五百贯；如捉获凶身者，赏钱一千贯。"告示一出，满城哄动。不题。

且说南高峰[20]脚下有一个极贫老儿，姓黄，诨名叫做黄老狗，一生为人鲁拙，抬轿营生。老来双目不明，止靠两个儿子度日，大的叫做大保，小的叫做小保。父子三人，正是衣不遮身，食不充口，巴巴急急，口食不敷。一日，黄老狗叫大保、小保到来："我听得人说，甚么财主沈秀吃[21]人杀了，没寻头处。今出赏钱，说有人寻得头者，本家赏钱一千贯，本府又给赏五百贯。我今叫你两个别无话说。我今左右老了，又无用处，又不看见，又没趁钱[22]。做我着[23]，教你两个发迹快活。你两个今夜将我的头割了，埋在西湖水边，过了数日，待没了认色[24]，却将去本府告赏，共得一千五百贯钱，却强似今日在此受苦。此计大妙，不宜迟，倘被别人先做了，空折了性命。"只因这老狗失志[25]，说了这几句言语，况兼两个儿子又是愚蠢之人，不省法度的。正是：

口是祸之门，舌是斩身刀。

闭口深藏舌，安身处处牢。

当时两个出到外面商议。小保道："我爷设这一计大妙，便是做主将元帅，也没这计策。好便好了，只是可惜没了一个爷。"大保做人又狠又呆，道："看他左右只在早晚要死，不若趁这机会杀了，去山下掘个坑埋了，又无踪迹，那里查考？这个叫做'趁汤推'[26]，又唤做'一抹光'。天理人心，又不是我们逼他，他自叫我们如此如此。"小保道："好倒好，只除等睡熟了，方可动手。"二人计较已定，却去东奔西走，赊得两瓶酒来，父子三人吃得大醉，东倒西歪。一觉直到三更，两人爬将起来，看那老子[27]正齁齁睡着。大保去灶前摸了一把厨刀，去爷的项上一勒，早把这颗头割下了。连忙将破衣包了，放在床边。便去山脚下掘个深坑，扛去埋了。也不等天明，将头去南屏山藕花居[28]湖边浅水处埋了。

⑳南高峰：山名，在杭州城西南，处南北诸山之界，与北高峰遥遥相对。

㉑吃：被，让。

㉒趁钱：赚钱，挣钱。

㉓做我着：做着，是宋元时俗语，有豁出去、愿作牺牲的意思。做我

着，意即把我豁出去、牺牲了我。

㉔认色：指能够据以记认、辨认的标识。

㉕失志：失算、失策，欠考虑。

㉖趁汤推：指把宰杀的猪、鸡等用开水烫后去掉毛。与下句的“一抹光”，都是做得干净利索的意思，用于比喻不留痕迹。

㉗老子：这里指老头子、老家伙。

㉘南屏山：在杭州城外西南。藕花居：在南屏山净慈寺前。

过半月入城，看了告示，先走到沈昱家报说道：“我二人昨日因捉虾鱼，在藕花居边看见一个人头，想必是你儿子头。”沈昱见说道：“若果是，便赏你一千贯钱，一分不少。”便去安排酒饭吃了，同他两个径到南屏山藕花居湖边。浅土隐隐盖着一头，提起看时，水浸多日，澎涨了，也难辨别。想必是了，若不是时，那里又有这个人头在此？

沈昱便把手帕包了，一同两个径到府厅告说："沈秀的头有了。"知府再三审问，二人答道："因捉虾鱼，故此看见，并不晓别项情由。"本府准信，给赏五百贯。二人领了，便同沈昱将头到柳林里，打开棺木，将头凑在项上，依旧钉了，就同二人回家。严氏见说儿子头有了，心中欢喜，随即安排酒饭管待二人，与了一千贯赏钱。二人收了作别回家，便造房屋，买农具家生[29]。二人道："如今不要似前抬轿，我们勤力耕种，挑卖山柴，也可度日。"不在话下。正是光阴似箭，日月如梭，不觉过了数月，官府也懈了，日远日疏，俱不题了。

㉙家生：这里指用具、器械。

却说沈昱是东京机户，轮该[30]解段匹到京。待各机户段匹完日，到府领了解批[31]，回家分付了家中事务起身。此一去，只因沈昱看见了自家虫蚁，又屈害了一条性命。正是：

非理之财莫取，非理之事莫为。

明有刑法相系，暗有鬼神相随。

㉚轮该：轮值、轮流承当。

㉛解（jiè）批：解送犯人或货物的公文。

却说沈昱在路，饥餐渴饮，夜住晓行，不只一日，来到东京。把段匹一一交纳过了，取了批回，心下思量："我闻京师景致比别处不同，何不闲看一遭，也是难逢难遇之事。"其名山胜概，庵观寺院，出名的所在都走了一遭。偶然打从御用监禽鸟房[32]门前经过，那沈昱心中是爱虫蚁的，意欲进去一看，因门上用了十数个钱，得放进去闲看。只听得一个画眉十分叫得巧好，仔细看时，正是儿子不见的画眉。那画眉见了沈昱眼熟，越发叫得好听，又叫又跳，将头颠沈昱数次。沈昱见了想起儿子，千行泪下，心中痛苦，不觉失声叫起屈来，口中只叫得："有这等事！"

㉜御用监禽鸟房：《明史·职官志》记载，明代宦官有十二监，有御用监，专管造办皇帝所用器玩。禽鸟房，专司饲养各种飞禽。

那掌管禽鸟的校尉喝道："这厮好不知法度，这是甚么所在，如此大惊小怪起来！"沈昱痛苦难伸，越叫得响了。那校尉恐怕连累自己，只得把沈昱拿了，送到大理寺[33]。大理寺官便喝道："你是那里人，敢进内御用之处大惊小怪？有何冤屈之事，好好直说，便饶你罢。"沈昱就把儿子拖画眉被杀情由从头诉说了一遍。大理寺官听说，呆了半晌，想："这禽鸟是京民李吉进贡在此，缘何有如此一节隐情？"便差人火速捉拿李吉到官，审问道："你为何在海宁郡将他儿子谋杀了，却将他的画眉来此进贡？一一明白供招，免受刑罚。"李吉道："先因往杭州买卖，行至武林门里，撞见一个箍桶的担上挂着这个画眉，是吉因见他叫得巧，又生得好，用价一两二钱买将回来。因他好巧，不敢自用，以此进贡上用。并不知人命情由。"勘官问道："你却赖与何人！这画眉就是实迹了，实招了罢。"李吉再三哀告道："委的是问个箍桶的老儿买的，并不知杀人情由，难以屈招。"勘官又问："你既是问老儿买的，那老儿姓甚名谁？那里人氏？供得明白，我这里行文拿来，问理得实，即便放你。"李吉道："小人是路上逢着买的，实不知姓名，那里人氏。"勘官骂道："这便是含糊了，将此人命推与谁偿？据这画眉便是实迹，这厮不打不招！"再三拷打，打得皮开肉绽。李吉痛苦不过，只得招做"因见画眉生得好巧，一时杀了沈秀，将头抛弃"情由。遂将李吉送下大牢监候，大理寺官具本奏上朝廷，圣旨道："李吉委的杀死沈秀，画眉见存，依律处斩。"将画眉给还沈昱，又给了批回，放还原籍，将李吉押发[34]市曹斩首。正是：

老龟煮不烂，移祸于枯桑。

㉝大理寺：官署名，掌管刑狱。

㉞押发：押送。

当时恰有两个同与李吉到海宁郡来做买卖的客人踌躇[35]不下："有这等冤屈事！明明是买的画眉，我欲待替他申诉，争奈卖画眉的人虽认得，我亦不知其姓名，况且又在杭州，冤倒不辨得，和我连累了，如何出豁[36]？只因一个畜生，明明屈杀了一条性命，除我们不到杭州，若到，定要与他讨个明白。”也不在话下。

㉟蹀躞（dié xiè）不下：形容心里不安，放心不下。

㊱出豁：解决、开脱、摆脱。

却说沈昱收拾了行李，带了画眉星夜奔回。到得家中，对妻说道：“我在东京替儿讨了命了。”严氏问道：“怎生得来?”沈昱把在内监见画眉一节，从头至尾说了一遍。严氏见了画眉，大哭了一场，睹物伤情，不在话下。

次日沈昱提了画眉，本府来销批，将前项事情告诉了一遍。知府大喜道：“有这等巧事。”正是：

劝君莫作亏心事，古往今来放过谁?

休说人命关天，岂同儿戏。知府发放[37]道：“既是凶身获着斩首，可将棺木烧化。”沈昱叫人将棺木烧了，就撒了骨殖[38]，不在话下。

㊲发放：处理、处置。

㊳骨殖：指烧化后的尸骨，骨灰。据记载，宋代浙西一带，民间流行火葬，尸体焚化，骨灰则撒在寺庙所凿水池中。

却说当时同李吉来杭州卖生药的两个客人，一姓贺，一姓朱，有些药材，径到杭州湖墅客店内歇下，将药材一一发卖讫。当为心下不平，二人径入城来，探听这个箍桶的人。寻了一日不见消耗，二人闷闷不已，回归店中歇了。

次日，又进城来，却好遇见一个箍桶的担儿。二人便叫住道：“大哥，请问你，这里有一个箍桶的老儿，这般这般模样，不知他姓甚名谁，大哥你可认得么?”那人便道：“客官，我这箍桶行里止有两个老儿：一人姓李，住在石榴园巷内；一个姓张，住在西城脚下。不知那一个是?”二人谢了，径到石榴园来寻，只见李公正在那里劈篾，二人看了却不是他。又寻他到西城脚下，二人来到门首便问：“张公在么?”张婆道：“不在，出去做生活去了。”二人也不打话，一径且回。正是未牌时分，二人走不上半里之地，远远望见一个箍桶担儿来。有分直教此人偿了沈秀的命，明白

了李吉的事。正是：

恩义广施，人生何处不相逢？冤仇莫结，路逢狭处难回避。

其时张公望南回来，二人朝北而去，却好劈面撞见。张公不认得二人，二人却认得张公，便拦住问道："阿公高姓？"张公道："小人姓张。"又问道："莫非是在西城脚下住的？"张公道："便是，问小人有何事干？"二人便道："我店中有许多生活要箍，要寻个老成的做，因此问你。你如今那里去？"张公道："回去。"三人一头走，一头说，直走到张公门首。张公道："二位请坐吃茶。"二人道："今日晚了，明日再来。"张公道："明日我不出去了，专等专等。"

二人作别，不回店去，径投本府首告。正是本府晚堂，直入堂前跪下，把沈昱认画眉一节，李吉被杀一节，撞见张公买画眉一节，一一诉明。"小人两个不平，特与李吉讨命，望老爷细审张公。不知恁地[39]得画眉？"府官道："沈秀的事俱已明白了，凶身已斩了，再有何事？"二人告道："大理寺官不明，只以画眉为实，更不推详[40]来历，将李吉明白屈杀了。小人路见不平，特与李吉讨命。如不是实，怎敢告扰？望乞怜悯做主。"知府见二人告得苦切，随即差捕人连夜去捉张公。好似：

数只皂雕追紫燕，一群猛虎啖羊羔。

其夜众公人奔到西城脚下，把张公背剪绑了，解上府去，送大牢内监了。

㊴恁地：如何，怎样。

㊵推详：推究审察。

次日，知府升堂，公人于牢中取出张公跪下。知府道："你缘何杀了沈秀，反将李吉偿命？今日事露，天理不容。"喝令好生打着。直落[41]打了三十下，打得皮开肉绽，鲜血淋漓。再三拷打，不肯招承。两个客人并两个伴当齐说："李吉便死了，我四人见在，眼同[42]将一两二钱银子买你的画眉，你今推却何人？你若说不是你，你便说这画眉从何来？实的虚不得，支吾有何用处？"张公犹自抵赖。知府大喝道："画眉是真赃物，这四人是真证见，若再不招，取夹棍来夹起！"张公惊慌了，只得将前项盗取画眉，勒死沈秀一节，一一供招了。知府道："那头彼时放在那里？"张公道："小人一时心慌，见侧边一株空心柳树，将头丢在中间。随提了画眉，径出武林门来，偶撞见三个客人，两个伴当，问小人买了画眉，得银一两二钱，归家用度。所供是实。"知府令张公画了供，又差人去拘沈昱，一同押着张公，到于柳林里寻头。哄动街市上之人无数，一齐都到柳林里来看寻头。只见果有一株空心柳树，众人将锯放倒，众人发一声喊，果有一个人头在内。提起看时，端然不动。沈昱见了这头，定睛一看，认得是儿子的头，大哭起来，昏迷倒地，半晌方醒。遂将帕子包了，押着张公，径上府去。知府道："既有了头，情真罪当。"取具大枷枷了，脚镣手杻钉了，押送死囚牢里，牢固监候。

㊶直落：连续，接连不停的意思。

㊷眼同：亲自会同，一同。

知府又问沈昱道："当时那两个黄大保、小保，又那里得这人头来请赏？事有可疑。今沈秀头又有了，那头却是谁人的？"随即差捕人去拿黄大保兄弟二人，前来审问来历。沈昱眼同公人，径到南山黄家，捉了弟兄两个，押到府厅，当厅跪下。知府道："杀了沈秀的凶身已自捉了，沈秀的头见已追出。你弟兄二人谋死何人，将头请赏？一一承招，免得吃苦。"大保、小保被问，口隔[43]心慌，答应不出。知府大怒，喝令吊起拷打，半

日不肯招承，又将烧红烙铁烫他，二人熬不过死去，将水喷醒，只得口吐真情，说道："因见父亲年老，有病伶仃，一时不合将酒灌醉，割下头来，埋在西湖藕花居水边，含糊请赏。"知府道："你父亲尸骸埋在何处？"两个道："就埋在南高峰脚下。"当时押发二人到彼，掘开看时，果有没头尸骸一副埋藏在彼。依先押二人到于府厅回话，道："南山脚下，浅土之中，果有没头尸骸一副。"知府道："有这等事！真乃逆天之事，世间有这等恶人！口不欲说，耳不欲闻，笔不欲书，就一顿打死他倒干净，此恨怎的消得！"喝令手下不要计数先打一会，打得二人死而复醒者数次。讨两面大枷枷了，送入死囚牢里，牢固监候。沈昱并原告人，宁家听候。随即具表申奏，将李吉屈死情由奏闻。奉圣旨，着刑部及都察院将原问李吉大理寺官好生勘问，随贬为庶人，发岭南安置。李吉平人屈死，情实可矜，着官给赏钱一千贯，除子孙差役。张公谋财故杀，屈害平人，依律处斩，加罪凌迟，剐割二百四十刀，分尸五段。黄大保、小保贪财杀父，不分首从，俱各凌迟处死，剐二百四十刀，分尸五段，枭首示众。正是：

湛湛青天不可欺，未曾举意早先知。

劝君莫作亏心事，古往今来放过谁？

㊸口隔：张口结舌，说不出话。

一日文书到府，差官吏仵作人等将三人押赴木驴[44]上，满城号令三日，律例凌迟分尸，枭首示众。其时张婆听得老儿要剐，来到市曹上指望见一面。谁想仵作见了行刑牌，各人动手碎剐，其实凶险，惊得婆儿魂不附体，折身便走。不想被一绊，跌得重了，伤了五脏，回家身死。正是：

积善逢善，积恶逢恶。

仔细思量，天地不错。

㊹木驴：古代刑具。凡处决凌迟犯时，必先将犯人钉在木驴上，游街示众并处死。

十九　金玉奴棒打薄情郎

【精要简介】

本篇讲的是乞丐团头之女金玉奴，嫁给上门女婿书生莫稽，并供奉丈夫读书。后来莫稽连科及第，得授司户之职。莫稽贵显后竟忘恩负义，在赴任途中将金玉奴推落江心。金玉奴巧遇淮西转运使许公相救才得以存活。在许公的周旋下，金玉奴再度与莫稽成亲。洞房花烛之夜，金玉奴命丫鬟、仆妇将莫稽痛打一顿。莫稽悔悟，夫妻重归于好。篇中悲剧、喜剧情节交插叙述，鞭挞了读书人发迹后的薄幸负心行为，表达了对妇女不幸遭遇的同情。

【原文鉴赏】

枝在墙东花在西，自从落地任风吹。

枝无花时还再发，花若离枝难上枝。

这四句，乃昔人所作《弃妇词》，言妇人之随夫，如花之附于枝。枝若无花，逢春再发；花若离枝，不可复合。劝世上妇人，事夫尽道，同甘同苦，从一而终；休得慕富嫌贫，两意三心，自贻后悔。

且说汉朝一个名臣，当初未遇时节，其妻有眼不识泰山，弃之而去，到后来悔之无及。你说那名臣何方人氏？姓甚名谁？那名臣姓朱，名买臣，表字翁子，会稽郡人氏。家贫未遇，夫妻二口住于陋巷蓬门，每日买臣向山中砍柴，挑至市中卖钱度日。性好读书，手不释卷。肩上虽挑却柴担，手里兀自擒着书本，朗诵咀嚼，且歌且行。市人听惯了，但闻读书之声，便知买臣挑柴担来了，可怜他是个儒生，都与他买。更兼买臣不争价钱，凭人估值，所以他的柴比别人容易出脱。一般[1]也有轻薄少年及儿童之辈，见他又挑柴又读书，三五成群，把他嘲笑戏侮，买臣全不为意。

一日其妻出门汲水，见群儿随着买臣柴担拍手共笑，深以为耻。买臣卖柴回来，其妻劝道：“你要读书，便休卖柴；要卖柴，便休读书。许大年纪，不痴不颠，却做出恁般行径，被儿童笑话，岂不羞死!”买臣答道：“我卖柴以救贫贱，读书以取富贵，各不相妨，由他笑话便了。”其妻笑道：“你若取得富贵时，不去卖柴了。自古及今，那见卖柴的人做了官？却说这没把鼻的话!”买臣道：“富贵贫贱，各有其时。有人算我八字，到五十岁上必然发迹。常言‘海水不可斗量’，你休料[②]我。”其妻道：“那算命先生见你痴颠模样，故意耍笑你，你休听信。到五十岁时连柴担也挑不动，饿死是有分的，还想做官！除是阎罗王殿上少个判官，等你去做!”买臣道：“姜太公八十岁尚在渭水钓鱼，遇了周文王，以后车[③]载之，拜为尚父。本朝公孙弘丞相，五十九岁上还在东海牧豕，整整六十岁方才际遇今上[④]，拜将封侯。我五十岁上发迹，比甘罗[5]虽迟，比那两个还早，你须耐心等去。”其妻道：“你休得攀今吊古！那钓鱼牧豕的，胸中都有才学；你如今读这几句死书，便读到一百岁只是这个嘴脸，有甚出息？晦气做了你老婆！你被儿童耻笑，连累我也没脸皮。你不听我言抛却书本，我决不跟你终身，各人自去走路，休得两相担误了。”买臣道：“我今年四十三岁了，再七年，便是五十。前长后短，你就等耐也不多时。直恁薄情，舍我而去，后来须要懊悔！”其妻道：“世上少甚挑柴担的汉子，懊悔甚么来？我若再守你七年，连我这骨头不知饿死于何地了。你倒放我出门，做个方便，活了我这条性命。”买臣见其妻决意要去，留他不住，叹口气道：“罢，罢，只愿你嫁得丈夫，强似[6]朱买臣的便好。”其妻道：“好歹强似一分儿。”说罢，拜了两拜，欣然出门而去，头也不回。买臣感慨不已，题诗四句于壁上云：“嫁犬逐犬，嫁鸡逐鸡。妻自弃我，我不弃妻。”

①一般：这里是照例、照常的意思。

②料：本是预料、估量的意思，这里有轻视、小看之意。

③后车：副车，侍从之车。

④今上：当今圣上。

⑤甘罗：战国时秦国人，年十二岁，封为上卿。

⑥强似：强于，胜于。

买臣到五十岁时，值汉武帝下诏求贤，买臣到西京上书[7]，待诏公车[8]。同邑人严助[9]荐买臣之才。天子知买臣是会稽人，必知本土民情利弊，即拜为会稽太守，驰驿赴任。会稽长吏闻新太守将到，大发人夫，修治道路。买臣妻的后夫亦在役中，其妻蓬头跣足，随伴送饭，见太守前呼后拥而来，从旁窥之，乃故夫朱买臣也。买臣在车中一眼瞧见，还认得是故妻，遂使人招之，载于后车。到府第中，故妻羞惭无地，叩头谢罪。买臣教请他后夫相见。不多时，后夫唤到，拜伏于地，不敢仰视。买臣大笑，对其妻道：“似此人，未见得强似我朱买臣也。”其妻再三叩谢，自悔有眼无珠，愿降为婢妾，伏事终身。买臣命取水一桶，泼于阶下，向其妻

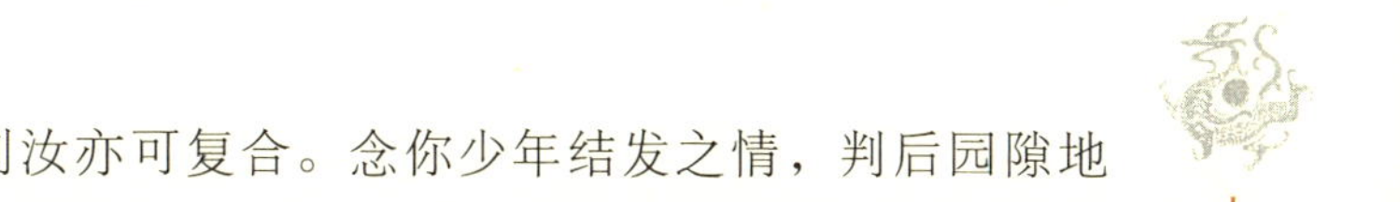

说道："若泼水可复收，则汝亦可复合。念你少年结发之情，判后园隙地与汝夫妇耕种自食。"其妻随后夫走出府第，路人都指着说道："此即新太守夫人也。"于是羞极无颜，到于后园，遂投河而死。有诗为证：

漂母尚知怜饿士，亲妻忍得弃贫儒？

早知覆水难收取，悔不当初任读书。

又有一诗，说欺贫重富，世情皆然，不止一买臣之妻也。诗曰：

尽看成败说高低，谁识蛟龙在污泥？

莫怪妇人无法眼，普天几个负羁妻[10]？

⑦西京：指长安，西汉都长安，东汉改都洛阳。上书：指向君主进呈书面意见。

⑧待诏公车：汉代制度，吏民上书，由公车令接待。待诏，等待诏命。公车，汉代官署名，掌管官车。

⑨严助：会稽人，汉武帝时曾为中大夫。

⑩负羁妻：春秋时，晋公子重耳出奔，经曹国，曹君对他很不礼貌。曹大夫僖负羁的妻子预料重耳将来必然得志，劝僖负羁结纳他。后来重耳立为晋文公，侵入曹国，下令军队不得进入僖负羁的家，并赦免他的族人。

这个故事，是妻弃夫的。如今再说一个夫弃妻的，一般是欺贫重富，背义忘恩，后来徒落得个薄幸之名，被人讲论。

话说故宋绍兴年间，临安虽然是个建都之地，富庶之乡，其中乞丐的依然不少。那丐户中有个为头的，名曰"团头"[11]，管着众丐。众丐叫化得东西来时，团头要收他日头钱。若是雨雪时没处叫化，团头却熬些稀粥养活这伙丐户，破衣破袄也是团头照管。所以这伙丐户小心低气，服着团头，如奴一般，不敢触犯。那团头见成收些常例钱，一般在众丐户中放债盘利。若不嫖不赌，依然做起大家事来。他靠此为生，一时也不想改业。只是一件，"团头"的名儿不好。随你挣得有田有地，几代发迹，终是个叫化头儿，比不得平等百姓人家。出外没人恭敬，只好闭着门，自屋里做大。虽然如此，若数着“良贱”二字，只说娼、优、隶、卒四般为贱流，到数不着那乞丐。看来乞丐只是没钱，身上却无疤瘢[12]。假如春秋时伍子胥逃难，也曾吹箫于吴市中乞食；唐时郑元和[13]做歌郎，唱《莲花落》；后来富贵发达，一床锦被遮盖，这都是叫化中出色的。可见此辈虽然被人轻贱，到不比娼、优、隶、卒。

⑪团头：宋代杭州各行业都有比较集中的市场，叫作团行。称为行的，有鱼行、猪行、菜行等，称为团的，有花团、青果团、柑子团等。行有行老，团有团头，都是该行业的首领。有时虽无团行的职业，他们首领也往往称为行老或团头。此处叫乞丐头为团头，大概即由此而来。

⑫疤瘢：指污点，不清白。

⑬郑元和：指唐代白行简《李娃传》中的郑生，未登第时，曾一度沦为乞丐和挽歌郎。挽歌郎，也叫挽郎，替出丧人家牵引灵柩唱挽歌的人。

闲话休题。如今且说杭州城中一个团头，姓金，名老大。祖上到他，做了七代团头了，挣得个完完全全的家事。住的有好房子，种的有好田园，穿的有好衣，吃的有好食，真个廒[14]多积粟，囊有余钱，放债使婢。虽不是顶富，也是数得着的富家了。那金老大有志气，把这团头让与族人金癞子做了，自己见成受用，不与这伙丐户歪缠。然虽如此，里中口顺，还只叫他是团头家，其名不改。

金老大年五十余，丧妻无子，止存一女，名唤玉奴。那玉奴生得十分美貌，怎见得？有诗为证：

无瑕堪比玉，有态欲羞花。

只少宫妆扮，分明张丽华[15]。

金老大爱此女如同珍宝，从小教他读书识字。到十五六岁时，诗赋俱通，一写一作，信手而成。更兼女工精巧，亦能调筝弄管，事事伶俐。金老大倚着女儿才貌，立心要将他嫁个士人。论来就名门旧族中，急切要这一个女子也是少的，可恨生于团头之家，没人相求。若是平常经纪人家[16]，没前程的，金老大又不肯扳他了。因此高低不就，把女儿直挨到一十八

岁，尚未许人。

⑭廒：仓廒，即粮仓。

⑮张丽华：南朝陈后主的妃子，容貌美丽。

⑯经纪人家：指靠做买卖或其他营生过活的人家。

偶然有个邻翁来说："太平桥[17]下有个书生，姓莫名稽，年二十岁，一表人才，读书饱学。只为父母双亡，家穷未娶。近日考中，补上太学生，情愿入赘人家。此人正与令爱相宜，何不招之为婿？"金老大道："就烦老翁作伐何如？"邻翁领命，径到太平桥下寻那莫秀才，对他说了："实不相瞒，祖宗曾做个团头的，如今久不做了。只贪他好个女儿，又且家道富足，秀才若不齐嫌，老汉即当玉成其事。"莫稽口虽不语，心下想道："我今衣食不周，无力婚娶，何不俯就他家，一举两得？也顾不得耻笑。"乃对邻翁说道："大伯所言虽妙，但我家贫乏聘，如何是好？"邻翁道："秀才但是允从，纸也不费一张，都在老汉身上。"邻翁回覆了金老大，择个吉日，金家到送一套新衣穿着，莫秀才过门成亲。莫稽见玉奴才貌，喜出望外，不费一钱，白白的得了个美妻，又且丰衣足食，事事称怀。就是朋友辈中，晓得莫稽贫苦，无不相谅，到也没人去笑他。

⑰太平桥：在宋代杭州东边城门东青门外。

到了满月，金老大备下盛席，教女婿请他同学会友饮酒，荣耀自家门户，一连吃了六七日酒。何期恼了族人金癞子，那癞子也是一班正理，他道："你也是团头，我也是团头，只你多做了几代，挣得钱钞在手，论起祖宗一脉，彼此无二。侄女玉奴招婿，也该请我吃杯喜酒。如今请人做满月，开宴六七日，并无三寸长一寸阔的请帖儿到我。你女婿做秀才，难道就做尚书、宰相，我就不是亲叔公？坐不起凳头？直恁[18]不觑人在眼里！我且去蒿恼他一场，教他大家没趣！"叫起五六十个丐户，一齐奔到金老大家里来。但见：

开花帽子，打结衫儿。旧席片对着破毡条，短竹根配着缺糙碗。叫爹叫娘叫财主，门前只见喧哗；弄蛇弄狗弄猢狲，口内各呈伎俩。敲板唱杨花[19]，恶声聒耳；打砖[20]搽粉脸，丑态逼人。一班泼鬼[21]聚成群，便是钟馗[22]收不得。

⑱直恁：竟然这样。

⑲杨花：民间曲调，多为乞丐和卖艺者所唱。

⑳打砖：抛掷砖头。

㉑泼鬼：骂人的话。泼，表示厌恶、鄙视，犹言卑劣、可恶。

㉒钟馗：民间传说故事中的人物，能打鬼驱邪。

金老大听得闹吵，开门看时，那金癞子领着众丐户一拥而入，嚷做一堂。癞子径奔席上，拣好酒好食只顾吃，口里叫道："快教侄婿夫妻来拜见叔公！"吓得众秀才站脚不住，都逃席去了，连莫稽也随着众朋友躲避。金老大无可奈何，只得再三央告道："今日是我女婿请客，不干我事。改日专治一杯，与你陪话。"又将许多钱钞分赏众丐户，又抬出两瓮好酒，和些活鸡、活鹅之类，教众丐户送去癞子家当个折席[23]，直乱到黑夜方才

散去。玉奴在房中气得两泪交流。这一夜，莫稽在朋友家借宿，次早方回。金老大见了女婿，自觉出丑，满面含羞。莫稽心中未免也有三分不乐，只是大家不说出来。正是：

哑子尝黄柏，苦味自家知。

㉓折席：指以金钱财物折代酒席。

却说金玉奴只恨自己门风不好，要挣个出头，乃劝丈夫刻苦读书。凡古今书籍，不惜价钱买来与丈夫看；又不吝供给之费，请人会文会讲；又出资财，教丈夫结交延誉[24]。莫稽由此才学日进，名誉日起，二十三岁发解[25]，连科及第。这日琼林宴罢，乌帽宫袍，马上迎归。将到丈人家里，只见街坊上一群小儿争先来看，指道："金团头家女婿做了官也。"莫稽在马上听得此言，又不好揽事，只得忍耐。见了丈人，虽然外面尽礼，却包着一肚子忿气，想道："早知有今日富贵，怕没王侯贵戚招赘成婚？却拜个团头做岳丈，可不是终身之玷！养出儿女来还是团头的外孙，被人传作话柄。如今事已如此，妻又贤慧，不犯七出之条，不好决绝得。正是事不三思，终有后悔。"为此心中怏怏，只是不乐，玉奴几遍问而不答，正不知甚么意故。好笑那莫稽只想着今日富贵，却忘了贫贱的时节，把老婆资助成名一段功劳化为春水，这是他心术不端处。

㉔延誉：播扬声誉。

㉕发解：唐宋时取士，乡试（解试）合格者由所在州郡发遣解送至礼部参加会试（省试），叫做发解。

不一日，莫稽谒选[26]，得授无为军[27]司户。丈人治酒送行，此时众丐户料也不敢登门闹吵了。喜得临安到无为军是一水之地，莫稽领了妻子登舟起任。

㉖谒选：官吏到吏部去应选，称为谒选。

㉗无为军：地名，宋太宗太平兴国三年（978年）置，治所在无为县（今安徽无为）。

行了数日，到了采石江边，维舟北岸。其夜月明如昼，莫稽睡不能寐，穿衣而起，坐于船头玩月。四顾无人，又想起团头之事，闷闷不悦。忽然动一个恶念：除非此妇身死，另娶一人，方免得终身之耻。心生一计，走进船舱，哄玉奴起来看月华㉘。玉奴已睡了，莫稽再三逼他起身。玉奴难逆丈夫之意，只得披衣，走至马门口㉙，舒头㉚望月，被莫稽出其不意，牵出船头，推堕江中。悄悄唤起舟人，分付快开船前去，重重有赏，不可迟慢。舟子不知明白，慌忙撑篙荡桨，移舟于十里之外。住泊㉛停当，方才说："适间奶奶因玩月堕水，捞救不及了。"却将三两银子赏与舟人为酒钱。舟人会意，谁敢开口？船中虽跟得有几个蠢婢子，只道主母真个坠水，悲泣了一场，丢开了手，不在话下。有诗为证：

只为团头号不香，忍因得意弃糟糠？

天缘结发终难解，赢得人呼薄幸郎。

㉘月华：月光，月亮。

㉙马门口：船舱门。

㉚舒头：伸头、探头。

㉛住泊：停泊、停歇。

你说事有凑巧，莫稽移船去后，刚刚有个淮西转运使㉜许德厚，也是新上任的，泊舟于采石北岸，正是莫稽先前推妻坠水处。许德厚和夫人推窗看月，开怀饮酒，尚未曾睡。忽闻岸上啼哭，乃是妇人声音，其声哀怨，好生不忍。忙呼水手打看，果然是个单身妇人，坐于江岸。便教唤上船来，审其来历。原来此妇正是无为军司户之妻金玉奴，初坠水时，魂飞魄荡，已拚着必死。忽觉水中有物，托起两足，随波而行，近于江岸。玉奴挣扎上岸，举目看时，江水茫茫，已不见了司户之船，才悟道丈夫贵而忘贱，故意欲溺死故妻，别图良配。如今虽得了性命，无处依栖，转思苦楚，以此痛哭。见许公盘问，不免从头至尾，细说一遍。说罢，哭之不已。连许公夫妇都感伤堕泪，劝道："汝休得悲啼，肯为我义女，再作道理。"玉奴拜谢。许公分付夫人取干衣替他通身换了，安排他后舱独宿。

教手下男女都称他小姐，又分付舟人，不许泄漏其事。

㉜转运使：官名，宋初设置随军转运使、水陆计度转运使，负责供办军需。

不一日到淮西上任，那无为军正是他所属地方，许公是莫司户的上司，未免随班参谒。许公见了莫司户，心中想道：“可惜一表人才，干恁般薄幸之事！”

约过数月，许公对僚属说道：“下官有一女，颇有才貌，年已及笄[33]，欲择一佳婿赘之。诸君意中有其人否？”众僚属都闻得莫司户青年丧偶，齐声荐他才品非凡，堪作东床之选。许公道：“此子吾亦属意久矣。但少年登第，心高望厚，未必肯赘吾家。”众僚属道：“彼出身寒门，得公收拔，如兼葭倚玉树，何幸如之，岂以入赘为嫌乎？”许公道：“诸君既酌量可行，可与莫司户言之。但云出自诸君之意，以探其情，莫说下官，恐有妨碍。”众人领命，遂与莫稽说知此事，要替他做媒。莫稽正要攀高，况且联姻上司，求之不得，便欣然应道：“此事全仗玉成，当效衔结之报。”众人道：“当得，当得。”随即将言回复许公。许公道：“虽承司户不弃，但下官夫妇钟爱此女，娇养成性，所以不舍得出嫁。只怕司户少年气概，不相饶让，或致小有嫌隙，有伤下官夫妇之心。须是预先讲过，凡事容耐些，方敢赘入。”众人领命，又到司户处传话，司户无不依允。此时司户不比做秀才时节，一般用金花彩币为纳聘之仪，选了吉期，皮松骨痒，整备做转运使的女婿。

㉝及笄（jī）：古代女子满十五岁结发，用笄贯之，表示已成人，相当于男子的冠礼。

却说许公先教夫人与玉奴说："老相公怜你寡居，欲重赘一少年进士，你不可推阻。"玉奴答道："奴家虽出寒门，颇知礼数。既与莫郎结发，从一而终。虽然莫郎嫌贫弃贱，忍心害理，奴家各尽其道，岂肯改嫁以伤妇节！"言毕泪如雨下。夫人察他志诚，乃实说道："老相公所说少年进士，就是莫郎。老相公恨其薄幸，务要你夫妻再合，只说有个亲生女儿，要招赘一婿，却教众僚属与莫郎议亲。莫郎欣然听命，只今晚入赘吾家。等他进房之时，须是如此如此，与你出这口呕气。"玉奴方才收泪，重匀粉面，再整新妆，打点结亲之事。

到晚，莫司户冠带齐整，帽插金花，身披红锦，跨着雕鞍骏马，两班鼓乐前导，众僚属都来送亲。一路行来，谁不喝采！正是：

鼓乐喧阗[34]白马来，风流佳婿实奇哉。

团头喜换高门眷，采石江边未足哀。

㉞喧阗：喧哗拥挤。

是夜，转运司铺毡结彩，大吹大擂，等候新女婿上门。莫司户到门下马，许公冠带出迎。众官僚都别去，莫司户直入私宅。新人用红帕覆首，两个养娘扶将出来。掌礼人在槛外喝礼，双双拜了天地，又拜了丈人、丈母，然后交拜礼毕，送归洞房，做花烛筵席。莫司户此时心中如登九霄云里，欢喜不可形容，仰着脸，昂然而入。才跨进房门，忽然两边门侧里走出七八个老妪、丫鬟，一个个手执篱竹细棒，劈头劈脑打将下来，把纱帽都打脱了，肩背上棒如雨下，打得叫喊不迭，正没想一头处[35]。莫司户被打，慌做一堆蹭倒，只得叫声："丈人，丈母，救命！"只听房中娇声宛转分付道："休打杀薄情郎，且唤来相见。"众人方才住手。七八个老妪、丫鬟，扯耳朵，拽胳膊，好似六贼戏弥陀[36]一般，脚不点地，拥到新人面前。司户口中还说道："下官何罪？"开眼看时，画烛辉煌，照见上边端端正正坐着个新人，不是别人，正是故妻金玉奴。莫稽此时魂不附体，乱嚷道：

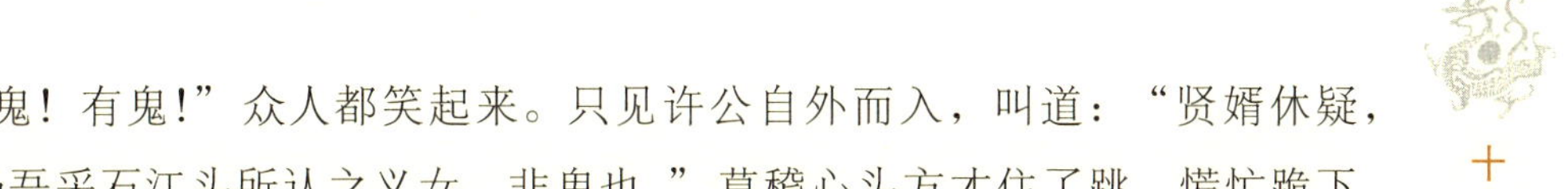

"有鬼！有鬼！"众人都笑起来。只见许公自外而入，叫道："贤婿休疑，此乃吾采石江头所认之义女，非鬼也。"莫稽心头方才住了跳，慌忙跪下，拱手道："我莫稽知罪了，望大人包容之。"许公道："此事与下官无干，只吾女没说话就罢了。"玉奴唾其面，骂道："薄幸贼！你不记宋弘[37]有言：'贫贱之交不可忘，糟糠之妻不下堂。'当初你空手赘入吾门，亏得我家资财，读书延誉，以致成名，侥幸今日。奴家亦望夫荣妻贵，何期你忘恩负本，就不念结发之情，恩将仇报，将奴推堕江心。幸然天天可怜，得遇恩爹提救，收为义女。倘然葬江鱼之腹，你别娶新人，于心何忍？今日有何颜面再与你完聚？"说罢放声而哭，千薄幸，万薄幸，骂不住口。莫稽满面羞惭，闭口无言，只顾磕头求恕。

㉟没想一头处：不知怎么回事。

㊱六贼戏弥陀：一种百戏的名称。佛经称色、声、香、味、触、法为六贼。

㊲宋弘：东汉时人，汉光武帝姊湖阳公主新寡，看中了宋弘。光武帝刘秀便试探宋弘的意思，对他说："谚语'贵易交，富易妻'，人情乎？"宋弘回答说："臣闻'贫贱之知不可忘，糟糠之妻不下堂'。"

许公见骂得够了，方才把莫稽扶起，劝玉奴道："我儿息怒，如今贤婿悔罪，料然不敢轻慢你了。你两个虽然旧日夫妻，在我家只算新婚花烛，凡事看我之面，闲言闲语一笔都勾罢。"又对莫稽说道："贤婿，你自家不是，休怪别人。今宵只索忍耐，我教你丈母来解劝。"说罢，出房去。少刻夫人来到，又调停了许多说话，两个方才和睦。

次日许公设宴管待新女婿，将前日所下金花彩币依旧送还，道："一女不受二聘。贤婿前番在金家已费过了，今番下官不敢重叠收受。"莫稽低头无语。许公又道："贤婿常恨令岳翁卑贱，以致夫妇失爱，几乎不终。今下官备员[38]如何？只怕爵位不高，尚未满贤婿之意。"莫稽涨得面皮红紫，只是离席谢罪。有诗为证：

痴心指望缔高姻，谁料新人是旧人？

打骂一场羞满面，问他何取岳翁新?

㊳备员：指虚在其位，聊以充数，这里是自谦语。

自此莫稽与玉奴夫妇和好，比前加倍。许公共夫人待玉奴如真女，待莫稽如真婿，玉奴待许公夫妇亦与真爹妈无异。连莫稽都感动了，迎接团头金老大在任所，奉养送终。后来许公夫妇之死，金玉奴皆制重服[39]，以报其恩。莫氏与许氏世世为通家兄弟，往来不绝。诗云：

宋弘守义称高节，黄允休妻[40]骂薄情。

试看莫生婚再合，姻缘前定枉劳争。

㊴重服：同“重孝”，指父母死后子女所穿的丧服。

㊵黄允休妻：东汉时，黄允以俊才知名，司徒袁隗替他的侄女择婿，见允而叹曰：“得婿如是足矣。”黄允知道了，便马上把自己的妻子休掉。

二十　沈小霞相会出师表

【精要简介】

本篇讲述的是明代嘉靖年间，严嵩、严世蕃父子专权乱政，官员沈炼深受诸葛亮《出师表》忠义思想感染，对严氏父子的倒行逆施极为愤慨，先当面斥责严世蕃，继而又以“十罪疏”弹劾严嵩，结果被处以杖刑，谪居保安州为民，后因被诬为谋反而遭到杀害，两子同被害。大儿子沈小霞在其妾闻淑女勇敢机智的周旋应付下，最终脱逃。数年后，严党被劾，严嵩削职，严世蕃处死，沈炼一案才得以昭雪。篇中通过对比描写的方法，塑造了几个栩栩如生的人物形象，不但突出了人物性格，还增强了全篇的艺术气氛和感人效果。

【原文鉴赏】

闲向书斋阅古今，偶逢奇事感人心。忠臣翻受奸臣制，肮脏[1]英雄泪满襟。

休解绶[2]，慢投簪，从来日月岂常阴？到头祸福终须应，天道还分贞与淫。

①肮脏：亦作“抗脏”，形容气忿不平而又无可奈何。

②解绶：解下印绶，指辞官。

话说国朝嘉靖年间，圣人在位，风调雨顺，国泰民安。只为用错了一个奸臣，浊乱了朝政，险些儿不得太平。那奸臣是谁？姓严名嵩，号介溪，江西分宜人氏。以柔媚[3]得幸，交通[4]宦官，先意迎合，精勤斋醮[5]，供奉青词，由此骤致贵显。为人外装曲谨，内实猜刻[6]。谗害了大学士夏言，自己代为首相，权尊势重，朝野侧目。儿子严世蕃，由官生[7]直做到工部侍郎。他为人更狠，但有些小人之才，博闻强记，能思善算。介溪公最听他的说话，凡疑难大事，必须与他商量，朝中有“大丞相”“小丞相”之称。他父子济恶，招权纳贿，卖官鬻爵。官员求富贵者，以重赂献之，拜他门下做干儿子，即得超迁显位。由是不肖之人，奔走如市，科道[⑧]衙门皆其心腹牙爪。但有与他作对的，立见奇祸，轻则杖谪，重则杀戮，好不利害！除非不要性命的，才敢开口说句公道话儿。若不是真正关龙逄、比干[⑨]，十二分忠君爱国的，宁可误了朝廷，岂敢得罪宰相？其时有无名子感慨时事，将《神童诗》改成四句云：

少小休勤学，钱财可立身。
君看严宰相，必用有钱人。

又改四句，道是：

天子重权豪，开言惹祸苗。
万般皆下品，只有奉承高。

③柔媚：迎合奉承。

④交通：交结，勾结。

⑤斋醮：僧道设坛祈祷。

⑥猜刻：猜忌刻薄。

⑦官生：高级官员子弟应乡试者，称为官生，其取录另有定额。工部侍郎：工部为“六部”之一，掌管营造、工匠、屯田、水利、交通等政令，长官

为工部尚书，副长官为工部侍郎。

⑧科道：明代六科给事中、十三道监察御史，统称为科道。

⑨关龙逢：传说中夏代末年的贤臣。夏桀暴虐，关龙逢力谏，被桀杀死。比干：商纣王的叔父，相传因极谏纣王而被剖心。

只为严嵩父子恃宠贪虐，罪恶如山，引出一个忠臣来，做出一段奇奇怪怪的事迹，留下一段轰轰烈烈的话柄。一时身死，万古名扬。正是：

家多孝子亲安乐，国有忠臣世泰平。

那人姓沈名炼，别号青霞，浙江绍兴人氏。其人有文经武纬之才，济世安民之志。从幼慕诸葛孔明之为人，孔明文集上有《前出师表》《后出师表》，沈炼平日爱诵之，手自抄录数百遍，室中到处粘壁。每逢酒后，便高声背诵，念到"鞠躬尽瘁，死而后已"，往往长叹数声，大哭而罢。以此为常，人都叫他是狂生。嘉靖戊戌年中了进士，除授知县之职。他共做了三处知县。那三处？溧阳、茌平、清丰。这三任官做得好，真个是：

吏肃惟遵法，官清不爱钱。

豪强皆敛手，百姓尽安眠。

因他生性伉直，不肯阿奉上官，左迁锦衣卫经历[10]。一到京师，看见严家赃秽狼藉，心中甚怒。忽一日值公宴，见严世蕃倨傲之状，已自九分不像意。饮至中间，只见严世蕃狂呼乱叫，旁若无人，索巨觥飞酒[11]，饮不尽者罚之。这巨觥约容酒斗余，两坐客惧世蕃威势，没人敢不吃。只有一个马给事[12]，天性绝饮，世蕃固意将巨觥飞到他面前。马给事再三告免，世蕃不依。马给事略沾唇，面便发赤，眉头打结，愁苦不胜。世蕃自去下席，亲手揪了他的耳朵，将巨觥灌之。那给事出于无奈，闷着气，一连几口吸尽。不吃也罢，才吃下时，觉得天在下，地在上，墙壁都团团转动，头重脚轻，站立不住。世蕃拍手呵呵大笑。沈炼一肚子不平之气，忽然揎袖而起，抢那只巨觥在手，斟得满满的，走到世蕃面前说道："马司谏承老先生赐酒，已沾醉不能为礼。下官代他酬老先生一杯。"世蕃愕然，方欲举手推辞，只见沈炼声色俱厉道："此杯别人吃得，你也吃得。别人怕着你，我沈炼不怕你!”也揪了世蕃的耳朵灌去。世蕃一饮而尽，沈炼掷杯于案，一般拍手呵呵大笑。唬得众官员面如土色，一个个低着头，不敢则声。世蕃假醉，先辞去了。沈炼也不送，坐在椅上，叹道：“咳，‘汉贼不两立’！‘汉贼不两立’！”一连念了七八句。这句书也是《出师表》上的说话，他把严家比着曹操父子。众人只怕世蕃听见，到替他捏两把汗。沈炼全不为意，又取酒连饮几杯，尽醉方散。

⑩锦衣卫经历：锦衣卫，本为皇宫的禁卫军，掌管皇帝出入仪仗，后兼管侍卫、缉捕、刑狱等事。锦衣卫设有经历司，掌公文出纳。

⑪飞酒：指轮流劝酒。

⑫给（jǐ）事：给事中，明代设吏、户、礼、兵、刑、工六科，掌侍从规谏、稽察六部弊误等。

睡到五更醒来，想道：“严世蕃这厮，被我使气[13]逼他饮酒，他必然记恨来暗算我。一不做，二不休，有心只是一怪，不如先下手为强。我想严嵩父子之恶，神人怨怒。只因朝廷宠信甚固，我官卑职小，言而无益，欲待觑个机会，方才下手。如今等不及了，只当做张子房在博浪沙中椎击秦始皇，虽然击他不中，也好与众人做个榜样。”就枕头上思想疏稿[14]，想到天明有了，起来焚香盥手，写就表章。表上备说严嵩父子招权纳贿，穷凶极恶，欺君误国十大罪，乞诛之以谢天下。圣旨下道：“沈炼谤讪大臣，沽名钓誉，着锦衣卫重打一百，发去口外[15]为民。”严世蕃差人分付锦衣卫官校，定要将沈炼打死。喜得堂上官[16]是个有主意的人，那人姓陆名炳，平时极敬重沈公的节气；况且又是属官[17]，相处得好的，因此反加周全，好生打个出头棍儿[18]，不甚利害。户部注籍，保安州为民。沈炼带着棒疮，即日收拾行李，带领妻子，顾着一辆车儿，出了国门[19]，望保安进发。

⑬使气：使性子，逞意气。

⑭疏稿：奏疏的稿子。

⑮口外：关外。

⑯堂上官：衙署的长官。

⑰属官：属员，下属官员。

⑱出头棍儿：行杖刑时，不用杖头而用杖的中间部分打着人身，可以减轻被打之人的痛楚。

⑲国门：国都的城门。

原来沈公夫人徐氏，所生四个儿子：长子沈襄，本府廪膳秀才[20]，一向留家。次子沈衮、沈褒，随任读书。幼子沈袠，年方周岁。嫡亲五口儿上路。满朝文武，惧怕严家，没一个敢来送行。有诗为证：

一纸封章忤庙廊[21]，萧然行李入遐荒。

相知不敢攀鞍送，恐触权奸惹祸殃。

⑳廪膳秀才：廪膳生员，明初府、州、县学的生员，官给膳食。

㉑庙廊：廊庙，指朝廷。

一路上辛苦，自不必说。且喜到了保安州了。那保安州属宣府[22]，是个边远地方，不比内地繁华。异乡风景，举目凄凉，况兼连日阴雨，天昏地黑，倍加惨戚。欲赁间民房居住，又无相识指引，不知何处安身是好。正在徬徨之际，只见一人打个小伞前来，看见路旁行李，又见沈炼一表非俗，立住了脚，相了一回，问道："官人尊姓？何处来的？"沈炼道："姓沈，从京师来。"那人道："小人闻得京中有个沈经历，上本要杀严嵩父子，莫非官人就是他么？"沈炼道："正是。"那人道："仰慕多时，幸得相会。此非说话之处，寒家离此不远，便请携宝眷同行到寒家权下[23]，再作区处。"沈炼见他十分殷勤，只得从命。

㉒宣府：宣府镇，明代"九边"之一，治所在今河北宣化。

㉓权下：暂且住下。

行不多路便到了。看那人家，虽不是个大大宅院，却也精致。那人揖沈炼至于中堂，纳头便拜。沈炼慌忙答礼，问道："足下是谁？何故如此相爱？"那人道："小人姓贾名石，是宣府卫一个舍人[24]。哥哥是本卫千户，先年身故无子，小人应袭。为严贼当权，袭职者都要重赂，小人不愿为官。托赖祖荫，有数亩薄田，务农度日。数日前闻阁下弹劾严氏，此乃天下忠臣义士也。又闻编管在此，小人渴欲一见，不意天遣相遇，三生有幸！”说罢又拜下去。沈公再三扶起，便教沈衮、沈褒与贾石相见。贾石教老婆迎接沈奶奶到内宅安置。交卸了行李，打发车夫等去了。分付庄客，宰猪买酒，管待沈公一家。贾石道：“这等雨天，料阁下也无处去，只好在寒家安歇了。请安心多饮几杯，以宽劳顿。”沈炼谢道：“萍水相逢，便承款宿，何以当此！”贾石道：“农庄粗粝，休嫌简慢。”当日宾主酬酢，无非说些感慨时事的话。两边说得情投意合，只恨相见之晚。

㉔舍人：明代卫所武官的应袭弟子。

过了一宿，次早沈炼起身，向贾石说道：“我要寻所房子，安顿老小，有烦舍人指引。”贾石道：“要什么样的房子？”沈炼道：“只像宅上这一所，十分足意了，租价但凭尊教。”贾石道：“不妨事。”出去踅了一回，转来道：“赁房尽有，只是龌龊低洼，急切难得中意的。阁下不若就在草舍权住几时，小人领着

家小，自到外家[25]去住，等阁下还朝，小人回来，可不稳便。”沈炼道：“虽承厚爱，岂敢占舍人之宅！此事决不可。”贾石道：“小人虽是村农，颇识好歹。慕阁下忠义之士，想要执鞭坠镫，尚且不能。今日天幸降临，权让这几间草房与阁下作寓，也表得我小人一点敬贤之心，不须推逊。”话毕，慌忙分付庄客，推个车儿，牵个马儿，带个驴儿，一伙子将细软家私搬去，其余家常动使家火，都留与沈公日用。沈炼见他慨爽，甚不过意，愿与他结义为兄弟。贾石道：“小人是一介村农，怎敢僭扳[26]贵宦？”沈炼道：“大丈夫意气相许，那有贵贱？”贾石小沈炼五岁，就拜沈炼为兄；沈炼教两个儿子拜贾石为义叔；贾石也唤妻子出来都相见了，做了一家儿亲戚。贾石陪过沈炼吃饭已毕，便引着妻子到外舅[27]李家去讫。自此沈炼只在贾石宅子内居住。时人有诗叹贾舍人借宅之事，诗曰：

倾盖相逢意气真，移家借宅表情亲。

世间多少亲和友，竞产争财愧死人！

㉕外家：指岳父家。

㉖僭扳：高攀。僭，僭越。扳，同“攀”。

㉗外舅：岳父。

却说保安州父老，闻知沈经历为上本参严阁老贬斥到此，人人敬仰，都来拜望，争识其面。也有运柴运米相助的，也有携酒肴来请沈公吃的，又有遣子弟拜于门下听教的。沈炼每日间与地方人等，讲论忠孝大节及古来忠臣义士的故事。说到关心处[28]，有时毛发倒竖，拍案大叫；有时悲歌长叹，涕泪交流。地方若老若小，无不耸听欢喜。或时唾骂严贼，地方人等齐声附和，其中若有不开口的，众人就骂他是不忠不义。一时高兴，以后率以为常。又闻得沈经历文武全材，都来合他去射箭。沈炼教把稻草扎成三个偶人，用布包裹，一写“唐奸相李林甫”，一写“宋奸相秦桧”，一写“明奸相严嵩”，把那三个偶人做个射鹄[29]。假如要射李林甫的，便高声骂道：“李贼看箭！”秦贼、严贼，都是如此。北方人性直，被沈经历聒[30]得热闹了，全不虑及严家知道。自古道：“若要不知，除非莫为。”世间只有权势之家，报新闻的极多。早有人将此事报知严嵩父子。严嵩父子深以为恨，商议要寻个事头杀却沈炼，方免其患。适值宣大总督员缺[31]，严阁老分付吏部，教把这缺与他门下干儿子杨顺做去。吏部依言，就将杨侍郎杨顺差往宣大总督。杨顺往严府拜辞，严世蕃置酒送行，席间屏人而语，托他要查沈炼过失。杨顺领命，唯唯而去。正是：

合成毒药惟需酒，铸就钢刀待举手。

可怜忠义沈经历，还向偶人夸大口。

㉘关心处：激动人心的地方。

㉙射鹄：箭靶。

㉚咶：吵闹，这里有鼓动的意思。

㉛宣大总督：指宣府、大同两镇总督。员缺：官职空缺。

却说杨顺到任不多时，适遇大同鞑虏俺答[32]，引众入寇应州[33]地方，连破了四十余堡，掳去男妇无算。杨顺不敢出兵救援，直待鞑虏去后，方才遣兵调将，为追袭之计。一般筛锣击鼓，扬旗放炮，都是鬼弄，那曾看见半个鞑子的影儿？杨顺情知失机惧罪，密谕将士，搜获避兵的平民，将他𠜂[34]头斩首，充做鞑虏首极，解往兵部报功。那一时不知杀死了多少无辜的百姓。沈炼闻知其事，心中大怒，写书一封，教中军官送与杨顺。中军官晓得沈经历是个揽祸的太岁，书中不知写甚么说话，那里肯与他送。沈炼就穿了青衣小帽，在军门伺候杨顺出来，亲自投递。杨顺接来看时，书中大略说道："一人功名事极小，百姓性命事极大。杀平民以冒功，于心何忍？况且遇鞑贼止于掳掠，遇我兵反加杀戮，是将帅之恶，更甚于鞑虏矣!"书后又附诗一首，诗云：

杀生报主意何如？解道[35]"功成万骨枯"。

试听沙场风雨夜，冤魂相唤觅头颅。

杨顺见书大怒，扯得粉碎。

㉜鞑虏：对当时入侵的鞑靼族的蔑称。俺答：嘉靖时期蒙古族最强的部落长。

㉝应州：今山西应县。

㉞劗（zàn）：刺，割。

㉟解道：懂得，知道。

却说沈炼又做了一篇祭文，率领门下子弟，备了祭礼，望空祭奠那些冤死之鬼。又作《塞下吟》云：

云中[36]一片虏烽高，出塞将军已著劳。

不斩单于诛百姓，可怜冤血染霜刀。

又诗云：

本为求生来避虏，谁知避虏反戕生！

早知虏首将民假，悔不当时随虏行。

㊱云中：大同的旧名。

杨总督标下[37]有个心腹指挥，姓罗名铠，抄得此诗并祭文，密献于杨顺。杨顺看了，愈加怨恨，遂将第一首诗改窜数字，诗曰：

云中一片虏烽高，出塞将军枉著劳。

何似借他除佞贼，不须奏请上方刀[38]。

写就密书，连改诗封固，就差罗铠送与严世蕃。书中说："沈炼怨恨相国父子，阴结死士[39]剑客，要乘机报仇。前番鞑虏入寇，他吟诗四句，诗中有借虏除佞之语，意在不轨。"世蕃见书大惊，即请心腹御史路楷商议。路楷曰："不才若往按[40]彼处，当为相国了当这件大事。"世蕃大喜，即分付都察院便差路楷巡按宣大。临行世蕃治酒款别，说道："烦寄语杨公，同心协力，若能除却这心腹之患，当以侯伯世爵相酬，决不失信于二公也。"路楷领诺。

㊲标下：部下。

㊳上方刀：尚方剑。

㊴死士：敢死之士。

㊵按：按巡，巡视。

不一日，奉了钦差敕令来到宣府，到任与杨总督相见了。路楷遂将世蕃所托之语，一一对杨顺说知。杨顺道："学生为此事朝思暮想，废寝忘餐，恨无良策，以置此人于死地。"路楷道："彼此留心，一来休负了严公父子的付托，二来自家富贵的机会，不可错过。"杨顺道："说得是，倘有可下手处，彼此相报。"当日相别去了。

杨顺思想路楷之言，一夜不睡。次早坐堂，只见中军官报道："今有蔚州卫拿获妖贼二名，解到辕门外，伏听钧旨。"杨顺道："唤进来。"解官磕了头，递上文书。杨顺拆开看了，呵呵大笑。这二名妖贼，叫做阎浩、杨胤夔，系妖人萧芹之党。

原来萧芹是白莲教[41]的头儿，向来出入虏地，惯以烧香惑众，哄骗虏酋俺答，说自家有奇术，能咒人使人立死，喝城使城立颓。虏酋愚甚，被他哄动，尊为国师。其党数百人，自为一营。俺答几次入寇，都是萧芹等为之向导，中国屡受其害。先前史侍郎[42]做总督时，遣通事重赂虏中头目脱脱[43]，对他说道："天朝情愿与你通好，将俺家布粟换你家马，名为'马市'，两下息兵罢战，各享安乐，此是美事。只怕萧芹等在内作梗，和好不终。那萧芹原是中国一个无赖小人，全无术法，只是狡伪，哄诱你家，抢掠地方，他于中取事。郎主[44]若不信，可要萧芹试其术法。委的喝得城颓，咒得人死，那时合当重用。若咒人人不死，喝城城不颓，显是欺诳，何不缚送天朝？天朝感郎主之德，必有重赏。‘马市’一成，岁岁享无穷之利，煞强如抢掠的勾当。”脱脱点头道是，对郎主俺答说了。俺答大喜，约会萧芹，要将千骑随之，从右卫[45]而入，试其喝城之技。萧芹自知必败，改换服色，连夜脱身逃走，被居庸关守将盘诘，并其党乔源、张攀隆等拿住，解到史侍郎处。招称妖党甚众，山陕畿南，处处俱有，一向分头缉捕。

今日阎浩、杨胤夔亦是数内有名妖犯。杨总督省见获解到来，一者也算他上任一功，二者要借这个题目，牵害沈炼，如何不喜。当晚就请路御史，来后堂商议道："别个题目摆布沈炼不了，只有白莲教通虏一事，圣上所最怒。如今将妖贼阎浩、杨胤夔招中，窜入沈炼名字，只说浩等平日师事沈炼，沈炼因失职怨望，教浩等煽妖作幻，勾虏谋逆。天幸今日被擒，乞赐天诛，以绝后患。先用密禀禀知严家，教他叮嘱刑部作速覆本[46]。料这番沈炼之命，必无逃矣。"路楷拍手道："妙哉，妙哉！"

㊶白莲教：古代民间的一种秘密社团组织。

㊷史侍郎：指史道。

㊸遣通：翻译。脱脱：指俺答之子脱脱。

㊹郎主：本是主人的意思，历史上北方少数民族对君主、酋长常称郎主。

㊺右卫：指大同右卫，治所在旧定边卫城，在今山西右玉县西。

㊻覆本：审核批准公文。

两个当时就商量了本稿，约齐了同时发本。严嵩先见了本稿及禀贴，便教严世蕃传语刑部。那刑部尚书许论，是个罢软没用的老儿，听见严府分付，不敢怠慢，连忙覆本，一依杨、路二人之议。圣旨倒下：妖犯着本处巡按御史即时斩决。杨顺荫一子锦衣卫千户，路楷纪功，升迁三级，俟京堂缺推用[47]。

㊼京堂：明代称在京堂上官为京堂或京堂官。推用：进用。

话分两头。却说杨顺自发本之后，便差人密地里拿沈炼下于狱中。慌得徐夫人和沈衮、沈褒没做理会，急寻义叔贾石商议。贾石道："此必杨、路二贼为严家报仇之意，既然下狱，必然诬陷以重罪。两位公子及今逃窜远方，待等严家势败，方可出头。若住在此处，杨、路二贼，决不干休。"沈衮道："未曾看得父亲下落，如何好去？"贾石道："尊大人犯了对头，决无保全之理。公子以宗祀为重，岂可拘于小孝，自取灭绝之祸？可劝令堂老夫人，早为远害全身之计。尊大人处贾某自当央人看觑，不烦悬念。"二沈便将贾石之言，对徐夫人说知。徐夫人道："你父亲无罪陷狱，何忍弃之而去！贾叔叔虽然相厚，终是个外人。我料杨、路二贼奉承严氏，亦不过与你爹爹作对，终不然累及妻子。你若畏罪而逃，父亲倘然身死，骸骨无收，万世骂你做不孝之子，何颜在世为人乎？"说罢，大哭不止。沈衮、沈褒齐声恸哭。贾石闻知徐夫人不允，叹惜而去。

过了数日，贾石打听的实，果然扭入白莲教之党，问成死罪。沈炼在狱中大骂不止。杨顺自知理亏，只恐临时处决，怕他在众人面前毒骂，不好看相，预先问狱官责取病状，将沈炼结果了性命。贾石将此话报与徐夫人知道，母子痛哭，自不必说。又亏贾石多有识熟人情，买出尸首，嘱付狱卒："若官府要枭示[48]时，把个假的答应。"却瞒着沈衮兄弟，私下备棺盛殓，埋于隙地。事毕，方才向沈衮说道："尊大人遗体已得保全，直待事平之后，方好指点与你知道，今犹未可泄漏。"沈衮兄弟感谢不已。贾石又苦口劝他弟兄二人逃走。沈衮道："极知久占叔叔高居，心上不安。奈家母之意，欲待是非稍定，搬回灵柩，以此迟延不决。"贾石怒道："我贾某生平，为人谋而尽忠。今日之言，全是为你家门户，岂因久占住房，说发你们起身之理？既嫂嫂老夫人之意已定，我亦不敢相强。但我有一小事，即欲远出，有一年半载不回，你母子自小心安住便了。"觑着壁上贴得有前、后《出师表》各一张，乃是沈炼亲笔楷书。贾石道："这两幅字可揭来送我，一路上做个记念。他日相逢，以此为信。"沈衮就揭下二纸，双手折叠，递与贾石。贾石藏于袖中，流泪而别。原来贾石算定杨、路二贼，设心不善，虽然杀了沈炼，未肯干休。自己与沈炼相厚，必然累及，所以预先逃走，在河南地方宗族家权时居住，不在话下。

⑱枭示：枭首示众。

却说路楷见刑部覆本，有了圣旨，便于狱中取出阎浩、杨胤夔斩讫，并要割沈炼之首，一同枭示。谁知沈炼真尸已被贾石买去了，官府也那里辨验得出，不在话下。

再说杨顺看见止于荫子，心中不满，便向路楷说道：“当初严东楼[49]许我事成之日，以侯伯爵相酬，今日失言，不知何故？”路楷沉思半晌，答道：“沈炼是严家紧对头，今止诛其身，不曾波及其子。斩草不除根，萌芽复发。相国不足[50]我们之意，想在于此。”杨顺道：“若如此，何难之有？如今再上个本，说沈炼虽诛，其子亦宜知情，还该坐罪，抄没家私，庶国法可伸，人心知惧。再访他同射草人的几个狂徒，并借屋与他住的，一齐拿来治罪，出了严家父子之气，那时却将前言取赏，看他有何推托。”路楷道：“此计大妙！事不宜迟，乘他家属在此，一网而尽，岂不快哉！只怕他儿子知风逃避，却又费力。”杨顺道：“高见甚明。”一面写表申奏朝廷，再写禀帖到严府知会，自述孝顺之意；一面预先行牌[51]保安州知州，着用心看守犯属，勿容逃逸。只等旨意批下，便去行事。诗曰：

破巢完卵从来少，削草除根势或然。
可惜忠良遭屈死，又将家属媚当权。

⑲严东楼：严世蕃，号东楼。

⑳不足：不满意，不满足。

㉑行牌：下发令牌或公文。牌，指上级发给下级的公文。

再过数日，圣旨下了。州里奉着宪牌，差人来拿沈炼家属，并查平素往来诸人姓名，一一挨拿。只有贾石名字先经出外，只得将在逃开报。此见贾石见机[52]之明也。时人有诗赞云：

义气能如贾石稀，全身远避更知几。
任他罗网空中布，争奈仙禽天外飞。

㉒见机：指从事物细微的变化中预见其先兆，意同下文的“知几”。

却说杨顺见拿到沈衮、沈褒，亲自鞫问，要他招承通虏实迹。二沈高声叫屈，那里肯招？被杨总督严刑拷打，打得体无完肤。沈衮、沈褒熬炼不过，双双死于杖下。可怜少年公子，都入枉死城中。其同时拿到犯人，都坐个同谋之罪，累死者何止数十人。幼子沈袠尚在襁褓，免罪随着母徐氏，另徙在云州极边，不许在保安居住。路楷又与杨顺商议道："沈炼长子沈襄，是绍兴有名秀才，他时得地[53]，必然衔恨于我辈。不若一并除之，永绝后患，亦要相国知我用心。"杨顺依言，便行文书到浙江，把做钦犯，严提沈襄来问罪。又分付心腹经历金绍，择取有才干的差人，赍文前去，嘱他中途伺便，便行谋害，就所在地方，讨个病状回缴。事成之日，差人重赏，金绍许他荐本超迁。金绍领了台旨，汲汲而回，着意的选两名积年干事的公差，无过是张千、李万。金绍唤他到私衙，赏了他酒饭，取出私财二十两相赠。张千、李万道："小人安敢无功受赐？"金绍道："这银两不是我送你的，是总督杨爷赏你的。教你赍文到绍兴去拿沈襄，一路不要放松他。须要如此如此，这般这般，回来还有重赏。若是怠慢，总督老爷衙门不是取笑的，你两个自

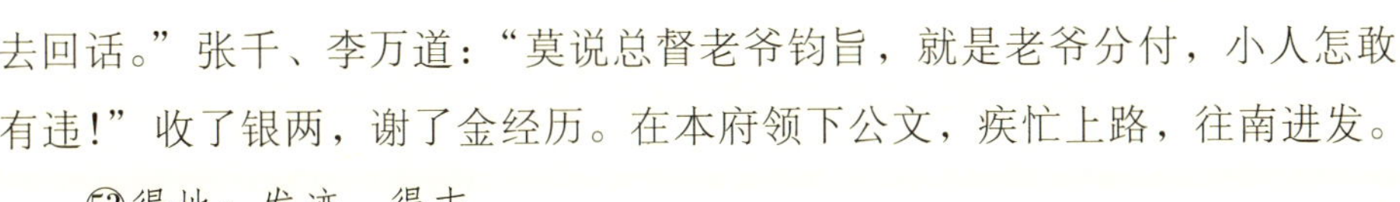
去回话。”张千、李万道：“莫说总督老爷钧旨，就是老爷分付，小人怎敢有违！”收了银两，谢了金经历。在本府领下公文，疾忙上路，往南进发。

⑤③得地：发迹，得志。

却说沈襄，号小霞，是绍兴府学廪膳秀才。他在家久闻得父亲以言事获罪，发去口外为民，甚是挂怀，欲亲到保安州一看。因家中无人主管，行止两难。忽一日，本府差人到来，不由分说，将沈襄锁缚，解到府堂。知府教把文书与沈襄看了备细，就将回文和犯人交付原差，嘱他一路小心。沈襄此时方知父亲及二弟俱已死于非命，母亲又远徙极边，放声大哭。哭出府门，只见一家老小，都在那里搅做一团的啼哭。原来文书上有“奉旨抄没”的话，本府已差县尉封锁了家私，将人口尽皆逐出。沈小霞听说，真是苦上加苦，哭得咽喉无气。霎时间亲戚都来与小霞话别，明知此去多凶少吉，少不得说几句劝解的言语。小霞的丈人孟春元，取出一包银子，送与二位公差，求他路上看顾女婿。公差嫌少不受。孟氏娘子又添上金簪子一对，方才收了。沈小霞带着哭，分付孟氏道：“我此去死多生少，你休为我忧念，只当我已死一般，在爷娘家过活。你是书礼之家，谅无再醮[54]之事，我也放心得下。”指着小妻闻淑女说道：“只这女子年纪幼小，又无处着落，合该教他改嫁。奈我三十无子，他却有两个半月的身孕，他日倘生得一男，也不绝了沈氏香烟。娘子你看我平日夫妻面上，一发带他到丈人家去住几时，等待十月满足，生下或男或女，那时凭你发遣他去便了。”话声未绝，只见闻氏淑英[55]说道：“官人说那里话！你去数千里之外，没个亲人朝夕看觑，怎生放下？大娘自到孟家去，奴家情愿蓬首垢面，一路伏侍官人前行。一来官人免致寂寞，二来也替大娘分得些忧念。”沈小霞道：“得个亲人做伴，我非不欲；但此去多分不幸，累你同死他乡何益？”闻氏道：“老爷在朝为官，官人一向在家，谁人不知？便诬陷老爷有些不是的勾当，家乡隔绝，岂是同谋？妾帮着官人到官申辩，决然罪不至死。就使官人下狱，还留贱妾在外，尚好照管。”孟氏也放丈夫不下，听得闻氏说得有理，极力撺掇丈夫带淑女同去，沈小霞平日素爱淑女有才有智，又见孟氏苦劝，只得依允。

⑭再醮：再嫁。

⑮英：据下文，当为“女”之误。

当夜众人齐到孟春元家，歇了一夜。次早，张千、李万催趱上路。闻氏换了一身布衣，将青布裹头，别了孟氏，背着行李，跟着沈小霞便走。那时分别之苦，自不必说。一路行来，闻氏与沈小霞寸步不离，茶汤饭食，都亲自搬取。张千、李万初时还好言好语。过了扬子江，到徐州起旱，料得家乡已远，就做出嘴脸来，呼么喝六，渐渐难为他夫妻两个来了。闻氏看在眼里，私对丈夫说道：“看那两个泼差人，不怀好意。奴家女流之辈，不识路径，若前途有荒僻旷野的所在，须是用心提防。”沈小霞虽然点头，心中还只是半疑不信。

又行了几日，看见两个差人，不住的交头接耳，私下商量说话。又见他包裹中有倭刀一口，其白如霜，忽然心动，害怕起来，对闻氏说道：“你说这泼差人，其心不善，我也觉得有七八分了。明日是济宁府界上，过了府去，便是大行山、梁山泺[56]，一路荒野，都是响马[57]出入之所。倘到彼处，他们行凶起来，你也救不得我，我也救不得你，如何是好？”闻氏道：“既然如此，官人有何脱身之计，请自方便，留奴家在此，不怕那两个泼差人生吞了我。”沈小霞道：“济宁府东门内，有个冯主事，丁忧在家。此人最有侠气，是我父亲极相厚的同年。我明日去投奔他，他必然相纳。只怕你妇人家，没志量打发这两个泼差人，累你受苦，于心何安？你若有力量支持[58]他，我去也放胆。不然与你同生同死，也是天命当然，死而无怨。”闻氏道：“官人有路尽走，奴家自会摆布，不劳挂念。”这里夫妻暗地商量，那张千、李万辛苦了一日，吃了一肚酒，齁齁的熟睡，全然不觉。

㊻大行山：同“太行山”。梁山泺：梁山泊。

㊼响马：旧时在路上抢劫旅客的强盗因抢劫时放响箭，故称响马。

㊽支持：应付，对付。

次日早起上路，沈小霞问张千道："前去济宁还有多少路?"张千道："只四十里，半日就到了。"沈小霞道："济宁东门内冯主事，是我年伯。他先前在京师时，借过我父亲二百两银子，有文契在此。他管过北新关，正有银子在家。我若去取讨前欠，他见我是落难之人，必然慨付。取得这项银两，一路上盘缠，也得宽裕，免致吃苦。"张千意思有些作难。李万随口应承了，向张千耳边说道："我看这沈公子，是忠厚之人，况爱妾行李都在此处，料无他故。放他去走一遭，取得银两，都是你我二人的造化，有何不可?"张千道："虽然如此，到饭店安歇行李，我守住小娘子在店上，你紧跟着同去，万无一失。"

话休絮烦。看看巳牌时分，早到济宁城外，拣个洁净店儿，安放了行李。沈小霞便道："你二位同我到东门走遭，转来吃饭未迟。"李万道："我同你去，或者他家留酒饭也不见得。"闻氏故意对丈夫道："常言道：'人面逐高低，世情看冷暖。'冯主事虽然欠下老爷银两，见老爷死了，你又在难中，谁肯唾手交还?枉自讨个厌贱，不如吃了饭赶路为上。"沈小霞道："这里进城到东门不多路，好歹去走一遭，不折了什么便宜。"李万贪了这二百两银子，一力撺掇该去。沈小霞吩付闻氏道："耐心坐坐，若转得快时，便是没想头了。他若好意留款，必然有些赍发。明日顾个轿儿抬你去。这几日在牲口上坐，看你好生不惯。"闻氏觑个空，向丈夫丢个眼色，又道："官人早回，休教奴久待则个。"李万笑道："去多少时，有许多说话，好不老气[59]!"闻氏见丈夫去了，故意招李万转来嘱付道："若冯家留饭坐得久时，千万劳你催促一声。"李万答应道："不消吩付。"比及李万下阶时，沈小霞已走了一段路了。李万托着大意，又且济宁是他惯走的熟路，东门冯主事家，他也认得，全不疑惑。走了几步，又里急起来，觑个毛坑上自在方便了，慢慢的望东门而去。

㊾老气：这里指唠叨。

却说沈小霞回头看时，不见了李万，做一口气急急地跑到冯主事家。也是小霞合当有救，正值冯主事独自在厅。两人京中，旧时识熟，此时相见，吃了一惊。沈襄也不作揖，扯住冯主事衣袂道："借一步说话。"冯主事已会意了，便引到书房里面。沈小霞放声大哭。冯主事道："年侄有话快说，休得悲伤，误其大事。"沈小霞哭诉道："父亲被严贼屈陷，已不必说了。两个舍弟随任的，都被杨顺、路楷杀害；只有小侄在家，又行文本府提去问罪。一家宗祀，眼见灭绝。又两个差人，心怀不善，只怕他受了杨、路二贼之嘱，到前途大行、梁山等处暗算了性命。寻思一计，脱身来投老年伯。老年伯若有计相庇，我亡父在天之灵，必然感激。若老年伯不能遮护小侄，便就此触阶而死。死在老年伯面前，强似死于奸贼之手。"冯主事道："贤侄不妨。我家卧室之后，有一层复壁，尽可藏身，他人搜检不到之处。今送你在内权住数日，我自有道理。"沈襄拜谢道："老年伯便是重生父母。"冯主事亲执沈襄之手，引入卧房之后，揭开地板一块，有个地道。从此钻下，约走五六十步，便有亮光，有小小廊屋三间，四面皆楼墙围裹，果是人迹不到之处。每日茶饭，都是冯主事亲自送入。他家法极严，谁人敢泄漏半个字，正是：

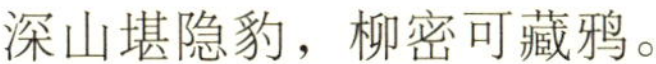

深山堪隐豹，柳密可藏鸦。

不须愁汉吏，自有鲁朱家[60]。

⑥不须愁汉吏，自有鲁朱家：据《史记·季布列传》，项羽死后，刘邦悬赏通缉项羽的大将季布，季髡钳自卖于鲁人朱家，后得赦。

且说这一日，李万上了茅坑，望东门冯家而来。到于门首，问老门公道：“主事老爷在家么？”老门公道：“在家里。”又问道：“有个穿白的官人来见你老爷，曾相见否？”老门公道：“正在书房里吃饭哩。”李万听说，一发放心。看看等到未牌，果然厅上走一个穿白的官人出来。李万急上前看时，不是沈襄。那官人径自出门去了。李万等得不耐烦，肚里又饥，不免问老门公道：“你说老爷留饭的官人，如何只管坐了去，不见出来？”老门公道：“方才出去的不是？”李万道：“老爷书房中还有客没有？”老门公道：“这到不知。”李万道：“方之那穿白的是甚人？”老门公道：“是老爷的小舅，常常来的。”李万道：“老爷如今在那里？”老门公道：“老爷每常饭后，定要睡一觉，此时正好睡哩。”李万听得话不投机，心下早有二分慌了，便道：“不瞒大伯说，在下是宣大总督老爷差来的。今有绍兴沈公子名唤沈襄，号沈小霞，系钦提人犯。小人提押到于贵府，他说与你老爷有同年叔侄之谊，要来拜望。在下同他到宅，他进宅去了，在下等候多时，不见出来，想必还在书房中。大伯，你还不知道，烦你去催促一声，教他快快出来，要赶路走。”老门公故意道：“你说的是甚么说话？我一些不懂。”李万耐了气，又细细的说一遍。老门公当面的一啐，骂道：“见鬼！何常[61]有什么沈公子到来？老爷在丧中，一概不接外客。这门上是我的干纪[62]，出入都是我通禀，你却说这等鬼话！你莫非是白日撞[63]么？强装么公差名色，掏摸东西的。快快请退，休缠你爷的帐！”李万听说，愈加着急，便发作起来道：“这沈襄是朝廷要紧的人犯，不是当耍的，请你老爷出来，我自有话说。”老门公道：“老爷正瞌睡，没甚事，谁敢去禀！你这獠子[64]，好不达时务！”说罢洋洋的自去了。李万道：“这个门上老儿好不知事，央他传一句话甚作难。想沈襄定然在内，我奉军门钧帖，不是私事，便闯进去怕怎的？”李万一时粗莽，直撞入厅来，将照壁拍了又拍，大叫道：“沈公子好走动了。”不见答应，一连叫唤了数声，只见里头走出一个年少的家童，出来问道：“管门的在那里？放谁在厅上喧嚷？”李万正要叫住他说话，那家童在照壁后张了张儿，向西边走去了。李万道：“莫非书房在那西边？我且自去看看，怕怎的！”从厅后转西走去，原来是一带长廓。李万看见无人，只顾望前而行。只见屋宇深邃，门户错杂，颇有妇人走动。李万不敢纵步，依旧退回厅上，听得外面乱嚷。李万到门首看时，却是张千来寻李万不见，正和门公在那里斗口。张千一见了李万，不由分说，便骂道：“好伙计！只贪图酒食，不干正事！巳牌时分进城，如今申牌将尽，还在此闲荡！不催趱犯人出城去，待怎么？”李万道：“呸！那有什么酒食？连人也不见个影儿！”张千道：“是你同他进城的。”李万道：“我只登了个东，被蛮子上前了几步，跟他不上。一直赶到这里，门上说有个穿白的官人在书房中留饭，我说定是他了。等到如今不见出来，门上人又不肯通报，清水也讨不得一杯吃。老哥，烦你在此等候等候，替我到下处医了肚皮再来。”张千道：“有你这样不干事的人！是甚么样犯人，却放他独自行走？就是书房中，少不得也随他进去。如今知他在里头不在里头？还亏你放慢线儿[65]讲话。这是你的干纪，不关我事！”说罢便走。李万赶上扯住道：“人是在里头，料没处去。大家在此帮说句话儿，催他出来，也是个道理。你是吃饱的人，如何去得这等要紧？”张千道：“他的小老婆在下处，方才虽然嘱付店主人看守，只是放心不下。这是沈襄穿鼻的索儿，有他在，不怕沈襄不来。”李万道：“老哥说得是。”当下张千先去了。

㉑何常：同“何尝”。

㉒干纪：干系，责任。

㉓白日撞：指白天闯进人家偷盗的窃贼。

㉔獠子：骂人的话。

㉕放慢线儿：形容不着急，慢吞吞的。

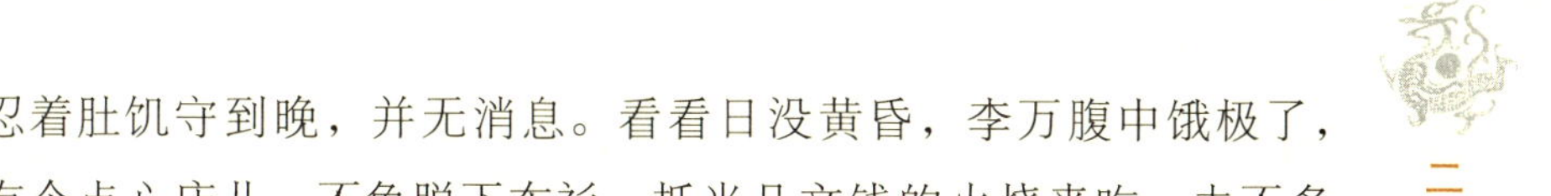

李万忍着肚饥守到晚，并无消息。看看日没黄昏，李万腹中饿极了，看见间壁有个点心店儿，不免脱下布衫，抵当几文钱的火烧来吃。去不多时，只听得打门声响，急跑来看，冯家大门已闭上了。李万道：“我做了一世的公人，不曾受这般呕气。主事是多大的官儿，门上直恁作威作势？也有那沈公子好笑，老婆行李都在下处，既然这里留宿，信也该寄一个出来。事已如此，只得在房檐下胡乱过一夜，天明等个知事的管家出来，与他说话。”此时十月天气，虽不甚冷，半夜里起一阵风，簌簌的下几点微雨，衣服都沾湿了，好生凄楚。

捱到天阴雨止，只见张千又来了。却是闻氏再三再四催逼他来的。张千身边带了公文解批，和李万商议，只等开门，一拥而入，在厅上大惊小怪，高声发话。老门公拦阻不往，一时间家中大小都聚集来，七嘴八张，好不热闹。街上人听得宅里闹炒，也聚拢来，围住大门外闲看。惊动了那有仁有义守孝在家的冯主事，从里面踱将出来。且说冯主事怎生模样：

头带栀子花匾摺孝头巾，身穿反折缝稀眼粗麻衫，腰系麻绳，足着草履。

众家人听得咳嗽响，道一声：“老爷来了。”都分立在两边。主事出厅问道：“为甚事在此喧嚷？”张千、李万上前施礼道：“冯爷在上，小的是奉宣大总督爷公文来的，到绍兴拿得钦犯沈襄，经由贵府。他说是冯爷的年侄，要来拜望。小的不敢阻挡，容他进见。自昨日上午到宅，至今不见出来，有误程限[66]，管家们又不肯代禀。伏乞老爷天恩，快些打发上路。”张千便在胸前取出解批和官文呈上。冯主事看了，问道：“那沈襄可是沈经历沈炼的儿子么？”李万道：“正是。”冯主事掩着两耳，把舌头一伸，说道：“你这班配军[67]，好不知利害！那沈襄是朝廷钦犯，尚犹自可。他是严相国的仇人，那个敢容纳他在家？他昨日何曾到我家来？你却乱话，官府闻知传说到严府去，我是当得起他怪的？你两个配军，自不小心，不知得了多少钱财，买放了要紧人犯，却来图赖我！”叫家童与他乱打那配军出去：“把大门闭了，不要惹这闲是非，严府知道不是当耍！”冯主事一头骂，一头走进宅去了。大小家人，奉了主人之命，推的推，掇的掇，霎时被众人拥出大门之外，闭了门，兀自听得嘈嘈的乱骂。张千、李万面面相觑，开了口合不得，伸了舌缩不进。张千埋怨李万道：“昨日是你一力撺掇，教放他进城，如今你自去寻他。”李万道：“且不要埋怨，和你去问他老婆，或者晓得他的路数，再来抓寻便了。”张千道：“说得是，他是恩爱的夫妻。昨夜汉子不回，那婆娘暗地流泪，巴巴的独坐了两三个更次。他汉子的行藏，老婆岂有不知？”两个一头说话，飞奔出城，复到饭店中来。

㊻程限：期限。

㊼配军：发配充军的犯人，常用作骂人语。

却说闻氏在店房里面听得差人声音，慌忙移步出来，问道：“我官人如何不来？”张千指李万道：“你只问他就是。”李万将昨日往茅厕出恭，走慢了一步，到冯主事家起先如此如此，以后这般这般，备细说了。张千道：“今早空肚皮进城，就吃了这一肚寡气。你丈夫想是真个不在他家了，必然还有个去处，难道不

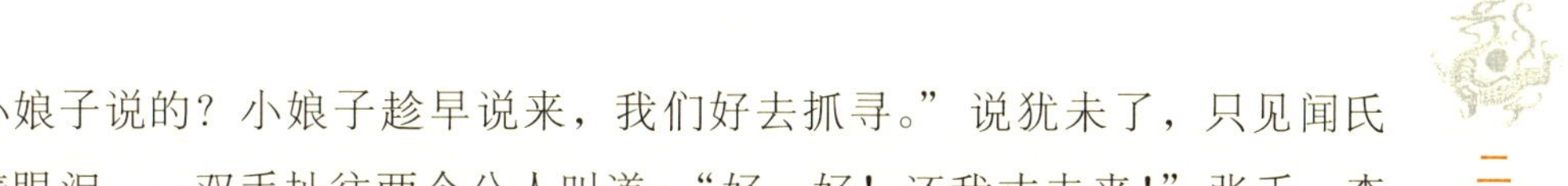

对小娘子说的？小娘子趁早说来，我们好去抓寻。”说犹未了，只见闻氏噙着眼泪，一双手扯往两个公人叫道：“好，好！还我丈夫来！”张千、李万道：“你丈夫自要去拜什么年伯，我们好意容他去走走，不知走向那里去了，连累我们，在此着急，没处抓寻。你到问我要丈夫，难道我们藏过了他？说得好笑！”将衣袂掣开，气忿忿地对虎一般坐下。闻氏到走在外面，拦住出路，双足顿地，放声大哭，叫起屈来。老店主听得，忙来解劝。闻氏道：“公公有所不知，我丈夫三十无子，娶奴为妾。奴家跟了他二年了，幸有三个多月身孕，我丈夫割舍不下，因此奴家千里相从。一路上寸步不离，昨日为盘缠缺少，要去见那年伯，是李牌头[68]同去的。昨晚一夜不回，奴家已自疑心。今早他两个自回，一定将我丈夫谋害了。你老人家替我做主，还我丈夫便罢休！”老店主道：“小娘子休得急性，那排长[69]与你丈夫前日无怨，往日无仇，着甚来由，要坏他性命？”闻氏哭声转哀道：“公公，你不知道我丈夫是严阁老的仇人，他两个必定受了严府的嘱托来的，或是他要去严府请功。公公，你详情他千乡万里，带着奴家到此，岂有没半句说话，突然去了？就是他要走时，那同去的李牌头，怎肯放他？你要奉承严府，害了我丈夫不打紧，教奴家孤身妇女，看着[70]何人？公公，这两个杀人的贼徒，烦公公带着奴家同他去官府处叫冤。”张千、李万被这妇人一哭一诉，就要分析几句，没处插嘴。

68 牌头：旧时对差役或军士的尊称。

69 排长：这里也是对差役或军士的尊称。

70 看着：指望、靠着。

老店主听见闻氏说得有理，也不免有些疑心，到可怜那妇人起来，只得劝道：“小娘子说便是这般说，你丈夫未曾死也不见得，好歹再等候他一日。”闻氏道：“依公公等候一日不打紧，那两个杀人的凶身，乘机走脱了，这干系却是谁当？”张千道：“若果然谋害了你丈夫要走脱时，我弟兄两个又到这里则甚？”闻氏道：“你欺负我妇人家没张智[71]，又要指望奸骗我。好好的说，我丈夫的尸首在那里？少不得当官也要还我个明白。”老店官见妇人口嘴利害，再不敢言语。店中闲看的，一时间聚了四五十人。闻说妇人如此苦切，人人恼恨那两个差人，都道："小娘子要去叫冤，我们引你到兵备道㉒去。"闻氏向着众人深深拜福，哭道："多承列位路见不平，可怜我落难孤身，指引则个。这两个凶徒，相烦列位，替奴家拿他同去，莫放他走了。"众人道："不妨事，在我们身上。"张千、李万欲向众人分剖时，未说得一言半字，众人便道："两个排长不消辨得，虚则虚，实则实。若是没有此情，随着小娘子到官，怕他则甚！"妇人一头哭，一头走，众人拥着张千、李万，搅做一阵的，都到兵备道前。道里尚未开门。

㉑张智：主见、主张。

㉒兵备道：明代按察司副使、佥事分道整饬兵备事宜，称为兵备道。

那一日正是放告日期，闻氏束了一条白布裙，径抢进栅门，看见大门上架着那大鼓，鼓架上悬着个槌儿。闻氏抢槌在手，向鼓上乱挝，挝得那鼓振天的响。唬得中军官失了三魂，把门吏丧了七魄，一齐跑来，将绳缚往，喝道："这妇人好大胆！"闻氏哭倒在地，口称泼天冤枉。只见门内幺喝之声，开了大门，王兵备坐堂，问击鼓者何人。中军官将妇人带进。闻氏且哭且诉，将家门不幸遭变，一家父子三口死于非命，只剩得丈夫沈襄。昨日又被公差中途谋害，有枝有叶地细说了一遍。王兵备唤张千、李万上来，问其缘故。张千、李万说一句，妇人就剪一句，妇人说得句句有理，张千、李万抵搪不过。王兵备思想到："那严府势大，私谋杀人之事，往往有之，此情难保其无。"便差中军官押了三人，发去本州勘审。

那知州姓贺，奉了这项公事，不敢怠慢，即时扣了店主人到来，听四人的口词。妇人一口咬定二人谋害他丈夫；李万招称为出恭慢了一步，因而相失；张千、店主人都据实说了一遍。知州委决不下。那妇人又十分哀切，像个真情；张千、李万又不肯招认。想了一回，将四人闭于空房，打轿去拜冯主事，看他口气若何。

冯主事见知州来拜，急忙迎接归厅。茶罢，贺知州提起沈襄之事，才说得“沈襄”二字，冯主事便掩着双耳道：“此乃严相公仇家，学生虽有年谊[73]，平素实无交情。老公祖休得下问，恐严府知道，有累学生。”说罢站起身来道：“老公祖既有公事，不敢留坐了。”贺知州一场没趣，只得作别。在轿上想道：“据冯公如此惧怕严府，沈襄必然不在他家，或者被公人所害也不见得；或者去投冯公见拒不纳，别走个相识人家去了，亦未可知。”

⑬年谊：指科举时代的同年之谊。

回到州中，又取出四人来，问闻氏道：“你丈夫除了冯主事，州中还认得有何人？”闻氏道：“此地并无相识。”知州道：“你丈夫是甚么时候去的？那张千、李万几时来回复你的说话？”闻氏道：“丈夫是昨日未吃午饭前就去的，却是李万同出店门。到申牌时分，张千假说催趱上路，也到城中去了，天晚方回来。张千兀自向小妇人说道：‘我李家兄弟跟着你丈夫冯主事家歇了，明日我早去催他去城。’今早张千去了一个早晨，两人双双而回，单不见了丈夫，不是他谋害了是谁？若是我丈夫不在冯家，昨日李万就该追寻了，张千也该着忙，如何将好言语稳住小妇人？其情可知。一定张千、李万两个在路上预先约定，却教李万乘夜下手。今早张千进城，两个乘早将尸首埋藏停当，却来回复我小妇人。望青天爷爷明鉴！”贺知州道：“说得是。”张千、李万正要分辨，知州相公喝道：“你做公差所干何事？若非用计谋死，必然得财买放，有何理说！”喝教手下将那张、李重责三十，打得皮开肉绽，鲜血迸流，张千、李万只是不招。妇人在旁，只顾哀哀的痛哭。知州相公不忍，便讨夹棍将两个公差夹起。那公差其实不曾谋死，虽然负痛，怎生招得？一连上了两夹，只是不招。知州相公再要夹时，张、李受苦不过，再三哀求道：“沈襄实未曾死，乞爷爷立个限期，差人押小的捱寻[74]沈襄，还那闻氏便了。”知州也没有定见，只得勉从其言。闻氏且发尼姑庵住下。差四名民壮，锁押张千、李万二人，追寻沈襄，五日一比[75]。店主释放宁家。将情具由申详兵备道，道里依缴[76]了。

⑭捱寻：寻找、寻访。

⑮比：比较。旧时官府缉拿犯人或征收租税等，到期查验，如不能按期完成，即加杖责，这叫作比较。

⑯缴：指下属向上级缴差的覆文。依缴，即批准覆文中所陈述的对事务的处理。

张千、李万一条铁链锁着，四名民壮，轮番监押。带得几两盘缠，都被民壮搜去为酒食之费；一把倭刀，也当酒吃了。那临清去处又大，茫茫荡荡，来千去万，那里去寻沈公子？也不过一时脱身之法。闻氏在尼姑庵住下，刚到五日，准准的又到州里去啼哭，要生要死。州守相公没奈何，只苦得批较[77]差人张千、李万。一连比了十数限，不知打了多少竹批[78]，打得爬走不动。张千得病身死，单单剩得李万，只得到尼姑庵来拜求闻氏道：“小的情极，不得不说了。其实奉差来时，有经历金绍口传杨总督钧旨，教我中途害你丈夫，就所在地方，讨个结状[79]回报。我等口虽应承，怎肯行此不仁之事？不知你丈夫何故，忽然逃走，与我们实

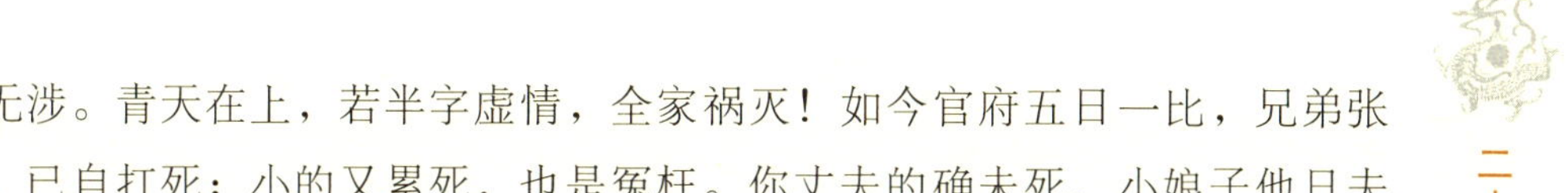

实无涉。青天在上，若半字虚情，全家祸灭！如今官府五日一比，兄弟张千，已自打死；小的又累死，也是冤枉。你丈夫的确未死，小娘子他日夫妻相逢有日。只求小娘子休去州里啼啼哭哭，宽小的比限，完全狗命，便是阴德。”闻氏道：“据你说不曾谋害我丈夫，也难准信。既然如此说，奴家且不去禀官，容你从容查访。只是你们自家要上紧用心，休得怠慢。”李万喏喏连声而去。有诗为证：

白金廿两酿凶谋，谁料中途已失囚。

锁打禁持熬不得，尼庵苦向妇人求。

⑦批较：比较。

⑱竹批：一头劈开的竹棒、竹杖。

⑲结状：官府证明事情已经了结的文书。

官府立限缉获沈襄，一来为他是总督衙门的紧犯，二来为妇人日日哀求，所以上紧严比。今日也是那李万不该命绝，恰好有个机会。

却说总督杨顺、御史路楷，两个日夜商量奉承严府，指望旦夕封侯拜爵。谁知朝中有个兵科给事中吴时来，风闻杨顺横杀平民冒功之事，把他尽情劾奏一本，并劾路楷朋奸助恶。嘉靖爷正当设醮祝釐[80]，见说杀害平民，大伤和气，龙颜大怒，着锦衣卫扭解来京问罪。严嵩见圣怒不测，一时不及救护，到底亏他丁中调停，止于削爵为民。可笑杨顺、路楷杀人媚人，至此徒为人笑，有何益哉？

⑳祝釐（xī）：祈求福佑，祝福。

再说贺知州听得杨总督去任，已自把这公事看得冷了；又闻氏连次不来哭禀，两个差人又死了一个，只剩得李万，又苦苦哀求不已。贺知州分付，打开铁链，与他个广捕文书，只教他用心缉访，明是放松之意。李万得了广捕文书[81]，犹如捧了一道赦书，连连磕了几个头，出得府门，一道烟走了。身边又无盘缠，只得求乞而归，不在话下。

㉑广捕文书：海捕文书，不指定地点，随处可以缉捕人犯的文书。

却说沈小霞在冯主事家复壁之中，住了数月，外边消息无有不知，都是冯主事打听将来，说与小霞知道。晓得闻氏在尼姑庵寄居，暗暗欢喜。过了年余，已知张千，李万逃了，这公事渐渐懒散。冯主事特地收拾内书房三间，安放沈襄在内读书，只不许出外，外人亦无有知者。冯主事三年孝满，为有沈公子在家，也不去起复做官。

光阴似箭，一住八年。值严嵩一品夫人欧阳氏卒，严世蕃不肯扶柩还乡，唆父亲上本留已侍养，却于丧中簇拥姬妾，日夜饮酒作乐。嘉靖爷天性至孝，访知其事，心中甚是不悦。时有方士蓝道行，善扶鸾[82]之术。天子召见，教他请仙，问以辅臣贤否。蓝道行奏道："臣所召乃是上界真仙，正直无阿，万一箕下判断有忤圣心，乞恕微臣之罪。"嘉靖爷道："朕正愿闻天心正论，与卿何涉？岂有罪卿之理？"蓝道行书符念咒，神箕自动，写出十六个字来，道是：

高山番草，父子阁老；日月无光，天地颠倒。

嘉靖爷看了，问蓝道行道："卿可解之。"蓝道行奏道："微臣愚昧未解。"嘉靖爷道："朕知其说。'高山'者，'山'字连'高'，乃是'嵩'字；'番草'考，'番'字'草'头，乃是'蕃'字。此指严嵩、严世蕃父子二人也。朕久闻其专权误国，今仙机示朕，朕当即为处分，卿不可泄于外人。"蓝道行叩头，口称不敢，受赐而出。从此嘉靖爷渐渐疏了严嵩。有御史邹应龙看见机会可乘，遂劾奏："严世蕃凭借父势，卖官鬻爵，许多恶迹，宜加显戮。其父严嵩溺爱恶子，植党蔽贤，宜亟赐休退，以清政本。"嘉靖爷见疏大喜，即升应龙为通政右参议[83]。严世蕃下法司[84]，拟成充军之罪，严嵩回籍。未几，又有江西巡按御史林润，复奏严世蕃不赴军伍[85]，居家愈加暴横，强占民间田产，畜养奸人，私通倭虏，谋为不轨。得旨三法司[86]提问，问官勘实复奏，严世蕃即时处斩，抄没家财；严嵩发养济院[87]终老。被害诸臣，尽行昭雪。

㉜扶鸾：扶乩，一种假托神仙意旨占卜吉凶的迷信活动。

㉝通政右参议：通政司，官署名，明代设置，掌内外章奏。通政司置左右参议各一人。

⑭法司：掌司法刑狱的官署。

⑮不赴军伍：指没有执行充军罪。

⑯三法司：刑部、都察院、大理寺，合称为三法司。

⑰养济院：一种官办的收容贫民的机构。

冯主事得此喜信，慌忙报与沈襄知道，放他出来，到尼姑庵访问那闻淑女。夫妇相见，抱头而哭。闻氏离家时，怀孕三月，今在庵中生下一孩子，已十岁了。闻氏亲自教他念书，《五经》皆已成诵，沈襄欢喜无限。冯主事方上京补官，教沈襄同去讼理父冤，闻氏暂迎归本家园上居住，沈襄从其言。

到了北京，冯主事先去拜了通政司邹参议，将沈炼父子冤情说了，然后将沈襄讼冤本稿送与他看。邹应龙一力担当。次日，沈襄将奏本往通政司挂号投递。圣旨下，沈炼忠而获罪，准复原官，仍进一级，以旌其直。妻子召还原籍；所没入财产，府县官照数给还。沈襄食廪年久准贡[88]，敕授知县之职。沈襄复上疏谢恩，疏中奏道："臣父炼向在保安，因目击宣大总督杨顺，杀戮平民冒功，吟诗感叹。适值御史路楷，阴受严世蕃之嘱，巡按宣大，与杨顺合谋，陷臣父于极刑，并杀臣弟二人，臣亦几于不免。冤尸未葬，危宗几绝，受祸之惨，莫如臣家。今严世蕃正法，而杨顺、路楷安然保首领于乡，使边廷万家之怨骨，衔恨无伸；臣家三命之冤魂，含悲莫控。恐非所以肃刑典而慰人心也。"圣旨准奏，复提杨顺、路楷到京，问成死罪，监刑部牢中待决。

⑱准贡：准作贡生。

沈襄来别冯主事，要亲到云州，迎接母亲和兄弟沈衮到京，依傍冯主事寓所相近居住；然后往保安州访求父亲骸骨，负归埋葬。冯主事道："老年嫂处适才已打听个消息，在云州康健无恙。令弟沈衮，已在彼游庠[89]了。下官当遣人迎之。尊公遗体要紧，贤侄速往访问，到此相会令堂可也。"

⑲游庠：进学，即中了秀才。

沈襄领命，径往保安。一连寻访两日，并无踪迹。第三日，因倦借坐人家门首，有老者从内而出，延进草堂吃茶。见堂中挂一轴子，乃楷书诸葛孔明两次《出师表》也。表后但写年月，不着姓名。沈小霞看了又看，目不转睛。老者道："客官为何看之?"沈襄道："动问老丈，此字是何人所书?"老者道："此乃吾亡友沈青霞之笔也。"沈小霞道："为何留在老丈处?"老者道："老夫姓贾名石，当初沈青霞编管此地，就在舍下作寓。老夫与他八拜之交，最相契厚。不料后遭奇祸，老夫惧怕连累，也往河南逃避。带得这二幅《出师表》，裱成一幅，时常展视，如见吾兄之面。杨总督去任后，老夫方敢还乡。嫂嫂徐夫人和幼子沈衮，徙居云州，老夫时常去看他。近日闻得严家势败，吾兄必当昭雪，已曾遣人去云州报信。恐沈小官人要来移取父亲灵柩，老夫将此轴悬挂在中堂，好教他认认父亲遗笔。"沈小霞听罢，连忙拜倒在地，口称"恩叔"。贾石慌忙扶起道："足下果是何人?"沈小霞道："小侄沈襄，此轴乃亡父之笔也。"贾石道："闻得杨顺这厮，差人到贵府来提贤侄，要行一网打尽之计。老夫只道也遭其毒手，不知贤侄何以得全?"沈小霞将临清事情，备细说了一遍。贾石口称难得，便分付家童治饭款待。沈小霞问道："父亲灵柩，恩叔必知，乞烦指引一

拜。”贾石道：“你父亲屈死狱中，是老夫偷尸埋葬，一向不敢对人说知。今日贤侄来此搬回故土，也不枉老夫一片用心。”说罢，刚欲出门，只见外面一位小官人骑马而来。贾石指道：“遇巧，遇巧！恰好令弟来也。”那小官便是沈衮，下马相见，贾石指沈小霞道：“此位乃大令兄讳襄的便是。”此日弟兄方才识面，恍如梦中相会，抱头而哭。贾石领路，三人同到沈青霞墓所，但见乱草迷离，土堆隐起。贾石引二沈拜了，二沈俱哭倒在地。贾石劝了一回道：“正要商议大事，休得过伤。”二沈方才收泪。贾石道：“二哥、三哥，当时死于非命，也亏了狱卒毛公存仁义之心，可怜他无辜被害，将他尸藁葬于城西三里之外。毛公虽然已故，老夫亦知其处，若扶令先尊灵柩回去，一起带回，使他父子魂魄相依，二位意下如何？”二沈道：“恩叔所言，正合愚弟兄之意。”当日又同贾石到城西看了，不胜悲感。次日，另备棺木，择吉破土，重新殡殓。三人面色如生，毫不朽败，此乃忠义之气所致也。二沈悲哭自不必说。当时备下车仗，抬了三个灵柩，别了贾石起身。临别，沈襄对贾石道：“这一轴《出师表》，小侄欲问恩叔取去，供养祠堂，幸勿见拒。”贾石慨然许了，取下挂轴相赠。二沈就草堂拜谢，垂泪而别。沈襄先奉灵柩到张家湾[90]，觅船装载。

⑼0张家湾：在通州（今北京通州）南十五里，明时为南北水陆交通要会，官船客船骈集在此，十分繁盛。

沈襄复身又到北京，见了母亲徐夫人，回复了说话，拜谢了冯主事起身。此时京中官员，无不追念沈青露忠义，怜小霞母子扶柩远归，也有送勘合[91]的，也有赠赙金[92]的，也有馈赆仪[93]的。沈小霞只受勘合一张，余俱不受。到了张家湾，另换了官座船[94]，驿递起人夫一百名牵缆，走得好不快。不一日，来到临清，沈襄分付座船暂泊河下，单身入城，到冯主事家投了主事平安书信，园上领了闻氏淑女并十岁儿子下船。先参了灵柩，后见了徐夫人。那徐氏见了孙儿如此长大，喜不可言。当初只道灭门绝户，如今依旧有子有孙；昔日冤家，皆恶死见报。天理昭然，可见做恶人的到底吃亏，做好人的到底便宜。

㉛勘合：古时符契文书上盖印信、分为两半，当事双方各执一半，用时将二符契相并验对骑缝印信作为凭证。这里指通行证。

㉜赙（fù）金：指送给办丧事家的礼金。

㉝赆（jìn）仪：临分别时馈赠的礼物。

㉞官座船：为官署所有的船。

闲话休题。到了浙江绍兴府，孟春元领了女儿孟氏，在二十里外迎接。一家骨肉重逢，悲喜交集。将丧船停泊马头，府县官员都在吊孝。旧时家产，已自清查给还。二沈扶柩葬于祖茔，重守三年之制，无人不称大孝。抚按又替沈炼建造表忠祠堂，春秋祭祀。亲笔《出师表》一轴，至今供奉在祠堂之中。

服满之日，沈襄到京受职，做了知县。为官清正，直升到黄堂知府。闻氏所生之子，少年登科，与叔叔沈衮同年进士。子孙世世书香不绝。

冯主事为救沈襄一事，京中重其义气，累官至吏部尚书。忽一日，梦见沈青霞来拜候道："上帝怜某忠直，已授北京城隍之职。屈年兄为南京城隍，明日午时上任。"冯主事觉来甚以为疑。至日午，忽见轿马来迎，无疾而逝。二公俱已为神矣。有诗为证，诗曰：

生前忠义骨犹香，魂魄为神万古扬。

料得奸魂沉地狱，皇天果报自昭彰。

参考文献

[1]（明）冯梦龙编著，陈熙中校注. 三言［M］. 北京：中华书局，2014.

[2]（明）冯梦龙编；许政扬校注. 喻世明言［M］. 北京：人民文学出版社，2014.

[3]（明）冯梦龙编著；（明）绿天馆主人点评；陈熙中校注. 三言［M］. 北京：中华书局，2015.

[4]（明）冯梦龙编著；易仲伦注. 喻世明言［M］. 武汉：崇文书局，2015.

[5]（明）冯梦龙著. 喻世明言［M］. 北京：中国画报出版社，2015.

[6]（明）冯梦龙著；岳群校. 喻世明言［M］. 长沙：岳麓书院，2009.